붉은 가시로 남아

붉은 가시로 남아

구양근 소설집

한국소설가협회

● 프롤로그 ●

　이번이 2번째 소설집 출간이다.
　나는 생각하여 보았다. 다음에 3번째 소설집을 낼 수 있을까 하고. 기우일지 모르지만 사람의 일은 알 수 없는 것, 어쩌면 내지 못할 수도 있겠다는 생각이 들었다. 그래서 여기서는 단편소설뿐만 아니라 낱개의 콩트, SF, 중편소설까지 분량껏 채워보았다. 이 편린들은 장편을 쓰면서 휴식을 겸해서 틈틈이 써두었던 것들이다.
　학계에 있을 때는 서너 줄만 거짓말을 써도 논문이 통과되지 않는 것은 물론 자칫 행정처분까지 받을 염려가 있었는데, 소설계에서는 마음껏 허구(거짓말)를 써도 한없이 높이 쳐주니 이렇게 통쾌무비한 일이 또 있을까? 이 책의 '호스플라이 날다'같은 것이 그렇다. SF소설은 처음 시도해 본 것인데 미리 내 소설을 읽어본 분들이 의외로 좋은 반응을 보여 준 데는 놀라지 않을 수 없었다. 나는 벌써 소설 찬양론자가 된 것 같다. 지금부터는 뒤돌아보지 않고 계속해서 소설을 써 내려가 볼 작정이다.

서평은 이명재 교수가 써주었다. 어느 날 이상문 선생(한소협 이사장), 이명재 교수와 셋이 만난 사석에서, 이번 소설집은 한소협에서 낼 수 있었으면 좋겠다고 했더니 이상문 선생이 당연한 듯 "평은 명재 형이 쓰시는 거지요?"하는 것이 아닌가? 그렇지 않아도 나도 감히 그것을 생각 중이었는데 덕분에 그 자리서 부탁하고 응낙을 받아냈다.

표제와 작품들의 명명은 정리되지 않은 초벌 원고를 미리 정독해준 수필가 이경은 선생과 하옥이 시인의 노고가 크다.
이제는 독자들의 반향이 궁금하다. 부디 괜찮은 반응이 있었으면 좋겠다.

2025년 1월
눈 내리는 압구정에서
구양근

목차

프롤로그 … 4

그리고 옥인동 신문보급소 … 8

캠퍼스 소소리바람 … 35

노명달이라고 아실랑가 … 61

토다이노 킨 상 … 84

붉은 가시로 남아 … 109

호스플라이 날다 … 131

횃댓보를 돌려줘 … 160

성벽의 색깔이 다르다 … 182

꼭 놀러 갈게 … 202

비오는 날의 사주 … 207

제국의 꿈 … 212

놈들이 온다 … 276

구양근 창작소설 세계 평설
  중견작가의 다채로운 소설 세계
    이명재 (중앙대학교 인문대학 명예교수, 문학평론가) … 328

붉은 가시로 남아

그리고 옥인동 신문보급소

　인왕산 위 파란 하늘에 구름 한 점이 떠 있다. 오월의 광화문 길을 걸어본 지가 언제인지 모르겠다. 용인으로 이사 간 후론 서울에 나와 이처럼 한가로이 걸어본 적이 없는 것 같다. 그동안 광화문 주변이 상상도 할 수 없을 만큼 변했다. 전에는 없던 크고 번쩍거리는 낯선 건물들이 들어서고 세종문화회관이며 정부종합청사, 외교부 청사, 이순신 장군 상, 세종대왕상 등이 즐비하다. 중앙청 건물은 어디로 갔는지 보이지도 않는다. 대신 그 자리에 새로 단청한 광화문이 세워지고, 세 개의 홍예문 밑에는 의장기를 펄럭이며 빨강, 파랑, 노랑 복장의 조선 병사가 벙거지에 꿩 털을 꽂고 칼을 차고 활을 들고 서 있다.
　어느덧 어머니의 일주기가 다가오자 수남이는 심란한 마음을 추슬러 보려고 이곳에 나왔는데 공교롭게도 가는 날이 장날이다. 오늘부터 청와대를 국민의 품으로 돌려준다나 뭐라나 해서인지 광화문에 인파가 한참 몰려 있다. 북악산 아래에서는 풍악 소리가 은은히 울려 퍼진다. 그때 뒤에서 누군가 '수남아!'하고 부르는 소리가 들린다. 이곳에서 내 이름을 반말 투로 부를 사람이 누구일까. 보나 마나 어릴 때 친구일 것이다. 돌아보니 금철이가 환하게 웃고 있다.

"너 수남이 맞지?"

"너는 금철이? 야, 오랜만이다. 여긴 웬일이야?"

"너야말로 웬일이야. 오늘 청와대 관람객으로 신청했구나."

"아니, 나는 그쪽엔 관심 없어."

금철이는 가족인 듯한 한 무리를 이끌고 있다. 그들이 모두 금철이를 바라보고 기다리기 때문에 긴 이야기는 할 수 없었다. 그저 아들딸 낳고 잘 살고 있으며 어머니는 지난해 작고하셨고, 아버님은 아직 정정하게 노인정에 나가신다는 소식을 전하고는 헤어졌다. 멀어져 가는 금철이를 보면서 새삼스럽게 세월이 이리 흘렀구나 실감한다. 금철이는 청와대 첫 입장 12시에 늦지 않으려고 식구들을 이끌고 급히 북악산 쪽으로 돌아섰다. 금철이는 속으로 궁금증을 삭인 듯하였다. '경희는 잘 지내고 있는지~' 학창 시절 수남이와 삼각관계였던 일도 있었던지라 그녀의 안부를 묻고 싶었으나 차마 입이 떨어지지 않았을 것이다. '아, 이제는 다 흘러간 옛일이지.'

수남이는 가회동으로 들어서서 담벼락에 즐비하게 서 있던 포장마차 거리며 옥인동 연탄공장, 신문보급소가 있던 골목길을 가늠

해본다. 아마도 이곳쯤이 아니었을까. 청와대가 있어 고도 제한 때문에 높은 건물만 없지 이곳도 나름대로 모두가 현대식으로 바뀌었다. 헐어져 가던 구식 한옥들은 다 없어지고 붉은 벽돌집으로 멋스런 서양식 삼각 지붕이 들어서거나 사오 층짜리 연립주택으로 교체되었다. 혹은 구식 기와집이 남아 있기는 해도 모두 개조하여 현대식 공방이니 원데이 클래스 취미반이니 하는 간판이 걸려 있고, 식당들이 들어서면서 나름 고풍스러운 거리를 이루고 있다.

오늘은 옥인동 골짝을 찾아 나선 길이다. 필운대로에서 안길로 접어드니 겨우 낯익은 옥인동이 보인다. '맞아, 여기야! 그런데 왜 이렇게 골짜기가 작지? 여기가 내가 어려서 오르던 그 인왕산 골짜기 맞는가? 그땐 이곳에서 처녀들이 빨래를 하곤 했었지~' 마침 멋진 차림의 두 여인 화가가 골짝의 모습을 화폭에 담고 있다. 한 사람은 캔버스를 받쳐 세우고, 또 한 사람은 화판을 손에 들고 조심스레 색을 골라 칠하기 시작한다.

계곡 앞에 설명서가 붙어있다. 자신이 어렸을 때는 그저 옥인동 계곡인 줄로만 알았는데 정식명칭이 수성동계곡이고 청계천의 발원지란다. 한때 이곳에 아파트가 난립하여 있던 것을 문화제 보호차원에서 헐어내고 계곡의 원형을 복원하였다 한다. 설명서에 따르면 조선조 때도 이곳 경관이 뛰어나 겸재 정선의 《장동팔경첩》에 〈수성동〉이란 그림이 등장한다고 그림과 함께 소개되어 있다.

수남이는 물줄기를 따라 천천히 걸어 올라갔다. 그가 고등학교 때만 해도 인왕산에서 뿜어 나온 물이 작은 폭포를 이루며 골짜기

가득히 흘렀는데 지금은 물줄기가 적어 겨우 명색만 골짜기일 뿐이다. 수남이는 물줄기를 따라 한참을 오르다가 문득 "아!" 소리를 내며 발걸음을 멈춘다. 기억 속의 그 찔레꽃 덤불이 아직도 거기에 있었던 것이다. 개울 오른쪽 언덕에 마치 너를 기다리고 있었다는 듯 무리 지어 탐스럽게 핀 찔레꽃 덤불. 시기가 좀 이른 탓인지 아직은 꽃망울만 잔뜩 머금은 채 수줍은 손짓을 하고 있다. 하양과 연분홍이 섞인 그 모습은 보기만 해도 가슴 저며 온다. 그 찔레꽃을 어머니 생일날 한아름 꺾어다 드렸던 것이다. 주위는 온통 자운영과 노랑 양지꽃이 흐드러지게 피고 키 큰 아카시아가 가지를 너울거리며 짙은 향기를 뿜어낸다.

옥인동은 인왕산 자락에 깃든 조용한 동네이다. 골목이 끝나갈 무렵 구공탄 가게 옆에 신문보급소가 하나 있다. 영일이는 딱 보아도 성실해 보이는 삼십 대 후반쯤 되는 남자다. 오늘도 새벽 네 시에 나와 신문 배달할 아르바이트생들을 기다리며 잔뜩 쌓인 신문을 나누어 놓고 있다. 여느 때와 다름없이 맨 먼저 도착한 학생은 가회동에 사는 권수남이다. 권수남은 눈이 오나 비가 오나 가장 먼저 도착하여 가장 무거운 신문 더미를 들고 나서는 고등학생이다.
"소장님. 다녀오겠습니다."
"학생, 고생이 많네. 너무 부수가 많지 않아?"
"괜찮습니다."
"부수를 좀 줄이지."

"괜찮습니다. 이까짓 거 뭐."
"알았어. 조심해서 다녀와요."

잠이 덜 깬 눈을 비비며 나중에 도착한 학생들도 각자 자기 몫의 신문 더미를 들고 보급소를 나선다. 영일이는 수남이만 보면 항상 마음이 짠하다. 자신도 그 이유에 대해서는 알 수가 없다. 수남이도 영일이를 삼촌처럼 잘 따랐다. 신문을 다 돌리고 돌아오면 수남이는 난롯가 둥근 의자에 앉아 영일이가 따라준 보리차를 마시며 별의별 시시콜콜한 이야기까지 다 하였다. 친구들 이야기며 담임선생님 이야기, 시험 본 이야기 등 무슨 얘기든 스스럼없이 말하였다. 다른 학생이 그랬다면 그저 그런가 보다 하고 흘려들었겠지만 수남이 이야기는 왠지 관심이 가는 탓에 진심으로 들어주었다. 수남이도 영일이의 그런 마음을 알았는지 더 신나게 이야기하였고 때로 어려운 일이 닥치면 상의도 하였다. 그럴 때마다 영일이는 상담역할을 자청하며 진심 어린 충고를 해주곤 하였다. 그러다 보니 어느 날은 그만 쓸데없이 과한 간섭을 하고 말았다.

옥인동 신문보급소에는 근처 여고를 다니는 여학생이 둘이 있었다. 하나는 좀 새침한 성격으로 간단한 다과를 먹을 때도 성호를 긋고 남들과 잘 어울리지 않았다. 당시에 여학생이 신문을 돌린다는 것은 드문 일이니 그만큼 가정이 가난하다는 것을 단적으로 말해주는 것이다. 그런데도 경희는 전혀 가난한 티를 내지 않고 성격이 밝았으며 갓 피어난 꽃송이처럼 귀여웠다. 그러기에 영일이는 늘 경희가 걱정스러웠다. 무슨 일이라도 일어나지 않을까 마음이 조마

조마했다. 어느 날 드디어 일이 터지고 말았다. 수남이와 같은 고등학교에 다니는 금철이가 경희를 가운데 두고 삼각관계에 있었던 것이다. 영일이는 진즉에 눈치를 채고 있었지만 어린 학생들의 일에 어른이 섣불리 간섭하기도 그래서 모른 체 해오던 중이었다. 그날 수남이는 금철이가 신문을 다 돌리는 시간과 거의 동시에 끝났는지 중간에 만나서 옥인동 신문보급소까지 같이 오게 되었다. 보급소가 보이는 지점까지 왔을 때 금철이가 대뜸 시비를 걸었다.

"야, 넌 남자 새끼가 자존심도 없냐. 경희 꽁무니만 졸졸 따라다니는 꼬락서니 하고는!"

"내가 언제 경희 꽁무니를 따라다녔냐?"

"네가 그랬잖아 인마."

"뭐 인마?"

상대방이 가슴을 밀치자 수남이도 참지 않았고 둘이는 순식간에 붙잡고 엉클어지고 말았다. 그 시간 영일이는 보급소 안에서 학생들이 신문을 돌리고 돌아오면 주려고 간단한 다과며 보리차를 준비하고 있었다. 밖에서 이상한 소리가 들렸지만 처음에는 별일 아니겠지 했다. 그런데 소리가 점점 더 커지고 우당탕하며 "짜식!", "쌔끼!"하는 소리까지 제법 크게 들리자 밖으로 급히 나가보았다. 수남이와 금철이는 땅바닥에 뒹굴며 형편없이 엉켜 싸우고 있었다. 언제 왔는지 경희도 도착하여 발만 동동 굴렀다. "그만들 해!" 영일이는 급히 달려가서 둘의 멱살을 잡고 일으켜서 보급소 안으로 끌고 들어왔다. 둘은 끌려오면서도 서로 자기의 주장을 쉴 새 없이 지껄이고 있었다.

"이 못된 놈들. 학생이 하라는 공부나 열심히 할 일이지. 쌈박질이나 하고…."

영일이는 두 학생의 뺨을 갈겼다. 그런데 둘을 똑같이 혼낸다는 것이 그만 수남이만 너무 세게 때리고 말았다. 수남이가 억울하다는 듯이 뺨을 어루만지며 보급소를 박차고 뛰어나가자 경희도 울면서 뒤따라 나갔다.

영일은 후회막급이었다. 어린 학생들 싸우는데 내가 너무 심하게 반응한 것 아닌가. 내가 무슨 자격으로 뺨까지 때린단 말인가? 잠깐이긴 하였으나 혹시 수남이가 앙심을 품고 험하게 대들지 않을까 하는 생각까지 들었다.

그날 오후 수남이는 신문 배급할 시간이 아닌데도 가회동 집에서 옥인동 보급소까지 찾아왔다. 영일이는 일말의 불안감에 수남이의 얼굴을 유심히 살폈으나 그 애는 의외로 차분하고 밝은 얼굴이었다. 뺨을 맞은 화풀이 같은 것은 할 생각이 전혀 없어 보였다.

"오늘 아침에는 미안했어, 수남이."

"아닙니다. 소장님. 제가 맞을 짓을 했잖아요. 되레 감사해요. 저를 진심으로 생각해 준 분은 소장님이 처음이에요. 저는 오히려 좋기만 했는걸요."

"그렇게 생각해 주니 고맙군. 집이 가회동이라고 했지?"

"네, 어머니하고 둘이 살아요. 어머니는 포장마차에서 오뎅, 술국, 막걸리 같은 것들을 팔아요."

"고생이 많겠군."

영일이는 아침에 싸움질의 원인이었던 경희 이야기는 꺼내지 않았다. 말하지 않아도 그의 태도에서 이미 경희를 진심으로 좋아하고 있다는 것을 알 수 있었다. 영일은 그의 자존심을 생각해서 관심이 없는 척 화제를 다른 데로 돌렸다.

"고향이 어디라고 했지?"

"전라도 쪽이라고 들었어요."

"묻기 좀 그렇지만 아버님은 어떻게 되시구…."

"어머님께서 언젠가 딱 한 번 말씀하신 적이 있는데 일찍 돌아가셨대요. 어머니는 그런 말이라면 입 밖에 꺼내려고도 안 하셔요."

"미안해. 개인 사정을 너무 자세히 물었군."

그런 일이 있은 지 얼마 안 되어 영일이는 종로구 신문보급소 소장 회의를 마치고 가회동을 지나는 길이었다. 수남이가 한 말이 생각나서 그 어머니가 일한다는 포장마차가 이 근방이 아닐까 하고 포장마차들이 즐비한 골목을 기웃거려 보았다.

벌써 오래전 일이다. 영일이는 전라도 화순의 용곡이란 동네에서 소년 시절을 보냈다. 그런데 그곳은 영일이의 원래 고향이 아니다. 영일이의 어렴풋한 기억으론 아마도 그의 고향이 벌교의 어느 바닷가 마을쯤이었을 것이다. 어느 날 밤 잠결에 어머니의 흐느낌이 들려오는 듯했다. 어머니는 붉어진 눈으로 영일이를 내려다보았다.

"영일아. 어쩔거나, 애미가 늬한테 줄 것이 암것도 없다야. 이건 우리 엄니한테서 받은 것인디 이제 늬가 가져라."

"엄니, 왜 이려, 이것이 머여?"

영일이가 놀라 울면서 받은 것은 옥가락지였다. 그리고 그것이 임종이었다는 것을 나중에야 알게 되었다. 그날 밤 움막 같은 어두운 집에서 본 그것이 어머니에 대한 기억의 전부이다. 가물거리는 기억을 되살려 보면 그 당시 어느 먼 친척인 듯한 부인이 와서는 어떤 점잖은 남자와 조용조용 이야기를 주고받았던 것 같다. 그 여자 분은 옷가지 몇 개를 보자기에 싸서 들려주고는 "죽지 말고 오래오래 잘 살아라." 하시며 영일이를 그 어른에게 딸려 보냈다. 그렇게 해서 오게 된 곳이 화순의 용곡이란 마을에 사는 모란 아재 집이다. 용곡이라는 마을은 30여 호쯤 되는 조그맣고 정겨운 마을이다. 모두 초가집뿐인 가운데 기와집 세 채가 있었다. 모란 아재 집은 그 세 채의 기와집 중에서도 제일 큰 대문을 가진 부잣집이었다. 높은 대문을 열면 삐거덕하는 소리가 매우 위엄 있게 들리곤 하였다.

모란 아재가 볼일이 있어 벌교에 갔을 때 모친이 죽고 의지가지없는 아이 하나가 있다는 소문을 듣게 되었다. 그는 부농을 경영하며 늘 일손이 부족했던 터라 이참에 그 아이를 데려와야겠다고 생각했다. 먼발치 친척 되는 그 부인은 어르신 같은 분이 거둬주신다면야 안심하고 맡길 수 있겠다고 하며 선선히 영일이를 맡겼다.

처음 용곡에 왔을 때 영일이는 너무 어려서 얻어먹기만 하였다. 조금 자라서는 걸레 빨고 마당 쓸고 애기담사리 일을 하였다. 소년이 되자 제법 논밭 일을 거들 수 있게 되었고, 점차 산에 가서 땔나무까지 도맡아 해오는 어엿한 청년으로 자랐다. 워낙 성실한 성품이라 모란 아재의 귀여움을 독차지하였고 친자식들과도 차별 없이 대했다.

용곡은 모두 정 씨 성바지만 사는 마을이었다. 그런데 모란 아재는 영일이 보고 박 씨 성을 쓰라고 하였다. 정 씨 성바지 마을에 유일하게 타성이 하나 끼어들게 된 셈이다. 영일이가 어렸을 때는 아무런 관심도 없던 동네 처녀들이 나이가 들어가면서 그에게 관심을 갖게 되었다. 같은 마을에 사는 유일한 타성바지니 혼인 대상이 되기 때문이다. 하지만 처녀들은 그가 사실상 머슴 신분인지라 속으로라면 몰라도 겉으로는 너 따위는 어림도 없지 하는 태도들을 보였다. 영일이는 일만 하는 성실한 젊은이였고 유일한 취미라면 하모니카를 부는 것이었다. 몇 해 전에 다른 지방에서 온 머슴 하나가 하모니카를 무척 잘 불었는데 한두 해 일을 하고는 새경을 받아서 떠나가고 말았다. 영일이는 그 머슴에게서 배운 하모니카가 유일한 취미였다. 용곡에서 하모니카 소리만 나면 사람들은 곧바로 영일이가 왔다는 것을 알았다.

같은 마을에 사는 남숙이는 한창 예쁠 나이의 처녀 아이였다. 그 애는 시골 애답지 않게 갸름하고 하얀 얼굴이었고, 큰 눈을 깜박일 때면 그 모습이 매우 예뻤다. 언제부턴가 그 애는 영일이만 보면 얼굴을 붉히고 제법 내외하였다. 그러던 어느 날 남숙이가 마을 앞 샘가로 물을 길어 오자 영일이가 먼저 말을 걸었다.

"남숙아, 물 길러 왔냐?"

남숙이는 쑥스러워서 순간적으로 고개를 돌리려다 하마터면 무거운 물동이 물을 엎지를 뻔하였다. 그러나 싫지는 않은 지 말을 받았다.

"응, 늬기 집 쇠앙치 낳담서?"

"그래, 쇠앙치 낳다. 영판 이뻐야."

"한 번 보로 가야쓰것다. 나 쇠앙치 영판 좋아헌디."

"그래, 꼭 한 번 오그라 잉. 진짜 올래?"

"약속은 못 해야."

이때 들일을 마친 동네 아주머니들이 샘가로 목을 축이러들 다가오자 두 사람은 더는 이야기를 이어가지 못하고 집으로 돌아갔다.

영일이는 이제 모란 아재 집에서 실머슴이 되어 농사일을 전담하게 되었다. 논일이며 밭일에 꼴 베어 오는 일은 물론이고 마당 쓸고 두엄 치는 일까지 모두를 너끈히 해냈다. 모란 아재는 자신이 사람 하나 잘 봤다고 생각하며 항상 영일이를 대견스럽게 여겼다. 그도 그럴 것이 온갖 농사일을 도맡아 하면서도 영일이는 사이사이에 솜씨 좋게 땔나무를 한 짐씩 해오곤 했기 때문이다. 나뭇가지를 쳐서 지게에 높이 쌓아 지고 들어오는 모습을 보면 모란 아재의 입은 금방 헤벌어지고 만다. 솔잎이나 검불을 해올 때도 네모반듯하게 탁탁 쳐서 큰 덩치를 소담하게 만들어 지게에 지고 집에 들어서면 온 식구들 모두 흡족한 마음이 되었다. 그는 타고난 성실한 일꾼으로 다른 집의 일 년 새경 석 섬짜리 머슴보다도 더 일을 잘하였다. 물론 영일이는 대가를 바라지 않았지만 언젠가 한 번 모란 아재가 말을 꺼낸 적이 있었다.

"상머슴들 새경 받는 것 봉께 부럽냐? 걱정 말그라. 늬 장개 들 때는 내 서운치 않게 혀줄티니께. 나도 다 생각이 있다 잉."

영일이는 이 말을 철석같이 믿고 살아왔다. 얼마를 주겠느냐고 물어본 적은 없지만 그러나 모란 아재의 인품으로 보아 결코 헛말이 아니라는 것은 누구보다 잘 알고 있었다.

영일이가 해온 나무는 집에서 아궁이마다 불을 때는 데도 쓰였지만, 5일 만에 한 번씩 열리는 자은 장에 내다 팔아서 현금으로 바꾸어 왔다. 신통하게도 영일이는 나무 판 돈을 손에 쥐고 돌아와 고스란히 모란 아재에게 건네주었다. 그럴 때면 모란 아재 얼굴에는 기쁜 기색이 가득하였다. 모란 아재의 기쁜 얼굴을 보는 것이 즐거워 영일이는 장날마다 자은 장의 나무전에 나무를 내다 팔았다.

자은 장을 가는 데는 두 길이 있었다. 한 길은 좀 멀지만 마을 밑 길로 지룰과 한천리를 지나고 모산을 돌아 오리정을 거쳐 가는 평길이다. 다른 한 길은 더 가깝지만 험한 윗길이었다. 노곡리 가는 산길로 올라 운평재를 넘어 철길을 건너고 영벽정 다리를 건너서 자은 장에 도착하는 길이다. 시골길은 멀거나 가깝거나 모두 십 리로 통하지만 정확하게 말하면 평길은 20리가 넘고 산길도 시오리는 될 것이다. 영일이는 무거운 짐을 지고 갈 때는 멀어도 평길로 가고, 돌아올 때는 가까운 윗길을 이용하였다.

하루에 두 짐을 나르는 날도 있었다. 그런 날이면 영일이는 땔나무를 지게 두 개에 단단히 묶어 챙기고는 먼저 한 짐만 지고 출발한다. 지룰에 도착해서는 첫 지게를 길가에 작대기로 받쳐 두고 다시 용곡으로 돌아와 두 번째 지게를 지고 출발한다. 두 번째 지게를 지고 첫 번째 지게 있는 곳을 지나 한천리에 도착하면 짐을 다시 받쳐두고 돌아와 첫 번째 지게를 지고 출발하여 두 번째 지게를 지나 모산의 저수지 갓길에 받쳐둔다. 이처럼 지그재그로 땔나무 두 짐을 먼 자은 장까지 나르는 일은 매우 고된 일이었다. 그렇게 져 나른 영일이의 나뭇단은 속이 꽉 차고 나무의 질이 단단하고 좋아 여간 인기가 있는 것이 아니었다. 비싸게 팔았을 때는 영일이의 기분도 무척 좋았다. 그것은 물론 모란 아재의 기뻐하는 얼굴이 떠오르기 때문이다.

 그날도 두 짐을 지고 가서 나무전에 받쳐놓고 살 사람을 기다리고 있었다. 그날따라 영일이의 나무를 흥정하는 사람이 별로 없어서 장이 마감할 즈음까지 팔지 못하고 있었다. 그때 마침 영일이의 단골손님이 나타났다. 이 손님은 전부터 영일이의 나무를 잘 사 가는 읍내 문 진사댁 집사로 영일이에 대한 믿음이 컸다. 그 집사는 장날에 나무전에 나오면 으레 먼저 영일이를 찾았고, 영일이가 눈에 띄면 반가워하며 영일이 나무를 사 갔다. 그날도 집사는 영일이를 보자마자, "옳지, 마침 우리 총각의 나무가 아직 남았네 잉. 난 혹시 다 팔려뿄으면 어쩌까 걱정했제."

 그는 가격을 물어보지도 않고 전에 샀던 가격대로 척척 지폐를 세서 건네준다. 그것도 좋은 가격이기는 했지만 영일이는 장난기 어린 말투로 한마디 던져봤다.

"앗따, 좀 더 쓰시오 잉. 이번 나무는 채 더 좋은디."

"그래? 그럼 그러자. 늬가 지고 온 나무가 질이 최고잉게 말이여."

그가 흔쾌히 지폐 몇 장을 덤으로 얹어주었다. 그런데 돈을 더 받은 것까진 기분 좋았으나 나무 두 짐을 번갈아 문 진사댁까지 져 나르고 나니 장이 모두 파하고 말았다. 오늘은 용곡 사람 중 가장 늦게 귀가하게 되었다. 지게 위에 또 하나의 빈 지게를 올려지고 가벼운 기분으로 산길에 들어섰다. 혼자서 영벽정 다리를 건너고 철길을 넘어서 운평재로 들어서니 호젓한 느낌이 든다. 좀 전에 영벽정 다리를 넘어올 때만 해도 회대기 쪽으로 가는 사람이 몇 명 보였으나 운평재로 들어서자 괴괴한 산의 침묵과 마주한다. 재의 중간쯤 다다르자 덤불 밑으로 산토끼 한 마리가 팔부 능선 쪽으로 달려간다. 때마침 꿩 한 마리가 5월의 푸른 하늘을 쩡쩡 울리도록 "꿩! 꿩!"하며 날아 산모퉁이로 넘어간다. 잠시 쉬어갈까 하여 영일이는 주머니에서 하모니카를 꺼내 들었다. 탁탁 때려 입 쪽의 먼지를 털어내고 신나게 한 곡조를 뽑았다. '타향살이 몇 해든가 손꼽아 헤어보니….'

그때 뒤에서 웬 여자 목소리가 들렸다. 돌아보니 바로 남숙이었다. 그녀가 빈 바구니를 손에 들고 잰걸음으로 걸어오고 있는 걸 보니 속으로 무척 반가웠다.

"너 영일이 아니다냐?"

"맞어. 나 영일이여. 너는 왜 이렇게 늦었다냐."

"앗따 잘 되앗다. 나는 혼자 가야 될 줄 알고 무서워서 죽을 뻔했다 잉."

"어쩌다 이렇게 늦었어. 처녀가 혼자?"

"그렇게 인자 둘이 가면 한나도 안 무섭제 잉."

영일이는 늘 먼발치서 남숙이를 지켜보면서 항상 둘만의 시간을 가졌으면 얼마나 좋을까 하고 생각해 오던 터였다. 오늘 우연히 단 둘의 시간을 갖게 되다니 기쁘기 한량없었다. 남숙이는 조랑조랑 장에서의 일을 풀어놓는다. 봄나물을 많이 캐서 엄마와 같이 자은 장에 나왔으나 엄마 바구니는 일찍 팔렸고 자신의 것은 채 팔리지 않았단다.

"남숙아, 안 되것다야. 애미는 먼저 가봐야 쓰것다. 내일 놉을 얻어야 허는디 늦게 가면 사람을 구하지 못혀야."

"응, 그러소. 엄니 몬첨 가소. 나는 이것 팔아각꼬 핑 따라 가께."

뒤처진 남숙이가 나물을 마저 팔자마자 바쁘게 산길로 들어선 길이었다.

운평재 가는 길 중간쯤에 석간수 샘터가 있었다. 늘 거울처럼 맑고 시원한 물이 졸졸 흐르고, 돌 자갈을 깔아놓은 웅덩이에는 맑은 물이 가득 고여 있었다. 샘 뒤쪽엔 이맘때쯤 찔레꽃이 큰 덤불을 이룬 채 흐드러지게 피어났다. 그 향기가 어찌나 진하던지 사람을 취하게 만들었다. 영일이는 석간수를 보자마자 엎드려서 한 모금 늘어지게 마셨다. 보고 있던 남숙이도 재미있다는 듯이 돌을 짚고 엎드린 채 석간수를 마신다. 그런 그녀의 모습을 보자 웬일인지 영일이의 가슴이 두근거리기 시작한다. 남숙이가 언제 저렇게 다 큰 처녀가 되었을까. 치마 선을 따라 드러나는 엉덩이가 호박덩이마냥 풍성하게 다가온다. 영일이는 못 볼 것을 본 양 얼른 고개를 돌린다. 그러나 무엇에 홀린 양 다시 그녀의 엉덩이를 훔쳐보는 자신을 발견한다. 그의 가슴이 이처럼 쿵덕거리는 것을 아는지 모르는지 남숙이는 물을 다 마시고 일어나 천진하고 즐거운 표정으로 영일을 바라본다.

"와, 저 찔레꽃 덤풀 좀 봐."

"향기가 참 좋다야."

막연하지만 서로에게 호감을 키워 왔던 두 사람은 누가 먼저랄 것도 없이 찔레꽃 무리 뒤쪽으로 나란히 걸어갔다. 영일이는 찔레 덤불을 헤쳐 제일 향기롭고 싱싱한 것으로 한 묶음을 꺾어 남숙이의 품에 안겨 주었다. 그녀는 한 송이를 골라 귀 뒤에 꽂은 후 마치 거울로 자기를 보는 듯한 몸놀림으로 화사하게 웃는다. 숲 끝에 우거진 갈대밭이 끝없이 펼쳐있다. 갈대는 작년의 갈대꽃 그대로이지만 어느덧 새순이 나와 파릇파릇하게 키를 높여 자란다. 영일이가 남숙이 손을 잡고, "우리 여기 좀 앉을까?"라고 하자, 남숙이도 심상하게 "그럴까?"하며 그의 곁에 바싹 붙어 앉는다.

한참 전부터 흥분된 감정을 감출 수 없던 영일이는 자신을 억제하지 못하고 남숙이의 두 손을 덥석 잡았다. 남숙이도 싫지 않은 듯한 몸짓으로 말했다.

"왜 이런 다냐. 누구 보면 어쩔라고."

"여기 누가 있어 아무도 없는 디~" 하며 영일의 억센 두 팔이 남숙이를 끌어당기자 "우메!"하는 남숙이의 속삭임이 적막한 숲으로 사그라든다. 봄날의 갈대숲은 젊은 남녀를 푹 감싸 안았다. 그들의 몸짓에 놀란 산비둘기가 나뭇가지를 옮겨간다.

그 일이 있고 난 뒤로 두 사람은 어쩌다 길에서 마주쳐도 어색하게 지나치곤 하였다. 아무 일 없이 평온한 날이 지나가는 듯했다. 문제는 남숙이에게서 일어났다. 처음 달거리가 없을 때는 별생각 없이 지나갔다. 그런데 그것이 다음 달과 다음 달로 이어지자 이제 가슴이 두근거리기 시작했다. '만일 사실이라면? 이 일을 어쩌야 쓰까 잉.' 그녀는 마치 정신 줄을 놓은 양 멍하니 앉아 있는 시간이 많아졌다. '엄마한테 알려야 하지 않을까? 엄마가 알면 충격으로 쓰러질지 모르는디?' 그러던 어느 날, 골목길에서 마침 영일이를 만났다. 남숙이는 가까스로 용기를 내어 말을 꺼냈다.

"저어기~ 영일아. 나 이상혀야."

"뭐가?"

"그게 말이야, 뱃속에 응응 …가 든 것 같아….'

"뭐, 뭐라고?"

그때 인기척이 들려와 두 사람의 이야기는 거기에서 그치고 말았다. 처음 겪는 엄청난 일에 두 사람이 어찌할 바를 몰라 허둥대는 동안 세상은 아무 일 없다는 듯 조용하기만 하였다. 속절없이 시간이 지나가면서 남숙이의 배는 조금씩 불러왔다. 앞으로 일어날 일들에 잔뜩 겁이 난 남숙이는 밥을 먹을 수도 잠을 잘 수도 없는 지경에 이르렀다. 처녀가 애를 가졌다면 집안 망신이라고 난리가 날 것은 물론이려니와 누구 씨인지 반드시 밝혀내려 할 것이다. 소문이 나기 전에 무언가 결단을 내려야만 한다. 이 일을 어찌 해결할지 고민하다 보니 남숙은 날밤을 새우기 일쑤였다. 그때 문득 먼저 밤봇짐을 싸서 떠난 동무 경덕이를 생각해냈다. 경덕이는 서울로 가서 자리를 잡자마자 가만히 남숙에게만 편지를 보내왔었다. 남숙이는 고리짝 바닥에 비밀스레 깔아두었던 그 편지를 꺼내 보았다. 그리곤 이 상황에서 벗어날 방법이란 오직 서울행뿐이라는 것을 깨달았다. '경덕이가 지금도 이 주소에 살려나? 혹 이사했다면 이사 간 곳이라도 수소문할 수 있겠지. 그래도 영일이에게만은 알리고 가야 헐턴디~', '아니, 남의 집 머슴인 영일이가 무얼 할 수 있것어. 알린다고 헌들 달라질 건 없제.' 남숙은 이내 생각을 고쳐먹었다.

　남숙이는 미리 챙겨 놓은 보따리를 들고 이른 새벽, 소리 없이 집을 빠져나왔다. 아랫길로 갈까 윗길로 갈까를 망설이다가 윗길을 택했다. 아랫길은 평길이라 혹시 사람을 만날 수 있지만 윗길로 가서 운평재를 넘으면 누구도 만나지 않을 수 있을 것이다.

　남숙이는 혼자서 칠흑처럼 어두운 운평재 길로 접어들었다. 굳게 결심을 한 터라 보통 때와 달리 어둔 숲속에서 가끔 들려오는 수상한 소리들에도 놀라지 않았다. 길을 재촉해 걷고 또 걸었다. 내리막 길에 이를 때쯤 희부연 먼동이 터오기 시작했다. 물체가 구별되면서 바로 몇 발짝 너머에 석간수 샘물이 흐르는 게 보였다. 남숙이는 보따리를 내려놓고 마지막 인사인 양 배가 부르도록 석간수를 들이 마셨다. 고개를 드니 마치 영일이가 그곳에서 웃고 서 있는 환상이 보이는 듯했다. 자은 역을 향해 재게 발걸음을 옮기면서도 이런 모험에도 별로 두렵지 않은 자신에게 스스로 놀란다.

　남숙이가 밤 봇짐을 쌌다는 소문은 삽시간에 용곡에서 옆 동네로 퍼져 나갔다. 더욱이 새벽 열차에서 내린 지룰 사람이 남숙이 비슷한 애가 기차 타는 모습을 보았다는 말까지 전해지자 이제 남숙이의 서울행은 기정사실이 되었다. 새벽 기차를 타고 광주까지 가서 서울행 열차로 갈아탔을 것이라고 결론이 내려졌다.

　남숙이로부터 임신인 것 같은 사실을 전해 들었을 때 영일이는 크게 충격을 받았다. 이 일이 알려지면 어떤 일이 벌어질 것인지 생각만 해도 아찔하였다. 자신은 아무래도 좋으나 남숙이의 처지가 얼마나 난감할 것인가. 일이 커지기 전에 차라리 모란 아재에게 터놓고 말하여 남숙이와 혼인을 시켜달라고 말해볼까? 그런데 남숙이 부모님은 나 같은 고아에다 미천한 머슴에게 딸을 주려고 하지 않을 것이다. 영일이는 생각이 복잡하여 일이 손에 잡히지 않았지만 달리 뾰족한 방법이 없었다. 그러던 차에 남숙이가 밤 봇짐을 쌌다는 소식을 듣게 된 것이다. '아, 니가 먼저 결단을 내렸구나. 그렇다고 해도 나한티는 말을 하고 갔어야제. 하기사 나한테 말을 한다고 무슨 뾰족한 수가 있었을라고. 그래, 차라리 잘 됐어. 일이 이쯤 되었으니 내 이제 꼭 너를 찾아 나설 거야.'

　영일이도 가만히 서울행을 결심하였다. 그는 평소 모란 아재의 신임이 두터웠던 터라 아재가 돈 두는 곳을 알고 있었기에 그 돈을 훔치기로 하였다. 영일이는 본의 아니게 모란아재가 돈을 감추어놓은 곳을 알고 있었다. 농의 셋째 칸 서랍을 빼면 그 막창에 또 하나의 비밀 서랍이 있다. 그 안에 항상 돈을 보관하는 것을 본 적이 있다. 그리고 그 열쇠 관리는 허름해서 몸에 지니고도 다니지만 어떨 때는 열쇠꾸러미를 옷 궤짝 위에 그대로 올려놓기도 하였다. 훔친 돈이라고 해봐야 자신의 새경에는 훨씬 못 미치는 걸 잘 알기에 양심의 가책 같은 것은 없었다. 모란 아재가 안다 해도 도둑으로 생각하지는 않을 것이다. 문득 '모란 아재한테 떳떳하게 사실을 말하고 떠나도 되지 않을까'하는 생각도 들었다. 그러나 모란 아재는 분명 서울행을 허락하지 않을 것이다. 결혼할 때는 서운치 않게 챙겨주겠다고 했지만 남숙이가 없는 이상 영일이가 용곡에 더 이상 남아 있을 이유는 없었다.

영일이는 동네에서 배운 한글로 모란 아재에게 편지를 썼다.

'그동안 저를 거두어 길러주시고 이렇게 장성하도록 돌보아주신 모란 아재! 한없이 고마운 마음 비길 데가 없으나 이제는 저도 다 컸으니 제 갈 길을 가려 합니다. 약간의 돈과 옷가지를 챙겨가오니 저를 탓하지 마시기를 앙망합니다. 대신 다시 돌아와 새경 달라는 말은 하지 않겠습니다. 서울에 가서 어떻게 해서든 버티며 살아가겠습니다. 너무 심려치 마시고 내내 만수무강하시옵소서….'

서울에 도착한 영일이는 허름한 여인숙에 자리를 잡았다. 처음에는 남숙이를 찾는 일에만 몰두하였다. 시골에서 올라온 처녀들이 있다는 소문을 들으면 무조건 찾아가서 수소문하였다. 그런데 시간이 갈수록 넓은 서울 바닥에서 그녀를 찾는 일이 모래사장에서 바늘 찾는 격이라는 걸 깨닫게 되었다. 남숙이를 만나기 위해서 우선 돈을 벌어야겠다고 생각한 그는 닥치는 대로 일을 시작했다. 배운 것 없는 그는 공사장에서 고된 일을 하거나 어린 학생들이나 하는 신문 배달을 하면서 시간을 보냈다. 그렇게 한 해 두 해를 보내다 보니 강산이 변할 시간이 흘러갔다. 그의 나이 어언 삼십 대 후반으로 접어드니 주위에서 아는 아주머니나 아저씨들이 중매를 서겠다고들 나섰다. 그러나 아무리 시간이 지나도 영일이 마음속에 있는 여자는 남숙이 하나뿐이었다.

어느 날 길거리에서 우연히 전에 신문 배달을 하던 보급소의 소장을 만났다. 그는 나이가 영일이보다 밑이지만 세상살이에 야무진 청년이었다.

"오랜만이에요. 영일 씨, 마침 잘 만났네. 어떻게 지내고 있어요? 나는 취직이 되어 보급소 소장을 그만둬야 하는 상황이라 지금 보급소 인수할 사람을 찾는 중입니다."

"아, 그래요. 그럼 그 인수금이 얼마나 되지요?"

들어 보니 그다지 큰돈이 필요한 것은 아니었다. 보급소라고 해 보았자 옛 한옥을 이어낸 판잣집이었기 때문이다. 영일이는 용곡에서 들고 온 돈 중에서 남은 것과 그동안 모은 돈을 모조리 털어 옥인동의 신문보급소를 인수하였다. 보급소를 인수하고 보니 조간, 석간을 모두 취급하기 때문에 일이 상당히 많았다. 그 당시 신문보급소는 아르바이트 학생들의 아지트 같은 곳이었기 때문에 자잘한 사고가 자주 일어났다. 그럴 때마다 영일이는 삼촌이나 친아버지처럼 직접 나서서 일을 해결해 주었다. 학생이 학교에서 사고를 쳐서 학부형을 모셔 오라 하면 어떤 학생은 영일이더러 가 달라고 졸라댔다. 집에 가서 그런 말 하면 아버지한테 맞아 죽는다고 엄살을 부렸다. 그럴 때마다 영일이가 학교에 가서 "제 조카인데 이제부터 교육 잘 시키겠습니다."하여 일을 무마하곤 하였다. 이런 소문이 퍼지자 고학생들이 몰려들기 시작하였다. 덕분에 그의 보급소는 주위의 유상동이나 창성동, 소낙동, 와룡동의 보급소보다도 월등히 커졌다. 보급소가 커지고 번성하자 신문사 쪽에서도 무척 좋아했다. 보급소 일이 안정되면서부터 남숙이를 생각하는 날이 더욱 많아졌다. '남숙이는 지금쯤 어디에 있을까. 그렇게 헤어진 후 오랜 시간이 흘렀는데 어디에서 잘 살고나 있는지. 그때 그 아이는 어찌 되었을까. 만일 낳았다면 혼자 몸으로 얼마나 힘들게 아이를 키웠을까.' 영일은 미안한 마음이 들 때마다 속절없이 먼 하늘을 올려다보았다. 하늘은 말없이 그들의 사연을 알고 있는 듯하였다. 그는 자신을 위로하였다. '남숙이가 어딘가에 살고만 있다면 언젠가는 반드시 만날 수 있을 것이여.'

수남이는 집이 가회동이기 때문에 같은 종로구지만 보급소와는 좀 떨어진 곳에 살았다. 특히 인정이 그리운 수남이는 아르바이트생들을 친 가족처럼 대해 준다는 소문을 듣고 일부러 먼 옥인동 보급소까지 찾아온 것이었다. 영일이는 자신을 특별히 따르는 수남이와 자연스럽게 많은 얘기를 나누던 중에 언젠가 그로부터 들은 이야기가 있다. 수남이는 원 성이 박 씬데 어머니가 학교에 입학시키면서 권 씨로 올렸다고 했다. 권 씨가 양반이란 말을 듣고 너도 남들처럼 양반으로 살아보라고 성을 권 씨로 바꾸어 주었다고 한다. '그럼 원 성이 박 씨란 말이구나, 나도 박 씬데~' 그는 그리 중얼거리고는 또 무심히 지나갔다.

수남이는 고등학생치고는 특이하게 목에 항상 목걸이를 하고 다녔다. 그런데 줄만 보이지 밑에 달린 알맹이는 보이지 않았다. 줄이 너무나 평범한 것으로 보아 끝에 달린 알맹이도 별로 고급스러운 것은 아닐 듯했다. 수남이는 그것을 소중하게 여기는 듯했다. 가끔은 메리야스 밖으로 그 내용물을 한 번씩 확인해 보고 여전히 있구나 하며 안심하는 얼굴을 몇 번 보았기 때문이다. 그러던 어느 날 우연히 그 진짜 알맹이를 볼 기회가 생겼다.

그해 여름은 유별나게 더웠다. 조간신문의 배달을 끝마치고 돌아온 수남이는 이른 아침인데도 온몸에 땀이 흥건하였다.

"소장님. 저 좀 씻어야겠어요."

"그래라."

수남이는 보급소 안마당에 있는 세면장으로 가더니 펌프 손잡이를 쥐고 힘주어 물을 퍼 올렸다. 대야에 물이 차자 푸푸 하면서 호들갑스럽게 세수를 한다. 영일이는 수남이가 대견하고 안쓰러워 그의 곁으로 다가갔다.

"수남아. 내가 등물 좀 해줄까?"

"좋지요. 고맙습니다."

수남이는 좋아하며 상의를 벗고 메리야스까지 훌훌 벗더니 엎드린 자세를 취한다. 어서 물을 끼얹어달라는 동작이었다. 영일이는 펌프로 물을 더 퍼 올려 몇 번 등물을 끼얹고 손바닥으로 등을 밀어 주었다. 그러다 수남이의 얼굴 밑에서 달랑거리는 목걸이가 눈에 들어왔다. 그것을 보자 어쩐지 눈에 많이 익은 물건인 듯했다. 그런데 수남이가 수건으로 몸을 닦는데 가슴팍을 배경으로 선명하게 나타난 물건은 바로 자신이 남숙이에게 주었던 그 옥가락지였다. 악! 영일이는 그만 그 자리에 털썩 주저앉고 말았다. '그 가락지가 어떻게 네게!' 줄만 무명실에서 은도금한 줄로 바뀌었지, 자신이 남숙에게 준 그 옥가락지가 분명하였다. 한쪽이 약간 깨진 듯한 흠결이 있는 것까지도 똑같았다.

　그날 영일이와 남숙이가 갈대숲 덤불 아래 누웠다가 옷을 털고 일어나 석간수로 돌아오면서 영일이는 남숙이에게 무언가 증표를 주고 싶었다. 그러나 가진 것이라곤 아무것도 없는 영일이는 문득 늘 목에 걸고 다니던 옥가락지를 생각해냈다. 어머니의 유일한 유물이라 아끼던 것이지만 영일이는 얼른 그것을 벗어서 남숙이 손에 쥐어 주었다.

"이것이 멋이다냐?"
"잉, 이것은 우리 엄니한티서 받은 유일한 유물이여."
"그렇게 중요한 것을 왜 나한티 준다냐?"
"응, 인제 늬가 바로 그 임자니께."
"우메!"

고요한 산에서 갑자기 산까치가 푸르득 하늘로 날아가자 덩달아 하늘이 푸르렀다.

영일이는 정신을 가다듬었다. 그리고 수남이의 손을 잡고 보급소 안으로 들어왔다. 영일이의 태도가 갑자기 이상해지는 것을 보고 수남이는 고개를 갸우뚱하였다. 등 없는 둥근 의자에 마주 앉은 영일이는 그 옥가락지에 대해서 자세히 설명해달라고 부탁했다. 수남이는 엄마한테서 옥가락지를 받은 사정을 이야기하던 끝에 한마디를 덧붙였다.

"그런데 이상해요. 엄마가 제일 좋아하는 꽃은 다른 어떤 꽃도 아니고 촌스러운 찔레꽃이라니까요. 작년 엄마 생일 때는 글쎄 저더러 다른 선물은 하지 말고 찔레꽃을 사다 달라고 하셨어요. 꽃집에서 그런 꽃을 팔지 않는다는 것을 알고 있었지만 헛걸음 삼아 꽃집에 가보니 역시나 팔지 않았어요. 그래서 하는 수 없이 인왕산으로 갔지요. 골짜기의 물줄기를 타고 한없이 올라갔더니 큰 찔레꽃 덤불이 나오더군요. 너무나 반가워서 무리 지어 핀 찔레꽃을 한아름 꺾어다가 작은 오지항아리에 가득 꽂아 드렸어요. 그랬더니 엄마가 엄청 환하게 웃으셨어요. 엄마가 그렇게 좋아하는 모습을 저는 한 번도 본 적이 없어요."

"수남아."

"네?"

"엄마가 가회동에서 포장마차를 하신다고 했지?"

"네, 전에 말씀드렸잖아요."

"오늘 저녁에는 엄마 포장마차에 가서 나랑 같이 오뎅이나 먹을까?"

"좋아요. 엄마가 참 좋아하시겠다. 엄마한테 소장님 자랑 많이 했거든요."

영일이는 수남이와 같이 가회동의 높은 담 아래 즐비하게 늘어서 있는 포장마차 골목으로 접어들었다. 그때 앞에서 낯익은 여학생 하나가 걸어오다가 갑자기 옆 골목으로 피한다. 그러나 영일이와 수남이는 여학생의 얼굴을 이미 보아 버렸다. 어쩔 수 없다는 듯 여학생이 피식 웃으며 다가온다. 수남이의 여자 친구 경희였다. 경희는 소장님께 비밀을 들켰다는 사실에 처음에는 쑥스러워했지만 이내 마음을 정한 듯 편하게 대한다. 둘 사이가 이렇게 알려지자 수남이도 오히려 홀가분한 기분이 들었다. 둘이는 이내 손을 잡고 걷는다. 몇 걸음 뒤에서 그들을 바라보는 영일은 젊은 그들의 풋풋한 사랑이 보기 좋았다.

바람이 살랑거리는 한여름 밤의 하늘이 유난히 맑다. 일찍 나온 커다란 초저녁 별들이 그들을 내려다보며 방긋이 웃는 듯하다. 포장마차에서 올라온 하얀 김이 인왕산 골짜기의 바람을 타고 온 골목에 음식 냄새를 진동시킨다. 하루의 일과에 지친 노동자들은 냄새에 이끌려 포장마차 안으로 모여든다. 수남이는 영일이와 경희를 어머니의 가게로 안내한다.

남숙이는 머리에 하얀 머릿수건을 쓰고 있어 옆모습만 겨우 보였다. 그녀는 바쁘게 일손을 놀려 오뎅을 자르고 술국을 퍼서 손님들 앞에 놓는다. 영일이는 넋 잃은 사람처럼 머릿수건 밑으로 비치는 남숙이의 모습을 응시한다. '저 사람이 정말 그 남숙이 맞는가?' 그의 마음에 그리 오랫동안 자리 잡고 있던 바로 그 여인이란 말인가. 17년이 흘렀다. 오월의 어느 날 흐드러지게 핀 찔레꽃 덤불 아래서 보았던 그 앳되고 예쁜 얼굴은 아니었지만 세월의 흔적을 얹었어도 그녀는 여전히 희고 여릿여릿한 모습의 아름다운 여인이었다. 영일의 마음에 알 수 없는 뜨거운 것이 복받쳐 온다. 긴 시간의 그리움이 녹아내리는 듯 기쁨을 주체할 수가 없다.

어디선가 산 꿩이 울고 오월의 찔레꽃 향기가 풍겨오는 듯하였다.

캠퍼스 소소리바람

비 내리는 어느 날 오후.

무거운 발걸음으로 병원 입원실의 복도를 걷던 삼십 대 중반의 남자는 멈칫 섰다 걷기를 몇 번 반복한다. 선배님이 자기를 위하여 모든 희생을 무릅쓰고 앞장서다가 비난도 많이 받고, 종국에는 교통사고까지 당했으니 무슨 낯으로 뵌단 말인가. 입원실 문을 열고 들어서자 선배님 곁에 사모님이 서 있다. 사모님은 인사하는 그를 잠깐 보더니 이내 외면하고 핑 문밖으로 나가버린다. 선배님은 누워서 목발에 흰 붕대를 감고 다리 하나를 높이 올려놓고 있다.

"선배님. 뵐 낯이 없습니다."

"됐어요. 이제부터 잘하면 돼요."

"네, 잘하겠습니다. 어떻게 하면 잘할 수 있겠습니까."

"이번 응모자들보다 더 실력 있는 교수가 되세요. 그렇게만 된다면 나는 아무런 불만이 없어요."
"네, 꼭 그렇게 되겠습니다."
두 사람은 뜨겁게 서로 손을 마주 잡고 바라보았다.

상쾌한 출근길의 한국대학 캠퍼스는 넘치는 희열을 느끼게 한다. 본관에서 옛 초등학교 구관 건물로 이어지는 길은 완만한 경사를 이루고 있었다. 외국어학부 미국학 전공과정 김용균 교수는 땀이 촉촉이 젖은 이마를 손으로 더듬으며 새삼 새로운 기분으로 건물들을 번갈아 보았다. 아침 햇살이 묻은 바람이 목줄기를 시원하게 스쳤다.

외부에서 보는 이미지도 괜찮은 한국대학 같은 서울의 전임이 된다는 것은 결코 쉬운 일이 아니다. 언덕길의 학생들은 교수임을 알아보고 공손한 태도로 지나간다. 그 가운데는 가끔 자기학과 학생도 섞여 있는데 그들은 소리 내어 깍듯이 인사를 한다.

김 교수는 십 년이나 유학을 마치고 돌아왔지만 서울의 전임 자리는 쉽지 않았다. 그래서 지방대학으로 내려가서 삼 년간이나 봉직을 하고 나서야 겨우 서울 시내 종합대학으로 자리를 옮길 수 있었다.

이층의 연구실을 들어서는데 같이 임용된 옆방의 여교수가 수업 준비를 하고 나서며 활짝 핀 나팔꽃처럼 밝은 표정으로 인사를 하고 충계를 내려간다. 김 교수가 연구실 문을 따고 들어서자 어제 학과 여학생이 꽂아주고 간 꽃병에서 짙은 향기가 뿜어져 나오고 있었다. 커튼을 여니 멀리 낙산이 손에 잡힐 듯이 누워있고 가까운 주택가는 주민들의 이야기 소리가 들릴 것 같이 눈앞에 전개된다. 가방을 책상 위에 올려놓고 막 의자에 허리를 내려놓는데 소리만 들어도 아는 막역한 친구로부터 전화가 걸려 왔다.

"야. 김용균!"

"응, 나야."

"그런데 너 국민학교 선생이냐?"

"뭐라고? 아니 나 교수야~."

"정말 교수 맞아?"

"그럼."

"실은 내가 어제 너한테 전화를 했거든. 그런데 네가 안 받아서 학과사무실로 바꿔 달라고 했지. 그런데 조교가 학과장실로 바꿔주더라고. 그래서 김용균 교수 안 나왔느냐고 물었지. 그랬더니 너는 여기 있지 않고 국민학교 건물에 있다고 하더라고."

"뭐라고?"

그럴 일이 있긴 있다. 이 대학은 원래 규모가 그다지 크지 않은 단과대학으로 시작되었는데 같은 부지 내에 유치원에서부터 대학교까지 한 캠퍼스 안에 있었다. 그런데 갑자기 종합대학으로 승격하면서 대학 이외 부속 학교들을 다른 부지로 옮기고 대학교에서 모든 건물을 다 쓰기로 한 것이다. 그래서 마지막으로 초등학교(국민학교)를 옮기고 대학에서 쓰게 되었고, 그런 연유로 김 교수의 연구실이 초등학교 건물에 있게 된 것이다. 새로 단장한 방이니 오히려 다른 건물의 연구실보다 평수가 넓고 전망도 좋았다. 그러니 학과장 마득상 교수가 김 교수는 대학 건물인 본부건물에 있지 않고 국민학교 건물에 있다고 한 말은 사실이기도 하였다. 초등학교라고도 하지 않고 옛날 용어인 국민학교라고 하면 더 얕보이는 의미를 포함하고 있는 모양이다. 마득상 교수는 되도록 김 교수를 깎아내려야 직성이 풀렸다.

한 번은 고향 친구한테서 연구실로 전화가 왔다. 상당히 긴장된 어투로 전화를 건 친구는 대뜸 물었다.

"너, 집안에 무슨 일 있지?"

"왜? 아무 일도 없는데."

"내가 엊그제 전화했는데 학과장이란 분이 너 시골 내려갔다고 하더라고."

"아니. 나 시골 간 적 없는데."

"그럼 학과장이 거짓말을 했다는 거야?"

"아! 지방대학에서 학술 세미나가 있어서 갔다 온 적은 있어."

"그래? 난 시골에 무슨 좋지 않은 일이 있어서 내려갔구나 하고 생각했지."

마득상 교수는 김 교수가 지방대학에서 열리는 국제학술대회에 발표자로 참석 중이란 말은 절대 하고 싶지 않은 것이다. 어떻게 해서라도 축소하고 경시하는 말을 해야 후련하다. 서울에서 시골 갔다고 하면 대개는 고향에 계신 부모님이나 누가 상을 당했다든지 좋지 않은 일이 있어서 내려간 걸로 연상하기 일쑤였다.

또 한 번은 더 간 떨어질 뻔한 일이 있다. 교수 승진심사가 있었는데, 그때 마득상 교수는 고참이라는 이유 하나로 연구처장을 맡고 있었다. 그런데 시간이 한참 지난 뒤, 승진 통보를 이틀 정도 남겨놓고 김 교수에게 말했다.

"아, 김 교수. 내가 연구처장이면서 말 안 해줄 수도 없고 해서 미리 말해주는데, 이번 김 교수는 승진심사에서 제외되었네요."
하는 것이 아닌가. 청천벽력이었다. 이 말이 웬 말인가?

승진심사는 기한이 찬 교수가 연구업적 200점 이상을 제출해야 했다. 정식 학술논문집에 실린 논문 한 편이 100점이고, 단행본은 한 권이 바로 200점이었다. 김 교수는 논문 수량이 충분해서 논문 한 편과 단행본 한 권만 제출했다. 그것만 해도 300점이 되기 때문에 점수가 남아돌아간다. 그런데 점수 미달이라니? 알고 보니 단행본의 내용이 같은 전공계열이되 원래 전공하고 약간 빗나갔다는 이유로 비전공으로 분류하여 50점을 매기고 말았던 것이다. 김 교수는 부랴부랴 논문들을 긁어모아 2편을 더 보충하여 제출했다. 아슬아슬한 순간이 아닐 수 없었다. 마득상 교수가 김 교수에게 선심 쓰듯 미리 말해준 것은, 논문이란 며칠 사이에 써서 발표할 수 있는 것이 아니기 때문에 미리 말해줘도 김 교수는 준비할 시간이 없을 것이기 때문이었다. 그런데 그보다 더 깊은 속사정이 있었다. 이번에 김 교수가 승진하게 되면 고참인 마득상 교수보다 직급이 높아지고 만다.

이렇게 김 교수는 마득상 교수 때문에 긴장을 잠시도 늦출 수 없는 연속이었다.

김 교수가 이 대학의 전임이 되고 나서, 언젠가 마 교수는 자기가 시혜자란 듯 이런 말을 한 적이 있다.

"김 교수가 들어올 때 내가 반대는 하지 않았습니다."

"네, 잘 알고 있습니다."

"저야 아직 학위도 없고, 학부와 대학원이 전공이 달라서 큰소리칠 입장은 못 되지요. 그러나 내가 먼저 들어왔기 때문에 기득권으로 누릴 수 있는 특권 같은 것은 있습니다. 이 사람을 써 달라고 할 자격은 없지만 이 사람은 싫다고 말할 위치는 되지요."

"네, 제가 잘 알고 있습니다. 마 교수님이 반대했다면 제가 어떻게 들어왔겠습니까?"

김 교수가 귀국했을 때는 대학에서 전임을 뽑던 붐이 약간 지난 때여서 서울에 자리가 나지를 않았다. 그런데 모처럼 이 대학에 학과가 신설되어 전임을 채우고 있었다. 김 교수는 석사과정을 유학했던 나라에서 안면이 있는 마득상 교수를 직접 찾아갔으나 그는 오히려 끌어당기기보다 여러 장애물로 막는 태도였다.

"여기는 서울이기 때문에 경쟁률이 아주 심할 것입니다. 저나 김 선생은 모두 스카이 대학 출신이 아니지만 소위 스카이 대학 출신들 간의 경쟁이 치열할걸요. X선생도 이력서를 낼 것이고 O선생도 듣자니 이력서를 낼 것이라는 소문이 들리고, 제물포대학 교수로 있는 제 동창도 나한테 상황을 물어온 적이 있습니다. 그 친구도 서울로 오고 싶은 생각이 왜 없겠습니까? 그 친구가 온다면 솔직히 말해서 저야 달갑지는 않지만 오지 말라고 막을 수는 없지요."

"아, 네. 잘 알았습니다."

이렇게 해서 김 교수는 이 대학은 일단 포기하고 지방대학으로 내려갔다. 오죽 잘난 사람이 들어왔을라고? 하고 관심을 끄고 2년이란 세월이 흘렀다. 그런데 어느 날 우연히 인접 학과의 한 교수를 만났더니 이 대학에 무진 대학의 자기 친구 누가 들어가려다가 학교에서 안 뽑아서 못 들어갔다고 했다. 김 교수는 어처구니가 없었다. 잘난 스카이 대학의 경쟁장이 되었을 것이라고 상상했던 것과는 달리 무진 대학의 누구는 학부도 아주 시시한 대학을 나왔고 학부와 대학원의 전공이 다르며 아직 박사학위도 없었다.

알고 보니 마득상 교수는 주요 과목을 자기 혼자 다 차지하고 남은 강의를 선심 쓰며 무명의 시간강사들에게 맡기고 있었다. 그리고는 전임 모집 때는 김 교수에게 했던 것처럼 잘난 사람은 응모를 하지 못하게 다 차단하고 있었다. 그래서 가장 약한 무진 대학의 누구를 쓰려고 했던 것이다. 그러자 이 대학의 총장과 이사장은 아무리 사람이 없다 해도 이렇게 부족한 사람을 쓸 수는 없다고 안 뽑아 버렸던 것이다.

자초지종을 안 김 교수는 이번에는 치밀한 계획을 세웠다. 또 이력서를 낸다고 미리 말하면 어떤 수를 써서라도 못 내게 할 것이 자명하기 때문이다. 그래서 일단 응모하고, 응모기한이 끝난 다음에 마득상 교수에게 일방적으로 통보하기로 했다. 그래서 계획대로 타협 없이 이력서를 낸 뒤에, 응모하였으니 잘 부탁한다고 말했다. 마득상 교수는 너무나 의외인 듯 김 교수를 한 번 쳐다보더니 '이놈 봐라!'하는 표정이 역력했다. 그러나 이제 벌써 늦었다고 체념하는 눈치였다.

김 교수는 어부지리로 마득상 교수가 경쟁력 있는 사람은 모조리 제거해준 덕분에 가장 미흡한 사람들하고만 경쟁하게 되었다. 마지막 면접에서는 학교에서 다른 경쟁자들은 아예 다 제끼고 김 교수 하나만 면접을 치렀다. 총장, 부총장, 이사장은 김 교수의 이력서를 보고 대만족이었다. 부총장은 김 교수의 박사과정 성적표를 들고 감탄하듯 말했다.

"이사장님! 김용균 교수의 박사과정 성적 All A 입니다."
하며 전시를 하듯 이사장, 총장께 확인을 시킨다. 설립자이신 이사장은 인자한 표정으로 만면에 웃음을 띠고 말했다.

"김용균 교수님. 제가 아주 솔직히 말씀드리겠습니다. 교수님 같은 분은 우리 학교에 좀 과분한 분입니다. 이런 분이 우리 대학에 오래 있으리라고 생각하지 않습니다. 큰 대학으로 가시겠지요. 그러나 하나만 약속해 주세요. 3년간은 떠나지 않겠다고요. 그러면 임용하겠습니다."

"감사합니다. 저 어디 오란 데도 없습니다. 저 이 대학에서 정년하겠습니다."

김 교수는 감개무량하여 자기도 보답을 해야겠다고 대뜸 이런 말을 했다. 김 교수의 이 말을 들은 면접관 세 분은 모두 크게 웃으며 만족한 표정을 하였다. 수뇌부 세 사람이 그처럼 흡족해한 것은 김 교수가 박사학위를 취득한 곳이 세계적인 명문대학이었기 때문이다. 그리고 이사장이 말한 3년이란 말의 의미는 보통 사람은 잘 모르는 의미를 담고 있었다. 3년 후면 김 교수가 사십 살이 넘어버리기 때문에, 그때는 대개 학교 이동은 잘 하지 않는 관례가 있었다. 아마 그것까지 염두에 두고 한 말이었을 것이다.

하여튼 이렇게 하여 신생 학과에 두 사람의 전임이 있게 된 것이다. 물론 또 전임을 뽑아야 했다. 그런데 마득상 교수는 이번에는 유별나게 배세미라는 여자 응모자 한 사람에게 관심을 보였다. 이 사람을 쓰자고 주장한 것이나 다름없을 정도로 칭찬이 자자하다. 좀 이상하기도 하고 마득상 교수가 자기에게 한 짓들을 생각하면 괘씸하기도 하였으나, 언젠가 그가 말한 것처럼 자기가 들어올 때 반대는 하지 않았지 않은가? 한편 생각하면 그것만이라도 감사하기 그지없는 일이었다.

마득상 교수가 말하는 그 여자분은 자기 모교 출신은 아니지만 모교 은사님의 추천이라면서 같이 식사를 한번 하자고 했다. 식사 자리에 나가니 배세미 라는 여자분은 태도가 건방지리만큼 도도했고 경험이 부족해서 그런지 전혀 고개 숙일 줄을 몰랐다. 그래도 마득상 교수가 추천한 사람이기 때문에 좋게 보기로 작정했다. 어떻든 김 교수는 마득상 교수에게 흔쾌히 한차례 양보하기로 했다.

"마 교수님. 안심하십시오. 제가 들어올 때 교수님이 반대했다면 어떻게 들어왔겠습니까. 그 답례로 이번에는 100프로 교수님의 의견에 따르겠습니다. 저는 사람을 추천하지 않겠습니다."

이렇게 하여 거의 무투표 당선에 가깝게 배세미 교수가 들어왔다. 그런데 들어와서 이상한 소문이 학교에 널리 퍼졌다. 마득상 교수와 배세미 교수의 사이가 이상하다는 것이었다. 둘은 마득상 교수의 차로 출근도 같이하고 퇴근도 같이하며 점심시간은 예외 없이 둘만 나가서 식사를 했다. 학교에서는 바늘과 실이라고 소문이 자자하고 모두 수군댔지만 둘은 전혀 개의치 않았다. 김 교수는 개밥에 도토리가 되었다고 농담하는 교수도 있었다. 전임은 세 사람밖에 없는데 마득상, 배세미 두 교수가 일심동체처럼 한패가 되니 김 교수는 학과의 어떤 표결에도 지는 수밖에 없었다. 1년이 지나서야 배세미 교수가 마득상 교수의 사촌 처제라는 것을 알았다. 그런데도 김 교수에게는 단 한 마디 힌트도 주지 않고 모교의 은사가 추천한 사람이라고 거짓말을 했던 것이다. 둘의 관계가 처제 형부 사이를 훨씬 넘어선 사이라는 것을 짐작하면서도 김 교수는 오히려 남들에게 변명하기 바빴다.

다음에는 대학 본부에서 외국인 교수를 뽑아달라는 주문이 있었다. 외국어문계열 학과이기 때문에 네이티브 스피커가 전임으로 한 명은 있어야 한다는 것이었다. 외국에서 불러와도 되고 한국에 있는 외국인을 뽑아도 된다고 했다. 그렇다면 김 교수가 잘 아는 유자격자가 한 명 있었다. 김 교수가 유학을 마치고 막 귀국해서 서울의 어느 대학의 연구소에 잠깐 근무한 적이 있었다. 그때 같이 근무하던 한국에 거주하는 외국인인데 외국어는 물론 네이티브이고 인품도 좋고, 또 그때는 대학원생이었는데 지금은 박사학위도 있었다. 그러나 김 교수가 추천했다고 하면 마득상 교수가 찬성할 리가 없기 때문에 극비로 추진했다. 그래서 미리 그 외국인에게 사실을 알려주고, 이것은 비밀이니 누구에게도 발설하지 말고 기다리라고 했다. 그리고 정식 연락은 자신이 아니고 마득상 교수란 분한테서 갈 것이라고 미리 귀띔해 주었다. 그 외국인은 기뻐 어찌할 줄을 몰랐다. 오랫동안 정규 직장도 없이 살아왔는데 이제 신분 상승을 하려나 보다 하고.

그렇게 하여 그 외국인이 들어오긴 했는데 역시 외국인인지라 상황 파악이 둔하기 짝이 없었다. 전임이기 때문에 학과 회의에도 참석은 하지만 어느 교수가 농담 삼아 말했듯이 '대한민국이 무엇인지'도 몰랐다. 전임이 하나 들어왔다고 해서 김 교수의 불리한 상황은 전혀 바뀌지 않은 것이다. 그런데 더 이상한 것은 새로 채용된 그 외국인이 김 교수에 대하여 감사하는 마음이 전혀 없을 뿐만 아니라 오히려 좋지 않은 감정으로 대하고 있었다. 식사 한 끼 같이 하자는 말도 없는 것은 물론, 입발림 말이라도 감사하다는 말 한마디도 하지 않았다. 나중에 알고 보니 마득상 교수가 미리 그 외국인을 불러 조치해 놓았다. 당신은 당신 대학에 있는 박 교수(마득상 교수의 친구)의 추천으로 내가 쓴 것이며, 김 교수의 반대에도 불구하고 어렵게 당신을 채용하게 된 것이라고. 알고 보니 김 교수가 마득상 교수에게 그 외국인을 추천하자 마득상 교수는 그가 강사로 재직하고 있는 대학에 있는 자기 친구 박 교수란 분한테 확인하고 이력서를 가져오라고 했던 것이다.

　김 교수는 일체의 변명을 하지 않았다. 변명을 하기에는 상황이 너무 늦었고 어떻게 해도 사태를 만회할 수 있는 시기는 이미 지났다. 김 교수는 가끔 이렇게 백 프로 지고만 사는 세상을 사는 것보다 차라리 직장을 그만둬버려야 하지 않나 생각했다. 그런데 그런 비슷한 투의 말만 비쳐도 부인은 질겁했다. 그렇게 해서 교수직을 그만두게 되면 이 뒤로 다른 곳에 옮길 수도 없다는 것이었다. 서울의 모 대학 교수인 부인은 김 교수로부터 이런 사정을 항상 들어서 내부 사정을 잘 알고 있었다. 김 교수는 마지못해 근무는 하고 있었지만 우울증에 걸려 모든 의욕을 상실하고 있었다.

　마침 대학은 학과장을 돌아가면서 하기 때문에 이번에는 김 교수가 학과장을 맡게 되었다. 그때 마침 또 한 명의 전임을 보충하라고 교무처에서 연락이 왔다. 기회는 왔다. 이번에도 만약 마득상, 배세미 교수 편이 들어오고 만다면 김 교수는 문자 그대로 학교를 그만두어야 할 판이었다.

　마득상, 배세미 교수는 잘 알고 있었다. 이번에야말로 김 교수가 목숨을 걸 것이란 것을. 그리고 김 교수를 안타까운 눈으로 바라보고 있던 주변의 말 없는 교수들도 잘 알고 있었다. 이번만은 김 교수가 결판을 내고 말 것이라고.

　김 교수가 나온 대학은 비록 스카이 대학은 아닐지라도 마득상, 배세미 교수가 나온 대학보다는 더 나은 대학이기 때문에 자기들의 후배가 오면 어차피 김 교수가 추천한 사람에게 지게 되어 있었다.

그래서 마득상, 배세미 교수는 예상대로 자기 후배를 한 명도 추천하지 않았다. 오직 한 명의 마득상 교수 후배가 허락도 없이 자의로 이력서를 낸 사람이 있을 뿐, 배세미 교수 쪽에서는 한 명의 자기 후배도 이력서를 낸 사람이 없었다. 마득상, 배세미 교수는 합동으로 소위 스카이 대학의 유자격자들을 직간접적으로 수소문하여 응모하게 권장했다. 그것이 김 교수 쪽을 이길 수 있는 유일한 방법이었기 때문이다.

시대가 바뀐 데다가 또 마득상, 배세미가 내정자가 없다고 소문을 내자 이력서가 몰리기 시작하여 박사학위 소지자만 16명이 응모했다. 응모자명단을 넘겨보던 김 교수는 기겁할 지경이었다. 그동안 세월이 흘러 벌써 학위 소유자가 넘쳐나는 시대가 된 것도 한 이유이지만, 이렇게 쟁쟁한 이력서가 들어오다니, 아마 서울에 있는 대학에서도 가장 격렬한 한 차례 접전이 벌어질 판이었다. 스카이 대학 중에서도 S대 출신만 4명이 응모했고, 그다음의 스카이급 대학이 대부분인데 박사학위가 2개 있는 응모자도 있었다.

김 교수도 모교에 연락하고 힘껏 노력하여 후배 2명을 응모하게 했다. 그런데 김 교수의 후배로 응모한 강재상은 너무나 약했다. 김 교수의 대학 후배인 것은 맞지만 학위는 다른 대학에서 받았을 뿐만 아니라 순수한 국내파였고 신체적인 결함까지 가지고 있었다. 어려서 소아마비를 앓아 다리 하나가 더 가늘었다. 그 때문에 군대도 안 갔지만 이것은 일체 김 교수 혼자만 알고 마득상, 배세미 교수에게는 입도 뻥긋하지 않았다. 그런데도 김 교수가 강재상에게 특히 호감을 가진 것은 그의 인품 때문이었다. 강재상은 외국어 계열인데도 유학은 안 갔다 왔으나 회화도 곧잘 하였다. 영어사전을 송두리째 외웠다고 할 정도로 박학한 단어를 알고 있었다. 단 외국파들과 달리 그들이 잘 사용하지 않은 문언체를 구사하여 상대를 어리둥절하게 하지만 어찌 보면 더 품위 있는 고전적인 문장을 구사하였다. 또 한 명 김 교수의 후배 윤 철은 대구에 있는 대학의 전임이고 전공이 완전 부합되고 그런대로 괜찮은 외국대학의 학위까지 가지고 있었다. 김 교수는 쟁쟁한 경쟁자들을 다 물리치고 자기의 후배 강재상과 윤 철 중의 한 명을 뽑아야 하는 중차대한 사명을 띠고 있었다. 마득상, 배세미 교수는 별로 신경도 쓰지 않는 눈치였다. 이렇게 누구도 손쓸 수 없는 구도를 짜놓았는데 무슨 재주로 저들을 물리치고 네 후배를 넣을 수 있겠느냐는 태도였다.

첫째 관문으로 학과에서 3배수를 뽑아야 했다. 3배수를 학과에서 뽑아 올리면 위에서 그중 1명을 마음대로 정하는 형식이다. 이 제도가 생겨난 이후, 현재는 대부분 대학에서 모두 공통적으로 채택하고 있다. 그 대신 3배수를 뽑아 올릴 때 석차를 매기지 못하게 규정하고 있다. 3배수 중에서 마지막 1명을 뽑는 것은 대학 본부의 재량이니 누구를 뽑던지 거기에 대해서 이의를 달지 말라는 장치였다. 그런데도 상당수의 학과에서는 1, 2, 3위의 석차를 매겨서 올리고 1위를 뽑아주지 않으면 심히 반발하고 데모를 하는 수도 있고 탄원서를 제출하는 수도 있었다. 그러나 그렇게 이의를 제기할 수 있는 학과는 힘 있는 학과이고, 학과 전체 교수가 일치단결했을 때 일어날 수 있는 일이다. 그러기 때문에 김 교수의 학과에서는 그런 일이 일어나기 어렵게 되어있다. 힘 있는 학과도 아니고 전체 교수가 의견일치를 볼 수도 없는 학과이기 때문이다.

원래 어느 학과나 첫 관문인 3배수를 뽑는 과정에서는 심한 눈치작전과 편견, 편애가 작용하고 큰소리까지 나오는 수가 많았다.

김 교수는 교무처에서 학과로 내려 보내준 여러 개의 응모자 서류 가방을 넓은 탁자 위에 올려놓고 마득상, 배세미 교수와 외국인 전임을 불렀다.

"우리 과의 전임교원 응모자의 전체서류가 교무처로부터 도착했습니다. 이 서류를 심사해서 3배수를 뽑아 1주일 내에 교무처에 제출해 달라는 주문입니다. 자, 그럼 가방을 열고 일단 서류들을 보면서 초벌 작업을 시작하지요. 제출논문 편수와 출신학교 등 기본 도표작성은 제가 하겠습니다. 정식 심사는 내일부터 이 자리서 시작하겠습니다. 그동안은 서류를 학과 캐비넷에 넣어두고 열쇠는 저만 가지고 있겠습니다."

하면서 일단의 주도권을 잡았다. 이렇게 하여 여러 개 가방의 지퍼를 열고 모두 서류들을 뒤적여보면서 인원 파악과 출신학교 확인 및 제출 서류의 미비 여부를 검토했다.

다음 날, 정식 서류심사를 시작하는 날이다. 네 명의 교수가 대형 탁자 한 면씩을 차지하고 둘러앉았다. 그런데 마득상 교수가 먼저 할 말이 있다고 했다.

"지금 응모자가 16명이나 되군요. 학위논문을 제외하고도 열 편

이상의 논문을 제출한 사람도 있기 때문에 우리가 다 읽고 심사하려면 일주일로 빠듯합니다. 일을 좀 간소화한다는 차원에서 아예 상대가 되지 않은 사람은 미리 제외시키고 시작하면 어떻습니까?"

"학과에서 마음대로 그래도 되는지 모르겠습니다."

"왜 안 돼요? 이제부터는 학과에 절대적인 권한이 있습니다."

"맞습니다. 그것은 학과의 재량입니다."

김 교수가 마득상 교수의 의견에 이의를 달았더니 다른 두 교수가 이구동성으로 마득상 교수 편을 들며 충분히 그럴 수 있다고 지지 발언을 한다. 그래서 할 수 없이 그러기로 잠정 합의를 보았다. 마득상 교수는 동의를 얻었다고 생각이 들자 일어서서 맨 먼저 자기 후배의 이력서를 추켜들었다.

"이 사람은 따지고 보면 유일한 제 학교 후배입니다만 한 대학에서 학부, 석사, 박사까지 하고 외국 유학은 다녀오지 않았습니다. 아마 여러분도 동의하겠지만 가장 약합니다."

하면서 한쪽에 이력서를 턱 내려놓았다. 객관적으로만 본다면 가장 공평한 발언이다. 그러나 숨은 패는 다음 발언에 있었다. 그다음 추켜든 이력서는 김 교수의 후배인 강재상의 이력서였다.

"이 사람도 같습니다. 국내에서만 학교를 옮겨 가면서 학위를 받았습니다만 가장 약합니다. 우리는 미국학 전공과정 통상교섭 전공자를 뽑기 때문에 일단 회화는 가능한 사람이어야 합니다. 외국 유학을 다녀오지 않은 사람은 이 두 사람뿐입니다. 일단 이 두 사람은 제외하고 심사를 시작하지요."

"좋습니다."

"동의합니다."

두 교수는 미리 짜놓은 대사인 듯 금방 찬동을 표했다. 김 교수가 생각해도 충분히 일리는 있는 말이나, 그렇게 되었을 경우 김 교수의 두 패 중에서 한 패가 무효화 되어버리는 것이다. 그렇게 해서 강재상은 일단 심사 대상에서 제외되고 말았다.

그리고는 지루한 서류심사가 시작되었는데 서로 자기가 선호하는 사람에게 1점이라도 더 주고, 싫은 사람은 1점이라도 깎으려는 계산이 훤히 들여다보이고 있었다. 결정을 해야 하는 단계에서 김 교수는 자기의 유일하게 남은 후배 윤 철을 제외시키려는 기미가 보이면 무조건 회의를 중단해버리고 말았다. "오늘 회의는 이만하겠습니다."하고 일어나버렸다. 그렇게 몇 번을 하자 드디어 마득상 교수는 버럭 소리를 질렀다.

"아니, 김 교수! 도대체 김 교수는 전임을 뽑으려는 거요, 뽑지 않으려는 거요?"

그런데 실은 3배수 중에서 윤 철을 제외한 두 명은 일찌감치 결정되어 있었다. 둘 다 S대 출신인데 한 사람은 여자분으로 S대를 졸업하고 외국의 명문대학에서 갓 학위를 받고 귀국했다. 김 교수는 그녀의 S대 성적표를 보고 입이 딱 벌어졌다. 4년간의 성적이 거의 전부가 A가 아닌가? 김 교수도 All A를 맞은 적은 있으나 그것은 대학원의 일이다. 대학원은 학생 인원이 적은 데다가 웬만하면 A를 주기 때문에 가능한 일일 수 있다. 그러나 학부는 인원이 많으며 여러 가지 과목을 이수해야 하기 때문에 All A를 맞기란 정말 어려운 일이다. 그런데 그녀의 성적표는 누구에게 겁을 주려는 듯이 거의 전부의 과목이 A자로만 줄지어 있었다. 또 한 사람은 역시 S대 출신으로 현재 수원의 모 대학 전임인데 응모 부문의 전공과 정확히 부합되는 남자 교수이며, 전 경력에서 흠잡을 데라고는 단 한 곳도 없는 완벽한 응모자였다.

이제 마각이 완전히 드러났다. S대 출신 두 명은 이미 결정이 났고, 김 교수가 미는 윤 철을 넣느냐 마느냐 하는 문제만 남아 있었다. 마득상과 배세미 교수는 윤 철만은 절대 3배수에 넣을 수 없다는 견해를 분명히 했다. 김 교수가 생각해도 윤 철을 3배수에 넣는 것은 상당한 무리가 뒤따랐다. 많은 양보를 받아내도 윤 철이 다른 스카이 대학 출신보다 낫다고 판단하기는 설득력이 부족했기 때문이다. 그러나 김 교수는 작정했다. 차라리 죽는 한이 있더라도 윤 철은 3배수 안에 기어코 넣고야 말겠다고. 얼마나 오랫동안 당해왔으며 얼마나 많이 준비해 오던 일이던가. 여기서 물러난다고? 말도 안 돼.

S대 출신의 학장은 무조건 S대를 써야 한다는 견해이고 그중에서도 수원의 모 대학 현직 전임을 적극적으로 민다는 소문이 파다하였다.

회의 석상에서 마득상 교수는 작심하고 왜 윤 철을 써서는 안 되는지 그 이유를 조리 있게 설명했다.

"그럼 제가 솔직히 말하지요. 윤 철은 우리 배세미 교수와 외국에서 유학하면서 싸운 적도 있는 앙숙 관계랍니다. 귀국해서도 여기저기서 우리 배세미 교수를 비난하고 다닌답니다. 지금 재직하고 있는 대학에서도 트러블 메이커(말썽쟁이)라는 소문도 있고요. 그런데도 3배수 안에 넣으시렵니까? 보자 하니 김 교수의 의사는 분명한 것 같습니다. 윤 철은 반드시 3배수에 넣으려고요. 그렇다면 저희도 할 수 없습니다. 저와 배세미 교수가 총장 면담을 신청하겠습니다."

마득상 교수의 말은 얼핏 상당히 이치에 맞는 말이었다. 배세미 교수와 외국인 교수도 그의 말에 동의한다는 듯 연방 고개를 끄덕이고 있었다. 꼼짝없이 이번에도 당할 수밖에 없는 상황이 되고 있었다.

김 교수의 부인은 어깨가 축 처져서 귀가하는 남편을 걱정스러운 표정으로 바라보고 있었다. 부인은 이야기를 다 듣고 나더니 말했다.

"여보. 말을 들어보니 당신의 후배 윤 철을 3배수 안에 넣는 것은 무리네요. 혹 당신이 무리를 해서 윤 철을 3배수에 넣는다 해도 마득상, 배세미 두 사람은 충분히 총장실로 쳐들어갈 수 있는 사람들입니다. 이렇게 하면 어떨까요?"

하면서 계책을 내놓았다. 마득상, 배세미 교수가 그렇게 원한다면 윤 철을 3배수에서 뺀다. 그 대신 3배수로 올리지 않으면 교무처에서 접수를 하지 않기 때문에 3배수는 채워야 한다. 부족한 한 명은 맨 처음에 무자격자로 제외시켰던 두 명 중에서 하나를 채워 넣는다. 그 두 사람은 어차피 안 될 사람이기 때문에 마득상, 배세미 교수가 반대할 이유가 없지 않겠는가. 부인의 말은 계속되었다.

"처음에 제외된 두 명 중에서 당신의 후배 강재상를 넣으세요. 당신 대학 총장은 강재상이 나온 대학원의 대학 출신 아닙니까? 당신 대학 총장은 자기 대학 출신이라면 무조건 잡아끈다고 소문이 자자하던데요, 뭐. 아마 대학원만 나왔어도 팔이 안으로 굽을 것이 뻔합니다. 그리고 당신 대학 교무처장이 내 가장 친한 대학 선배라는 것 잘 알고 있잖아요? 내가 언니를 만날게요. 당신도 언니를 찾아가든지 전화를 하든지 하세요."

와~ 이렇게 좋은 아이디어가 있었단 말인가.

다음 날, 다시 잔뜩 긴장된 상태에서 전임 선발 회의가 속개되었다. 김 교수는 모든 욕심을 내려놓았다는 자세로 어제저녁에 부인과 계획했던 바를 차분한 말투로 말했다. 마득상, 배세미 교수는 처음에는 자기의 귀를 의심한 것 같았다. 김 교수가 그렇게 호락호락 포기할 사람이 아닌데…. 그러더니 배세미 교수가 먼저 발언을 한다.

"잠깐, 김 교수님! 지금 윤 철을 3배수에서 뺀다는 말씀입니까?"

"네. 그렇습니다."

하자, 배세미 교수는 앉았던 의자에서 벌떡 일어나 상당한 거리의 김 교수를 향해서 뚜벅뚜벅 걸어오더니 가까운 거리에서 갑자기 90도로 허리를 굽혀 인사를 한다. 감격한 목소리로 "감사합니다. 감사합니다."를 연발한다. 그때까지도 귀를 의심하고 있던 마득상 교수가 못 믿겠다는 듯이 재확인을 한다.

"잠깐요. 지금 윤 철을 3배수에서 빼고 처음에 우리가 자격 미달로 배제시켰던 두 명 중에서 아무나 하나를 넣어 3배수를 채운단 말씀이시군요. 맞습니까?"

"네, 맞습니다. 처음에 뺐던 두 명은 누가 생각해도 경쟁력이 없는 사람이니까 아무나 하나 넣겠습니다. 3배수가 아니면 교무처에서 접수를 안 하니까요."

마득상 교수가 재확인해도 윤 철을 빼는 것이 확실하자 마득상 교수도 일어나서 활짝 웃으며 김 교수에게 깊이 머리 숙여 인사한다.

"김 교수님 감사합니다. 오늘 저녁은 제가 사겠습니다."

하며 움츠렸던 가슴을 활짝 펴고 금니까지 환히 드러내 보이며 웃는다. 모처럼 학과에 경사가 난 듯 화기애애한 분위기에서 전원이 걸어서 교문을 나서고 있었다. 멋모르고 따라만 오던 외국인 교수는 무엇인가 알 수 없는 복잡다단한 학과의 흐름을 이제는 좀 짐작한 듯 김 교수에게 말했다.

"김 교수님. 제가 들어올 때도 이렇게 복잡했습니까?"

"(당신이 들어올 때도 이렇게 복잡했다오.)"하는 말이 목구멍까지 치밀어 올라왔으나, 지금 설명해 줘도 당신은 모를 걸 하고 뒤돌아보며 한 번 웃어주었다. 학교 앞의 가까운 레스토랑에서 학과가 생긴 이래 처음으로 교수 전원이 화기애애한 분위기에서 식사를 했다. 가장 비싼 요리가 계속 나왔고 고급 양주를 병째 시켰다. 마득상, 배세미 교수는 온더록스로 하고 김 교수와 외국인 교수는 스트레이트로 했다.

다음 날, 김 교수는 교무처에 올릴 심사보고서를 작성했다. 보고

서는 한 장의 도표로 되어 있었는데 3배수의 이름을 쓰고 간단한 학과장의 의견을 적을 난이 있을 뿐이었다. 의견을 적을 난은 두 줄도 채 쓸 수 없는 좁은 공간이었다. 순위를 매겨서 올리지 말라는 주문이기 때문에 누구를 먼저 쓴다는 규정도 없었다. 마침 강재상의 성이 한글 가나다순의 첫째였기 때문에 "그냥 가나다순으로 쓰겠습니다." 한마디하고는 강재상를 첫 번째로 쓰고 학과장 의견은 학부 수업에 적격자라고 썼다. 나머지 두 사람은 전공논문을 거론하며 학문적 성과가 출중하며 대학원 전공에 아주 적합한 인물이라고 썼다.

그러나 알고 보면, 대학원이라니? 이 대학은 아직 박사과정은 없고 석사과정만 서너 명이 있을 뿐이었다. 즉 우리 학과에 필요 없는 인물이란 뜻이었다. 김 교수는 심사보고서에 적을 이 간단한 내용을 심사숙고하여 미리 머리에 담아두었으나 다른 교수들은 거기에 전혀 신경을 쓰지 않았다. 왜냐하면 처음에 제거되었던 두 명은 아예 상대도 되지 않는다고 생각했기 때문에 김 교수가 별생각 없이 즉석에서 속사한 것으로 알고 대충 훑어보고 서명을 했다.

그리고는 며칠이 지나서 대학 본부로부터 학과장에게 채용 결정 통보가 왔다.

강재상이 결정되었다는 것이다. 기쁜 일이긴 하지만 솔직히 말해서 강재상을 채용한 것은 부도덕한 일이었다. 성적으로만 본다면 확실히 전체의 꼴찌였던 것이다.

이것은 어떤 의미에서는 의에 벗어난 일이었다. 김 교수는 자기의 안전만을 위하여 생전 처음으로 이전투구를 벌였지만 심한 양심의 가책이 가슴을 치고 있었다. 그러나 김 교수가 유일하게 이번 전임 채용에서 스스로를 위로했던 것은 강재상이 인품 하나만은 가장 뛰어나고 지금까지의 경력은 약하지만 앞으로 가장 훌륭한 학자가 될 자질을 가지고 있다는 확신이었다.

김 교수는 마지막으로 강재상이 결정되었다는 소식을 학과에 알릴 수 없었다. 이 소식을 알면 마득상, 배세미 교수는 까무러칠 것이고, 지금이라도 총장실로 쳐들어갈 수 있는 사람들이다.

그리고는 며칠이 흘렀는데도 마득상, 배세미 교수는 알려고도 하지 않았다. 자기들이 민 S대 출신 여자 아니면 남자가 되었을 것이 확실하기 때문에 누가 됐던 무슨 상관인가 하는 달관한 태도였다.

그리고는 또 며칠이 지났다. 이제는 강재상 교수가 임명장도 받고 호텔에서 전체 신임 교원 환영 만찬까지 끝났다고 했다. 이제는 알려도 되겠구나 하고 먼저 배세미 교수 연구실을 노크했다. 배세미 교수는 벌써 관록이 있는 교수인 양 세련된 몸짓으로 손바닥 신호를 하며 소파에 앉기를 권한다.

"이번 전임 채용에 수고 많이 하셨습니다. 교무처에서 결과가 왔습니다."

"네~"

별 관심이 없다. 자기들이 민 두 명 중 한 명이 되었을 것이 뻔 한데 누가 된들 무슨 상관이란 말인가 하는 태도였다. 그래서 그대로 나와 버릴까 하다가, 그래도 학과장으로서 전달은 분명히 해야겠다고 생각했다.

"강재상 교수가 됐습니다."

"네? 누구요?"

화들짝 놀란다. 이름을 들어본 적이 없는 사람이기 때문이다. 심사를 들어가기 전에 벌써 제외시켰기 때문에, 심사를 한 적이 없는 사람이니 이름을 기억할 리가 없다.

다음은 마득상 교수의 연구실을 노크했다. 역시 김 교수를 대하는 태도가 어쩌면 배세미 교수와 그리도 똑같은지 참으로 의젓하고 고참 교수다웠다. 그러나 '강재상 교수'라는 말을 듣자 "누구요?" 외마디 소리를 지르더니 얼굴이 새파래지고 손가락에 파르르 경련이 일어났다.

"수고 많이 하셨습니다."

하고 김 교수는 문을 열고 복도로 나왔다. 누가 창문을 열어놨는지 고층 건물 복도 끝에서 불어오는 소소리바람이 한차례 세찬 소리를 내고 지나간다.

다음 날, 김 교수는 강의 도중에 갑자기 말을 버벅거렸다. 그뿐인가, 평소에는 잘 말하던 단어도 기억이 나지 않아 오랫동안 말의 간격이 떴다. 학생들이 이상하다는 눈초리로 김 교수를 응시한다.

퇴근 시간에는 퇴근을 못 하고 머뭇거리고 있었다. 왜 자기가 이전에 하지 않던 짓을 이렇게 하고 있는지 딱히 이유는 모르고 있었다. 가방을 챙겨 교정을 걸어 나오면서는 갑자기 며칠 전에 집에 도착한 판공성사표를 생각했다. 오랜만에 냉담을 깨고 성당에 가서 고해성사라도 하고 싶었다. 나는 이렇게 나쁜 짓을 했습니다. 제 사리사욕만을 위하여 신성한 교정을 모독하고 응모자 중에서 가장 성적이 낮은 자를 뽑았습니다 하고.

　교문을 나서 한참을 걷다가 엊그제 처음으로 학과 전체 교수가 화기애애한 분위기에서 회포를 풀던 레스토랑을 보았다. 김 교수는 자기도 모르는 사이에 그 레스토랑을 걸어 들어갔다. 홀의 안쪽에서 외국어학부 학장이 다른 교수들과 한잔하고 있다가 일어서 나오며 손짓을 한다.

"어, 김 교수. 이리와요. 혼자예요?"

"아, 괜찮습니다."

"아니, 혼자라면 이리와요. 마침 우리 학부 교수들만 있지 않아요?"

"괜찮다니까요?"

"김 교수 오늘 왜 이래. 모처럼 우리 같이 한잔하자고."

"괜찮다는데 이 양반이⋯."

"뭐 이 양반?"

"그렇다 인마."

"뭐, 인마? 이 새끼가⋯."

　둘이는 순식간에 뒤엉키고 말았다. 학장과 시비가 붙은 것을 본 안쪽의 교수 두어 명이 뛰어나왔다. "김 교수 왜 이래!"하고 노골적으로 학장 편을 들며 뜯어말렸다. 김 교수는 언뜻 그들이 가면을 쓰고 있는 환상이 보였다. 자기도 모르는 사이에 이 위선자들 하는 생각이 드는 순간 "너는 뭐야!"하며 말리는 교수를 향해 주먹을 휘둘렀다. 물론 그들도 가만 있지 않았다. 김 교수도 몇 대 얻어맞고 발길질도 당했다. 김 교수는 그들을 뿌리치고 레스토랑을 박차고 나왔다. 밖은 마침 이슬비가 흩뿌리고 앞이 희끄무레하였다. 그때 마침 지나가던 승용차 한 대가 비틀거리는 김 교수를 옆으로 사정없이 때리고 지나간다. 승용차는 짧은 거리에서 "찌지직!" 급브레이크 밟고 정차하였다.

노명달이라고 아실랑가

　나는 인천공항에 지인의 배웅을 나갔다가 한 장면을 보고 잔잔한 감동을 받았다.
　손님의 배웅이 끝나고 집에 돌아오려던 참에 배가 출출하여 일층 패스트푸드점에 들렀다. 식사가 거의 끝나갈 무렵에 한 젊은 부인이 어린 자식의 손에 끌려 패스트푸드점으로 들어오고 있었다. 아직 초등학교도 가지 않았을 것 같은 어린 아들은 엄마를 카운터로 밀며 막무가내로 패스트푸드를 사내라고 졸랐다. 서른이 됐을까 말까 한 여릿한 젊은 부인은 몹시 난처한 표정을 하며 아들을 다시 데리고 나가려고 한다. 엄마가 자기 말을 들으려 하지 않자 다른 손님이 들고 있는 햄버거를 가까이 손가락으로 가리키며 이것을 사내라고 울어댔다. 엄마의 목소리는 아들의 쩡쩡 울리는 목소리에 비해 모깃소리만큼 작았다. 조그만 홀 안의 모든 손님이 그들 모자의 실랑이를 보고 있었고 이제 설명을 듣지 않아도 상황을 다 파악하고 있었다. 젊은 엄마는 창피를 느끼는 모습이 역력했다. 그러나 아주 단호했다. '네가 아무리 엄마에게 창피를 주어봐라. 다시는 네 수법에 말려들어가지 않을 것이다.'라고 다짐하고 있는 듯하였다. 그 억센 아들의 행동으로 보아 전에도 이런 일이 몇 번 있었던 모양이다. 그럴 때면 엄마는 마지못해 패스트푸드를 사서 손에 들려 나오곤 했을 것이다. 엄마는 패스트푸드가 얼마나 어린이 건강에 나쁜데, 얼마나 큰 비만의 원인인데 그것을 꼭 먹겠다고 버티는 아들을 이제는 확실히 버릇을 고쳐놓겠다고 마음먹고 있는 다짐이 눈에 보였다. 마치 '손님들 죄송합니다. 당신들도 자식 키우는 분들이니 이해해 주시겠지요.'하는 말을 하는 듯하였다. 아니나 다를까 아들은 호리호리한 엄마에 비해 덩치도 크고 벌써 비만기가 상당히 있었다. 아마 아빠 쪽을 닮은 것 같다. 엄마는 울며불며 늘어지는 아들의 손을 잡고 기어이 힘겹게 밖으로 끌고 나가고 있었다. 참으로 박수라도 쳐주고 싶은 장한 장면이었다.

나는 문득 고향 안터에서 있었던 일이 생각났다. 그때 동네 형들을 따라 뒷산에 나무하러 갔다가 우리 동네의 잘못 풀린 아들 명달이를 찾아 서울로 떠난 엉굴댁 이야기를 들으며 언뜻 톱니 잎에 손을 베이고 말았었다.

안터에서 서울로 줄행랑을 친 청소년들은 모두 청운의 뜻을 품고 떠나간 풍운아답게 1~2년만 지나면 제법 시골티를 벗은 사람이 되어서 다니러 왔고, 듣기에도 우스운 서투른 서울말을 구사하였다. 그들의 말은 '밥 묵었냐?'가 '밥 먹었니?'로 변해 있었고, 어른들에게 하는 '알녕하싱기라우?'의 인사가 '안녕하십니까?'로 바뀌어 있어서 우스워 죽을 지경이었다. 떠날 때는 부모들 모르게 도둑고양이처럼 떠났지만 1~2년만 지나면 언제 그랬느냐는 듯이 부모들도 돌아온 아들을 오히려 반갑게 맞이하여 주었다. 우리 코흘리개들은 고향 형들의 우스운 말투와 과감한 행동이 부러워 뒤를 졸졸 따라다니며 구경하였다. 그런데 시골을 떠난 것은 명달이를 제외하면 모두 스무 살도 못 된 청소년들이기 일쑤인데 실은 우리 동네에서 청소년들보다 먼저 서울행을 결심한 것은 장동 아재였다.

장동 아재는 2살 5살 난 딸이 있었지만, 부인에게 말하고 떠났는지 그냥 떠났는지는 알 수 없으나 혼자 서울행 열차에 몸을 실었다. 내가 어려서 장동 아재를 인상 깊게 본 것은, 누구를 따라서 어린 나이에 사랑방에 들른 적이 있는데 동네 머슴도 섞인 몇몇 총각들에게 이야기를 해주고 있었다. 무식한 시골 총각들은 소쿠리나 짚신을 짜던 손을 놓고 장동 아재의 이야기에 넋을 잃고 있었다. 나는 늦게 들어갔기 때문에 앞의 이야기는 알 길이 없으나 등장인물도 처음 듣는 뭐 '루팡'이라는 이름의 인물이었다. 어른의 말을 다 이해할 수는 없었지만 지금 기억나는 것으로는 핑크빛 커튼이 바람에 흩날리고 있는 창가에서 잠자고 있는 귀부인을 지켜보고 있었다는 등의 내용인 것 같았고, 루팡이 마차를 타고 떠나자, 저택 안에서는 금궤가 없어졌다고 야단법석이 벌어졌다는 이야기였다.

할머니 할아버지가 들려주던 산 도적 이야기며 귀신 나오는 이야기와는 전혀 차원이 다른 내용이었다. 장동 아재가 왜 장동 아재이며 그 의미가 무엇인지도 모르고 모두 그렇게 부르니 나도 그렇게 따라 불렀다. 우리 동네가 옆 마을 장정굴과 합하여 행정구역으로 내기리(內基里)라고 부른다는 사실을 안 것은 큰아이가 되어서였다. 우리 동네 안터가 한자어로 내기리라고 한단다. 그저 우리는 산골에 깊숙이 틀어박힌 마을이라고 해서 안터 또는 안터마을이라고만 알고 자랐다. 하여튼 나로서는 그냥 부르는 안터가 내 정다운 고향 마을이었다.

장동 아재는 서울로 간 지 1년이 다 돼서 안터로 돌아왔고 식구들을 모두 데리고 다시 서울로 가버리고 말았다. 나중에 내가 상당히 커서야 장동 아재는 나와도 가까운 일가라는 것을 알았고 내가 성인이 되었을 때는 장동 아재는 다시 식솔들을 데리고 안터에 돌아와 살고 있었다. 다른 청소년들은 서울로 가면 거기서 기어이 둥지를 틀고 고향은 몇 년 만에 한 번씩 다니러 오는 것이 고작인데 장동 아재만은 다시 귀향한 것이 또한 그들과 달랐다. 나는 여러 가지 배울 점이 많은 장동 아재를 잘 따랐고 그의 입을 통하여 서울에서의 일도 잘 알게 되었다.

장동 아재가 서울의 수색에 둥지를 틀겠다고 작심하고 달려들던 때는 휴전협정이 되고 얼마 안 돼서였다. 한 산에 온통 진달래꽃이 만발한 것 같이 일망무제로 가득한 판잣집, 비닐집, 천막집, 루핑집이 늘어선 그곳을 모두 산 30번지라고 하였다. 일제 때는 청계천 같은 도심에 빈민촌이 많았지만 6·25 이후에는 상계동, 난곡, 봉천동, 수색 같은 주로 산등성이를 중심으로 달동네가 형성되었다. 듣기 좋은 말로 달동네라고 하지만 하늘 아래 맨 먼저 달을 맞이한다는 정서적인 이름과는 달리 실지는 인간이 살기 위해 마지막 발버둥을 치는 막창의 생활전선이었다. 그곳 산 30번지를 처음에는 천막촌이라고도 하고 산막촌이라고도 불렀다. 서울역 근처의 양동 판자촌을 철거하자 그들이 수색으로 몰려왔고, 보다 못한 시에서는 인근 부대에 부탁하여 천막을 임시로 빌려주면서 기거하게 하였다. 천막은 1개 소대가 들어갈 수 있는 24인용 천막도 있었고 32인용 천막도 있었다. 그것도 턱없이 부족하였기 때문에 제비뽑기로 들어갔다. 그때부터 천막촌이란 이름이 생겨났는데 그 천막을 빌려주는 데도 기한이 있었다. 일단 천막에 들어온 빈민들은 천막을 걷어가기 전에 토담이나 돌담을 쌓고 판자며 사과 궤짝이며 비닐, 루핑을 이용하여 지붕을 덮어 흙바닥에서 웅크리고 잠을 잤다. 천막을 환수해 간 뒤에는 천막촌이라는 이름이 산막촌, 판자촌, 빈민굴, 달동네 등 내키는 대로 불렸고 소문을 듣고 밀려온 빈민들로 더 북새통을 이루었다. 이런 상황은 수색만의 문제가 아니고 서울 곳곳의 산등성이에서 벌어지고 있었다.

당시 서울 인구 중에서 자기 집을 가지고 있는 사람은 절반이 될까 말까였다. 상당히 괜찮은 사람이 평지 주택의 셋방살이를 하는 것이고 나머지는 달동네로 몰려 등을 비비고 살기를 도모하였다. 그때 한국은 아시아의 거지 나라었다. 미얀마보다도 못 살았고 방글라데시, 라오스, 캄보디아보다도 못 살았다. 아시아에서 두 번째로 못 사는 나라였으니 가장 못 사는 나라는 인도였다. 그때 인도는 길거리에 시체가 뒹굴고, 막 죽어가며 꿈지럭거리는 반 시체는 길가 어디에서나 볼 수 있었다. 그런 인도 다음이 한국이었다.

장동 아재가 수색 판자촌을 찾게 된 것은 기차 칸에서 알게 된 김씨 아저씨 때문이었다. 광주에서 저녁때 기차를 타면 새벽에 서울에 도착한다는 가장 느린 완행열차에 몸을 싣고 대전역에 도착하자 자정이 갓 넘어서고 있었다. 플랫폼의 구내 국수 장수가 기차 칸에 들어와 광고를 하고 돌아다녔다. "우동들 드세요. 이 열차는 대전역에서 20분간 정차합니다. 우동들 드세요." 하자 잠을 한숨 붙인 손님들은 눈을 비비고 밖으로 나가기도 하고 그대로 자기도 하였다. 밖으로 나간 손님은 모두 플랫폼에서 김이 모락모락 나는 가락국수를 맞바람에 게 눈 감치듯이 후루룩거리며 넘겼다.

장동 아재가 탄 나무 의자의 여섯 명 중 국수를 사 먹으러 가는지 바람을 쐬러 가는지 일어나 밖으로 나간 사람은 두 명이었다. 장동 아재는 광주에서 출발할 때 식사 대용으로 먹으려고 건빵 한 봉지를 사서 가방에 넣어 왔기 때문에 그것을 꺼내 한 알을 입에 넣었다. 앞에 두 사람의 침을 삼키는 모습이 보지 않아도 뻔했다. "저, 이거 좀 들어보실라요?"하고 두 분에게 건빵 두어 개씩을 나누어 주자, "뭐, 이런 것을."하면서도 덜렁 받았다. 알고 보니 남자는 김

씨라는 사람이고 여자는 일자무식인 그의 부인인데 모두 장동 아재보다 몇 살 아래였다. 말을 하다 보니 그들도 장동 아재와 같은 처지였다. 하나 다른 것은 김씨 아저씨가 먼저 서울에 가서 수색이란 곳을 알아냈고 한 번 버텨볼 만하다고 부인을 데리고 상경하는 중이었다.

"서울을 그렇게 무작정 올라가먼 어쩐 당가?"

"글씨요(글쎄 말입니다). 나도 참 망막 하그만이라우."

"그러면 나를 따라서 수색으로 가면 어쩌요? 내가 먼저 가서 집터를 하나 잡아놨그만이라우."

"그러면 좋제."

장동 아재는 구세주를 만난 듯 기뻤다. 김씨 부인도 "동무가 하나 생겨서 좋네 잉."하며 환영의 뜻을 표한다.

그렇게 해서 찾아간 곳이 수색의 판자촌이었다. 빈민굴 전체가 앞 등성이 산까지 모두 합하여 질펀하게 퍼져있었다. 김씨 아저씨는 벌써 얼굴까지 익혀 논 사람이 있는지 절름발이 연탄 장수 아저씨가 지게를 지고 힘겹게 비탈을 올라오자 "안녕하시오."하고 인사까지 했고, 진 씨라는 연탄 장수 아저씨는 "으응~."하면서 대답을 하는 꼴이 이미 얼굴을 아는 눈치다. 집터를 잡아놨다고 해서 어떤 곳인가 했더니 산비탈의 열 평도 되지 못할 좁은 공간에 조잡한 흙으로 크게 찍은 맨 흙벽돌을 사람 키 정도 되게 쌓아 올려놓았고, 그 위에 나무막대를 몇 개 가로질러 거적을 올려놓은 것이 전부였다. 김씨 아저씨는 옆집에 맡겨놓은 자기 물지게를 찾아오더니, 등성이를 돌아서 정자나무 밑의 샘물에서 막물을 길러와서 흙을 개더니 그 위로 급히 나머지를 올렸다. 물론 장동 아재도 공사를 도왔다. 그날 저녁은 비가 오지 않아서 그 집터 안에서 비닐을 깔고 하늘을 지붕 삼아 셋이 잠을 잤다. 김씨 아저씨는 밑의 평지까지 내려가서 그 물지게로 맑은 수돗물을 받아와서는 옆집에 나눠주고 얼마간 수고료를 받기도 했다. 식수용 수돗물을 받아서 날라주면 몇 푼의 돈이 생기지만 그 대신 아주 오랫동안 줄을 서서 차례를 기다리지 않으면 안 되었다. 그래도 물지게 하나가 김씨 아저씨의 유일한 생계 도구인 셈이었다.

"여그 비탈이 덜 진 곳은 벌써 임자가 다 있고, 저그 비탈이 심한 곳은 아직 집터를 잡아볼 만한 곳이 있응께 장동 아재(그도 그렇게 불렸다)는 내일 하루 만에 빨리 터를 잡으시오잉."

"정말 집터를 잡아도 괜찮허요?"

"괜찮기는 괜찮헌디. 떨거지들한테 좀 시달릴 것이오."

"떨거지들이 뭐다요?"

"낮에는 구청에서 나와서 무조건 못 짓게 할 것이오. 그때는 악바리로 나와야 해요 잉. 그것뿐인지 아시오. 산림청에서 나와서 짓고 있는 터를 흩으러 버리기도 하고 잡아간다고 겁을 주기도 허요 잉. 악으로 들이받아 뿌러야 허요."

"내가 해낼 수 있을 랑가?"

"못 해내면 시골로 내려가 뿌러야제. 하도 심하게 굴면 일단 중지했다가 밤 12시가 가까워지면 지키는 사람도 없으니께 그때 벼락같이 한 채를 완성해뿌러야 히여."

"그럴 수 있을까?"

"빨리하면 왜 못 히여? 낮에 다 준비해 놨다가 번개처럼 하는 거지 뭐. 그래도 뜯어내먼 또 기회 봐서 지으면 되아. 그런디 밤 12시가 넘으먼 그때부터서는 깡패들의 세상이여. 세상에 벼룩이 간을 내먹지 글씨 밤중에 집을 짓고 있는 사람을 찾아다니며 삥을 뜯는단 말이여. 실은 그놈들이 질(제일) 무서와. 그놈들은 무조건 주먹질 발길질이고 사람도 죽일 놈들이어."

"나는 듣기만 해도 무섭소. 형씨는 어디서 그런 배짱이 있었당가요?"

"누구는 타고나면서 배짱 있는 사람도 다 있다요? 살다 보니 악질이 되는 수밖에 없지라우. 그런디 구청이고 산림청이고 일단 집을 거의 다 지어버리면 그것을 뜯어내지는 않지라우. 깡패들도 마찬가지여라우. 판잣집이건 루핑집이건 일단 형태를 갖추면 그것을 뜯어내지는 안 해라우."

"알았승께. 일단 집을 짓기만허면 된단 말 아니여?"

"암언(아무렴), 일단 집(?)만 지어 놓으먼 다음에 재개발할 때 우선권을 준다고 하드 랑께. 아빠트를 지을 거라나 뭐라나. 그래도 빈민들은 열이나 스무 명에 한 명쯤밖에 아빠트로 못 들어가고 나머지는 딱지를 팔고 다른 곳으로 쫓겨나야 헐 것이란디, 그 딱지 판 돈으로 잘 허먼 평지에 가서 셋방을 얻을 수 있다는구먼. 그래서 모두 목숨을 걸고 이 야단들인 것이여."

저녁에 뒤가 마려워 공중변소를 가니 가마니로 4면만 가려놓은 곳이 있는데 안은 구덩이를 파고 판자를 가로질러놓았고 밖에서 보면 좁은 가마니 사이로는 엉덩이가 들여다보였다. 다행히 작은 것이면 좋으련만 큰 것을 보는 사람이면 여간 고역이 아니었다. 사람은 대여섯 명이나 줄을 서 있는데 나올 줄을 모르고 있지 않은가? 그래서 다급한 사람은 길가에 실례를 해서 그런지 변소까지 오는데 두 번이나 발이 미끈하였고 동시에 인분 냄새가 피어올랐다. 가까운 곳에서는 어떤 부인들이 고래고래 소리를 지르고 싸우다가 결국 머리끄댕이를 잡고 늘어지는 모습이 캄캄한 밤인데도 헤드라이트를 켜고 보는 것만큼이나 눈에 선했다. 저 멀리서는 가족 싸움이 벌어졌는지 남자 목소리 여자 목소리가 어우러져 합창을 이루며 산천을 울렸다. 한쪽에서는 "도둑이야! 도둑 잡아라!"하고 쫓아가는 소리가 들리고, 도둑이 뛰면서 물건을 쓰러뜨린 소린지 도둑을 쫓는 사람이 엉겁결에 물건과 부딪쳐서 넘어지는 소린지 '와르르 쿵쾅!' 하는 소리가 산줄기를 타고 쏟아진다.

아침 일찍부터 장동 아재는 집터를 보러 다녔다. 대저 약간만 경사가 덜 진 곳은 묻지 않아도 임자가 다 있다는 것을 알 수 있었다. 경사가 심한 곳은 아직 빤하니 풀밭이며 자갈밭이 그대로 노출되어 있는 곳이 꽤 있었다. 한 곳을 괭이로 파자 거기서 가까운 판잣집에서 불쑥 한 남자가 나오더니 "여보시오. 당신 뭐여."하고 다짜고짜 따지고 나온다.

"아, 안녕허시오. 여그따(이곳에) 터를 한 번 잡아보려고 그러요만."

"누구 허락 맡고 그러는 거여."

"누구 허락을 맡기는요…?"

그 남자는 장동 아재를 위아래로 훑어보더니 "당신 전라도여? 말투가 전라돈디." 한다. 장동 아재는 호오를 구분 못 하고 엉겁결에 "예!" 했다. 다행히 그 남자의 말투가 갑자기 부드러워진다. "나도 전라도여. 반갑구만." 하며 악수를 하자고 손을 내민다. "반갑구만이라우. 여그서 고향 사람을 만나다니."

"그런디 건너편 천막 조각으로 덮은 집은 경상도여. 나허고 사이가 안 좋아."

"차차 잘 지내야지라우. 그럼 나는 여그따 집터를 잡으요 잉." 하고 괭이질을 시작하였다. 그 전라도 사내는 벌써 제법 생활이 있었다. 집 안에는 양은 냄비며 플라스틱 바가지 같은 살림 도구도 있고 흑백 가족사진, 아기 돌사진들이 든 액자도 걸려 있고 벽은 신문지로 도배까지 돼 있었다. 일거리로 온 식구가 둘러앉아서 성냥갑 접기를 한다는데 통 성냥은 하루에 2백 개씩을 접고 갑 성냥은 하루에 5백 개까지도 접는다고 했다.

산등성이 여기저기에서 산림청 직원과 파출소 경찰까지 동원되어 못 짓게 집을 뜯어내고 있었다. 저쪽 산등성이에서도 같은 장면이 눈에 들어왔다. 김씨 말처럼 누구고 들이받아 버릴 심산이었으나 이쪽으로 온 무리 중에는 정복 경찰도 있는 바에야 배짱이 없어서 도저히 그럴 수 없었다. 전라도 사내라는 그 사람도 이제 당신같이 무른 사람은 여기서 살 자격이 없다는 식으로 포기하는 눈치다.

나흘째 되는 날부터는 장동 아재도 악이 받쳤다. 산림청 직원이고 경찰이고 구청 직원이고 무조건 멱살잡이하고 늘어졌다. 그랬더니 그때서야 전라도 사내도 장동 아재 훈수를 들어주고 김씨 아저씨도 보러왔다가 훈수를 들어주었다. 그런데 전라도 사내와 사이가 안 좋다는 건너편 경상도 사내까지 어느덧 찾아와서 훈수를 들어주는 것이 아닌가? 산림청 직원을 향하여 "당신들 너무 하는 거 아닝교?" 하자, 젊은 산림청 직원은 "당신은 뭐여?"하고 꼬나본다. 경상도 사내는 "말락꼬(뭐라고)? 일마바라? 늬는 행님도 없나? 내가 늬 행님이 돼도 한참 행님뻘이다. 못 사는 사람 도와주지는 못할망정 집을 뜯어 낸다꼬? 놔라. 일마 나하고 한 번 붙어보자."하고 대들었다. 산림청 직원이 "제삼자는 가만히 있어요."하자 "말락카노? 아즉 이마빡에 피도 안 마른 여슥이…."하면서 제일 드세게 대든다. 지나가던 사람들도 한 마디씩 장동 아재 편을 들어준다. 그 바람에 그들도 집터를 다 뜯지 못하고 으름장만 놓고 떠나간다. "허어 참! 두 쪽밖에 없는 것들이 제일 무섭다니까. 떼거지로 달려드네, 떼거지로." 하며 슬그머니 자리를 뜬다.

됐다. 오늘 저녁 안으로 형태를 갖춘 집을 지어버리면 된다. 일단 승기를 잡았다고 생각한 장동 아재는 내일 아침까지 잠 안 자고 집을 지어버릴 작정으로 급히 정자나무 밑 샘터에 가서 바케쓰로 허드렛물을 길어다가 흙을 이겨 돌을 중간중간에 넣는 둥 마는 둥 하며 벽을 쌓기 시작하였다. 연탄 부엌을 만들고 온돌을 만드는 일은 훨씬 후의 일이다. 일단 밖에서 보기에 형태를 이루어야 한다. 김씨 아저씨, 전라도 사내, 경상도 사내도 열심히 도왔다. 어디서 구해 왔는지 지붕에 올릴 막대며 비료 푸대나 뜯어낸 장판들도 날라 왔다. 집 앞의 길을 다지는 데는 연탄재도 유용하게 쓰였다. 밤 1시쯤 되자 벽이 사람 목까지 오게 올라갔다. 그런데 밤잠을 안 자고 땅을 파고 집터를 내던 사람들이 갑자기 손을 놓고 조용하기 시작했다. "왜 그런다요. 무슨 일이 있어라우?" 장동 아재가 묻자 "그놈들이구만. 깡패들이여." 김씨 아저씨의 말은 벌써 겁먹은 투다. 저쪽 산등성이를 보니 50명도 더 됨직한 검은 그림자의 떼거리들이 몰려다니고 있었다. 조용한 가운데 퍽! 퍽! 하는 소리가 나고 아이쿠! 하는 외마디 비명소리가 나는 걸 보니 주먹질 발길질이 자행되고 있는 것이었다. 장동 아재 주위의 사람들도 어느덧 슬금슬금 모두 자리를 뜨고 만다.

장동 아재는 아무런 방어 능력도 없이 초식동물이 되새김질하면서 포식자가 가까이 오는 모습을 바라보듯이 말똥말똥 보고만 있었다. 대여섯 명의 졸개를 거느린 이십 대 중반의 가슴이 쫙 벌어진 뚝제비라는 깡패가 다가오더니, "이 새끼 봐라? 겁도 없이 누구 허락 맡고 여기다 집을 지어. 너 이리 와."하면서 다짜고짜 주먹을 날렸다. 너룩제비라는 별명을 가진 졸개가 "형님 밀어버려야겠지요?" 하자 "밀어버려!"하는 명령과 함께 우루루 덤벼들어 발로 벽을 밀어버린다. 금방 쌓아서 아직 마르지 않은 벽은 힘없이 넘어져 버리고 말았다. 옆집의 전라도 사내가 저만큼 모습을 드러내더니 돈 있으면 몇 푼 얼른 쑤셔 넣어 주라고 빠른 동작으로 신호를 보낸다. 장동 아재는 비상금으로 악간 있기는 하지만 이 돈을 써버리면 자기는 어쩌란 말인가? 그때 번득 한 지혜가 머리를 스치고 지나갔다. 혹시 명달이 이름을 한 번 대볼까? 안터에서 서울로 올라갔다가 다니러 온 소년의 말로는 명달이하고 똑같은 사람이 깡패가 돼서 돌아다니는 것을 보았다나 뭐라나 했다. 그러나 소문만 자자하지 확실히 명달이를 보았다는 사람은 아직 한 사람도 없었다. 다른 아이들은 모두 다시 고향을 다니러 오는데 명달이만은 한 번도 안터에 온 적이 없었다. 명달이는 서울 소식이 들리기 이전에도 벌써 광주의 유명한 깡패가 됐다고 소문이 자자했었다. 장동 아재는 얻어맞은 왼뺨을 손으로 감싸며 밑져봤자 본전인데 뭐 하는 기분으로, "저어~. 뭐 좀 하나 물어봐도 될랑가 모르것서라우?" 했다.

"뭐야. 이 쎄~끼, 돈은 안 꺼내고."하며 뚝제비는 눈을 부라린다.

"저어~. 형씨들하고 직업이 같은디, 혹시 노명달이라고 아실랑가 모르것어라우…. 시골 한 마을 사람인디." 그러자 깡패는 "뭐, 노명달?"하고 장동 아재의 위아래를 훑어보더니 "당신 고향이 어디야? 거짓말이면 오늘이 네 제삿날인 줄 알아!"하고 그 자리를 떴다.

한참 초긴장 상태가 이어지던 공포의 시간이 지나고 산등성이는 한동안 적막한 평화가 왔다. 그런데 한두 시간쯤 지난 후에 또 산등성이가 뒤숭숭하기 시작하더니 다시 공포 분위기가 전 판자촌을 휘감고 돌아간다. 깡패들이 다시 나타난 것이었다. 이번에는 진짜 일을 벌이러 오는 팀인 것 같았다. 장동 아재가 팔부능선을 바라보니 어둠 속에서 한 깡패 두목이 앞장서고 아까 자기에게 주먹을 날렸던 뚝제비가 두목을 호위하듯이 너룩제비 등 졸개들을 인솔하고 이쪽으로 오고 있었다. 이번에는 전라도 사내도 무서워서 내다보지도 않는다. 그런데 장동 아재는 자기 눈을 의심하였다. 가까이 모습을 드러내는 맨 앞의 깡패 두목은 다름 아닌 명달이가 아닌가.

"아니, 장동 아재 아니시오?"

"아니, 자네 명달이?"

"네, 어쩌다가 여기까지 오시게 됐다요. 내가 여기 있는 줄은 어떻게 알았어요? 나는 나를 아는 사람이 있다고 해서 누군가 했더니 장동 아재였구만이라우."

"내가 알 리가 있어? 그저 여차로 한 번 물어본 것이 맞아뿌렀구만."

"내 본명을 대면서 나를 찾는다고 해서 누군가 했어요. 아그들(아이들)도 내 본명을 아는 아그는 몇 명 안 되거든요."

이렇게 해서 장동 아재는 명달이 덕분에 집터도 아주 크게 잡고 뜯기지도 않고 한 빈민가를 이룰 수 있었다.

그런데 장동 아재가 1년이 다 돼서 아내와 자식들을 데려오려고 안터에 내려와서 문제가 벌어졌다. 장동 아재는 엉굴댁한테는 말하지 말아야 한다는 불문율을 깰까 말까 몇 번을 망설였다. 그러나 무슨 일을 당하더라도, 아무리 남의 일이라고 하더라도, 자식 기르는 부모로서 천륜을 모른 척 눈감을 수는 없었다.

"엉굴댁! 이런 말을 해야 헐는지 말아야 헐는지 모르것소만…."

하고 운을 떼자 엉굴댁은 무슨 낌새를 챈 듯 바싹 대들며 캐물었다.
"아 무슨 말인디 헐라다 그만둔나요. 할 말 있으면 말허랑께."
"저어…."
"무슨 말이여. 혹시 우리 명달이 소식이라도 들은 거 아니어? 응? 그놈이 살었는지 죽었는지라도 알았으면 좋것어. 그놈은 내가 죽기 전에 기어코 찾아서 데리고 올 것이구먼."
"저~, 실은 명달이가 말이요. 서울에서…."
장동 아재는 그만 엉굴댁한테 자초지종을 모두 말해버리고 말았다.
"내가 엉굴댁한테 이런 말을 다 했다는 것을 알면 명달이가 나도 가만 놔두지 않을 것이요. 그러나 엉굴댁이 그렇게 알고 싶어 허니께 하는 수 없이 생사는 알려줘야 할 것 같아서 말하는 것뿐이요잉. 이것은 엉굴댁하고 나하고만 아는 비밀이요. 알지라우. 살았다는 것 알았응게 그것으로 끝이요 잉." 이렇게 당부에 당부를 하고 장동 아재는 처자식을 데리고 서울로 올라왔다.
아무리 비밀을 지키라고 신신당부했지만 엉굴댁은 그 사실을 안 이상 그대로 안터에서 마냥 기다리고 있을 수만은 없었다. 장동 아재가 서울로 떠나고 보름도 안 되어서 서울행을 결심했다. 막내딸 미숙이는 울며불며 못 가게 말렸다. "엄니가 어떻게 오빠를 찾는다고 그래. 서울이 어떤 곳인 줄 알고. 안 돼, 안 돼!" 막무가내로 말리는 미숙이와 식구들을 뒤로하고 엉굴댁은 이를 악물고 발걸음을 재촉하여 서울행 완행열차에 몸을 실었다.

서울역 앞 버스 정류장에 보따리 하나만 손에든 엉굴댁이 긴장된 표정으로 버스를 기다리고 있었다. 서울은 생전 처음이지만 여기도 사람 사는 곳일 터, 연이나 내 아들 명달이가 사는 곳이라는데 어딘들 못 찾아가 하는 기분으로 오긴 왔으나 서울은 눈이 휘둥그레지는 곳이었다.

"저, 말 좀 묻것서라우. 여그서 수색 가는 뻐스가 있는지 모르것서라우."

"잘 모르겠는데요. 시골에서 올라오신 모양인데 수색을 가세요? 걱정되네. 다른 분한테 물어보세요. 미안해요."

하고 그 손님은 자기 버스가 오자 얼른 차에 올라버리고 만다. 엉굴댁은 장동 아재가 말하다가 얼핏 흘린 수색이라는 한 마디가 유일한 방향타였다.

"워메, 여그서 수색 가는 뻐스가 참말로 있는지 모르것네."

하고 발을 동동 구르고 있는데 범양여객이라는 버스가 오는데 서울역-향동리라고 써져 있었다. 엉굴댁은 덮어놓고 옆 사람들한테 물어댔다.

"이 뻐스가 수색 안 간다요?"

"아, 향동리 앞 정거장이 수색이라고 쓰여 있네요. 아주머니 수색 가네요. 타세요."

한 손님이 친절이 말해준 대로 엉굴댁은 얼른 차에 올랐다. 엉굴댁은 다시 일부러 다른 사람도 들으라고 큰 소리로 운전수에게 물어보았다.

"이 차가 수색간다요?"

"네, 수색갑니다."

"수색 도착하면 나 좀 일러주시오 잉."

"알았어요. 이 손님들 거의 다 수색에서 내려요."

버스는 시간이 좀먹느냐는 식으로 늘어지게 덜컹거리고 달리더니 어느 정거장에서 거의 모든 손님이 다 내린다. 여기가 수색이라는 것이다. 버스는 향동리까지 가는 손님 두어 사람만 그대로 태우고 검은 연기를 내뿜으며 먼지를 일으키고 떠나갔다. 엉굴댁은 버스에서 내렸지만, 앞이 캄캄하였다. 평지에는 제법 사람이 산 것 같이 동네도 있고 상점도 있는데 눈을 들어 산을 보니 희뿌옇게 달라붙은 빈민촌의 비닐집, 판잣집, 천막 조각집이 어지럽게 산에 들어붙어 있었다. 엉굴댁은 무작정 산비탈을 올라갔다. '영진 이발소'라는 곳이 있어서 물어봤더니 장동 아재고 명달이고 들어본 적도 없다고 웃었고, 저 위쪽 폐지를 모아서 파는 할아버지한테 물어보라고 해서 물어보았으나 그는 신청도 안 하고 고개만 내젓는다. 솜틀집이 있어서 물어봐도 귀찮다는 듯이 모른다고만 했다.

엉굴댁은 다시 무작정 언덕을 올랐다. 한 절름발이 연탄 장수가 연탄을 부리고 내려오는 중이어서 여차로 물어보았다. 그랬더니 진씨 아저씨는 "그런 사람은 잘 모르겠소만 혹시 김씨한테 물어보면 알려나? 저기 저 집에 가서 한 번 물어보시구려." 한다.

김씨 아저씨는 장동 아재라는 말을 듣더니 안다면서 반색하며 따라오라고 했다. 경사가 있는 곳에 비닐 조각, 천막 조각을 덮고 위에 줄 판자를 대서 못질까지 한 제법 형체를 갖춘 집 앞에 서더니 "장동 아재! 손님 왔어라우." 한다. 안에서 무슨 소리가 나더니 문을 빠끔히 열어보던 장동 아재는 맨발로 뛰어나오면서 "워메, 워메! 엉굴댁!"을 연발한다.

"여그를 어떻게 알고 찾아왔다요 참말로."

"워메! 장동 아재가 맞구먼. 죽기 살기 판단을 하니께 뭣이 되는구만. 나는 길거리에서 죽는 줄 알았당께. 영판 고생은 했지만, 지성이면 감천이구먼. 여그서 장동 아재를 만나다니?"

"윗다메! 참말로 배짱 하나는 끝내주는구먼. 진짜 여장부시네. 여그를 다 찾아오다니."

이렇게 해서 엉굴댁은 일단 장동 아재 집에 몸을 부렸다. 엉굴댁은 한두 달 만에 한 번씩은 명달이가 들른다는 말을 믿고 기다렸지만, 명달이는 그림자도 볼 수 없었다. 엉굴댁은 자정이 넘어 깡패들이 돌아다닐 시간이 되면 밖으로 나와 그들의 얼굴을 확인하고 다녔다. 어떤 깡패는 "뭐 이런 ×이 다 있어?" 하면서 밀어버린 탓에 넘어져서 등에 상처도 났고, 어떤 깡패는 발로 걷어차 버리는 바람에 정강이가 벗겨지기도 했다.

어느 날, 자정이 넘어 깡패들이 활동할 시간인데도 그날따라 조용하였다. 그런데 갑자기 산등성이에서 깡패 몇십 명이 전속력으로 쫓겨서 넘어오고 있고 그 뒤에 더 많은 깡패가 손에 몽둥이, 쇠 파이프 등을 들고 쫓아오고 있었다. 밤중에 일을 하던 빈민들은 모두 피신하여 들어가고 엉굴댁도 급히 장동 아재 집을 향해 허겁지겁 발걸음을 재촉하였다. 장동 아재 집에 도착하니 김씨 아저씨가 엉굴댁이 걱정돼 왔다면서 이미 집에서 기다리고 있었다. "켓세라파와 동방파의 나와바리(영역) 싸움이여."라고 했다. 벌써 밖에서는 난투극이 벌어지는 소리가 요란했고 사람 잡는 소리가 판자촌을 울렸다. 명달이가 두목인 켓세라파는 전에 레인보파가 장악했던 이 지역을 빼앗아 자기 영역으로 했는데 이번에는 더 센 동방파가 급습해 온 것이었다. 모두 겁에 질려 벌벌 떨고 있는데 밖에서 조용히 부르는 소리가 났다. "장동 아재! 장동 아재!" 장동 아재는 불안감과 두려움을 안고 살그머니 문을 열어보았다. 그런데 웬일인가 바로 명달이가 서 있다가 급히 집 안으로 몸을 던져 들어왔다. 엉굴댁은 입을 짝 벌리고 "워메, 워메."만 연발하며 보고 있고 명달이는 "엄니!"하고 외마디 소리를 내고 넋이 나가 보고 있었다. 그때 밖에서는, "이 새끼들 한 놈도 놓치지 마! 오늘 씨를 말려버려야 해."라는 목소리가 들린다.

"말코(명달이의 별명) 이 새끼는 반드시 잡아 쥑여야 해."

그들은 이집 저집 문을 젖히고 수색하고 다닌다. 장동 아재는 난감하였다. 이 집도 틀림없이 쳐들어올 텐데 어디 숨길 곳이 없다. 그러던 중 번득 한 착상이 떠올랐다. 부엌 안으로 들어가면 된다. 장동 아재는 연탄 피는 아궁이 이외에 밥과 음식을 하기 위해서 따로 솥 달린 아궁이를 만들어 놨다. 장동 아재는 얼른 솥 걸린 아궁이로 명달이를 들어가라 하고 아궁이 앞에 식기 바구니를 가져다 위장하였다. 그러자 일 분도 안 되어서 문을 박차고 들어오는 세 명의 깡패가 있었다. 둘은 손에 몽둥이를 들고 하나는 시퍼런 회칼을 들고 있었다.

"여기 개새끼들 안 들어왔어?"

"아니여라우."

손사래를 치는 장동 아재를 밀쳐내더니 깡패들은 이불도 발로 걷어차고 땔나무 뒤도 살피더니 급히 밖으로 나갔다.

명달이는 엉굴댁과 장동 아재의 보호를 받으며 그곳에서 사흘을 숨어서 지냈다. 장동 아재는 김씨 아저씨, 전라도 사내, 경상도 사내를 통해서 바깥 정보를 수시로 물어 날랐다. 그날 싸움에서 켓세라는 다섯 명이 부상을 당했는데 그중 한 명은 목숨을 잃었다고 했다. 이제 산 30번지 판자촌뿐만 아니라 수색 일대는 온통 동방파가 장악하였고 시루뫼(증산동), 응암동 오거리까지 온통 동방파 이외는 얼씬도 못 한다고 했다. 그들은 정치에 관여하여 어느 친일파 후보자로부터 풍족한 보조를 받으면서 갑자기 세가 커졌다고 했다. 하여튼 켓세라의 세상은 끝났고, 뿔뿔이 흩어져 어떻게 살아남느냐만 남아있었다.

"명달이! 내가 자네한테 큰 죄를 지었네. 내가 엉굴댁을 오라고 하지는 안 했지만 내가 부른 것이나 매일반이지 뭐."

장동 아재는 명달이한테 한번 되게 당하리라는 것을 각오하고 비굴한 태도를 보이며 말하였다. 그런데 의외로 명달이의 표정은 부드러웠다.

"아니여요. 장동 아재 때문에 어머니도 만났고 나도 살았구만이라우. 알고 보면 장동 아재는 내 생명의 은인이네요."

엉굴댁은 이때다 싶어서 얼른 말을 받았다.

"명달아, 부탁이다. 마침 잘 되았지 않냐. 이참에 나랑 같이 안터로 내려가자 잉."

"그것은 안 되아요."

명달이가 한 마디로 끊어 말하자 장동 아재가 말을 이었다.

"명달이! 어머니 말씀을 듣게. 여그서 숨어서 다시 재기한다고 쳐도 종국에는 지 명(제 명)에 못 살 것 아닌가? 어머니랑 같이 내려가소."

그러자 명달이가 장동 아재를 한 번 훑어보는데 그 눈초리가 섬뜩하였다. 장동 아재는 단박에 주눅이 들어 입을 닫았다. 그래도 엉굴댁은 이 기회를 놓칠 수 없었다. "명달아! 이 애미 좀 살려라. 나 죽는 꼴 볼래? 느그 아부지도 너 땜새 병이 나부렀다. 내려가자 잉."

방 안은 한동안 침묵이 흘렀다.

그때부터는 동방파가 전에 켓세라가 하던 대로 떼 지어 돌아다니며 집을 짓고 있는 빈민들을 구타하고 삥을 뜯고 있었다. 명달이가 장동 아재 집에 더 이상 숨어있는 것은 너무나 위험한 일이었다.

산림청 직원이나 구청 직원이 사라지고 아직 깡패가 내려오지 않을 시간에 변장한 명달이가 판자촌을 슬그머니 빠져나가고 있었다. 장동 아재가 한참 앞장서고 명달이가 중간에 서고 엉굴댁은 맨 뒤에서 허겁지겁 따라가고 있었다. 수색 버스 정류장에는 동방파들이 어정대고 있을 수 있기 때문에 샛길을 따라 향동리 종점까지 걸었다.

그곳은 허허벌판이고 조그만 냇가가 흐르는데 저쪽은 경기도고 이쪽은 서울이었다. 범양여객은 아직 서울역 가는 막차가 남아있었다.

한낮에 산꿩 우는 소리가 산천을 청량하게 울리는 어느 이른 봄날, 설마리 앞의 안산(內山) 물줄기를 따라 자갈밭 길을 엉굴댁과 한 건장한 남자가 걸어오고 있었다. 자갈밭에는 벌써 노랑제비꽃이며 민들레, 말냉이, 할미꽃이 자갈밭 모래흙을 자양 삼아 활기 있게 피어 얼굴을 내밀고 있었다. 냇가는 버들강아지가 제법 살이 오르고 생강나무가 노랑 손짓을 하며 졸졸 흐르는 냇물 소리와 어우러져 해동을 알리고 있었다.

안터 사람들은 모처럼 양지쪽에서 따뜻한 햇살을 즐기고 있다가 설마리 쪽에서 엉굴댁인 성싶은 부인이 올라오고 있는 모습을 보고 있었으나 옆에 같이 걷는 남자가 누군지는 모르는 눈치다. 그때 사람들 사이에서 미숙이가 불쑥 나서며,

"워메! 우리 엄니네. 명달이 오빠도 같이 오고 있네."

외마디 소리를 지르더니 쏜살처럼 뛰어나갔다. 안터 사람들은 그제야 엉굴댁이 정말 명달이를 데리고 오고 있다는 것을 알았고 어느덧 여러 집에서 알고 사람들이 나왔다. 안터 사람들은 양지바른 담장 밑에서 모두 반갑게 웃으며 그들 모자를 기다리고 있었다.

토다이노 킨 상

 지금이 몇 시인가. 새벽 2시가 넘었는데 무슨 전화람. 나는 요란한 벨소리에 곤한 잠에서 깨어나 핸드폰의 수신 버튼을 밀었다. 송형의 목소리다.
 "조 형! 잠을 깨운 것 같은데 미안해요. 나도 방금 전화를 받았는데, 놀라지 마세요. 토다이노 킨 상이 죽었대."
 "뭐라고, 토다이노 킨 상이? 누가 그래요?"
 "방금 아주머니한테서 전화가 왔는데 골목에 쓰러져 있는 것을 행인이 발견하고 신고를 했대요. 병원 응급실로 급히 옮겼는데 한 발 늦었대."
 "그럼… 타살이란 말이에요?"
 "인근 목격자들을 탐문했는데 어떤 이상한 사람 하나가 뒤를 따르는 것을 목격한 사람이 나왔대요."

"뭐, 이상한 사람?"

"하여튼 우리 만나서 얘기합시다. 조 형은 언제 갈래요? 금방 시체 보관실로 옮겼다니 염도 아직 안 했을 거고, 아무래도 10시는 넘어야 겨우 손님을 받을 수 있을 테니, 11시에 영안실에서 만나면 어때요?"

"좋아요. 11시에 만납시다."

나는 경대 위를 더듬어 담배 한 개비를 꺼내 불을 붙였다. 내 전화 소리를 엿듣던 아내가 잠이 다 달아났다는 듯이 부스스 눈을 뜨고 한마디 한다.

"그분, 내 육감에도 무슨 일이 있을 것 같았어요. 당신도 그랬잖아요. 그 사람은 일확천금을 모으고 살든지 아니면 감옥에 갇혀 있든지 둘 중의 하나지, 평범하게 살 사람은 아니라고요."

"말은 그렇게 했지만…."

나는 만감이 교차하였다. 내가 일본에 유학하던 기간은 토다이노 킨 상과 떼려야 뗄 수 없는 밀접한 관계를 맺고 있다.

내가 유학하던 70년대 초, 일본은 세계 제2위 경제 대국이었다. 한국은 아직 아프리카 수준을 벗어나지 못하던 빈국이었다. 그런데도 나는 이상한 철학 같은 것이 있어서 죽어도 학문 살아도 학문, 오직 학문에만 전념해야 한다는 우직하기 그지없는 학생이었고, 토다이노 킨 상은 유학생이라는 레테르는 달고 있었지만 학문과는 전혀 무관한 사람이었다. 그저 인생의 어떤 계기를 찾아서 부유한 나리를 찾아온 방랑객이었다. 내가 그때까지 경험한 사람 중에서 가장 진실성이 없는 사람이었다. 처음에 토다이노 킨 상을 만난 것은 동경대 외국인학생계였다.

나는 처음으로 일본에 갔고 완전 빈털터리였기 때문에 당장 그날의 숙식이 문제였다. 무슨 배짱이었는지 당시 세계에서 물가가 가장 비싸다는 동경을 일부러 무전으로 도착한 것이다. 나는 그때 이상한 철학이랄까 종교 같은 것이 있었다. 사람은 어디를 가도 절대 굶어 죽지 않게 되어있다는 것이었고, 다 사람이 살 수 있게 하늘이 장치하여 놓았다는 것이었다.

일단 동경대학 연구생이란 허가서를 받고 갔기 때문에, 첫날 동경대학으로 들어가서 외국인 유학생 담당의 외국인학생계란 곳을 찾아갔다. 담당 직원인 이가라시 상은 무척 친절하게 상담에 응해줬고, 이제부터 어떤 애로사항이라도 수시로 상담하라고 친절을 베풀었다. 이가라시 상이 따라준 차를 마시며 환담하고 있는데 어떤 키가 크고 시원시원하게 생긴 미남의 유학생인 듯한 사람이 들어왔다. 일본어는 무척 서툴렀다. 나는 일본을 오기 전에 일본어를 많이 준비한 편이어서 어지간한 표현은 할 수 있는 수준이었지만 그는 표현이 안 돼 쩔쩔매는 꼴이 우스울 정도였다. 그런데도 전혀 아랑곳하지 않고 할 말 다 하는 숫기를 지닌 사람이었다. 알아듣고 말고는 당신들 문제이지 내 문제가 아니라는 태도였다. 이가라시 상이 소개를 했다.

"아, 알고 지나세요. 같은 한국 사람이니 잘됐네요. 이쪽은 오늘 일본에 도착한 조 상이고, 이쪽은 일본에 온 지 한 달 정도 된 킨 상입니다."

나는 지푸라기라도 잡는 심정이어서 무척 반가웠다. 오늘 당장 저녁에 잘 곳이 문제이고 트렁크를 둘 곳이 없었으며 곧 밥을 굶어야 할 판국이었기 때문이다. 킨 상은 일부러 더듬는 듯한 어눌한 말투를 사용하였으나 오히려 그것이 장점이 될 수도 있었다. 얼굴은 좀 길고 볼이 홀쭉한 편이지만 호남 형이고 자기의 부족한 면을 더듬는 듯한 말투로 커버하고 있는 것 같았다. 나이는 나보다 두세 살 위로 보였다. 이가라시 상은 우리 둘이서 이야기를 나누자 이야기할 시간을 주겠다는 듯이 우리만 소파에 남겨두고 자기 책상으로 돌아갔다.

"나는 오늘 일본에 도착했습니다만 당장 저녁에 잘 곳부터가 문제입니다."

"그럼 저 있는 데로 갑시다. 저 있는 곳은 항상 사람이 부족해서 누구나 오면 대환영이니까요. 빈방도 있고 먹을거리가 당장 해결되지 않습니까."

"어떤 곳인데요?"

"한국인이 경영하는 술집입니다. 호스티스들이 50명이 넘는 극장식 카바레인데 우리나라의 술집과는 개념이 좀 다릅니다. 거기는 일본인이든 한국인이든 젊은이가 일하겠다고만 하면 누구나 환영합니다."

"조금만 더 설명해 주세요. 한국 사람이 경영하는 술집이라고요?"

"네, 제주도 교포가 경영하는 곳인데 자기 아들들도 저녁 시간에는 주방 일을 돕기도 하고 홀의 서비스를 돕기도 합니다. 호스티스들은 한국과 달리 거의 30대 이상 60대까지 있는데 가정주부가 대부분이지요. 하나의 직장입니다. 보이로 한국 사람은 나 혼자뿐이고 모두 일본인이지요."

"좋습니다. 갑시다."

이렇게 해서 나는 신오쿠보에 있는 '곡사이구라부(국제클럽) 도라지'라는 술집을 따라갔다. 킨 상이 일본인 매니저에게 소개하자 그의 말대로 즉석에서 아르바이트가 결정되었다.

당장 기숙할 독방이 생겼고, 식사는 오후 5시에 직원들 식사할 때 같이 하면 되었고 자기가 마음껏 퍼다 먹을 수 있었다. 아침은 빵을 사다 놓고 먹고 점심은 굶든지 아니면 가장 싼 자판기 우동이나 니기리(주먹밥)를 사 먹고 때우면 되었다. 그때 한국은 일자리 하나 구하기가 하늘의 별 따기였으나 일본은 어디나 사람이 부족해서 일을 못 하는 지경이었다.

킨 상도 나도 동경대 연구생(청강생) 신분이었지만 나는 다른 나라에서 석사를 하고 왔기 때문에 연구생에서 박사반으로 올라가야 할 차례이고 킨 상은 한국에서 Y대의 학부만 졸업하고는 장사도 하고 회사에도 다니다가 왔기 때문에 석사반으로 올라가야 했다. 일본 유학은 연구생으로 있는 기간이 가장 어려운 기간이다. 정식 학생이 아니기 때문에 전철이나 버스 할인도 되지 않을뿐더러 어떤 장학금도 받을 수 없다.

킨 상은 도라지에서 '토다이노 킨 상'(동경대학의 김 선생)으로 통하고 있었다. 토다이란 동경대학이란 뜻인데 일본에서 그 권위는 가히 하늘을 찌른다. 한국에서는 서울대생이라고 해보았자 깜짝 놀라지는 않지만 일본에서는 토다이 생이라고 하면 깜짝 놀라는 것은 물론 심한 경우는 쫙 얼어붙을 정도이다. 아마 서울대의 열 배의 권위는 있는 성싶었다. 그래서 전화할 때에 "아노, 와타쿠시와 토다이노 킨토 모시마스 케레도모(아, 저는 동경대학의 김이라고 하는 사람입니다만)" 하기만 하면 안 통하는 일이 없을 정도였다. 또 그때 마침 일본 텔레비전 연속극에 '토야마노 킨 상(遠山の金さん)'이라는 프로가 방영되고 있었다. 토야마노 킨 상은 마치 우리나라의 '암행어사 박문수'나 중국의 '판관 포청천'에 해당한다. 그때 일본인이 가장 좋아하는 사극이었다. 사무라이 짠짠바라 검술을 곁들여 하루에 한 건씩 억울한 백성의 난제를 통쾌하게 해결해주고 넘어가는 드라마이다. 그래서 '토다이노 킨 상'이라고 하면 누구나 '토야마노 킨 상'을 연상했으며 거기에 더하여 일본인이라면 누구나 흠모하는 '토다이' 생이라니 그 권위는 말할 나위가 없었다.

나는 거의 매일 학교에 나가서 강의도 듣고 도서관에서 자료도 찾으며 정규과정 학생이 되기 위한 준비를 착실히 하고 있었다. 킨 상은 낮에 무엇을 하는지 학교에는 가는 것 같지도 않았다. 물론 연구생이기 때문에 반드시 학교에 갈 의무는 없다. 그런데도 킨 상은 술집에서 자기가 동경대생이라고 해 놓았으니 매니저, 멤버, 보이장, 보이는 말 할 것도 없고 모든 호스티스의 존경의 대상이었다. 일개 보이이면서 모든 사람 위에 군림하고 있었다. 감히 킨 상과 한번 사귀어 보는 것이 그들의 소원이었다. 호스티스 가운데는 은밀히 킨 상과 접근을 시도하는 사람이 있었고, 그럴 때면 킨 상은 슬쩍 자기 방으로 데리고 와서 욕망을 채우고 내보내곤 하였다. 어떤 여인은 밖에서 비싼 음식을 계속 사는 사람도 있었고 자기 집으로 초대하는 사람도 있었다. 킨 상은 그들의 집에서 잠을 자고 들어오기도 하였다.

도라지의 호스티스들은 한국인과 일본인이 반반이었고 제복은 한복이지만 가끔 기모노를 입고 출근하는 여인도 있었다. 오는 손님은 일본인이 더 많지만 한국인도 만만치 않게 들락거렸다. 사용하는 언어는 일본어이지만 한국인이 많다 보니 한국어가 거의 준 통용어쯤 되어있었다.

나는 좋은 아이디어가 하나 떠올랐다. 이곳 호스티스들은 한국인도 대개는 2~3세여서 한국어가 무척 서투르고, 일본인은 아예 한국말을 모르거나 토막말밖에 못한다. 이들은 모두 제대로 된 한국어를 한번 구사하고 싶지만 어디서 배울 곳이 없었던 것이다. 그래서 한국어 강좌를 시작하면 상당수가 수강할 것 같았고 부수입도 괜찮을 듯하였다. 그런 계획을 토다이노 킨 상에게 털어놓았다. 킨 상은 글쎄 그게 될까 하는 식으로 심드렁하게 듣고 넘어갔다. 그러나 나는 시작하기로 작정을 하고 교재도 준비하고, 학교 시간과 중

복되지 않는 날을 고르고, 가게에서 강의할 장소를 나름대로 눈여겨보며 물색하고 있었다.

그런데 어느 날, 학교에서 돌아오니 킨 상은 2층 허드레 방을 혼자 치우고 있었다.

"김 형, 웬일이냐. 청소를 다 하고?"

"응, 하도 더러워서."

"뭐요. 더러워서 청소를 한다고요?"

토다이노 킨 상이 남이 시키지도 않은 청소를 할 사람이 아니란 것을 나는 누구보다도 잘 알고 있다.

도라지는 3층 건물 형식으로 되어있다. 1층은 넓은 도라지의 카바레 홀이 있고 2층은 옛날에 골프연습장을 했는지 뜯긴 철망이 조금씩 남아있는 낡고 폐허가 된 약간 경사진 넓은 공간이 있다. 보이들 숙소는 그 골프연습장을 빙 두른 형식으로 앞부분에 서너 개가 있다. 그리고 전에 골프연습장을 할 때 사무실로 쓰고 실내 퍼팅장도 했음 직한 좀 넓은 교실 같은 공간이 하나 있는데 먼지투성이에 의자가 아무렇게나 쌓여 있는 곳이 있었다. 보이 숙소의 바로 위층은 지방 출신 호스티스를 위한 숙소로 방이 칠팔 개 있고 방마다 자가 취사를 할 수 있게 가스나 수도가 들어와 있다. 그러나 2, 3층의 보이와 호스티스의 방은 대개 다 차지 않고 후줄근하고 먼지가 끼어 있기 마련이었다. 토다이노 킨 상이 그날 청소를 한 것은 2층의 그 사무실 방이었다.

그리고는 2~3일 지나서 또 학교에서 돌아와서 2층으로 올라가려

하는데 내 눈앞에 이색적인 풍경이 펼쳐졌다. 호스티스들이 제법 책가방이나 노트 등을 끼고 공부할 차림으로 2층으로 올라가고 있지 않은가? 2층 사무실을 본 나는 더 놀랄 광경에 눈이 휘둥그레졌다. 토다이노 킨 상이 벌써 작은 칠판을 걸어놓고 널브러진 의자들을 닦아서 서너 줄로 안배하여 제법 강의실을 꾸며 놓았다. 그리고는 지휘봉까지 손에 들고 의젓한 강의를 시작하고 있지 않은가? 물론 토다이노 킨 상 정도가 한다니 호스티스들로서는 더없는 영광이었을 것이다.

그녀들은 나도 동경대생이란 것은 꿈에도 생각지 못했다. 그저 토다이노 킨 상이 어느 뜨내기 한국인 하나를 데리고 와서 보살피고 있는 것으로 알고 있었다. 어느 날 보이 사이토 상이 나는 무엇을 하는 사람이냐고 자꾸 묻는 바람에 대답하지 않을 수 없어서 하는 수 없이 "토다이의 학생이다."라고 대답했다. 그랬더니 사이토 상은 아주 경멸스러운 눈초리로 나를 보며 "그럼 너도 토다이노 킨 상처럼 토다이 생이란 말이냐?"하며 턱도 없는 소리 말아라 인마, 하는 표정으로 나를 보았다. 거짓말을 해도 유만부동이지 그런 얼토당토않은 거짓말을 하고 있냐, 이 뻥쟁이야 하는 표정이었다.

하여튼 토다이노 킨 상이 개설한 한국어 강좌는 성황리에 진행되고 있었고 원래 내가 계획했던 대로 상당한 부수입이 들어오고 있었다. 그러면서도 킨 상은 미안하다는 말 한마디 없었고 점심 한 끼 산 적도 없다.

또 나는 사장님께 곡사이구라부 도라지의 개혁안을 제출하고 싶었다. 이 개혁안이 만약 채택된다면 가게의 매니저를 나에게 맡길 가능성이 아주 높다고 상상까지 하였다. 사장님은 배운 것이 별로 없는 구식 분이었다. 몇십 년 전부터 해오던 방식대로 아무런 개혁을 하지 않고 그저 일본인 매니저에게 맡기고 매달 들어오는 수입이나 챙기는 분이었다. 일본인 매니저도 현대감각이 민첩하지 못하고 개혁의 의지가 없는 태평스러운 사람이었다. 나는 머리만 쓴다면 엄청난 수입을 올릴 수 있는 가게로 변신시킬 자신이 있었다. 남을 따라서 신주쿠나 롯폰기의 술집을 가보았는데 그곳은 완전히 다른 세계를 달리고 있었다. 그러나 이런 개혁론을 사장님께 제출하려면서 토다이노 킨 상에게 말도 하지 않는다는 것은 친구지간의 예의가 아니라고 생각했다. 내가 킨 상에게 호스티스 교체론이며 실내 디자인 변경, 경영체제 개혁, 광고 선전의 강화 등을 얘기했을 때 토다이노 킨 상은 역시 대수롭지 않게 듣고 넘기는 듯했다.

우리는 영업이 끝난 뒤나 영업이 시작하기 전에 매일 가게 앞의 킷사텡(커피숍)에서 차도 마시고 이야기도 나누며 교제 겸 스트레스를 풀고 있었다. 그런데 며칠간은 토다이노 킨 상이 잘 보이질 않았다.

"김 형, 요새 킷사텡에도 안 나오고 웬일이에요?"

"응, 요새 논문을 하나 쓰노라고 바빠요. 잠잘 시간도 없네."

"김 형이 논문을 쓰다니 희한한 일도 다 있네요. 무슨 논문인데요."

"응, 다 쓴 다음에 얘기해 줄게."

나는 자기 지도교수의 제미(수업)에 리포트나 하나 쓰나보다 하고 대수롭지 않게 듣고 넘겼다. 그런데 나중에야 보다이노 킨 상은 나의 아이디어를 그대로 도용하여 곡사이구라부 도라지의 개혁안을 사장님께 제출하였다는 것을 알았다. 얼마 후에 킨 상은 말하였다.
"왜 소식이 없네."
"무슨 소식이요?"
"응, 내가 곡사이구라부 도라지의 개혁안을 제출했거든."
"뭐요?"
하여튼 그 개혁안은 채택이 안 되고 무시되어버린 모양이었다. 그래도 나는 그에게 화를 내지 않았다. 그는 원래 그런 사람이니 그런대로 지내기로 한 것이다. 그래도 김 형 덕분에 나는 이 살벌한 동경에서 기숙이 해결되었지 않았는가 하고.

나는 한국에서 조그만 오퍼상을 하는 형님으로부터 선물을 하나 받았다. 스페인 제 소가죽재킷이 소포로 온 것이다. 형님은 한 번도 나에게 큰 선물을 한 적이 없고 나도 바란 적도 없는데 이번에 웬일로 큰마음 먹고 동생한테 한 선물이었다. 아마 형수씨가 여보 당신도 동생한테 선물도 좀하고 따뜻한 마음도 좀 보내세요. 당신은 사람이 너무 차가워서 탈이야, 하는 잔소리를 했음이 분명했다. 커피색이 나는 고급 재킷인데 전체가 소가죽이 아니고 중간에 레이스를 넣은 참으로 멋쟁이 재킷이었다. 나는 아까워서 입지도 못하고 킨 상에게 자랑만 하였다. 그런데 저녁에 킷사뎅에 나가면서 킨 상이 자기한테 잠깐만 빌려달라고 하였다. 나는 싫었지만 친구 사이에 그런 청도 못 들어주겠느냐는 생각이 들어서 빌려주었다. 나한테는 약간 컸지만 킨 상이 입으니 완전히 몸에 붙는 것이 너무나 멋스러웠다. 킨 상은 그것을 입고 킷사텡의 여기저기를 돌아다니며 우리 점방 사람들에게 그 특유의 미소를 띠며 인사를 하고 다녔다. 모두 '와! 각코이(멋있다)'를 연발하였다. 그 뒤 내가 그 옷을 입고 나갔더니 모두 킨 상 것을 빌려 입고 나온 것으로 알았다. 그도 그럴 것이 그들의 입장에서는 나와 토다이노 킨 상이 같은 급수일 수 없었기 때문이다.

한번은 도라지에 예쁜 젊은 호스티스가 하나 들어왔다. 이름을 모모 짱이라고 하는 아가씨인데 자세히 보면 어리다고 밖에 할 수 없을 정도로 도라지에는 도저히 어울리지 않는 아가씨였다.

항상 나를 아껴주던 나오미 상은 어느 날 나에게 할 말이 있다고 했다. 무엇이냐고 묻자 우리 점방 안에 있는 사람 하나가 중국어를 배우고 싶다고 하는데 가르쳐 줄 수 있느냐는 것이었다. 나오미 상은 나를 동생처럼 대하고 밥도 사주고 가끔 작은 선물도 주곤 하던 호스티스인데 내가 중국어를 잘 한다는 것을 알고 있었다. 중국집에서 같이 식사를 하면서 내가 주인과 한참 동안 중국어로 이야기하는 소리를 들은 것이다. 그래서 나의 중국어는 다른 나라에서 공부하면서 익힌 실력이란 것을 나오미 상에게 말한 적이 있다. 아무튼 나는 아르바이트 자리를 찾고 있는데 그런 자리를 마다할 이유가 없었다. 소개를 받으러 킷사텡에 간 나는 소스라쳐 놀랐다. 바로 그 모모 짱이었던 것이다. 나오미 상의 말에 의하면 모모 짱은 도라지가 있는 근방에 사는 고3 학생인데 잠시 인생의 방황을 하고 있는 중이었다. 집으로 가던 도중에 도라지의 사무실에 들려 자기도 여기서 아르바이트 할 수 있느냐고 물었고 도라지에서는 물론 대환영이었다.

나는 수업을 킷사텡에서도 하고 내 방에서도 하곤 하였다. 그런데 그녀의 유별나게 풍만한 가슴이며 짧은 미니스커트의 백옥 같은 다리를 볼 때면 숨이 멎을 정도로 가슴이 방망이질 쳤다. 모모 짱은 나를 무척 좋아하고 있었고 내가 마음만 열면 모든 것을 다 허락하겠다는 자세였다.

어느 날 저녁, 모모 짱은 경험이 없는 탓에 손님이 따라주는 술을 넙죽넙죽 마시다가 그만 인사불성이 되고 말았다. 일은 끝나고 손님들도 가고 언니들도 가고 없는데 소파에 혼자 쓰러져서 자고 있었다. 어떤 보이 하나가,

"모모 짱, 모모 짱, 일어나세요. 일이 끝났어요. 어서 돌아가세요."

그때에야 모모 짱은 "알았어요."하며 부스스 눈을 떴다. 막 일어서려는데 소파에 누구의 핸드백이 놓여 있었다. 그러나 그때는 벌써 언니들은 모두 귀가한 후였고 점방도 문을 닫는 시간이었다. 옳지, 위층의 조 상한테 맡겨야지, 조 상이 방으로 들어오라고 하면 더 좋고 하며 비틀거리며 2층으로 올라갔다. 모모 짱은 술에 취해서 내 방을 두들겼으나 마침 나는 킷사텡에서 차를 한잔하고 들어가려고 외출 중이었다. 그럼 옆방에 아무에게나 맡기면 되겠네 하

고 방문을 두들겼는데 그 방이 바로 토다이노 킨 상 방이었다.

"조 상은 안 계십니까?"

"에, 아노, 조 상은 외출 중이에요. 그런데 너무 취했는데 잠깐 들어오시지. 조 상이 오면 내가 불러 드릴게요."

모모 짱은 내 방이 아닌지 알면서도 다리가 풀려 걸음을 걸을 수 없으므로 킨 상 방에 우르르 들어가서 이불에 쓰러져 깊은 잠에 빠지고 말았다.

새벽이 되자 모모 짱은 겨우 정신이 들었다. 그런데 얼핏 보니 킨 상이 자기 위에서 살인미소를 짓고 내려다보고 있는 것이 아닌가. 모모 짱은 용수철처럼 킨 상을 제치고 일어나 옷을 주섬주섬 꿰고 문을 박차고 나왔다. 토다이노 킨 상은 나에게 그날 밤의 장면들을 활동사진을 보여 주듯이 자세히 설명하여 주었다. 그 뒤로 나의 중국어 수업은 한 번 하고 종료하고 말았다.

어느 여름날, 킨 상은 폐허가 된 경사진 골프연습장을 거닐다가 '와!'하는, 기겁을 하고 놀란 표정으로 빨리 와보라고 손짓을 하였다. 하도 비밀스럽게 손짓을 하는 바람에 슬금슬금 킨 상 옆으로 다가가 보았다. 손가락으로 저기를 보라고 가리키는 비밀스러운 곳은, 골프연습장과 거의 붙어있는 근거리의 목조 이층집 창문이었다. 나는 창문 안을 들여다보고 자신도 모르게 '와!'하고 소리죽여 놀랐고 우리는 빨려 들어가듯이 도둑고양이처럼 더 가까이 다가갔다. 20대 중반의 커피 빛 피부를 가진 아가씨 하나가 해변에서나 갓 나온 것처럼 짧은 잠옷만 입고 침대에서 낮잠을 자고 있었다. 그러더니 그녀는 이상한 낌새를 느끼고 갑자기 눈을 떠서 우리를 보았다. 그러나 그녀는 크게 놀라는 표정도 아니었다. 가만히 일어나 창쪽으로 걸어오더니 가벼운 미소까지 띠며 커튼을 잡아당겼다. 그녀는 전에도 몇 번 얼굴을 마주친 적이 있는 아가씨였다. 여대생이라면 늦깎이 전문대생쯤이고 아니면 일본의 OL(직업여성)일 것이다.

그리고는 시간이 상당히 지난 후, 나는 그 폐허의 골프연습장을 거닐다가 그쪽 창문을 보고 더 간 떨어질 광경을 목격하였다. 어느새 친해졌는지 토다이노 킨 상이 그녀의 방에서 그녀와 이상한 행위를 하고 있지 않은가? 나는 도둑질을 하다가 들킨 어린 소년처럼 급히 방향을 바꿔 내 방으로 도망쳤다. 참으로 닥치는 대로 요절을 내고 마는 킨 상의 재주에 혀를 내둘렀다. 어떤 기회라도 오기만 하면 절대 놓치지 않고 붙잡고 끝장을 내는 근성이 하이에나를 닮았다고나 할까.

내가 한국에 일시귀국을 하게 되었다. 킨 상은 자기 마누라한테 선물을 하나 전해 달라고 하였다. 무엇이냐고 했더니 그저 한국에 도착해서 전화로 나오라고 해서 전해주기만 하면 된다고 하였다. 나는 묻지도 않고 포장된 채로 가지고 김포공항으로 들어갔다. 세관원이 무엇이냐고 해서, 남에게 전할 물건이라고 했더니 그래도 풀어봐야 한다고 했다. 그러라 하였다. 그런데 그 안에서 나온 물건은…, 나도 깜짝 놀라 얼굴이 홍당무가 되었다. 세관원은 멸시하는 눈초리로 나를 보더니 "대한민국에는 이런 것을 가지고 들어올 수 없습니다." 했다. 성인 장난감이었다. 이런 괘씸한 친구, 사람을 망신시켜도 유만부동이지.

　한 번은 토다이노 킨 상과 메이지(明治) 신궁을 구경 갔다. 그 제안은 내가 한 것이다. 내가 연구하는 부문이 명치유신과 관계가 있기 때문에 이왕 휴식을 취하려면 메이지 신궁으로 가고 싶었다. 하라주쿠를 거쳐서 가기로 했는데 그날은 휴일인지라 젊은이들이 온통 거리로 쏟아져 나온 바람에 겨우 비집고 지나갈 정도로 붐볐다. 긴자는 기성세대들이 많이 가고 가장 젊은 층이 모인 곳은 하라주쿠였다. 그다음 번화한 곳이 시부야, 그다음이 신주쿠 쯤 될 것이다. 하라주쿠는 가장 젊은 층이 모이는 장소이기 때문에 여고생이나 대학 1, 2학년 정도가 주류를 이룬다. 가을의 푸른 하늘 아래 펼쳐지는 젊음의 행렬은 참으로 아름다운 광경이었다. 킨 상의 눈은 여간 분주하지 않았다. 온통 짧은 치마 긴 머리의 싱싱한 여인들을 눈이 시도록 바라보고, 시선은 오래도록 따라가다가 거두어들이곤 하였다.

　신궁 안으로 들어가자 우스운 광경이 펼쳐졌다. 초대 진무(神武) 왕에서부터 메이지 왕까지 122대나 되는 왕통이 한 번도 대가 끊어지지 않은 만세일통이라고 터무니없는 거짓말을 써 놓았는가 하면, 더 가관인 것은 초대 왕에서부터 메이지 왕까지 모두 유화로 초상화를 그려놓았다. 우스워 죽을 일이지만 그것을 보고 웃는 일본인은 아무도 없었다. 마치 거짓부렁이 킨 상을 보고 있는 것 같았다.

　신궁을 구경하고 우리는 밖으로 나와서 그 넓은 잔디광장을 바라보며 벤치에 앉았다. 그런데 킨 상이 자꾸 옆 의자에 눈길을 준다. 킨 상의 시선을 따라가 보니 스무 살이 될까 말까 한 아주 정숙하게 생긴 처녀 하나가 혼자 앉아서 가을 하늘을 배경으로 신궁의 미려한 경치를 감상하고 있었다. 킨 상이 자꾸 그쪽을 바라보자 그 처녀도 킨 상을 본다. 몇 번 시선이 부딪치는데 그녀의 표정이 아주 부드러웠다. 킨 상은 '이때다!'라고 포착했는지 그쪽 벤치로 슬그머니 자리를 옮긴다.

"에, 아노, 혼자 오셨습니까?"

"하이."

"아노, 학생입니까?"

"하이, 당신은?"

"아노, 나는 토다이노 킨 상이라고 합니다만."

"네? 토다이?"

토다이란 말에 그녀는 기겁을 할 정도로 놀라며 마치 현신한 드라마의 토야마노 킨 상을 만난 듯 반가워했다. 이게 무슨 횡재냐 하는 제스처였다. 일본에서는 동경대 학생이라고 밝혔는데도 넘어오지 않을 여자는 없다고 보는 것이 좋다. 그녀는 하루 짱이라는 아가씨였고 와세다 대학 1학년 학생이며 일본 미츠비시 중공업 상무의 외동딸이었다. 일본 최상류 집안의 규수를 잡은 것이다. 킨 상이 그토록 갈망하던 소위 인생의 어떤 계기를 잡은 셈이었다. 킨 상의 앞날은 이제 탄탄대로였으니 자기의 평생 숙원이 이루어질 판이었다. 나는 그 뒤로 킨 상으로부터 하루 짱과 쓰레코미(러브호텔)에 갔던 일이며 용돈을 받았다는 자랑을 심심찮게 들었다. 그런데 하루 짱의 아버지가 뒷조사를 하였다. 그 결과, 킨 상은 동경대 학생이 아니고 청강생에 지나지 않으며 이 뒤로 정규과정 학생이 될 가능성이 전무할 뿐만 아니라 사람이 허풍스럽기 그지없다는 사실을 모두 알아냈다. 그녀의 아버지는 딸을 설득하였고 하루 짱은 결심을 하기에 이르렀다.

"아노, 와타구시와 토다이노 킨 상입니다."

"나는 그런 사람 모르는데요."

일본인은 한 번 마음이 돌아서면 차가운 얼음장이 된다. 여자가 한 번 몸을 허락했다고 해서 다음에도 허락하리라는 것은 한국적 발상이다. 일본은 매번 새로운 분위기가 조성되어야만 성사되는 것이다. 거기서 킨 상은 끈 떨어진 연 신세가 되었지만, 다행스러운 것은 그 상무께서 자기 딸의 명예를 위하여 킨 상을 사기죄로 집어넣지는 않은 것이다.

어느덧 일 년이 되어 나는 정규과정 학생이 되었다. 정규 학생이 되자 교통카드를 위시하여 다방면의 프리미엄은 엄청났다. 나와 킨 상과의 차이는 천양지차가 난 것이다. 그러나 도라지에서는 반대로 킨 상과 내가 천양지차로 알고 있었고 킨 상은 그것을 한 마디도 힌트를 주지 않았다. 나는 이제 일본에서 가장 큰 도큐(東急) 장학금을 받게 되었다. 그때까지 일본에서는 외국인이 받을 수 있는 가장 큰 장학금이 로터리 장학금이었는데 일본의 재벌 도큐에서 장학금을 신설하면서 도큐가 가장 큰 장학금이 된 것이다. 그러나 나는 일단 기간 동안 그대로 도라지에 머무르기로 했다. 그래야 약간의 돈이 모아지고 그래야 방을 내 돈으로 얻고 간단한 가구들을 장만할 수 있기 때문이다.

그런데 내가 항상 킨 싱을 우려의 눈초리로 바라본 것은 사쓰키 상과의 관계였다. 도라지 안에 동경대생이 있다는 소문이 퍼지자 호스티스들은 경쟁적으로 토다이노 킨 상에게 접근하였는데 그 치열한 경쟁을 뚫고 1위로 나서는 여인이 사쓰키 상이었다. 사쓰키 상은 아예 자기가 세 들어 있는 오쿠보의 이층집으로 오라 해서 동거를 시작하였다. 사쓰키 상은 킨 상 또래의 활달하고 예쁘고 적극적인 성격을 가지고 있는 한국인 2세였다. 내가 사쓰키 상과 동거하는 아빠또(아파트의 일본발음. 일본에서는 아파트라 하면 일반주택의 셋집을 말함)를 갔더니 자기의 무용담까지 들려주었다. 한번은 사쓰키 상과 자고 아침 세수도 아직 안 했는데 니가타에 있는 사쓰키 상의 어머니와 언니가 들이닥쳤다는 것이다. 급한 김에 어디로 숨을까, 이층에서 뛰어내릴까도 생각해 보았으나 그래, 이왕 닥친 것 배짱 있게 나가자 하고 태연히 대했다는 것이다.

"안녕하십니까. 저는 동경대학의 김이라고 합니다."

사쓰키 상의 가족은 사쓰키 상이 어떤 남자와 자고 있는 것이 불쾌하기 그지없었으나 킨 상이 동경대생이라고 하자 입이 귀밑까지 찢어지며 좋아했다. 그의 가족은 행여나 이 혼사가 깨질까 봐 신사에 가서 매일 합장 기도하였다. 그때부터 킨 상은 도라지와 사쓰키의 아빠또에서 절반절반 잠을 잤고, 그런 사쓰키 상과는 전혀 무관하게 또 킨 상은 숱한 바람을 피우고 다녔다. 그 때문에 여러 차례 싸움도 하였다고 했다.

송 형이 일본에 왔다. 나의 조언을 받아 내가 유학하던 나라에서 내가 했던 똑 같은 수속을 밟아 오게 된 것이다. 나는 송 형을 역시 도라지로 오라 해서 같이 합숙하였다. 송 형은 오는 날부터 숙식이 해결되자 나에게 무척 고마워했다. 그러나 동경대학은 초벌 면접에서 떨어지고 학교는 호세이 대학으로 옮기게 되었다.

킨 상은 사쓰키 상과 신주쿠의 어느 건물 5층에 단란주점을 차렸다. 그때 신주쿠에 서서히 한국인 거리가 형성되고 있었다. 나와 송 형은 킨 상의 점방을 가보고 어이가 없었다. 장소가 5층이기 때문에 아는 손님들만 드나드는 곳인데, 그동안 장기간 호스티스의 경험을 기반으로 사쓰키 상은 자기가 쓰키아이(교제)했던 단골손님들을 일단 불러 모았다. 벌써 입소문이 나서 손님은 꽤 있는 편이었다. 사쓰키 상은 스탠드 앞에서 웃음 띤 얼굴로 술도 따라주고 주문도 받고, 토다이노 킨 상은 나비넥타이 차림으로 홀에 앉은 손님에게 술을 나르기도 하고 주방에서 주방장의 일을 도와주기도 하였다. 성질 급한 송 형이 발끈 화를 내며 나에게 말했다. 이 점방을 오늘 모조리 부숴 버리자는 것이었다. 나는 행여나 정말 송 형이 그럴까 봐 안절부절못하며 말렸다. 송 형은 토다이노 킨 상을 홀로 나오라고 하더니 대뜸 따졌다.

"김 형, 당신은 도대체 뭐 하러 일본에 왔어요?"

"왜 그러세요."

"우리는 여기 공부를 하러 온 유학생들 아닙니까. 이 꼴이 뭡니까 도대체."

"공부는 송 형과 조 형이나 하세요. 나는 흥미 없습니다. 나는 인생의 기회를 잡기 위해서 일본에 왔어요. 이제 됐습니까?"

그 뒤로 우리는 각자 갈 길을 가기로 하고 갈라졌다. 나는 홍고의 학교 옆 아빠또로 이사하여 생활하였고, 송 형은 호세이 대에서 가까운 이치가야로 이사하고, 김 형은 도라지를 그만두고 차분히 사쓰키 상과 동거하며 술집을 경영하고 있었다.

이삼 년이 지난 후에 토다이노 킨 상을 우연히 신주쿠의 어느 가게 앞에서 만나게 되었다.

"웬일이세요. 김 형. 이 점방이 김 형 것이요?"

"네, 짠짜와 한국 식품을 수입하여 전국의 한국식당 같은 데에 배송하고 있지요."

"술집은 어떻게 하고요?"

"술집은 사쓰키 상한테 맡기고 나는 이 일을 하고 있지요."

일본에서는 짠짜라고 하면 아주 인기 식품이다. 처음에 어떤 무식한 한국인이 생태의 내장인 창난젓을 '창자(ちゃんちゃ)'라고 써주자 일본인이 짠짜라고 읽었던 것이다. 처음 먹어보는 식품인지라 일본인이 무척 좋아한 것을 나도 많이 목격하였다. 킨 상은 짠짜 외에도 한국에서 만든 김치, 깍두기에서부터 진로 소주, 막걸리에 이르기까지 취급을 하였고 상당한 일본인 고객도 확보하고 있었다. 킨 상의 점방 안에는 점원이 서너 명이나 있었고 킨 상 옆에는 어떤 우리보다 열 살 이상 나이가 들어 보이는 교포 남자 하나가 절절매며 시중을 들고 있었다. 킨 상이 뭐라고 하면 두 손을 앞으로 공손히 마

주 잡고 '하이! 하이!'하며 하인처럼 복종을 표시하였다. 나는 그것도 안다. 자기 상사가 동경대 출신이니 일본에서 누군들 그러지 않겠는가(그때 킨 상은 벌써 동경대 연구생도 끝난 지 오래됐지만). 그런데 그런 규모의 오퍼상을 차리려면 상당한 자금이 필요했을 터인데 그 돈은 어디서 났을까? 내가 킨 상에게 물어보니 사쓰키 상이 니가타의 자기 집을 담보로 은행 대출을 받아 대준 것이라고 했다. 나는 직감적으로 "일 났군!"하는 소리가 새어 나왔다. 아니나 다를까 사업은 실패하고 부도가 났으며 토다이노 킨 상은 공항에서 사쓰키 상한테 미안하다는 전화 한 통화만 남기고 한국행 비행기로 줄행랑을 놓았다.

그 뒤로 삼 개월 후에 사쓰키 상이 한국을 와서 수소문하여 토다이노 킨 상을 찾아냈다. 사쓰키 상은 한국에 와서야 킨 상이 결혼을 한 유부남이었고 1남 1녀를 둔 가장이란 것을 알았다.

"나는 당신한테 모든 것을 다 바쳤어요. 내 인생이 망가진 건 차치하고라도 친정집이 패가망신하고 말았어요. 어떻게 보상하실래요."

"미안해, 사쓰키."

"그렇게 끝날 문제가 아니에요. 그럼 내가 제안을 할게요. 어떤 수를 써서라도 친정의 은행 대출은 갚아주세요. 그것이 정 안 된다면 한국에서 저에게 술집이나 하나 차려 주세요. 내가 배운 도둑질은 술장사밖에 없으니 한국에서 술장사를 하면 되잖아요. 그리고 당신은 가정을 그대로 지키고 나를 서운하지 않을 정도로만 세컨드로 대접해 주세요. 어때요?"

"미안해, 사쓰키."

킨 상은 이것도 저것도 다 못 해주겠다는 것이었다. 사쓰키 상은 그때는 일본으로 돌아갔다. 그리고는 그 뒤로 두어 번 더 한국에 나와서 킨 상과 심한 싸움까지 하였다.

우리 세 명은 모두 귀국하여 한국에서 기반을 잡았었다. 나는 학계로 나갔고 송 형은 H 상사 영업부장으로 부임하였고 킨 상은 한국에서도 자리를 잡지 못하고 이것저것 닥치는 대로 손을 댔다. 킨 상은 보르네오에서 목재를 수입합네 하고 수 백억 원을 모았다가 날렸다느니, 대마도에 골프장을 건설 중이니 조금 있으면 회원권을 하나씩 선물하겠다느니 하는 허튼소리를 여전히 하고 다녔다.

나는 송 형으로부터 토다이노 킨 상이 죽었고 뒤를 따르는 자는 어떤 야쿠자 같았다는 말을 듣고 금방 그림이 그려졌다. 청부살인이구나 하고. 그런데 내가 짐작건대 일을 저지른 자는 야쿠자도 아니다. 그것은 단 한 방의 총탄으로 가슴을 관통하였고 총탄에 알 수 없는 알파벳 R자 같은 것이 새겨져 있으며 아무도 총소리를 들은 사람이 없다는 것이다. 급소를 정통으로 쏘고 총탄에 암호표시가 있고 소음 권총을 사용했다는 것은 야쿠자의 수법이 아니다.

일본 야쿠자는 홍콩의 리우망(조폭)보다 뒤가 무르고 무대가 좁다. 그래서 정말 비밀을 요하는 청부는 리우망을 산다는 것을 나는 잘 알고 있다. 사쓰키 상도 홍콩 삼합회의 리우망을 산 것이 틀림없다. 중국 리우망은 뒤가 깨끗하기로 유명하다. 하기야 그래야 뒤로도 신용 본위의 장사가 될 터이니까. 자기들 국내에서도 팔 하나 부러뜨려 주는데 얼마, 다리 하나 분질러 주는데 얼마하고 정찰제로 되어 있었고 그 가격은 그다지 비싸지 않다. 만약 청부를 맡은 리우망이 손님에게 정가 이외의 무엇을 요구하면 같은 조직으로부터 엄청난 보복을 당한다. 리우망 앞으로 국제관계 청부가 들어왔을 때는 청부를 맡긴 사람이 확실히 알게 암호가 표시된 총탄을 사용해 주든가 아니면 18K나 순금 탄환을 사용해 줌으로써 신용도를 극대화시키기도 한다. 대상자의 사진과 주소 성명 정도만 일러주면 당일로 비행기를 타고 와서 일을 끝내고 당일로 비행기를 타고 돌아가서 조폭 세계에 묻혀버리고 만다. 삼합회의 활동무대는 홍콩, 대륙, 대만, 동남아와 미주지역의 차이나타운 등이다. 산주(山主, 두목)는 행동대원의 행동이 끝나면 그를 홍콩이 아닌 다른 지역으로 보내는 치밀성까지 보이기 때문에 그 사건은 영구 미궁에 빠져버리고 만다.

  나와 송 형은 상주인 킨 상의 어린 아들에게 용기를 내라고 덕담을 해 주고 어린 딸에게도 등을 두드려 주었다. 그리고 아주머님께 인사를 하고 병원을 나왔다. 스산한 바람이 먼지를 일으키며 발끝을 맴돌아 하늘 높이 흩뿌리고 있었다.

  그 뒤로 이 년이 지났다. 오랜만에 송 형과 나는 한가로이 차를 마시며 담소하고 있었다.

"조 형, 이 이야기는 듣기만 하고 없었던 걸로 치세요."
하며 털어놓는 송 형의 말은 가히 충격적이었다. 송 형은 업무차 일본에 갔다가 신주쿠 지하도를 지나게 되었단다. 지하도에는 지금도 수많은 노숙자가 떼 지어 기거하고 있더란다. 그런데 그중에 낯익은 듯한 여자 노숙자 하나가 벽에 기대어 이불을 턱까지 올리고 박스들을 둘러놓고 앉아 있더란다. 아무래도 사쓰키 상 같은 기분이 들어서 가던 걸음을 멈추고 그 여자 곁으로 다가갔단다. 그 노숙자는 일순간 얼굴이 밝아지며 아는 체하려다가 금방 후회했는지 표정을 바꾸며 고개를 돌리고 말더란다. 송 형은 돌아서서 허리를 굽혀 가벼운 인사를 하며 발걸음을 재촉했다고 한다.

붉은 가시로 남아

　오늘은 덕용이가 종달이와 함께 음악회를 가기로 한 날이다.
　덕용이는 아침에 무심코 일어나 창밖에 시선을 돌렸다. 그런데 갑자기 삼 층 아파트 창문을 '펑!'하고 부딪치며 화단으로 떨어진 물체가 있었다. 빨리 나타났다가 사라졌지만 그 물체가 무엇이었는지는 금방 알 수 있었다. 한 마리의 멧새였다. 투명한 유리를 보지 못하고 가끔 새들이 부딪히는 일이 있다. 어찌 되었는지 궁금하기도 하였으나 밑층으로 내려가 확인하지는 않았다.
　과천에 사는 덕용이는 지하철 봉천역에서 종달이를 만나 세종문화회관으로 갔다. 회관의 긴 층계에 앉아 기다리고 있던 박 씨 부부가 두 사람을 맞이한다. 그들은 덕용이와 종달이가 나타나자 무척 반가워하며 층계를 내려와 손을 마주 잡았다. 이번에는 박 씨 부부쪽에서 없는 돈을 절약해서 음악회 표를 샀다고 연락이 온 것이다. 왜 무리를 했느냐고 묻자 자식들이 자기의 금혼식을 며칠 전에 차려줬는데 친구들을 부르지도 못해서 특별히 표를 샀다는 것이다.

덕용이는 종달이와 함께 시골에서 같이 올라와 물류회사에서 일하게 되었고, 오늘의 박 씨 부부는 직장에서 20여 년 전에 같이 근무하던 동료이다. 박 씨는 덕용이와 종달이가 사는 윗마을 가욱제에서 살던 총각이었는데 그들 부부는 원앙처럼 사이가 좋다. 시골에서는 같은 마을이나 바로 이웃 마을의 남녀가 결혼하기 쉽지 않은데도 둘은 운 좋게 모든 난관을 무릅쓰고 결혼을 이루어낸 경우였다. 박 씨는 바로 이웃 마을 가욱제 사람이고 박 씨의 부인은 우리 마을 배바우 처녀 숙경이다. 유년 시기에 한 마을과 같이 친히 지내던 사이인지라 덕용이가 박 씨에게 편지하여 부부가 함께 서울에 올라왔던 것이다. 그래서 같은 물류회사에서 일하게 되었고, 같이 정년까지 하게 되었으니 네 사람은 한 식구나 다름없는 사이였다. 덕용이와 종달이의 부인은 같이 유년 시절을 보낸 사이가 아니기 때문에 이렇게 소꿉친구들이 만나는 4인의 모임에는 끼지 않는다. 이제 모두 나이가 칠십 대 후반에 접어들었으니 하는 일도 별로 없어서, 조그마한 일만 있어도 서로 허물없이 불렀고, 초대를 받으면 거의 예외 없이 응하는 절친한 친구들이다.

'홍난파 가곡제'. 세종문화회관 대극장은 1층에서 3층까지 가곡을 즐기러 나온 애호가들로 가득 메워졌다. 테너, 소프라노, 바리톤의 가수들이 마음껏 열창을 한다. 본 노래는 아직 시작하기 전인데 찬

조 출연으로 오정해가 등장했다.

"배 띄워라, 배 띄워라. 아이야 벗님네야. 어서 가자."하며 몸부림 치듯 애간장을 끓게 노래하여 덕용이의 가슴을 뭉클하게 만들었다. 다음은 어느 신인가수라며 예쁘장하고 어릿한 십 오륙 세의 무명 가수가 등장한다. 그녀는 강동한 치마를 입고 붉은 리본을 하고 낯익은 듯한 걸음걸이로 사뿐히 걸어 나와 마이크 앞에 선다. 그 자세며 얼굴 생김새며 옷차림이 마치 누구를 닮은 것 같아 잔뜩 몸에 긴장감이 쌓여 주시하고 있었다. 부를 곡명은 '초혼'이란다. 그 어린 가수는 눈을 지그시 감고 읊조리듯 몸을 비틀어 가사를 짜내고 있었다.

"살아서는 갖지 못하는 그런 이름 하나 때문에, 그리운 맘 눈물 속에 난 띄워 보낼 뿐이죠…." 앞 가수보다 더한 열창으로 무아지경으로 부르던 이 무명 가수의 노래를 듣다가 덕용이는 눈물이 돌며 망치가 가슴을 쿵 때린 것 같은 느낌을 받았다.

"스치듯 보낼 사람이 어쩌다 내게 들어와, 장미의 가시로 남아서 날 아프게 지켜보네요. 따라가면 만날 수 있나 멀고 먼 세상 끝까지…." 이 대목에서 덕용이는 그만 주르륵 눈물이 흘러내리고 말았다.

다음은 본 노래인 '금강에 살으리랏다'가 바리톤과 난파합창단의 웅장한 한마당으로 펼쳐졌으나 덕용이는 전혀 귀에 들어오지 않고 잡음으로밖에 들리지 않았다. 오직 초혼의 가사만이 온몸에 가득 차 울려 퍼지고 있었다. 종달이와 박 씨 부부가 좀 이상하게 보는 듯하였으나 덕용이는 오히려 딴생각으로 무아지경에 빠져들고 있었다.

솔바람이 불어오는 소리가 유별나게 크게 들린다. 노쭁굴의 우거진 소나무를 훑고 지나온 맞바람이 가욱제에서 주암리를 거쳐 밑으로 내리치는 바람과 마주쳐 허공에서 일으킨 소용돌이이다. 머리 위에서 나는 소리인지라 스산함을 더해주고 있었다.

동구밖에는 조그만 냇가가 있어 윗마을에서 내려와 아랫마을로 흘러가는데, 얕은 냇물 위에 뜬금없는 배바우가 하나 떠 있다. 바위가 배 같다고 해서 배바우라 하는데 그 마을 이름이 주암리(舟岩里)인 것은 배바위를 그대로 한자로 옮겨놓은 것에 지나지 않는다. 물 위의 바위는 바로 노쭁굴과 동네 골짜기에서 불어오는 바람이 마주치는 중간에 떠 있다.

시촌댁이 굿을 마치고 옷가지와 무구 몇 가지를 보자기에 싸서 들고 오다가 배바우 위를 보고 깜짝 놀라 걸음을 멈추었다. 배바우 위에 월녀가 노쭁굴 쪽을 바라보고 꼼짝도 안 하고 앉아있는 것이 아닌가? 여기는 주암리 사람이 지나다니는 마을 입구인데 월녀가 저처럼 앉아 있는 것을 보니 다른 사람의 눈에는 뜨이지 않은 것이 분명했다. 저 애가 저기를 어떻게 올라갔을까. 재앙스러운 아이들이나 겨우 바위 틈새를 잡고 기어 올라갈 수 있는 곳인데 용케도 올라갔다.

"월녀야. 월녀야."

불러도 아무런 대답이 없다.

"월녀야. 뭐 하고 있냐. 어서 집에 가자 잉."

몇 번을 불러도 대답이 없더니 더 가까이서 아주 크게 부르자 살짝 이쪽으로 몸을 돌린 것도 같고 아닌 것도 같더니 겨우 형체가 희미해지기 시작했다. 월녀가 또 혼이 나간 것이로구만. 시촌댁은 급히 발걸음을 놓아 주암리로 돌아왔다. 먼저 월녀집 사립문을 열고 들어서자 벌써 방안에서 왁자지껄하게 울음소리 반 웃음소리 반이 들린다.

"살았서라우."

"워메 시촌떡 오시네."

"이것이 방금 전까지 혼이 나것서라우. 시방 쪼끔 전에 숨이 돌아왔구만이라우."

"알았네 무슨 호들갑을 그렇게 떤단가? 어서 미음 좀 가져 오소."

시촌댁이 월녀를 한 손으로 안고 가져온 미음을 떠먹이자 겨우 눈을 떴다. 열일곱 살이나 된 처녀 아이가 시촌댁에게만 안기면 어리광을 부리는 갓난아이처럼 된다. 방안의 부녀자들은 또 한 번 와르르 소리를 지른다. 살아났구나, 하여튼 시촌댁이 없으면 월녀는 큰일 난다니께 하면서 안도의 한숨들을 내쉰다.

월녀가 혼이 나가는 것은 오래된 증세이다. 그때가 대여섯 살쯤 되었을 때였다. 월녀 아버지가 면당위원을 맡게 된 것이 화근이었다. 면 소재지 마을에 사는 면당위원장이 주암리에 와서 월녀 아버지가 천자문을 뗐다는 이유 하나만으로 이 동네에서 만복이하고 같이 면당위원을 맡아달라는 것이었다. 그것이 뭐 하는 것이냐는 질문에는 별 대답도 없이 그저 내가 하라는 대로만 하면 된다는 것이었다.

그러던 어느 날 만복이가 허겁지겁 월녀 집으로 달려왔다. 지금 전경들이 우리를 죽이러 왔다는 것이다. 덕용이는 뭐여? 그럼 빨리 도망가야제 소리쳤고, 방문을 열고 만복이가 먼저 나서는데 동네 구장이 "저 두 사람이여라우."하면서 전경에게 일러준다. "네가 만복이 맞지?"하자 만복이가 부정을 못 하고 주춤주춤하자 "맞구만!" 하는 소리와 함께 전경들은 다짜고짜 만복이에게 총을 쏘아대고 불쑥 방안으로 들이닥쳤다. 방안에는 월녀 아버지뿐만 아니라 월녀 어머니와 월녀 남동생, 월녀까지 있었다. 구장은 "저 자가 월녀 아버지 이학주이구 만요."하자, 전경은 월녀 아버지를 향해 "이 빨갱이 놈의 세끼!"하는 찢어지는 듯한 한 마디만 남기고 다짜고짜 총질이었다. "타당탕탕!" 온 식구의 비명소리와 함께 월녀 아버지는 여러 발의 총을 맞고 쓰러지더니 다시는 움직이질 않았다. 이 광경을 보고 월녀 어머니와 남동생은 자지러지게 울음이 터져 나왔지만 월녀는 그만 소리도 못 지르고 까무러쳐서 일어날 줄 몰랐다.

다음 날은 하늘에 비행기가 떴다. 비행기에서는 생전 처음 보는 광경이 펼쳐졌다. 수천 장 수만 장이나 되는 삐라가 햇빛에 반사되어 팔락거리며 하늘 가득히 내려왔고 논이고 밭이고 산천이고 아무데나 흰 눈처럼 뿌려졌다. 내용은 빨치산 소탕 작전에 협조하라는 내용이었고, 빨치산은 자수하라는 내용이었으나 대부분의 사람들은 그 말에는 관심이 없고 이 지겨운 세상이 빨리 지나갔으면 하는 바람뿐이었다.

두 사람의 초상을 치르는 중에 월녀는 깨어나긴 하였지만 혼 나간 사람처럼 제정신이 아니었다. 이 일이 있고부터 월녀는 조금만 놀랄 일이 생겨도 혼이 빠지고 마는 증세를 보였다. 그럴 때마다 옆집의 시촌댁이 주문도 외고 푸닥거리도 하여 살려내곤 하였다. 그래서 월녀는 차라리 시촌댁에서 사는 날이 더 많았고 시촌댁도 마침 혼자 사는데 자기 친딸처럼 거두었다. 누가 정식으로 말하지도 않았는데 모두가 월녀는 시촌댁의 '삼은 딸'이라고 하였다. 월녀도 자기 친어머니보다 오히려 시촌댁을 좋아했고 월녀가 '엄니'라고 하면 자기 친어머니보다 시촌댁을 가리키는 말이 되었다.

월녀가 열대여섯 살이 넘어서자 동네 총각들이 마실을 돌며 시촌댁을 드나들었다. 동네 어르신 하망굴 아재는 총각들이 밤이면 집에 있지 않고 어디 마실을 그리 도느냐고 몇 번 호통을 치기도 했으나, 항상 지켜 서 있을 수도 없고 또 남녀가 서로 당기는 음양의 원리를 어찌 막을 길이 없었다. 총각들은 시촌댁이 집에 있을 때도 들렀고 없을 때도 들렸다. 있을 때 총각들이 오면 시촌댁도 무척 좋아했다. 시촌댁은 한 번 신들린 이후로 남들이 정상적인 사람 취급을 하려하지 않았다.

시촌댁이 과부가 되고 이삼 년 쯤 뒤, 갑자기 헛소리를 하기 시작하였고 밥도 먹지 않고 산천을 휘돌아다녔다. 동네 사람들은 모두 시촌댁이 신 내렸다고 했고, 이 소식은 삽시간에 원근에 퍼졌다. 드디어 산 넘어 진짜 무당이 남사당패 몇 명과 함께 시촌댁을 찾아왔다. 사흘 동안이나 징을 치고 꽹과리를 두드리고 신내림 굿을 하여 드디어 정식 무당이 되었던 것이다.

　시촌댁은 시골에서 이제 시집갈 일도 없기 때문에 즐거이 무당일에만 열중하였고, 일이 없는 무료한 밤이면 총각들이 놀러 오는 것을 오히려 좋아했다. 총각들이 오지 않으면 왜 안 오나 이쪽에서 도리어 궁금해했다. 제일 자주 시촌댁을 들리는 총각은 이제 갓 월녀 또래의 덕용이와 종달이였다. 동네의 월녀 친구 숙경이도 다른 친구들을 데리고 시촌댁에 가끔씩 놀러 왔다. 숙경이는 시골 처녀지만 항상 도시로 진출하고 싶은 충동을 가진 처녀였다. 그런 상징물이라도 되듯이 숙경이는 항상 하얀 운동모자를 쓰고 있었다. 도회지에 사는 자기 사촌오빠가 쓰고 왔던 모자인데 숙경이가 졸라서 기어코 자기 것으로 만들었다고 했다. 그들 처녀, 총각들은 으레 같이 화투도 치고 두부 추렴도 하면서 재미지게 놀다가 밤늦게 돌아가곤 하였다. 이 동네에서 유일하게 평소 먹는 음식과 다른 음식은 두부였다. 땔나무밖에 할 줄 모르던 동네 키다리 아저씨가 어느 날 읍내를 다녀오더니 두부를 내리기 시작했고, 동네 아주머니들이나 총각들이 두부 추렴을 해서 김이 모락모락 나는 두부를 들고 사랑방으로 들어오곤 했다. 막 내린 뜨끈한 두부를 손으로 떼서 먹는 고소한 맛이란 천하일품이었다.

　그날은 낮부터 앰프에서 구성진 춘향가 한마당이 벌어졌다. 우리 동네에도 앰프를 설치하자고 강력히 주장했던 덕용이가 사랑방에 설치된 궤짝 라디오를 틀다가 우연히 춘향가가 잡히자 앰프로 연결하여 확성기로 전 동네에 내보냈다. 저놈의 확성기 소리 시끄럽다고 짜증을 내던 어르신들도 자기들이 아는 신나는 춘향가가 흘러나오자 모두 기뻐서 엉덩이를 들썩이고 만면에 화색이 돌았다. 그날은 전 동네가 기분 좋은 날이었다. 저녁이 되자 덕용이는 오늘 낮에 춘향가를 틀어준 장본인이 자기라는 것을 자랑하기 위하여 시촌댁으로 마실을 나갔다. 그런데 그날따라 시촌댁도 없고 마실 총각들도 아직 아무도 안 오고 월녀 혼자 하얀 옥양목에 수놓을 본을 뜨고 있었다.

"덕용이냐? 언능 와라."
"뽄 뜨고 있냐? 내가 좀 도와줄까. 시촌떡은 어디 갔냐?"
"응. 하망굴에 굿하러갔어야."
"수 판 좀 이리 줘봐라 내가 해보게."
"우메 네가 언제 뽄을 다 떠봤냐. 참 잘 헌다 잉."
"월녀야."
"우메!"

덕용이는 그만 월녀의 손을 가만히 잡았다. 월녀도 평소에 덕용이가 좋았으나 항상 남들과 같이 있었기 때문에 서로 마음만 있었지 어떻게 할 도리가 없었다. 월녀도 덕용이가 그래 주기를 바라고 있었던 것이나 마찬가지였기 때문에 얼굴이 홍당무가 되었지만 약간만 몸을 틀었지 그대로 가만 있었고 오히려 다음 동작을 기대하고 있는 눈치였다. 월녀가 허락한 듯한 태도를 취하자 덕용이는 더 대담해지기 시작하였다. '워메 이것이 언제 이렇게 컸다냐.' 완전히 성숙한 처녀의 몸매에 덕용이는 깜짝 놀랐다. 항상 치마저고리를 입고 있는 모습만 보았기 때문에 속 몸을 알 길이 없었는데 이제 보니 엉덩이도 목덜미도 확연히 어른스럽다. 월녀는 "왜 이런 다냐.?" 말은 하면서도 덕용이가 하는 대로 별 저항도 하지 않았다.

그런 일이 있고 나서 둘은 마실 돌러 온 총각들이 있는 가운데서도 뒤에서 살짝 손을 잡고 모른 체 하기도 하였다. 이번에는 월녀가 먼저 용기를 내었다. 그날 밤도 총각들이 올 것 같자 월녀는 미리서 덕용이에게 대담한 제의를 하였다.

"덕용아. 나 내일 나물 캐러 가는디 같이 갈래?"

"우짝구름 같이 간다냐. 남들 눈이 있는디."

"그렁께 내가 늦게까지 나물을 캘랑께 너는 노쫑굴에서 나무를 허다가 내려 옴시롱 우연히 만난 것같이 만나면 되제."

"그러면 좋것다. 내가 해거름에 너 있는 디로 갈게, 너는 붉은 댕기를 하고 나오거라 잉."

"그러자. 너 내 붉은 댕기 영판 좋아하제."

그 붉은 댕기는 덕용이가 생전 처음으로 월녀에게 선물한 것이었다.

그날은 능주 장날이었다. 덕용이와 종달이는 각각 자기가 팔 것을 가지고 장에 나갔다. 덕용이는 아버지가 돼지 한 마리를 팔아 오라 해서 끌고 나갔고, 종달이는 집에 잘 익은 호박 대여섯 덩이를 지게에 지고 나갔다. 덕용이가 팔려던 돼지가 먼저 팔려서 자기도 모르게 여성용품 파는 데로 발걸음을 옮겼다. 마침 여자들이 쓰는 빗이며 머리핀, 귀후부지기, 수바늘 등이 많이 놓여 있었다. 특히 덕용이의 눈길을 끄는 것은 붉은 댕기였다. 홍시 빛깔보다 더 빨갛고 예쁜 댕기가 판 위에 가지런히 놓여 있었다. 덕용이는 언뜻 월녀를 생각하며 가장 예쁜 것 하나를 골라 대금을 치르고 얼른 품속에 넣었다. 그러자 종달이가 예측했던 대로 덕용이 앞에 금방 얼굴을 들이민다.

"너 여그서 뭐하냐. 한참 찾았다 야. 근디 여근 여자들 물건 파는 디 아니냐?"

"누가 아니래. 호박 다 팔았냐? 그냥 아무 데나 구경하고 있다."

"그래? 하기사. 늬가 여자물건을 살 일은 없것제, 가자."

그렇게 그 자리를 모면하고 같이 상고동재¹⁾를 넘어오는데 덕용이는 가슴이 콩당콩당 하였다. 마치 종달이가 금방이라도 너 품속에 뭐 있냐 하고 가슴을 헤쳐 볼 것 같은 생각이 들었기 때문이었지만, 한편 좋아할 월녀의 얼굴을 그리며 혼자 얼굴 붉히고 있었다.

월녀는 그날 붉은 댕기에 정강이까지 오는 치마를 입고 나왔다. 그날은 월녀가 화장까지 했는지 분 냄새도 났고 무척 어리고 예뻐 보였다. 덕용이와 월녀는 시골 처녀, 총각 답지 않게 아주 대담하게 그날 밤을 둘이만 산천을 쏘다니며 마음껏 사랑을 나누었다. 덕용이가 업어주기를 하자, 나도 한 번 해보자 하면서 월녀가 덕용이를 업으려다가 앞으로 꼬꾸라질 듯 밀리자, 거 바라 하면서 다시 덕용이가 업었다. 덕용이가 월녀를 뒤에서 꼭 껴안고 몸을 바싹 밀착시

---

1) 상고동재란 원래 산골동(山骨銅)이 나는 고개란 뜻이다. 골동은 바위 속에 박혀있는 자연산 구리로 정육면체의 접골용 한약제이다. 보통 상골(산골)이라고도 한다.

키자, 월녀도 뒤에서 덕용이를 꼭 껴안아 보기도 하였다. 밤이 깊어 가자 약간 걱정도 되었다. 이렇게 마을로 들어갈까, 그래도 들어가야 한다. 월녀가 먼저 마을로 내려가고 덕용이는 뒤에 내려가기로 하였다. 그런데 월녀가 마을까지 오는 데는 무사하였으나 고샅으로 막 들어가려는데 흰 운동모자를 쓴 숙경이가 불쑥 고샅에서 나오는 것이 아닌가.

"워메. 월녀야. 너 뭣함시롱 이렇게 늦었냐?"

"아니여. 그냥."

"뭐시여? 요상허네."

숙경이가 어떻게 생각했는지는 이제 엎질러진 물이다. 별일 없것제. 하기야 그것은 숙경이가 알아서 할 일이고 월녀로서는 어떻게 할 방도가 없는 일이었다. 월녀는 나물 바구니를 끼고 집에까지 들어가는 데는 별일 없었다. 자기 엄마, 동생들이 있는 집으로 들어가지 않고 시촌댁으로 들어갔기 때문이다. 시촌댁은 그날도 굿을 하러 나가고 집에 아무도 없었다.

덕용이는 약간 더 시간을 보내다가 나무지게를 지고 집에까지 무사히 들어갔다. 그런데 아무도 본 사람이 없는 줄 알았는데, 나중에 알고 보니 그것이 아니었다. 종달이가 논에 늦게 물을 대고 돌아오다가 먼발치서 어떤 사람이 때아니게 나무지게를 지고 덕용이 집이 있는 골목으로 들어가는 것을 보고 만 것이다. 누구였을까. 아무리 생각해도 덕용이 같다는 생각을 떨쳐버릴 수가 없었다.

이렇게 날들이 지나고 그들은 무슨 말을 하다가 한마디씩 툭툭

건드리는 말 가운데 어떤 공통분모가 잡히기 시작하였다. 그러고 보니 시촌댁에서도 월녀와 덕용이의 행동이 이전과 약간 달랐던 것이다. 그들은 표현은 안 했지만 무엇인가 낌새가 이전과 좀 다름을 감지하였다.

월녀가 고개를 갸우뚱하였다. 달거리를 할 때가 되었는데 그것이 없다. 한 달이 다 되도록. 설마 하고 다음 달을 기다렸으나 역시 없다. 서너 달이 되면서는 혹시 하는 생각이 들기 시작하였다. 말은 숙경이가 먼저 꺼냈다.

"월녀야. 너 요새 걱정거리라도 있냐?"

"아니. 뭐 그런다냐."

"아니여야. 내가 무담시[2] 이런 말을 한 것이 아니여야. 너 분명히 무슨 일이 있어야. 사실 말인디 내가 너한테는 말 안 했지만서도 서너 달 전에 네가 밤늦게 혼자 나물 바구니를 끼고 들어오는 것을 내가 봤지 않냐. 그때 참 요상했어야. 그리고 그날 저녁에 종달이도 누가 늦게 나무지게를 지고 고샅으로 들어가는 것을 봤는디 말은 안 했지만 덕용이 같더라고 하드라. 너 덕용이하고 그날 저녁에 무슨 일 있었지? 나한테만은 솔직히 말해라. 혹시 아냐. 내가 무슨 보탬이라도 될지."

"아무 일도 없당께 자꾸 그러네."

"너 나한테 말 안 할래? 내가 동네방네 다 외고 다녀 뿔까?"

---

2) 괜히 라는 전라도 방언.

숙경이는 자기가 강한 사람이라는 것을 알리고 싶을 때 하던 동작으로 하얀 운동모자를 푹 내려쓰며 차양 밑으로 꼬나본다.

"그라믄 너만 알아라. 나 요새 그것이 없어야."

"뭣이. 그것이?"

"응."

"너 배 좀 만져보자. 우메, 이 호랭이나 물어갈 년. 어째사 쓰거나. 너 벳뿌럿어야."

"멋이…?"

월녀는 깜짝 놀라 눈을 한 번 치켜뜨더니 숙경이를 바라보는데 예사 눈초리가 아니다. 그 눈매에 갑자기 무섬기가 들어서 "월녀야. 월녀야."하고 불러보았다. 대답이 없다. 월녀는 숙경이를 가만히 바라보기만 한다. 그러더니 이게 웬일인가 스르르 쓰러져 정신을 잃어버리고 만다.

또 혼이 나가고 만 것이다. 마침 덕용이가 멀리서 지나가는 것을 허겁지겁 부른 숙경이는 얼른 월녀를 집으로 옮기자고 하였다. 월녀가 업혀 들어온 것을 본 월녀 식구들은 울음부터 터뜨렸다. 월녀가 또 혼이 나갔다는 소식은 삽시간에 주암리에 퍼졌다. 그런데 시촌댁이 없으니 이를 어찌하면 좋을까.

그때 시촌댁은 남사당패들과 얼큰하게 술을 마셨다. 오늘따라 먼 객지의 잡귀 들린 한 아범이 좀처럼 잡귀가 안 나가는 바람에 애를 먹었다. "어허! 이놈 썩 물러가지 못할꼬?", "잡귀야 썩 물러가거라. 큰 칼로 배를 따고 작은 칼로 목을 따서 한강수 깊은 물에 풍덩 던져버릴 것이다. 흐흐~흥." 남사당패들과 함께 호통을 치고 야단을 쳐도 아범의 정신이 돌아오지 않아 남사당들하고 화풀이 겸 큰 바가지로 막걸리를 쭉 들이키고 만 것이다.

시촌댁이 이번에는 노쫑굴 반대쪽인 서낭당 쪽을 넘어서 마을을 오고 있었다. 서낭당을 혼자 넘어올 즈음에는 술기가 약간 가시며 정신이 돌아왔다. 그날따라 서낭당 고개는 달빛이 유별나게 휘영청 밝게 비추고 있었다. 그런데 저것은 또 무엇인가? 정신이 들어 다시 보니 서낭당 돌무더기 위에 월녀가 앉아있다. 아니 저것이 또 혼이 나갔나.

"월녀야. 너 왜 거기 앉아있냐. 나 엄니다."
"월녀야. 이제 집에 가자. 춥다 어서 내려오너라."
"월녀야. 집에 엄니랑 동생도 잘 있지, 야."
"집에 총각들도 모두 와 있것다. 어서 가서 같이 놀자 야."
"덕용이랑 종달이도 왔것다. 어서 가자 잉."

아무리 소리쳐 봐도 꿈적도 안 하고 먼 산만 바라보고 있다. 시촌댁이 돌무더기로 가까이 가서 작은 돌 자갈들을 흔들흔들 해보아도 꿈쩍도 안 한다. 오늘따라 한 시간이 넘도록 소리치고 사정해보아도 말을 듣지 않는다. 무슨 일 났구먼. 이렇게 말을 안 들은 적은 없었는디. 어서 월녀 집으로 가봐야지 안 되것다 싶어서,

"월녀야. 월녀야. 너 엄니 말 안 들을래? 엄니 먼저 강께 곧 뒤쫓아서 오거라 잉. 알았제?" 하고는 잰걸음으로 마을로 내려왔다. 주암리로 들어서자 벌써 월녀 집 쪽에서 울음소리가 들린다.

"우메. 시촌떡 오시네. 이번에는 월녀가 죽었는갑서라우."
"어디 좀 보세. 언제부터 이런가?"
"벌써 한 나즐은 됐어라우. 그런디 요상해요. 그놈의 풍뎅이는 뭣 땜시롱 입으로 들어갔는지. 전에도 한 번 그랬지 않아요? 시촌떡이 그 풍뎅이는 월녀의 혼이라고 절대 함부로 하지 말라고 혔잖혀요. 그래서 손도 안 댔지라우. 그래서 그때는 살아났지 안혀요? 그런디 이번은 그때보다 시간도 더 많이 걸리고 그놈의 풍뎅이는 입에서 나와서 코로 들어가고, 코에서 나와서 입으로 들어가고. 어떨 때는 들어가서 한 시간도 더 되게 기어 나오지 않고 그런당께요. 전에는 그러다 코에 앉더니 풀 날라갔지 않소. 그래서 살아 낫는디. 이번에는 들어갔다 나왔다만 하고. 작것이 오랫동안 안 나올 때도 있더니 지금은 영 안에서 안 나오는구만요."
"잘했네. 그 풍뎅이는 절대 손을 대면 안 되네."
이번에는 월녀를 끔찍이 아끼던 건너 고샅의 호동아짐이 자기 담당인 것처럼 옆에 바싹 앉아서 간호하고 있었다. 방에 가득한 사람들은 이제 시촌댁의 일언지하가 생사를 가늠하는 말인 양 시촌댁의 입을 바라보고 있었다. 시촌댁은 가지고 온 보자기를 풀더니 조용히 무구들을 꺼냈다. 그리고는 사뿐히 하얀 외투를 갈아입고 고깔모자를 쓰니 승무복 일습으로 바뀐다. 모두는 놀란 토끼모양 시촌댁의 일거수일투족을 바라보고 있다. 시촌댁은 누구랄 것도 없이 모두를 향해 명령했다.
"청수를 떠와라."

누군가가 하얀 사기대접에 청수를 떠오자 다시 윗목에 놓으라고 명령한다. 시촌댁은 항상 보던 동네 아줌마가 아니고 갑자기 지고한 절대자가 되어 있었다. 시촌댁은 보자기에서 무당 방울을 꺼내더니 소리가 잘나는지 한번 흔들어보고 방바닥에 놓고 또 지고한 명령이 떨어진다.

"작두를 가져와라."

호동아짐이 일어나자 다른 부인 두어 명이 따라 일어난다. 월녀집 옆에 있는 시촌댁으로 가서 방문을 열고 훑어보다가 없어서 다시 광문을 여니 바로 입구에 작두가 놓여있다. 호동아짐이 머리 부분을 들고 다른 아줌마 둘은 아랫부분을 들고나와 월녀네 집으로 들어왔다. 그동안에 시촌댁은 무복을 갖추고 허리띠를 묶고 금속 장식들을 주렁주렁 단다. 그리고는 장식이 잘 펼쳐지는지 서서 두어 번 뛰어보더니 빙그르르 한 바퀴 돌아본다. 허리띠의 금속 장식이 펼쳐지며 번쩍번쩍 눈을 홀린다. 시촌댁은 다시 앉더니 무선을 들고 펼쳐본다. 무선은 눈이 시릴 정도로 화려한 삼색 천을 붙여놓았는데 무교신과 해와 달이 위엄 있게 그려져 있다. 방안의 모든 사람이 시촌댁의 다음 동작을 기다리고 있었다.

"모두들 밖에 나가 있거라."

지엄한 한마디가 떨어지자. 모두 아무 말도 못 하고 방을 나가 토지[3]고 마당에 그득히 서서 방 안의 시촌댁의 다음 동작을 기대하고

---

3) 마루의 전라도 방언.

있었다. 한참의 적막이 흐른 뒤, 갑자기 방안에서 '더덩쿵!'하는 소리가 나듯이 시촌댁이 벌떡 일어나더니 흐드러지는 살풀이 승무를 시작한다. 주암리 사람들도 이런 무당굿은 처음 보는 것이다. 시촌댁이 다른 동네에 굿을 해주러 다닌다는 말은 항상 들어서 알고 있었지만 직접 자기들 눈앞에서 추는 무당춤은 처음 보는 것이었다. 고수가 없는데도 마치 최고 고수의 장단에 맞추어 추듯이 무아몽의 춤을 춘다. 모두는 서로 보려고 고개를 빼들고 바라보는데 이제 점점 깊이 신이 들리는지 모두발로 훌떡훌떡 뛰기 시작한다. 동네 사람들은 손에 땀을 쥐고 다음 동작을 기다리고 있었다. "허~ 허. 허 ~ 허.", "으허~허. 응흥~허." 몇 번 추임새인지 호통치는 소리인지 알 수 없는 괴성을 내더니 모두발로 껑충 뛰어 시퍼런 작두 위로 뛰어오른다. 발은 보선도 신지 않은 맨발이었다. 동네 사람들은 주먹을 불끈 쥐고 또는 옆 사람과 서로 손을 꼭 잡고 이 숨 막히는 장면을 보고 있었다. 작두를 타고 덩실덩실 춤을 추던 시촌댁이 갑자기 힘이 달린 것 같더니 작두에서 스르르 쓰러지듯 방바닥으로 드러눕고 만다. 동네 사람들은 누구랄 것도 없이 모두 동시에 "아!" 소리를 질렀다. 누군가 슬그머니 방안으로 기어들어가 시촌댁의 깊이 상처를 입었을 발바닥을 살펴보았다. 그 아줌마는 아무렇지 않다는 표시로 사람들을 향해 손을 좌우로 휘저어 보인다. 또 한 번 사람들은 "와!"하는 소리를 지른다. 그런데 작두 위에서 춤을 추고 거뜬히 내려오면 모르는 사람도 좋은 징조라는 것을 알 것 같은데, 다른 사람이 보기에도 기진맥진하여 쓰러져서 혼절한 상태라는 것이 마음에 걸렸다. 좋은 징조는 아닐 것 같았다.

그 시간에 덕용이 집에서는 덕용이와 종달이가 함께 뒷문을 열고 월녀 집의 동정을 살피고 있었다. 월녀 집 쪽에서는 경탄하는 소리도 들리고 탄식하는 소리도 들리고 한참을 아무 소리도 없이 적막이 흐르기도 하였다. 덕용이는 안절부절못하며 어찌할 바를 모르고 발을 동동 구르고 있었고, 종달이는 월녀 집 지붕 위를 무슨 낌새를 느끼는 듯 열심히 주시하고 있다. 드디어 종달이가 소리를 질렀다.

"혼 나간다 혼. 월녀 혼불이다."

"어디. 어디."

종달이가 가리키는 하늘을 보니 붉은 횃불이 파르스름한 꼬리를 길게 빼고 북쪽 하늘로 분명하게 날아가고 있었다.

"워메. 월녀 죽었네."

덕용이는 그만 그 자리에 털썩 주저앉아 얼빠진 사람마냥 흰 창을 내놓고 꼼짝도 못 하는 혼수상태에 빠지고 만다.

"덕용아. 덕용아. 인마 정신 차려 인마. 덕용아."

종달이는 사정없이 덕용이를 흔들어 깨우고 있었다.

다음 날 느지막할 즈음에 당산나무 아래에는 웅성웅성 여남은이나 되는 사람이 서서 무엇을 기다리고 있다. 한참 있다가 덕용이가 골목에서 지게에 덕석말이를 하나 지고 나왔고 종달이가 한 손으로 지게를 잡고 뒤따르고 있었다. 그 뒤에는 월녀 어머니, 월녀 동생, 시촌댁이 따르고 아주머니 몇 명이 숙경이와 함께 눈물을 훔치며 뒤따르고 있었다. 아직 성혼하지 않은 처녀 귀신이나 애기 귀신은 꽃상여를 태우지 않고 그저 넉석말이를 하여 지게로 지고 가는 것이 이곳의 오래된 관습이었다. 당산나무 아래 사람들의 시선이 일제히 쏠리며 "쯔쯔." 혀 차는 소리도 들리고 "허허."하는 기막히다는 소리도 내고 가벼운 곡성까지 들렸다.

덕용이는 시촌댁과 월녀 어머니를 향하여 말했다.

"월녀를 어디다 묻을까요?"

"네가 정하거라. 네가 정한 곳이라면 월녀도 좋아할 것이다."

"그러면 노쫑굴로 가요 잉."

"그래라. 그렇게 하자."

시촌댁이 무엇이라도 아는 것처럼 덕용이를 빤히 보면서 말했다. 덕용이는 가슴이 덜컥 주저앉았다. 시촌댁이라면 신들린 사람이니 덕용이의 비밀을 빤히 알 것이라는 생각이 들었다.

덕용이는 덕석말이를 지고 배바우를 지나서 노쫑굴로 접어들었다.

노쫑굴의 원래 이름은 '놋점골'로서 옛날 옛적에 이곳에서 광물을 채굴하여 유기그릇을 만들던 곳이란 데서 유래하여 놋점골 놋점골 하다가 노쫑굴이 되었다. 그러나 놋점골이 변하여 노쫑굴이 되었다는 유래를 아는 사람은 구장 이외는 아무도 없었다. 동네 사람들이나 다른 처녀, 총각들은 그저 정겹고 놀잇거리가 많은 곳으로밖에 기억되지 않는다.

노쫑굴 막창에는 약간 넓은 평지가 있고 거기에 여러 가지 나물이 자랐다. 월녀와 숙경이가 제일 좋아하는 곳으로, 거기서 나물을 캤고, 거기서 약간만 산으로 오르면 도라지며 고사리가 많이 있었다. 덕용이를 비롯한 동네 총각들은 노쫑굴 산 위에서 땔나무를 해서 일부러 처녀들이 나물 캐는 쪽으로 내려왔다. 덕용이는 땔나무를 다 해서 지게에 쟁이고는 밑쯤까지 내려와서 지게를 받치고 앉아 월녀가 빨간 댕기를 하고 나물 캐는 모습 보기를 좋아했다. 나무를 다 한 총각들은 누가 시키지도 않았는데 모두 노쫑굴로 내려와서 무엇이 그리 좋은지 처녀들과 같이 시시덕거리며 마을로 돌아오곤 하였다.

덕용이는 월녀를 지고 말없이 걷고 있었고 어디라고 말을 하지는 않았지만 종달이는 그 장소를 알고 있었다. 덕용이가 나무를 다하고 밑쯤까지 내려와서 약간 도톰한 곳에 앉아 항상 월녀를 바라보던 그곳일 것이다. 종달이의 예측이 맞았다. 바로 덕용이가 항상 앉아서 월녀를 바라보던 그곳에 지게를 부려놓았다.

덕용이와 종달이와 동네 남자 예 일곱 명이 삽질을 하기 시작하였다. 해는 뉘엿뉘엿 지는데 노쫑굴에서 갈마바람이 소리를 내며 배바우 쪽으로 매몰차게 불어 제끼고 있었다.

세종문화회관 대극장은 가득 메운 가곡 애호가들을 일시에 토해 냈고, 뭇 관중은 저 나름대로 웃기도 하고 헤어지기도 하고 혹은 옆의 커피숍으로 들어가기도 한다. 덕용이와 종달이와 박 씨 부부는 갑자기 말이 없어졌다. 평소와는 다른 덕용이의 모습을 세 사람이 곁눈으로 조심스럽게 지켜본다.

도심 하늘의 별빛이 유난히 밝게 빛나고 있었다. 파르스름하게 떨고 있는 수많은 별이 그 옛날 월녀의 혼불 꼬리 같았다.

호스플라이 날다

경주의 화백컨벤션센터.

세계한글작가대회가 성대히 거행되고 있다. 한국의 다수의 작가가 참석하고 외국에서 온 한글 작가들이 회의장에서 국제 PEN 한국본부장의 마지막 폐회사를 듣고 있다.

"우리는 한글문학의 세계화를 새롭게 다지기 위하여, 한국문학이 세계로 나아가는 길을 모색하기 위하여, 오늘까지 3박 4일 동안 진지한 자세로 열띤 토론을 거쳤습니다. 대회에 참석하신 세계 21개국에서 오신 여러분을 비롯하여 53개국에서 활동하고 있는 동포 문인들과 함께, 또한 그 밖의 많은 사람의 힘을 빌려 나라의 영토를 개척하듯, 우리는 성대한 국제 PEN 대회를 마쳤습니다. 이것으로 공식 일정은 마쳤습니다만 이제부터 진짜 알찬 프로그램과 투어가 여러분을 기다리고 있습니다. 각 조별로 나누어 버스에 승차해 주시기 바랍니다….”

대회가 끝나자 모두 화기애애한 분위기에서, 대회에서 나누어준 똑 같은 가방을 손에 들고 혹은 책과 서류 봉투들을 들고나오며 인사도 나누고 명함도 교환한다. 경주 화백컨벤션센터 앞에는 투어를 할 팀들이 서너 곳으로 나누인다. PEN클럽 총무는 왕릉 투어 담당이다.

"자! 왕릉 가실 분은 이쪽으로 모이세요. 왕릉이요. 왕릉."

"여기가 왕릉 팀 맞습니까?"

"네, 맞아요. 왕릉은 이쪽이에요."

왕릉 투어를 신청한 사람들은 모두 버스 2대에 탑승한다.

진평왕릉에 도착하자 총무는 앞장서서 풀이 무성한 왕릉 위로 성큼성큼 걸어 올라가고 PEN회원들은 모두 그의 뒤를 따른다. 능 위에서 보는 경주 벌판은 또 다른 정서를 담고 있다. 찬 바람이 불어오며 저 멀리 산 위의 흰 구름이 어쩐지 예사롭지 않게 움직이고 있다. 굽이쳐 오다가 회오리바람에 말린 듯 한바탕 요동을 치고 흩어진다.

"여기가 진평왕릉입니다. 이곳은 원래 올라와서는 안 되는 곳입니다만 제가 특별히 경주시와 교섭을 해서 여러분만 올라올 수 있게 안배하였습니다."

"다른 사람들도 올라오는데요?"

"아, 그래요? 하하하."

"하하하."

그때 PEN회원이 아닌 다른 일반인도 몇 명 능으로 올라오고 있자 총무의 거짓말이 탄로 나고 말았다. 총무는 농담이 들통나 오히려 다행이라는 듯이 웃으며 설명을 계속한다.

"하여튼 이곳은 신비의 왕릉입니다. 무엇인가 기가 느껴지지 않습니까. 경주에 수많은 신라의 왕릉이 있지만 거의 다 도굴당했습니다. 도굴꾼이 단 한 삽의 흙도 떠보지 못한 곳은 이곳 진평왕릉이 유일합니다. 진평왕의 재위 기간은 54년간입니다. 초대 박혁거세왕 다음으로 재위 기간이 깁니다. 저기를 보십시오. 저기가 낭산입니다. 진평왕의 장녀 선덕여왕이 묻혀있는 도리천이 있고 그 아래쪽에 호국사찰로 알려진 신라 향가의 현장 사천왕사 터가 있습니다. 진평왕의 셋째 딸 이름이 무엇입니까?"

"선화공주요."

"맞습니다. 선화공주의 낭군은 누굽니까?"

"백제 무왕이요."

"맞습니다. 무왕은 처음에는 백제 사비성 근처에 사는 가난한 소년이었습니다. 집안이 가난하여 마를 캐어다가 파는 것으로 생업을 삼았던 마동이었습니다. 마동이 신라 진평왕의 셋째 딸 선화공주가 보기 드문 미인이라는 말을 듣고 몰래 서라벌에 잠입하여 동요를 퍼트렸습니다. '선화공주님은 밤마다 마동 도련님과 몰래 만나서 부둥켜안고 산다네.'하고요. 마동은 훗날 백제 제30대 무왕이 되어 왕권을 다지고 강성한 나라로 만들었습니다. 생존 시에는 동방

최대 규모의 미륵사를 창건하고 죽어서는 왕비 선화공주와 나란히 묻혔으니 그 이름을 쌍릉이라 하지요. 그런데….”

여기까지 말하는데 갑자기 모든 사람이 "어, 어?", "어, 어?"하며 놀라 허둥대고 총무도 설명을 그치고 여기저기를 둘러본다. 땅이 흔들린다. 분명히 땅이 흔들리고 있다. 어디선가 "우르릉 쿵쾅!"하는 굉음 소리까지 들린다.

진평왕릉은 흔들거린 데만 그치지 않고 이번에는 능이 움직이기 시작하는 것이 아닌가? 그것도 아주 세고 힘차게 요동치고 있었다. 한참을 앞으로 갔다가 이번에는 뒤로 더 멀리 움직였다가 또 앞으로 가더니 옆으로도 간다. 갑자기 이것이 웬일인가? 능위의 PEN회원들은 이리 넘어지고 저리 넘어지고 야단법석이 벌어지며 아우성 소리가 요란하다.

이제 경주 사람들뿐만 아니라 전 국민이 모두 경주지진 뉴스에 귀를 기울인다.

"긴급뉴스를 말씀드리겠습니다. 지금 경주에서 또다시 지진이 발생했습니다. 오늘 지진은 열흘 전에 발생한 진도 5.8보다 훨씬 큰 지진인 듯합니다. 국민 여러분은 수시로 뉴스를 경청해 주시기 바라며 경주와 경주 인근의 주민들은 신속히 안전한 지역으로 대피해 주시기 바랍니다. 경주로 향하는 모든 차량은 속히 방향을 바꾸어 주시기 바랍니다….”

"다시 긴급뉴스를 말씀드리겠습니다. 대통령님께서 특별담화를 발표하시겠습니다. 그럼 대통령님의 특별담화를 직접 들으시겠습니다.

 '국민 여러분. 지금 경주에서는 정체불명의 지진이 발생하였습니다. 저는 대통령으로서 모든 유관 기관에 가장 빠른 시간에 진상을 파악하라고 지시하였습니다. 이번 지진은 좀 이상한 데가 있습니다. 지진측정기의 수치가 들쭉날쭉하여서 지금까지의 일반 측정과는 맞지 않은 수치가 나오고 있습니다. 저는 방금 미합중국 대통령으로부터 전화를 받았습니다. 미 정보기관에서 파악하기로는 한국에서 엄청난 진동이 감지되는데 혹 핵실험을 한 것이 아니냐는 것입니다. 혹시 이북의 핵무기에 대비하기 위하여 이남에서도 비밀리에 핵 개발을 하고 있지 않았나 하는 의미를 포함하고 있었습니다. 저는 대통령으로서 말하건대 우리나라는 결코 핵을 보유하고 있지 않습니다. 지금 이북과 중국, 일본, 러시아, 영국 등에서 전화가 쇄도하고 있습니다. 또한 본인은 한국지진관측소와 한미연합사령부와도 수시로 연락하고 있으며 미 공군 기술지원센터(AFTAC)와 유엔 포괄적 핵실험 금지조약기구(CTBTO)와도 연락하고 있습니다. 국민 여러분께서는 정부를 신뢰하시고 침착하게 정부의 지시에 따라주시기 바랍니다.'

 이상 대통령의 특별담화를 말씀드렸습니다. 이북에서도 남북한에 가설된 직통전화를 통해 급히 타진해 왔습니다. 대통령께서 직접 답변하셨습니다. 대통령께서는 우리는 결단코 핵실험을 하지 않았다고 대답하셨으므로 이북으로부터의 오해는 일단 풀린 듯합니다. 지금 경주시청에는 경주지진 특별대책본부가 조직되어 전국 전

문가들이 급히 모여들고 있습니다. 유관연구소나 참고의 말씀을 주실 수 있는 사람은 따로 연락을 하지 않더라도 자진하여 급히 참석해 주시기 바랍니다. 진상이 파악되는 대로 즉시즉시 방송을 하겠으니 국민 여러분께서는 TV나 라디오 방송에 귀를 기울여 주시기 바랍니다."

경주시청에 마련된 특별대책본부의 임시의장을 맡은 경주시장은 이리 뛰고 저리 뛰다가 착석하고 다른 사람들도 우왕좌왕하다가 착석한다. 급히 경남도지사가 들어온다.

"도지사께서 들어오십니다."

"어, 시장, 어떻게 된 것입니까. 진도 측정기에 수치가 이상하다고요?"

"네, 그렇습니다. 저도 방금 한국지진관측소장에게서 보고받았습니다. 지진관측소장, 직접 전체에게 설명해 드리세요."

"네, 한국지진관측소장 김영남입니다. 지진측정기의 수치가 들쭉날쭉 이고, 어떤 때는 도저히 지진 수치라고 할 수 없을 정도의 터무니없는 수치가 나왔다가 어떤 때는 땅이 심하게 흔들리는 데도 수치가 전혀 나오지 않기도 합니다. 지금까지 이런 적이 한 번도 없었습니다. 이상한 일입니다. 측정기가 고장 났나 점검했습니다만 기계에는 전혀 이상이 없다는 보고입니다. 지금 원주에서 헬리콥터로 오는 도중에 헬기 안에서 보고받았습니다만 아직도 그 원인을 찾지 못하고 있습니다."

"도대체 수치가 어떻게 나오고 있길래 그렇다는 겁니까?" 도지사가 시장에게 다그치듯 말한다.

"네, 보통 리히터 규모 8.0이면 지면이 파도처럼 흔들리고 지상에 파손되지 않은 건물이 드물 정도입니다. 2011년 2만 명의 인명을 앗아간 도호쿠 지방의 지진이 9.0까지 기록하였습니다. 그런데 진평왕릉에서 땅이 이동될 정도의 지진이 일어났는데도 지진측정기에는 0으로 나타나는가 하면, 그 뒤로 땅이 전혀 움직이지 않고 있는데도 9.8로 기록이 되더니 최고 12.6까지 기록이 되고 있습니다. 이런 수치는 도저히 있을 수 없는 수치입니다. 이것은 어떤 다른 이상 현상인 것이 분명합니다."

"그럼 미국이나 이북에서 의심하듯이 경주 어딘가에서 핵실험을 한 거 아닙니까. 한미연합사 부사령관 말씀해보세요. 우리나라에 핵무기가 있습니까?"

한미연합사 부사령관(한국인. 4성 장군)은 옆에 같이 앉아 있는 한미연합사령관(미국인. 역시 4성 장군)과 무슨 말을 주고받고는 이내 대답한다.

"네, 답변하겠습니다. 우리나라에는 핵이 존재하지 않습니다. 그리고 핵실험을 했다면 지금도 땅이 움직이는 이런 현상은 일어나지 않을 것입니다. 무엇인가 이상 현상입니다. 그런데 일본이 군사적인 과잉 반응을 보이고 있습니다. 일본 원자력안전위원회는 이남이 핵실험을 한 것이 아닌가 하고 방사성 제논(Xe) 핵종포집훈련을 실시하고 있다고 합니다. 이번 훈련은 세슘 등 핵실험 시 발생하는 입자성 핵종을 공기 중에서 포집하는 것으로 기류 시뮬레이션을 통해

실제상황을 가상하고 진행한다는 정보입니다."

이때 시장 비서가 들어오며 시장께 보고한다.

"한국생물학회에서 연구원이 한 명 도착했다고 합니다. 들어오라고 할까요?"

"뭐요? 생물학회 연구원? 생물학하고 지진하고 무슨 관계가 있다고 찾아온 거요. 한가한 말할 시간 없으니 돌려보내세요."

"생물학하고 밀접한 관계가 있습니다."

시장의 말이 끝나기도 전에 오달수가 자기의 조교 박필수를 대동하고 성큼성큼 걸어 들어온다. 이를 본 몇몇 사람이 오달수와 아는 체를 한다. 대덕의 전파천문대장 이원기 박사는 일어나서 같이 악수까지 한다.

"어서 와요. 오 박사. 아무래도 내 육감이 맞았군. 오늘 어쩐지 오 박사가 꼭 여길 올 것 같았어요."

"안녕하십니까. 저도 오늘 이 자리에 천문대장님이 오실 것 같은 육감이 들었습니다."

이 광경을 본 경주시장이 대뜸 말을 한다.

"아니, 당신 누구요?"

훤칠한 생김새에 어딘가 옹고집으로 가득 찬 학자풍의 오달수가 말한다.

"저요? 한국생물학회 오달수 연구원입니다. 지금 경주지진 대책본부에서는 엉뚱한 데서 원인을 찾으려고 하고 있습니다. 오늘 발생한 진동은 지진도 아니고 핵실험도 아닙니다."

"생물학자가 뭘 안다고 그렇게 단정을 하는 거요. 그럼 뭐란 말이에요? 무슨 생물학하고 관계라도 있다는 말인가요?"

"그렇습니다. 우주생물학과 밀접한 관계가 있습니다. 저는 한국에 있지도 않은 학문을 하다가 나이 40이 넘도록 대학의 전임도 되지 못하고 있습니다만, 오늘의 이 사태는 우주생물학적으로 풀 수밖에 없는 사건입니다."

"거 긴소리 말고 한마디로 말하든지 아니면 어서 나가주세요. 한가한 이야기 할 시간이 없어요."

"한 번 들어보기나 하지요?"

대전의 한국항공우주연구원(KARI)에서 온 서정숙 교수가 불쑥 끼어든다. 서정숙 교수는 오달수가 들어올 때 안면이 있는지 같이 목례를 했던 사람이다. 30대의 지성이 넘치는 미인형 학자이다. 다른 참석자들도 한번 들어보자는 표정들을 하고 자기들끼리 대화도 나누며 대책본부장을 바라본다.

"좋습니다. 그럼 간단히 설명해 주세요. 거듭 말하지만 지금 긴박한 상황이기 때문에 시간을 너무 오래 끌면 안 됩니다. 자, 말하세요."

"네, 설명 드리겠습니다. 그런데 미리 말씀드립니다만 이것은 간단히는 설명할 수 없는 이야기입니다. 간단히만 설명을 듣고자 원하신 분은 듣지 않고 나가셔도 좋습니다. 지금으로부터 정확히 1,385년 전, 어느 날 한밤중에 이곳 서라벌에 UFO 한 대가 조용히 착륙하였습니다."

"뭐요, UFO? 하하하."

"천몇 년 전? 하하하."

참석자들이 모두 웃음을 터트리나 서정숙 교수는 표정이 더 진지해진다. 오달수의 말은 계속된다.

"네, 1,385년 전 UFO입니다. 꿈같은 이야기라고 생각하실 분이 있을지 모르지만 이것은 엄연한 사실입니다. 그 UFO가 출발한 지점은 파나피오스라는 중성자별입니다."

"지금 우주학 강의를 하겠다는 거요 뭐요?" 시장이 말을 중동무이시키려 하자, 서정숙 교수가 갑자기 큰 소리로 끼어든다.

"조용히들 해 봐요! 지금 오달수 박사는 대단히 중요한 말을 하고 있습니다. 오 박사님은 저희 항공우주연구원에도 불쑥불쑥 들르곤 했었는데 무엇을 연구하고 있는지는 저희도 잘 몰랐습니다. 그러나 오늘의 이 사건에 대하여 가장 정곡을 찌르고 있는 듯합니다. 우리는 끝까지 오 박사님의 설명을 들을 의무가 있습니다."

이 말을 듣고 전파천문대장 이원기 박사도 한마디 한다.

"네, 저의 천문대에도 불시에 들르곤 한 분입니다. 저희도 오 선생님을 잘 모르고 있었습니다만 아마 이 사건의 핵심을 파악하고 있는 듯합니다. 끝까지 들어보자고요."

"네, 그럼 설명을 계속하겠습니다. 강력한 전자기파를 주기적으로 뿜어내는 중성자별은 초신성(超新星) 폭발의 잔여물로 존재하게 됩니다. 역사적으로 초신성은 우주에 단지 7개만 기록되어 있습니다. 초신성은 밝기가 태양의 수억 내지 백억 배에 달합니다. 중성자

별은 회전 속도가 초당 716회, 분당 43,000회에 달합니다. 오늘 우리가 주의해야 할 파나피오스 별은 크기가 별로 크지도 않습니다. 지름이 겨우 12~13km밖에 안 돼서 서울시 정도밖에 안 되는 작은 별이지만 그 질량은 태양의 두 배, 지구 질량의 50만 배나 더 무겁습니다. 중성자별은 동반성이 있을 경우 야금야금 먹어 치워 블랙홀로 진화합니다. 하지만 중성자별의 주변에 아무것도 없어 자전 속도가 느려지면 기온이 서서히 떨어지면서 어떻게 될까요? 표면에서 핵자와 핵자 간의 결합으로 인하여 생명체가 탄생할 수 있게 됩니다."

"잠깐! 내가 간단히 설명하라고 했지 않아요. 어려운 강의를 해보았자 우리는 알아들을 수 없을 뿐만 아니라 알아들을 필요도 없어요. 가장 쉽게 요점만 말씀하세요." 시장이 안달이 나서 재촉을 한다.

"좀 들어봅시다." 다른 참석자들은 이제 오달수를 지지하는 쪽으로 여론이 기울어진 느낌이다.

"그럼 설명을 계속합니다. 이처럼 말로 표현할 수 없을 정도도 무거운 파나피오스에는 애벌레나 곤충과 비슷한 생명체들로 이루어진 복합생명체가 벌집 모양이나 소의 위(胃)처럼 생긴 거처에 생존하고 있었습니다. 진평왕릉에 알을 묻은 파나피오스의 호스플라이는 자기들의 영역을 넓히기 위하여, 일종의 종족 보존책입니다만, 지구라는 식민지가 필요했습니다."

"허어, 참. 점입가경이로군. 왕릉에 알을 묻어요?" 도지사가 말을

한다. 이어서 한미연합사 사령관은,

"왓? 호스플라이?"하면서 어깨를 으쓱한다.

"네, 호스플라이, 즉 기생파리라는 말입니다. 파나피오스에서 UFO를 타고 날아온 호스플라이가 진평왕릉의 축조가 끝나가는 시점에 나타났습니다. 모든 축조공사가 다 끝나고 이제 내일 진평왕의 시신을 운구하여 안치하려는 시점이었습니다. 그때 호스플라이는 시신을 덮을 고운 흙과 무덤 입구 등에 정지비행을 하며 알을 뿌려놓았습니다."

"잠깐! 오 선생님의 말이 다 맞다고 치더라도 그 기생파리는 왜 하필 지구로 날아왔고 왜 하필 진평왕릉이어야 합니까?" 관리풍의 한 정부관원이 질문을 한다.

"네, 호스플라이는 자기들의 생성이 가장 적합한 별로 태양의 혹성 중에서 지구를 찾아낸 것입니다. 또한 지구 안에서도 그들의 생명체의 충란이 번식하기에 가장 알맞은 곳은 한국의 왕릉처럼 대형의 봉토분이었어야 했으며 토질은 경주지방의 사질토(沙質土)가 가장 적합했습니다. 더구나 진평왕릉처럼 무덤의 지름이 36.4m에 높이 7.9m는 그 두께며 부피가 파나피오스의 호스플라이가 산란하기에 최적의 장소입니다. 그들은 전자기파를 뿜어내어 지구를 샅샅이 조사하여 결국 진평왕릉이라는 최상의 장소를 찾아낸 것입니다. 그래서 진평왕의 시신이 묻히기 하루 전에 UFO를 타고 이곳에 나타난 것입니다. 호스플라이가 파나피오스에서 자랄 때는 한 마리의 작은 기생파리에 지나지 않지만 지구와 같은 호조건을 만나면 원래 크기의 수백 배 내지는 수천 배의 크기로 변합니다. 지금 진평왕릉 안에서는 수 십만 마리의 호스플라이가 부화하여 꿈틀거리고 있습니다. 그들의 활동 영역은 벌써 진평왕릉 뿐만이 아니고 경주 시내 전체의 지하에 이르고 있습니다. 곧 경주지역 이외의 지역으로도 퍼져나갈 것입니다. 이들이 진평왕릉에 생성하게 된 동기는 마치 홍다리조롱박벌의 굴속에 기생파리가 자기의 알을 떨어뜨려 탁란한 것과 아주 흡사합니다. 이런 현상은 지구 동물의 세계에서만 벌어진 것이 아니고 우주 동물의 세계에서도 벌어지고 있습니다. 이 원리는 생물학적 관점에서만이 이해가 가능합니다. 그럼 이해를 돕기 위하여 먼저 홍다리조롱박벌과 기생파리의 관계를 동영상으로 보겠습니다. 박 군! 동영상 준비됐지요? 지금 틀어드리세요."

말벌의 일종인 홍다리조롱박벌은 산란하기 위하여 큰 턱을 이용하여 땅굴을 판다. 능숙하게 땅을 파서 앞다리로 흙을 움켜쥐고 뒷걸음질로 후퇴하여 흙을 버린다. 이 작업을 몇 번이고 반복한다. 굴속은 일단 비스듬하게 7cm 정도 파고 들어가서 다시 직각으로 7cm 정도를 파들어 간 후, 산란에 필요한 먹이인 여치나 베짱이 등을 잡아와서 저장한다. 홍다리조롱박벌은 조심성이 아주 많아 먹이를 잡아 오면 주위를 살피다가 굴속에 끌고 들어가서 저장하고 나와서 굴을 흙으로 막아버리고 다음 사냥을 떠난다. 다시 먹이를 잡아 온 홍다리조롱박벌은 주위를 살피다가 막은 흙을 파고 먹이를 저장하고 나와서 다시 입구를 흙으로 막아버리고 떠난다. 그런 같은 행동으로 예닐곱 마리의 여치나 메뚜기를 굴속에 저장한다.

그런데 이 홍다리조롱박벌의 작업 과정을 부근의 풀 위에서 유심히 지켜보고 있는 불청객 침입자 기생파리가 있다. 기생파리는 가끔 홍다리조롱박벌의 굴 주변을 꼼꼼히 살피다가 다시 풀잎 위에 앉아 홍다리조롱박벌의 일거수일투족을 주시한다. 기생파리는 홍다리조롱박벌이 먹이를 물고 들어가는 짧은 순간을 이용하여 굴 입구로 날아가 낮은 공중에서 정지비행을 하며 자기 알을 굴속에 떨어뜨린다. 어미 홍다리조롱박벌은 그런 줄도 모르고 가장 안전한 산란 준비를 끝냈다고 여기고 굴의 입구를 흙으로 꽁꽁 막아버리고 멀리 날아간다. 굴 안에서는 홍다리조롱박벌의 애벌레보다 먼저 부화한 기생파리의 애벌레가 굴속의 홍다리조롱박벌의 애벌레를 다 잡아먹고 저장해 놓은 여치나 베짱이까지 모두 먹어 치운다. 그리고 결국 흙을 뚫고 나오는 것은 홍다리조롱박벌이 아니고 우화(羽化)한 기생파리들이었다.

지금으로부터 1,385년 전, 신라는 진평왕의 붕어(崩御)로 수많은 국상을 준비하는 인파가 왕궁 안을 오가며 초상 준비를 한다. 왕궁 밖에서는 수많은 경주의 백성이 거리로 나와 슬퍼하고 곡성이 하늘을 울린다. 어둠이 깔리는 저녁까지 많은 사람이 왕릉축조 작업을 하고, 날이 저물자 해산하여 집으로 돌아간다. 이때 UFO 한 대가 혼령이 내려앉듯 왕릉 가까운 곳에 조용히 착륙한다. 문이 열리더니 말벌 만한 호스플라이 대여섯 마리가 날아서 왕릉 입구 앞에 쌓아놓은 고운 흙 위에 알을 뿌리고 UFO로 돌아가고, 이어서 다른 수십 마리의 호스플라이가 날아와서 알을 뿌리고 돌아가고, 또 일군의 호스플라이가 날아오곤 하는 동작을 계속한다. 이어서 이번에는 호스플라이들이 걸어서 UFO를 나온다. 호스플라이의 걷는 모습은 인간과도 흡사하다. 두 발로 또는 네 발로 걷는데 발은 무척 날카로운 칼이나 침처럼 생겼다. 수천 마리가 걸어가서 아까 뿌려놓은 알들이 밖으로 드러나지 않게 고운 흙을 섞어 원래의 모습과 같이 만들어 놓고 UFO로 돌아간다. UFO는 발진하여 공중으로 뜨더니 직각으로 올라가다가 휙! 하며 선을 긋고 하늘 멀리 사라져 버리고 만다.

오달수는 피곤한 몸을 이끌고 광주의 집으로 돌아왔다. 현관에서 벨을 누르자 부인이 문을 따주고 보지도 않고 안으로 들어가 버린다. 거실에서 열 살 된 딸 유미가 달려 나온다.
"아빠!"
"유미 잘 있었니? 공부 잘하고?"
"공부를 잘할 리가 있어요. 아빠가 없는 아이나 마찬가진데."
"남편이 돌아왔는데 꼭 그런 식으로 말을 해야겠어?"
"누가 남편인데요?"
"내가 당신 남편 아닌가? 그럼 나는 누구야?"
"남편은 남편 노릇을 해야 남편이지, 몇 달 만에 한 번씩 잠깐 집에 들렀다가 떠나는 사람이 남편은 무슨 남편이란 말이에요."
"그래 당신은 남편 알기를 우습게 아는 부인 아닌가? 남편이 하는 일이 무엇인지도 모르고…. 이번에 나가면 오랫동안 못 올 것 같아서 모처럼 옷가지 챙기러 온 남편한테 겨우 그런 정도밖에 못해?"

"당신이 무슨 일을 하고 있는지 나는 관심 없어요. 그 지진 난 경주는 뭐 하러 간 거예요. 당신하고 무슨 상관이 있길래. 여러 말 할 필요 없어요. 이번에 나갈 때는 그 탁자 위에 있는 서류에 도장이나 찍고 나가세요."

"이게 뭔데."

오달수가 탁자 위의 서류를 보니 '이혼합의서'이다. 부인이 쓸 난은 다 썼고 남편이 쓸 난만 비어 있다.

"흥! 이혼이라? 이렇게 남편의 하는 일을 이해하지 못하는 마누라와는 나도 더 이상 살고 싶지도 않다고."

"당신은 도장을 찍고 나가시기만 하면 돼요. 이 집은 친정아버님이 사주신 거니까 다 내 재산이에요. 당신 거는 아무것도 없다고요."

오달수는 분을 참지 못하고 씩씩대다가 위층으로 올라가 가방을 챙겨서 내려온다. 현관문을 나서려는 오달수를 보고 부인이 소리 지른다.

"그대로 나가시면 어떡해요. 도장을 찍고 나가라니까."

"좋아!"

오달수는 걸음을 돌려 다시 자기 방으로 가서는 책상 서랍을 사정없이 뒤져서 인감도장을 찾아 가지고 나와서는 서류에 자필로

'오달수'라고 서명하고 도장을 꾹 눌러서 찍고 만다. 유미는 아빠가 위층으로 가면 위층으로 따라가고 밑층으로 가면 밑층으로 따라다니며 울며불며 안달이다.

"자, 이제 됐지?"

"고마워요."

"엄마 아빠, 왜 이러는 거예요? 아빠 이제 가시면 언제 다시 오시는데요?"

"모르겠다."

집을 나서 다시 경주로 돌아온 오달수는 급히 긴급대책사무실로 발걸음을 옮긴다. 사무실은 이전보다 훨씬 많은 인원이 오가며 컴퓨터며 최신 장비들을 옮겨와 여기저기서 측정을 하고 토론을 하고 있다. 오달수가 들어서자 모두 오달수에게 시선이 쏠리고 천문대장 김원기 박사와 서정숙 교수는 어디 갔다가 이제 오느냐는 듯이 바싹 다가가서 여러 가지 이야기를 한다. 지진관측소 김영남 소장이 다시 책상에 앉으며 말한다.

"이번 사건은 우리 지진관측소만의 실력으로는 전혀 실마리를 풀 수가 없습니다. 전혀 예측불허의 수치가 나오고 어떤 사례를 대비해 봐도 맞지가 않습니다."

"당연히 그럴 것입니다. 지금쯤은 파나피오스의 중성자 별에서 호스플라이들이 지구를 향하여 출발할 채비를 하고 있습니다. 자기 종족이 지구에서 깨어났다는 것을 전파로 탐지한 이상 그들을 도와 지구를 완전히 자기들의 식민지로 만들기 위해서지요."

"그러면 어떻게 했으면 좋겠습니까?"

"점점 우리가 해야 할 일이 분명해지고 있습니다. 지구에서는 경주에서 부화한 호스플라이를 박멸하고, 로켓으로 우주선까지 올라가 파나피오스에서 날아오고 있는 UFO들을 우주공간에서 파괴해야 합니다. 그들이 만약 지구의 호스플라이들과 접선이 되는 날에는 지구는 완전히 파나피오스의 천지가 되고 인간은 그들의 먹이가 될 것입니다."

전파천문대의 이원기 박사는 초조해하며 말한다.

"우리가 무슨 실력으로 우주선까지 날아간단 말입니까. 또 여기서 부화한 호스플라이는 무슨 수로 잡고요?"

"우주 정거장은 비글로(Bigelow) 상용우주정거장이나 액시온(Axion) 국제우주정거장 중 하나를 이용해야 합니다. 두 개 다 미국소속입니다. 거기까지 가는 데는 우리의 나로호 발사대 정도로는 어림도 없습니다. 이북에 협조를 요청해야 합니다. 이북의 로켓 실력이라면 충분히 가능합니다."

"설사 그것이 가능하다고 해도 경주에서 부화한 호스플라이는 무슨 수로 잡는단 말이요?"

"호스플라이는 총이나 대포로는 박멸이 어렵습니다. 레이저 총이어야 만이 효력이 있습니다. 따라서 엄청난 예산이 뒤따라야 합니다. 국방예산을 이쪽으로 돌리게 지금 급히 교섭해야 합니다."

"알았소. 내가 국방부 장관한테 지금 전화하겠소."

이원기 박사는 즉시 전화하여 국방부 장관과 통화한다.

"국방부 장관이십니까? 저는 대덕의 전파천문대장 이원기입니다. 지금 경주의 지진 사태는 보도를 통해서 잘 아실 것입니다. 우리가 아무도 그 진상을 파악 못하고 있는데 한 우주생물학자에 의해서 그 진상이 파악되었습니다. 그 연구원을 직접 바꿔드리겠습니다."

"아, 여보세요. 저는 한국생물학회 오달수 연구원입니다. 먼저 요점만 말씀드리겠습니다. 파나피오스라는 중성자별의 호스플라이라는 생물체가 진평왕릉 밑에서 부화했고 이들과 호응하기 위해서 파나피오스의 UFO들이 지구를 향하여 출발하고 있습니다. 이들이 경주의 호스플라이와 접선하는 날에는 지구는 큰 일이 납니다. 이들을 박멸하기 위해서는 강력한 군대무기와 레이저 무기가 있어야만 합니다. 기존의 군대무기를 제외한 레이저 무기만 해도 엄청난 예산이 필요합니다. 레이저의 소총, 중화기, 대포, 로켓포, 전차 등 다양한 무기와 장비가 급히 필요합니다. 올 국방예산의 전부를 이쪽으로 급히 돌려주셔야겠습니다. 제가 지금 서울로 올라가서 자세한 설명 드리겠습니다…."

국방장관을 만나고 돌아온 오달수는 박필수 조교에게 말한다.

"나는 서정숙 교수와 함께 이북으로 가서 로켓을 타고 우주정거장 비글로에 도착할 것이오."

"그래서 어떻게 하실 작정입니까? 우리에게 다른 장비가 없지 않습니까?"

옆에 있던 서정숙 교수가 박필수에게 확신에 찬 말을 한다.

"염려하지 말아요. 비글로의 우주선과 장비를 마음껏 사용해도 된다는 미국의 협조를 받았어요."

오달수는 박필수 조교에게 당부한다.

"박 군. 지구를 부탁해요. 나와 서정숙 교수는 하늘을 맡을 테니 박 군은 경주에서 곧 부화할 호스플라이를 박멸해 주세요. 호스플라이는 경주뿐만 아니라 다른 곳으로도 급히 퍼져나갈 테니 초전박살을 내야해요."

"알았습니다만…." 자신없어하는 모습을 본 서정숙 교수가 말한다.

"오 박사님이 국방부의 적극적인 협조를 받았어요. 한국의 모든 군장비를 사용할 수 있으며 필요할 때 인원요청을 하면 전 육해공군의 병력을 무제한 지원해주기로 했어요. 박 선생님 잘 부탁합니다."

오달수는 마지막으로 아주 중요한 이야기를 한다.

"박 군, 가장 무서운 것은 호스플라이가 인간에게 침을 박아, 인간을 숙주로 하여 태어난다면 왕릉에서 부화한 호스플라이보다 몇 배 강한 혼합종을 탄생시킬 수 있으니 이 점 각별히 주의해야 해요. 요는 호스플라이가 인간에 접근하기 전에 박멸해야 한다는 것 잊지 말아요."

오달수와 서정숙 교수는 박필수 조교와 이별을 나눈다. 박필수는 오달수와 굳은 악수를 하고 서정숙과도 다시 보지 못할 수도 있을 최후의 작별을 고한다. 곁에 운집해 있는 많은 사람들이 두 남녀가 떠나는 것을 지켜보고 작별을 고한다.

　오달수와 서정숙은 이북에서 로켓에 몸을 싣는다. 이북의 인민군들이 운집하여 이 광경을 바라보고 성공을 빈다는 격려를 아끼지 않는다. 로켓이 발사되고 비글로에 도착한 두 사람을 미국 우주인들이 반갑게 영접한다. 비글로 선장 레이몬드는 만면에 미소를 띠고,

　"두 분 과학자 어서 오십시오. 지구로부터 자세한 보고 받았습니다. 이제부터 저희들 우주정거장 전인원은 두 분의 지시에 따르겠습니다. 이곳의 모든 기구와 장비 및 인원을 마음대로 활용하세요."

　"감사합니다. 지금 상황이 너무나 급박합니다. 그럼 저희들은 먼저 천체망원경실로 가겠습니다."

　두 사람은 천체망원경으로 망망한 우주를 관망한다. 그 때 비글로가 기우뚱하며 서정숙 교수의 몸이 휩쓸려 오달수의 품으로 안긴다. 오달수는 한참 동안 서정숙을 안고 있고 서정숙도 한참 동안 행복한 표정으로 몸을 맡기고 있다. 그때 미국 우주인들이 천체에 무엇인가 물체가 나타나고 있다고 알린다. 둘은 벌떡 일어나 다시 천체를 관망한다. 파나피오스의 UFO가 몰려오고 있다. 오달수와 서정숙은 레이저포로 UFO를 난사한다. 그러나 일부만 폭파되고 일부는 여전히 날아들고 있다. 둘이는 우주복으로 갈아입고 각각 우주선을 발진시켜 우주공간으로 날아가 직접 공격을 가한다. UFO에서도 레이저 광선이 빗발쳐 두 우주선의 좌우를 아슬아슬하게 비켜나간다. 오달수와 서정숙의 우주선은 종횡무진 UFO사이를 번개

처럼 비켜 다니며 공격을 가해 공중 폭파시키고 있다. 파나피오스의 UFO는 이제는 도망만 다니지 않고 모두 힘을 합하여 두 비행선을 포위 공격한다. 오달수는 비행선 안에서 무선 마이크에 대고 말한다.

"서정숙 교수, 안되겠어요. 비글로로 돌아가야 겠어요."

"안 돼요. 우리가 비글로로 돌아가면 비글로를 공격할거예요. 여기서 저들을 다 잡아야 해요."

둘은 더 열심히 파나피오스의 UFO를 종횡무진 폭파한다. 그러나 파나피오스의 UFO의 수가 더 많아지며 두 사람의 우주선이 포위당한다.

"서정숙 교수, 중과부적이에요. 지금 비글로로 돌아가지 않으면 우리가 당해요."

"알겠어요. 그러나 우리가 비글로로 진입할 때 가장 빠른 속도로 진입해야 해요. 아니면 저들이 따라들어 온다든지 그들의 생명체가 비글로에 붙는다면 우주정거장 전체가 공격당하니까요."

두 사람의 우주선은 도망가는 척 하다가 순식간에 방향을 바꿔 비글로를 향해 날아가고, 비글로에서는 레이몬드 선장이 다른 우주인들을 거느리고 기다리고 있다가 두 대의 우주선이 가까이 오자 급히 입구를 개방하여 두 우주선을 들여보내고 문을 닫아버린다. 뒤 따라오던 UFO들은 미쳐 따라 들어오지 못하고 비글로에 부딪쳐 산산조각이 나기도 하고 비켜 지나가기도 한다. 오달수는 비글로에 들어와 개틀링 기관총에 장착된 레이저포로 사정없이 난사한다. 서정숙이 상황실로 들어가자 상황판을 들여다보고 있던 미국 우주인들이 어서 오라고 손짓을 한다.

"서 박사님, 어서 와서 이것 좀 보세요. 정체를 알 수 없는 생명체가 3개나 비글로에 붙어 있습니다."

"위치가 어디쯤입니까?"

"잠깐 기다리세요. 위치 전자파를 쏘아보겠습니다."

미국 우주인이 위치 전자파 USB를 끼자 방 안 공간에 파란 전자파가 움직이며 정체불명의 생명체의 위치가 보인다.

"캔자스 0-5-3-8-2. 아이오와 1-A-8-2-5. 아칸소 0-9-N-F의 세 곳에 하나씩 생명체가 붙어 있습니다. 오 박사님 어떻게 해야 합니까?"

"그들은 현재 붙어있는 장소에서 이동하면서 미세한 바늘구멍이라도 있으면 몸을 흡입시켜 비글로 안으로 들어올 것입니다. 막 들어오는 순간을 포착하여 집중사격을 가해야 합니다."

"알았습니다. 부대원들! 켄자스, 아이오와, 아칸소 지역으로 집합대기!"

미국우주인들 모두 무거운 무기들을 들고 서정숙 교수의 지시에 따라 긴장하며 대기하고 있다. 켄자스 지역의 생명체가 바늘구멍 같은 작은 구멍으로 흡입되어 안으로 들어와 모습을 드러내는 순간 모든 우주인은 집중 사격을 가하여 죽이고 만다. 아이오와 지역도 마찬가지로 성공을 거둔다. 그러나 아칸소 지역은 우주인들이 미처 도착하기 전에 벌써 안으로 들어와 천정의 어디로 숨어들어버리고 만다. 우주인들은 서정숙 교수의 손가락 지시를 따라 조용히 세 편으로 나누어 포위한다. 그러나 호스플라이는 동에 번쩍 서에 번쩍 기계들을 사정없이 파괴하고 화재를 내며 종횡무진이다. 호스플라이는 미군우주인이 밀집해 있는 곳으로 돌진하여 두 사람에게나 몸에 침을 박고 달아난다. 호스플라이는 천정 보이라 같은 굵은 쇠 파이프 사이에서 숨을 쉬고 있다가 막 머리를 내미는 순간 언제 나타났는지 오달수의 개틀링 레이저 기관총이 사정없이 불을 내뿜는다. 아칸소 지역으로 들어온 주± 호스플라이가 오달수에 의하여 잡히고 만 것이다. 그러나 한 미국우주인이 괴로워 몸부림치고 나뒹굴더니 갑자기 그의 항문을 찢고 흉측한 맨살의 호스플라이가 나와 도망간다. 조금 있더니 또 한 명의 미국우주인의 입을 찢고 어린 아이 같은 호스플라이가 뚫고 나오더니 재빨리 도망가서 몸을 숨긴다. 비글로 안은 온통 사람의 몸을 숙주로 탄생한 호스플라이의 혼합종 두 마리와 사생결단의 격전이 벌어진다. 미국우주인과 오달수, 서정숙이 집중사격을 가하여 다시 사람을 숙주로 하기 위하여 침을 박으려는 두 호스플라이를 잡았을 때는 비글로가 많이 파괴되어 우주정거장 안은 폭풍이 몰아치듯 사람들이 바람에 날리고 쓰러지곤 한다. 그 와중에서도 오달수와 서정숙은 비글로 안에서 밖을 향해 레이저 기관총으로 UFO들을 공격한다. 이제 UFO가 몇 대 안 남은 성 싶자 둘은 다시 우주선을 타고 밖으로 출격하여 나머지를 추격하여 모두 폭파시키고 돌아온다. 비글로는 기우뚱거리고 우주인들은 형편없이 균형을 잡지 못하고 쓰러지고 날리곤 한다. 선장

레이몬드는 비장한 결심을 한 듯 오달수와 서정숙에게 말한다.

"닥터 오, 닥터 서, 둘이 먼저 떠나세요. 둘이는 꼭 살아서 지구로 돌아가야 합니다. 지구는 여기보다 훨씬 더 상황이 급박할 것입니다."

"닥터 레이몬드, 감사합니다. 그럼 지구가 너무 급하니 저희들이 먼저 떠나겠습니다. 여러분도 모두 살아서 지구로 돌아오셔야 합니다. 알았지요?"

"알았습니다. 여기는 제가 알아서 하겠습니다. 로켓 고정해체! 하강 개시! 10, 9, 8…3, 2, 1, 발사!"

오달수와 서정숙을 태운 지구행 로켓은 우주정거장을 떠나 엄청난 속력으로 날아간다. 로켓에서 뒤를 돌아보니 비글로는 완전 폭파되어 우주공간에서 해체되어버리고 만다. 서정숙은 오달수의 품에 안겨 저들의 희생을 슬퍼하고 둘은 다음의 임무를 다짐한다.

한편, 경주에서는 박필수가 무거운 레이저 소총을 들고 진평왕릉을 지켜보고 있고 육군참모총장도 옆에서 지켜보고 있다. 약간 떨어진 곳에서는 육군 1개 사단병력이 긴장된 표정으로 진평왕릉을 포위하고 있다.

왕릉이 약간 들썩거리더니 인간보다 약간 작은 호스플라이가 흙을 뚫고 밖으로 기어 나온다. 조교 박필수는 레이저 소총으로 사정없이 호스플라이를 갈겨 쓰러뜨린다. 조금 있으니 진평왕릉을 뚫고 호스플라이들이 여기저기서 나타난다. 박필수는 대기하고 있는 군대를 향하여 "사격 개시!"를 외친다. 동시에 온통 왕릉 전체에서 호스플라이들이 백결 치게 솟아오른다. 1개 사단병력의 총구에서 일제 사격이 시작된다. 호스플라이들은 아랑곳없이 쓰러지기도 하고 군인들을 공격하기도 하면서 대부분은 경주시내를 향하여 물결 쏠리듯 몰려간다. 박필수는 무전기를 들고 급히 지시한다.

"경주 잠복부대, 사격준비하세요. 호스플라이들이 몰려가고 있습니다."

"알았습니다."

"알았습니다."

여기저기서 대답이 오고 박필수는 급히 상황실로 들어선다. 화면을 들여다보고 있던 한국지진관측소장 김영남이 기다렸다는 듯이,

"여기 상황판을 보세요. 지금 경주 호스플라이들은 지상으로 올라왔지만 지하에서 움직이고 있는 사태도 심각합니다."

커다란 한국지도의 동해안 쪽으로 호스플라이 출몰지역을 나타내는 동그라미가 한참 올라가고 있고 남해안과 내륙으로도 움직임이 감지되는 동그라미가 그려지고 있다. 이러다가는 한국 전체로 퍼져 나갈 것이 아닌가. 그 때 오달수와 서정숙을 태운 로켓은 분리작업을 거쳐 마지막 캡슐이 바다에 떨어진다. 누군가 김영남 소장에게 보고를 한다.

"우주에서 오달수 박사와 서정숙박사가 무사히 도착했다고 합니다."

"잘 됐군. 때맞춰 와줬어."

김영남 소장과 박필수 일행이 수많은 군인들과 함께 바닷가에서

우주복을 입고 우주모를 옆구리에 끼고 걸어오고 있고 있는 오달수와 서정숙을 향하여 걸어간다. 박필수가 맨 앞에 달려가서 오달수 서정숙과 악수도 하고 포옹도 한다.

이 때 일군의 일반인이 구름처럼 이들을 향해서 몰려오고 있다. 맨 앞에는 성경을 낀 수염을 기른 선지자 차림의 교주가 군중을 향하여 소리 지른다.

"회개하라. 천국이 가까웠느니라. 우리는 이날만을 위하여 지금까지 살아왔습니다. 천국은 우리의 눈앞에 다가왔습니다. 거룩 거룩하신 예슈크리스토께서 지금 우리 앞에 나타나실 것입니다. 보십시오, 우리의 성자께서 보내신 하늘나라의 천사가 먼저 이 땅에 강림하셨습니다."

모든 사이비 신자들은 무릎을 꿇고 앉아서 전신에 땀이 흠뻑 고이도록 통성기도를 드리고, 이어서 전봇대만한 십자가를 들쳐 메고 또는 성호를 그으며 우주복을 입은 두 사람에게 몰려온다. 오달수와 서정숙, 박필수와 김영남 소장은 수많은 군대의 호위를 받으며 그 자리를 뜬다. 군인들은 군중을 향하여 엄호용 공포를 쏘며 접근을 금한다. 네 사람이 급히 경주시청에 마련된 특별대책본부 상황실로 들어간다. 상황판을 들여다보고 있던 연구원들이 그들이 도착하자 급히 프린트를 뽑아서 보고 한다. 이번의 상황지도는 저번의 상황지도보다 훨씬 더 많이 번져있고 땅속에서만의 움직임이 아니고 벌써 실체의 호스플라이를 나타내는 푸른색 동그라미들이 훨씬 많이 퍼져있다. 호스플라이가 나타나는 지역은 동해안뿐만이 아니고 이북까지, 일본의 서해안, 중국의 동해안까지 번져 있다.

"박 군! 이 약도를 이북과 일본, 중국에 급히 전송하고 그들 정부에 알려 빨리 대처하도록 하세요. 시간이 급하니 지금 당장 알리도록 해요."

"알았습니다. 즉시 조치하겠습니다."

호스플라이와의 전쟁은 이남과 이북, 일본과 중국에서 동시에 벌어지고 있다. 국군들은 경주, 부산, 포항, 울진 등 동해안뿐만 아니라 벌써 광주, 목포 등에서 싸움이 벌어지더니, 이어서 서울에서까지 치열한 싸움을 벌이고 있다. 가장 강력한 호스플라이가 탄생하는 것은 인간을 숙주로 하여 탄생한 혼합종이다. 호스플라이가 인간을 부등켜 안고 침을 박아 탄생시키는 호스플라이는 인간의 입이며 눈이며 귀며 항문 등을 뚫고 나와 보통 호스플라이보다 몇 배나 크고 힘이 세며 파괴력이 엄청나다. 그래서 인간에게 침을 박으려고 움켜 안으면 할 수 없이 인간과 함께 집중사격으로 같이 폭파시키고 만다. 한중일 삼국에서 같은 상황이 벌어지고 있다. 이북은 동해안의 원산, 홍남, 함흥 등지에서 인민군이 싸우고 있고, 일본에서는 나가사키, 야마구치, 시마네, 돗토리 등에서 일본 자위대가 맹렬히 싸우고 있다. 중국에서는 칭따오, 상하이, 텐진 등지에서 인민해방군이 호스플라이와 사력을 다하여 싸우고 있다.

특별대책본부 상황실에서 끊임없는 지시와 상황보고를 받아 녹초가 된 오달수와 서정숙은 몸을 가누지 못할 정도로 지쳐있다. 박필수 조교가 보고한다.

"선생님, 이제 한국과 이북은 완전히 호스플라이를 소탕하였다고 합니다."

"알았어요. 일본과 중국은 어떻게 돼가고 있습니까?"

"네, 방금 들어온 소식입니다. 일본과 중국도 완전 박멸에 성공했다고 합니다."

오달수와 서정숙은 지친 몸을 이끌고 대책본부 밖으로 나온다.

이때 대책본부 앞 정원을 가로질러 달려오던 유미가 "아빠!"를 부르며 오달수의 품으로 뛰어든다.

"유미야, 네가 예까지 어떻게 찾아왔지?"

"제가 군대에 부탁해서 아빠가 있는 곳까지 데려다 달라고 했어요. 아빠는 유명한 분이시지 않아요."

"네가 유미로구나. 아빠한테 네 얘기 많이 들었어. 아이 예뻐라."

서정숙 교수가 가장 온화한 얼굴로 유미를 대하자 유미도 너무나 좋아하는 표정이다. 오달수와 서정숙은 양쪽에서 유미의 손을 잡고 진평왕릉으로 걸어온다. 하늘에는 전에 국제 한글펜대회를 끝내고 총무와 함께 진평왕릉에서 낭산을 바라보던 파란 하늘이 그대로 펼쳐지고 있다.

횃댓보를 돌려줘

해 질 무렵 만수는 홀로 들판을 걷고 있었다. 생각할수록 종학이를 그대로 두고 온 자기가 비겁하고 바보처럼 느껴졌다. 순간을 회상하며 "으아!" 외마디 소리를 지르고 들판을 뛰었다. 한참을 뛰다가 번득 머리를 스치고 지나가는 것이 있었다. 이 울분을 어떻게 풀까? 어떤 돌출구가 있어야만 한다. 군대나 가버릴까. 옳지 그래, 그것 좋은 생각이다. 이왕 갈 바에는 장교로 가자. 그래야 훈련도 더 세고 복무기간도 더 길 것 아닌가.

만수가 혜숙이와 사귄 지 그다지 오래되지는 않았었다. 그러나 마음이 통했고 6개월쯤 될 즈음에는 손도 잡았고 극장에도 간 적이 있으니 가깝지 않은 사이는 결코 아니다. 그런데 문제는 종학이다.

이 녀석은 시종 만수의 모든 것을 다 가져가는 뻐꾸기 같은 친구였다. 학교와 가까이 있는 만수의 하숙집을 제집 드나들 듯하였고 어느덧 하숙집 어린 딸을 유혹하여 데이트를 하고 선까지 넘었다는 얘기를 아무렇지도 않게 만수에게 하였다. 하숙집 딸은 이제 고등학교를 갓 졸업한 어린 소녀로 재수를 하면서 학원을 다니고 있었다. 매일 밤늦게 귀가하는 것을 알고 버스정류장을 지키고 있다가 우연인 것처럼 접근하여 말도 걸고 같이 걷기도 하다가 그런 관계까지 갔단다. 그런데 이번에는 만수의 여자 친구를 노릴 줄 꿈엔들 생각했겠는가? 아니, 노렸다기보다 차라리 종학이는 그저 여자라면 물불을 안 가리고 껄떡거리는 타입이다. 남자 녀석이 짙은 향수 냄새를 품기고 다녔고 학교에 가는 날이 아닐 때는 흰 바지에 백구두까지 신고 기생오라비처럼 나타나기도 하였다.

그날은 시내에서 볼일을 끝내고 버스를 타려는데 저만쯤에 종학이가 훤칠한 키에 예의 흰 바지를 입고 어떤 낯익은 여자와 같이 가고 있는 것이 아닌가. 설마 하고 그쪽으로 가까이 가서 보니 종학이와 같이 걷고 있는 여자는 혜숙이가 분명했다. 하도 갑작스런 일이라 소리를 내서 부를 수도 없었다. 혹시 무슨 볼일이 있어서 나왔다가 우연히 만났을 수도 있지 않을까 하고 생각했다. 그러나 그것을 확인할 필요는 있었다. 그들의 뒤를 따라가는데 어느 골목으로 접어들더니 글쎄 어떤 여관이 보이자 종학이가 혜숙이를 슬그머니 끌어당기고 혜숙이는 못이기는 척 따라 들어가는 것이 아닌가. 하도 어처구니가 없어서 소리도 못 내보고 항의도 못 해보고 돌아섰다.

그 뒤로 혼자 끙끙 앓고 지내오다가 못난이의 피난처로 군대를 생각한 것이다. 장교가 되려면 사관학교를 졸업해야 하지만 사관학교를 졸업하지 않아도 장교가 되는 길이 있었다. 새로 생긴 삼사관학교를 가면 되는 것이었다.

 동복 유격훈련장에서는 고된 줄도 몰랐다. 장교가 되기 위한 마지막 훈련코스가 동복의 유격훈련이었고 누구나 거기서는 지쳐 쓰러질 정도가 되지만 만수는 울화 덕분에 고된 줄도 몰랐다. 쪼그려 뛰기, 몸통 받치기를 밥 먹듯이 해도 외려 속이 후련하였다. 장교로 지원하기를 잘했다고 생각했다. 만약 이런 스트레스 해소과정이 없었던들 어찌 참을 수 있었겠는가? 만수가 종학이를 때려주지도 못하고 항의도 못 해보고 혜숙이에게도 절교 선언은커녕 뺨 한 대도 갈겨주지 못한 것은, 하도 기가 차서도 그랬지만 한편 집안에서 평생 '절제, 절제'만을 생활신조로 살아온 것도 큰 영향이 있었다. 정읍이 집안인 탓인지 온통 증산도 도생으로서 어머니는 녹사장이라는 직책을 가지고 있었다. 어렸을 때부터 장독에 청수를 올려놓고 손을 비비고 마지막에 주문을 외웠다. 만수는 어머니의 이런 모습이 좋은 것은 아니지만 그렇다고 싫지도 않았다. 어려서 그저 태을주라고 따라 하라고 해서 해 보았으나 커서는 그저 어머니만 하는 것으로 알고 지냈다. 어머니의 말씀으로는 하느님이 우리 조선에 직접 강림하셨고 일제 때는 보천교라는 이름으로 6백만 명이나 되는 신도가 있었다고 했다. 기독교는 하느님의 아들이 강세하였다고 믿지만 증산도에서는 강증산이라는 하느님이 직접 조선 땅에 강림

하셨다고 믿는 것이었다. 일제 때 독립군 군자금은 거의 전부를 증산도의 전신인 보천교에서 담당하였다고 했다.

부대 배치를 받은 강원도 양구는 민가 한 채도 없는 첩첩산중에 뻐꾸기 소리만 처량하게 들리는 곳이었다. 가끔 군용트럭이 비포장도로의 먼지를 뽀얗게 일으키고 지나가는 전방 기지였다. 보초의 "단결!"하는 용감스러운 소리만 산천을 쩌렁쩌렁 울렸다.

중대장의 소개로 신임 소위의 인사말을 하였다. 갑자기 시키는 바람에 아무런 준비도 없이 무슨 말을 하였는지 기억은 잘 나지 않지만, 훗날 김 중사의 말에 의하면 인사말의 내용이며 첫눈에 풍기는 인상이 어떤 깊은 종교에 빠져 있는 사람 같았다고 했다. 군인 같지 않은 철학(?)이 담긴 말을 하였다고 하니 좀 오버를 한 것 같다. 그래서인지 김 중사는 나이는 만수보다 네 살이나 많았지만 가장 충실한 부하가 되어주었다.

"소대장님, 어떤 종교를 가지고 계시지요?"

"어떻게 알았어요. 실은 집안이 모두 증산도를 믿어요."

"그런 것 같았습니다. 첫 인사말에 우리의 국통맥을 되찾아야 한다고도 했고 상생을 하여야 한다는 말씀도 하셨습니다. 실은 좀 주제넘은 말씀입니다만, 그런 말씀은 사단장이나 하실 말씀이지 신임 소대장의 인사말이 아니거든요."

"내가 그런 건방진 말까지 했어요?"

"그게 뭐가 건방져요. 그렇지는 않아요. 다 듣고 싶어 하는 말씀이지요. 실은 저도 증산도 도생인 셈이지요."

"그래요? 와, 이런 데서 같은 종교를 믿는 사람을 만나다니."

그 뒤부터 김 중사와 만수는 아주 친하게 지냈고 친형제처럼 속 엣말도 예사로 하였다. 김 중사는 그저 중졸의 순진한 시골 청년으로서 아무런 세상의 때가 묻지 않은 사람이었다. 원래 군대에서는 중, 상사에 대한 인상이 좋지 않은데 김 중사만은 완전히 예외였다. 지금까지 만수도 남들처럼 중, 상사에 대한 선입견이 있었던 것을 김 중사를 보고 미안하게 생각했다. 만수는 김 중사를 마치 친형 대하듯이 했고 모든 일에서 무척 마음의 위로를 받았다. 부대 내의 어떤 어려운 일이 있으면 서슴없이 김 중사와 타협하였고, 그럴 때면 김 중사는 가장 원만한 해결책을 말해주곤 하였다. 어느 날은,

"소대장님, 우리 집은 어머니 아버님을 위시하여 전 식구가 다 독실한 도생인데요, 저만 날라리랍니다."

"아니요. 제가 보기에는 김 중사님이야말로 아주 증산도 우리 정통사상이 몸에 밴 분이신 것 같은데요."

"우리 집안은 사촌 육촌까지 전부가 도생이에요. 도장에도 다 나가는데 저만 잘 안 나가요. 소대장님, 태을주 외시지요?"

"물론이지요. 한 번 외워볼까요?"

"그래요."

"훔치훔치 태을천상원군 훔리치야도래 훔리함리사파하."

"훔치훔치 태을천상원군 훔리치야도래 훔리함리사파하."

"하하하하."

"하하하하."

만수가 태을주를 외자 김 중사도 따라 외웠고 어느덧 합창이 되었다. 둘이는 모처럼 통쾌하게 웃었다. 그때 중대원들이 작업을 마치고 돌아오는지 왁자지껄한 소리가 밖에서 들렸다. 두 사람은 합창을 뚝 그치고 서로 얼굴을 보면서 또 웃었다.

어느 날 중대에서 부대의 빈터에 호박을 심기로 했다. 모든 사병이 삽으로 웅덩이를 파고 미리 쌓아둔 토비를 헐어서 나르고 인분을 나르기도 하였다. 한참 일을 하고 있는 중에 김 중사와 만수는 잠깐 감독하는 일을 멈추고 풀밭에 앉아 사병들이 작업하는 모습을 보고 있었다. 그때 김 중사가 조심스럽게 할 말이 있다고 했다.

"소대장님, 진즉 말씀을 드렸어야 하는데요. 미리 말씀을 드리지 못해 죄송합니다. 저 다음 달에 제대해요."

"그래요? 무슨 일이라도 있었습니까. 김 중사님은 직업군인으로 더 오랫동안 복무하실 작정 아니었던가요?"

"네, 그러려고 했지요. 그러나 아무래도 군대 생활은 역시 인생의 낭비네요. 한 집안의 장남이 직업군인으로 끝까지 간다는 것은 말이 안 되고요."

"하여튼 축하합니다. 저는 첫 부임지에서 김 중사님 같은 분을 만나서 무척 다행으로 생각했거든요. 말은 안 했습니다만 마치 저의 친형님 같았습니다."

"무슨 송구스런 말씀을. 저야말로 행복했습니다. 내가 복이 많아서 소대장님 같은 분을 상관으로 모시게 되었다고 생각했습니다. 저~ 그런데 소대장님!"

김 중사는 무엇인가 진짜 긴한 말을 하려는 것처럼 뜸을 들인다. 김 중사의 말인즉슨, 자기 마을은 울산의 어느 반농반어의 해변마을인데 자기에게는 하나밖에 없는 희옥이라는 어린 여동생이 있다고 했다. 배운 것은 많지 않은 시골 처녀이지만 마음씨 하나만은 천사와 같이 순결한 아이라고 했다. 희옥이 밑으로 남동생이 하나 있는데 그 남동생은 거의 희옥이가 책임 맡은 것이나 마찬가지라고 했다. 김 중사의 친어머니는 지병으로 일찍 세상을 떠났고 아버님이 아주 착한 여자와 재혼을 했는데 거기서 희옥이와 남동생 하나가 탄생했다고 한다. 그래서 희옥이와 김 중사는 나이 차가 상당히 난다고 했다. 그런데 아버지와 새어머니는 농사일하랴 바닷일하랴 바쁘기 때문에, 남동생을 어렸을 때는 희옥이가 항상 업고 다녔다고 했다. 남동생이 커서도 온통 희옥이가 숙제 도와주랴 뒷바라지하랴 바쁘고, 어안 중에 집안일까지 도와야 하기 때문에 실은 집안에서 가장 중요한 사람이 희옥이라고 했다. 만약 소대장님만 괜찮다면 여동생을 소개하고 싶은데 어떤가 하고 아주 어려운 말을 오래 생각했던 것처럼 운을 떼었다. 만수는,

"저도 총각으로 끝까지 갈 것도 아니고 사람만 좋다면 만나보지 않을 이유가 없지요. 더구나 김 중사님 닮았다면 틀림없겠네요."

"허락하시는 것입니까? 희옥이도 무척 좋아할 것입니다. 소대장님 같은 분을 남자친구로 사귈 수 있다면 얼마나 좋아하겠습니까. 하도 숙맥이라 지금까지 남자친구도 없이 엄마, 아빠 일만 도와주고 살고 있어요."

그런 일이 있고 얼마 안 되어 김 중사는 제대를 하고 훌쩍 부대를 떠나갔다. 만수는 가장 소중한 사람을 잃은 것같이 서운하기 짝이 없었다. 김 중사가 떠나간 지 두어 달 뒤에 어떤 낯선 편지 한 통이 만수에게 배달되었다.

송만수 소위님께
안녕하십니까. 군대 생활에 고생이 많으십니다. 저는 울산에 사는 김희옥이라는 사람입니다. 바닷가 마을에서 어머니 아버지 오빠 동생이랑 살면서 가정일을 돕고 있습니다. 오빠가 제대하고 돌아오셔서 말씀하셨습니다. 군대에서 상관으로 모시던 분이 송만수 소위님인데, 무척 성실하고 특히 증산도의 도생이시라며 사귀어보면 좋을 것 같다고 했습니다. 갑작스러운 일이라 망설이다가 일단 편지는 한 번 해야겠다고 펜을 들었습니다. 송 소위님께서 혹시 사귀는 여성이 없으시고 마음이 내키시면 답장 한 번 주시기 바랍니다. 오빠는 주책없이 벌써 어머니 아버지에게도 다 말씀을 드렸어요.
… 김희옥 올림

편지 봉투 안에는 흑백으로 찍은 조그마한 사진이 한 장 들어 있었다. 사진을 찍은 곳은 자기 집인 성싶었다. 집에 샘이 있고 슬레이트 지붕인데 뒤에 어머니인 듯한 부인이 채소가 든 대야를 옮기고 있다. 처마 너머의 하늘은 그 밑에 바다가 있다는 것을 금방 감지할 수 있었다. 전형적인 어촌의 한 폭의 그림이었다. 희옥이 아가씨는 간편한 원피스를 입고 있는데 사진이 작아도 분명히 인물을 알아볼 수 있었고 오히려 활동사진을 보는 것처럼 어촌과 어우러진 전경이 그려졌다. 희옥이 아가씨는 시골 처녀치고는 상당히 미인이었고 활달한 표정이었다. 만수는 이 편지를 받고 어린 소년처럼 가슴이 뛰었다. 실은 여성으로부터 편지를 받아본 것은 이것이 처음이기 때문이었다. 전에 혜숙이와 사귀긴 하였어도 편지를 교환한 적은 한 번도 없었다. 그리고 혜숙이는 지금 생각하니 진실성에 많은 문제가 있었다. 만수 몰래 기생오라비 같은 종학이와 그런 관계가 있었던 것은 물론, 종학이 이외에도 타과 남학생하고도 같이 가는 것을 본 적이 있다. 물론 같이 갔다고 해서 의심을 하는 것은 좋지 않으나 종학이를 짚어 생각하니 그 남자하고도 어떤 일이 없었으리라는 것을 보장할 수 없었다. 만수는 이제야 혜숙이와 헤어진 것을 감사해야 할 일이라고 생각했다. 종학이 때문에 전화위복이 될 수도 있다고 생각했다. 그래서 만수는 더 진실성 있고 순박한 여인을 그토록 원하고 있었는지 모르겠다. 만수는 답장을 썼다.

김희옥 씨에게
무더운 여름이 가고 서늘한 가을바람이 불어오고 있습니다. 이곳 군영에도 감나무에 붉은 감이 주렁주렁 열렸네요.
보내주신 편지 반가이 받아보았습니다. 원래는 남자가 먼저 편지를 해야 하는데 희옥 씨께서 먼저 편지를 해주셔서 죄송하기 짝이 없습니다. 김 중사님께서도 잘 계시고 가내 두루 평안하십니까. 김 중사님은 형님 같은 분이셨는데 훌렁 떠나버려서 얼마나 서운했는지 모른답니다.

  저는 김 중사님으로부터 말씀은 들었지만 어찌할 바를 몰라 그대로 있었습니다. 만약 김 중사님의 여동생이시라면 틀림없는 분이라고만 생각하고 있었지요. 사진을 뵈니 듣던 대로 무척 아름다우시고 정숙하신 분이십니다. 더구나 같은 도인이시란 데에 모든 마음이 다 놓였습니다. 저도 희옥 씨 같은 분과 사귄다면 무한한 영광입니다.… 송만수 드림

  그리고는 사진을 두 장 동봉하였다. 한 장은 독사진이고 또 한 장은 자기 소대원들과 같이 찍은 사진이었다. 만수의 편지를 받은 희옥이는 얼마 안 있어 답장이 왔다. 만수의 편지를 받고 무척 만족하는 내용이었다. 만수는 이제 희옥이에게 편지 쓰는 것이 유일한 낙이 되었다. 그날의 일과를 시작하면서도 오늘은 희옥 씨한테 무슨 말을 쓸까 생각하는 것이 무척 보람되었다. 희옥이도 만수에게 뒤지지 않을 만큼 일기를 쓰는 기분으로 시골 풍경을 듬뿍 담아 답장을 썼다.
  만수가 소위로 임관되어 첫 휴가를 얻었다. 열흘간의 해방을 맞이하는 기쁨이란 이루 말할 수 없었다. 첩첩산중에서 부대 트럭을 타고 양구 시내까지 나왔고 양구에서 오랫동안 버스를 기다려 서울행 버스를 탔다. 서울에 도착하자 친구를 찾아가 하룻밤 같이 이야기하며 그의 하숙방에서 잠을 잤다. 그 친구는 아주 노골적으로 종

학이 욕을 하였다.

"야, 너는 어떻게 된 게 종학이 같은 놈하고 친구가 됐냐. 네가 사귀던 혜숙이를 데리고 다니더니 요새는 또 다른 계집애를 데리고 다니더라. 종학이 만날래?"

"아니야. 만날 필요 없다."

만수는 종학이라는 이름을 들먹이기도 싫어서 중동무이시키고 다른 얘기로 화제를 돌렸다. 친구와 헤어지고 정읍을 가기 위하여 완행열차에 몸을 실었다. 창밖에 전개되는 경치가 마치 이국의 산야를 보는 것처럼 새로웠다. 얼마 만에 맞이한 자유인가. 특히 희옥이를 만나러 울산까지 가야 할 것을 생각하니 가슴이 뛰었다. 집에서 이틀을 자며 집안 어른들이며 친구들을 만나고 서울을 다녀와야 한다고 집을 나섰다. 형은,

"집에서 더 푹 쉬지 그러냐?"

하며 말렸으나 만수는,

"아주 중요한 일이 있습니다. 금방 다녀와서 다시 집에서 쉬었다 귀대할게요."

하고는 정읍에서 광주까지 가서 고속버스로 부산까지 가는 긴 여행을 하였다. 다시 부산에서 버스를 타고 울산까지 갔고 희옥이가 산다는 바닷가 마을까지는 또 한참을 달려야 했다. 주소를 물어물어 찾아가자 마침 김 중사가 마당에서 고추를 널고 있다가 깜짝 반가워한다.

"아니, 소대장님 아니십니까. 지금 저를 찾아오신 것 맞지요?"

"네, 김 중사님. 김 중사님을 찾아온 것 맞습니다."

"와, 여전하시군요. 이런 깡 벽촌을 찾아오시다니요. 고생 많이 하셨겠네요. 참 희옥이는 자기 동생하고 어머니 아버지가 배에서 내리면 짐을 받아오려고 바닷가에 나갔어요."

두 사람은 마루에 걸터앉아 지나간 부대 이야기에 꽃을 피우고 있었다. 그때 사립문 밖에서 인기척이 나더니 어머니, 아버지, 희옥이, 남동생까지 모두 같이 무엇인가를 들고 메고 들어선다. 김 중사와 만수가 마당으로 내려서자 모두 짚이는 데가 있었는지 발걸음을 멈추고 만수를 뚫어지게 바라본다. 김 중사가 분위기를 누그러뜨리며 말한다.

"어머니, 아버지, 소개하겠습니다. 이 분이 제가 말씀드렸던 송만수 소대장님이십니다. 희옥아 인사드려라. 글쎄 너를 보려고 이렇게 먼 곳까지 찾아와 주셨구나."

"안녕하세요. 희옥입니다."

"안녕하세요. 송만습니다."

"어서 올라들 가십시다."

어머니가 먼저 마루로 올라가자고 손짓을 한다. 모두가 가지고 온 물건들을 마루에 놓고 방으로 들어서자 만수는 따라 들어서며,

"인사드리겠습니다."

"뭐, 인사까지."

만수는 친한 어른에게 인사하듯 넙죽 엎드려 큰절을 하였다. 희옥이 부모들은 만족한 웃음을 머금고 있고, 희옥이며 남동생, 김 중

사는 옆에 앉아서 이를 구경하는 격이 되었다. 아버지가 그저 한두 마디 물을 따름이었다.

"집안에 부모님은 무엇을 하시고 형제들은 몇이나 되어요?"

"아버님은 공무원이시고 어머니는 도장에서 많은 일을 보시고 집에서는 동네 도생들 자녀에게 도전을 가르치십니다. 저희 옷은 모두 어머님이 손수 지어 주십니다. 형님이 한 분 계시는데 직장에 나가고 있습니다."

"식구들이 모두 도장에는 나가시고…?"

"네."

어색한 순간들이 지나자 어머니와 희옥이는 밥을 짓는다고 부엌으로 나갔다.

그런대로 정성을 들여 장만한 시골 반찬에 맛있게 늦은 점심을 다 먹자, 김 중사가 산책을 나가자고 했고 희옥이도 따라나서고 남동생도 따라나선다.

"형, 저도 따라가도 되지요?"

"아니다. 너는 집에 있어라."

"에이 치~"

동생은 못마땅한 눈치이다. 세 사람이 마을을 벗어나 바닷가에 이르자 김 중사는,

"나는 여기까지 오고 이제부터는 둘만 가세요. 내가 같이 왔다고 해야 집에서 마음을 놓을 것 같아서 따라 나온 것뿐이니 둘만 데이트를 좀 하셔야지요."

"오빠도 같이 가세요."

"아니다. 나는 괜찮다. 늦지 않게 들어오너라. 그럼 소대장님 좀 있다 봬요."

"네, 감사합니다."

둘이는 처음에는 좀 서먹서먹하고 말이 없었다. 편지로 모든 것을 다 말해버려서 별 할 말이 없는 것 같았다. 그러나 돛단배가 다니고 갈매기가 날고 어민들이 지나다니는 것으로부터 시작하여 지금까지 숨겨두었던 감정을 글이 아니고 말로 표현하니 다른 묘미가 있었다.

"만수 씨는 제가 좀 부담스럽지 않으세요? 이 뒤로도 계속 사귀어도 되는 거예요?"

"물론이지요. 오늘 찾아오기를 잘했다고 생각했습니다. 얼마나 오늘을 기다렸는데요. 저는 지금까지 희옥 씨 같은 분을 기다렸는가 봅니다. 어머님 아버님도 참 좋으시고요."

"어머니는 아버님과 재혼하신 사이에요. 저는 뭐 그런 것도 모르고 자랐지만 커가면서 알았어요. 그런데 그런 건 전혀 문제가 되지 않았지요. 두 분 다 독실한 증산도 도인이시고요. 다 제 복인가 봐요. 또 만수 씨같이 멋진 남자를 알게 되는 것도 그렇고요."

"제가 멋지다고요?"

"그럼요. 남자 중의 남자인 것 같아요."

"뭐요? 하하하."

"하하하."

둘이는 오래전부터 아는 사이인 것처럼 금방 친해졌다. 걷다가 어느덧 비닷가 모롱이를 돌아 아주 한적한 바위 밑에 사이좋게 앉았다. 파란 하늘을 올려다본 희옥 아가씨가 너무 예뻐서 만수는 가만히 어깨에 손을 얹었다. 희옥이는 아무렇지도 않게 그대로 모든 것을 다 받아들이겠다는 자세였다. 만수는 처음에는 그저 손을 얹었을 뿐인데 희옥 아가씨가 몸까지 기대는 바람에 그만 입맞춤까지 하고 말았다. 두 청춘남녀는 행복했다. 세상의 모든 것을 다 차지한 것 같았다. 이제는 또 산모롱이를 돌아 산으로 올랐다. 바위 위에 오르자 가슴이 탁 트이는 것이 소리를 지르고 싶어졌다.

"야호!"

"야호!"

만수가 소리를 지르자 다음에 희옥이도 용기를 내어 마음껏 '야호'를 외쳤다.

"제가 태어나서 가장 크게 소리를 질러본 것 같아요."

"그래요. 하하하."

"하하하."

"저는 오늘 울산으로 갔다가 부산 가는 버스가 있으면 타고, 부산에서 다시 광주 가는 버스가 있으면 타겠습니다. 만약 울산 가서 부산 가는 버스가 없으면 울산 여관에서 자고, 부산까지 갔다가 광주 가는 버스가 없으면 부산에서 자고요."

"아주 치밀하신 분인가 봐요. 아주 계획성이 있으시고요."

"별로 그렇지도 않습니다."

그들은 아주 오래된 연인이 만난 것처럼 손을 잡고 산에서 내려와 아름다운 해안선을 따라 집에까지 왔다. 김 중사며 어머니 아버지가 저녁이나 들고 가라고 말리는 것을 굳이 사양하고 울산행 버스를 탔다.

만수가 귀대한 뒤에도 편지는 오고 갔다. 그런데 육 개월쯤 지난 뒤 양구의 그 첩첩산중의 부대에 만수를 찾는 면회객이 있단다. 누구일까, 면회소로 달려간 만수는 깜짝 놀랐다. 희옥이가 사전 연락도 없이 혼자 이렇게 멀고 험한 곳까지 찾아와 준 것이다. 희옥이 말로는 일부러 놀라게 해주려고 미리 이야기를 안 했다고 했다. 둘이는 양구에 나와 차도 마시고 식사도 하고, 밤이 되자 건강한 이들 남녀는 아늑한 여관에서 꿈같은 하룻밤을 보냈다. 그런데 희옥이는 뜻밖의 제안을 하나 하였다.

"저희 본주문을 같이 외면 어때요?"

"네? 아 좋습니다. 저는 신앙심이 자꾸 약해지려 하는데 잘됐네요."

"본주문만 외워도 모든 소원이 다 이루어진대요."

"네. 그렇지요."

"시천주 조화정 영세불망 만사지…."

"시천주 조화정 영세불망 만사지…."

두 남녀는 오랫동안 본주문을 조용한 소리로 합창하였다.

아침이 되자, 희옥이는 가방에서 큼지막한 포장된 꾸러미를 하나 꺼낸다.

"이것 만수 씨 드리려고 가져왔어요."

"뭔데요?"

"횃댓보예요."

"횃댓보가 무엇입니까."

"방에 옷 걸어놓은 횃대 있지 않아요. 옷이 들쭉날쭉 걸려 있기 때문에 그것을 가릴 겸 장식품 같은 거예요."

하면서 방바닥에 펼치는데 상당히 큰 옥양목 천에 수놓은 멋진 장생도였다. 해와 산, 소나무, 사슴, 거북이가 수 놓여 있고 식물로는 바람에 흔들거릴 것 같은 소나무와 대나무가 색깔 맞추어 입체적으로 수 놓여 있다.

"제가 자수를 배워서 처음으로 놓은 거예요. 아무리 생각해도 이것은 만수 씨에게 드려야 할 것 같아서 가지고 왔어요."

"제가 이걸 가질 자격이 있어요?"

"그럼요. 이것을 받을 자격이 있는 사람은 만수 씨밖에 없어요."

희옥이는 분명히 결혼을 염두에 두고 하는 말이었지만, 만수는 거기에 대해서는 딱 부러지게 말할 수 없는 형편이었다. 위로 형이 있고 자기는 재학 중에 혜숙이의 배신을 잊으려고 피신처를 찾아 군대에 온 것이나 다름없었기 때문이었다.

희옥이는 양구를 떠나갔고, 얼마 안 있어 두 번째 휴가가 있었으나 이번에는 희옥이를 찾아 나서지 않았다. 막상 당장 결혼하자고 하면 거기에는 자신이 없었기 때문이다. 정읍 집에 와서 희옥이에게 받은 횃댓보를 어머니 몰래 장롱 서랍 맨 밑바닥에 깔아놓고 귀대하였다.

 그 뒤로 한 두 번 편지 왕래가 있고 나서 희옥이에게서 비교적 장문의 편지가 왔다. 내용인즉 부모님이 결혼하기를 바란다는 내용이었다. 여자는 혼기가 있기 때문에 그 시기를 놓치면 안 된다는 것이라고 했다. 자기와 깊은 시간을 보낸 것은 그것을 전제로 하는 것이 아니었느냐고 하는 내용을 품고 있었다. 만수는 여러 가지로 생각해 보았다. 아무리 생각해도 지금 결혼은 무리였다. 위로 형이 있고 아직 학교도 마치지 않았고 제대도 하지 않고.

 답신을 하지 못하고 한두 달의 시간을 끌었다. 희옥이한테서 또 한 통의 편지가 오고 난 뒤 역시 시간이 흘렀다. 한참 후에 또 한 통의 편지가 왔다. 이제는 만수가 답장을 하지 않을 수 없었다. 지금 자기로서는 도저히 결혼은 무리라는 것을 말하고 혹 좋은 사람 있으면 결혼을 하셔도 좋다고 말하고 말았다. 또 반년 정도 시간이 지나서 희옥이한테서 결정적인 편지가 날아왔다. 그럼 지금까지 있었던 일은 없었던 것으로 치고 모든 것은 원상으로 되돌리자는 것이었다. 이제껏 교환했던 편지며 사진이며 기타의 물건도 모두 서로 반환하자는 것이었다. 만수한테서 답장이 없이 몇 개월이 흐르자, 희옥이는 결심을 해야 할 때라고 생각이 들었는지 먼저 소포를 보내왔다. 만수도 편지 없이 한 꾸러미의 소포를 희옥이에게 우송하였다. 그러나 정읍 집에 있는 횃댓보는 보내지 않았다. 지금 부대 안에 있지 않아서 보낼 수 없는 것도 하나의 이유이지만 그 횃댓보는 실은 만수가 기념으로 갖고 싶었다. 희옥이도 거기에 대해서는 거론하지 않았다. 그렇게 모든 것은 끝나고 말았다.

　세월은 흘러 만수가 중위가 되고, 중위 중에서도 고참 중위가 되었을 때 휴가차 정읍 집에 들렀다. 그때 어머니는 작정한 듯 만수를 불렀다. 방으로 불려 들어간 만수는 깜짝 놀랐다. 희옥이에게 받은 횃댓보를 방바닥에 펼쳐놓고 계신 것이 아닌가.

　"만수냐. 너 솔직히 말해라. 이 횃댓보는 네가 농 바닥에 깔아두었지? 네가 오면 물으려고 벼르고 있었다. 누구한테 받은 것이냐. 이실직고하여라."

　"네 어머니. 솔직히 말하겠습니다. 실은…."

　만수는 어머니에게 모든 것을 대충 사실대로 이야기했다.

　"이 나쁜 놈! 한 순진한 시골 처녀한테 그런 짓을 하다니. 결혼도 안 하려면서 무엇 때문에 이 귀한 횃댓보를 받았단 말이냐."
하시며 노발대발하셨다. 미싱 일을 하시며 쓰시던 긴 재단용 잣대를 꺼내더니 방바닥을 탕탕 두들기며 불호령을 치셨다. 전에 어렸을 때는 어머니한테 물론 종아리도 맞아보았다. 어떨 때는 부지깽이로도 맞아보았다. 오늘은 다시 때리지는 않으실 모양이다. 이렇게 장성한 아들에게 종아리를 때리는 것은 말이 안 된다고 생각한 모양이다. 그러나 차라리 종아리를 맞는 것보다 더 근엄한 명령을 내렸다. 당장 횃댓보를 그 처녀에게 반환하라는 것이었다. "네, 그렇게 하겠습니다."하고 대답은 했으나 과연 어떤 방법으로 반환할지 답답하였다. 단 우편 배달로는 안 될 일이다. 지금쯤 결혼을 했을 것은 분명한 일이고 아이까지 있을 연륜이 되고 말았다. 그렇다고 어머니의 명을 어기는 것은 불가능하다. 어머니는 도인답게 한 번 자식에게 내린 명령은 단호히 재확인하는 분이시기 때문이다.

만수는 전에 울산에 가던 대로 똑같은 코스로 버스를 타고 희옥이의 바닷가 마을에 도착하였다. 마을은 여전하였고 시간이 정지된 듯 고요한 마을이었다. 만수는 만감이 교차하였다. 그러나 희옥이 집으로 들어갈 수는 없다. 누구한테 물어볼까 했으나 그러면 분명히 말이 퍼질 것이다. 어찌할까 망설이다가 그래도 어떤 열서너 살쯤 되어 보이는 동네 아이에게 대충 의사표시를 했다. 그 아이의 말을 종합해 보면 희옥이는 옆 동네 총각한테 시집을 갔고 벌써 애도 있다고 했다.

만수는 바닷가 억새가 우거진 작은 고개를 넘어 희옥이가 산다는 마을로 접어들었다. 갈매기가 낮게 날아 만수가 손을 뻗으면 닿을 정도까지 쉭! 소리를 내며 장난스럽게 지나간다. 그 마을도 전에 희옥이가 살던 마을과 비슷한 어촌 마을이었다. 마을 앞들에는 상당한 농토가 있어, 이곳도 농사도 짓고 고기잡이도 하는 마을이 분명했다. 조심스럽게 어느 할머니에게 옆 동네에서 시집온 사람의 집이 어디냐고 물어보았다.

"저기 진달래 슈퍼라고 써진 간판 보이지요. 거기여요. 남편이 바다에서 돌아올 시간이 다 됐는디."

"아이는 지금 몇 살 이예요?"

"지금 세 살이나 되었나…."

할머니는 자기 볼 일이 있는지 별 관심 없이 지나친다. 진달래 슈퍼는 말이 슈퍼지 그냥 구멍가게보다 약간 큰 점방이었다. 희옥이는 마침 슈퍼마켓 앞 빈터에서 빨래를 늘고 있었다. 한참 있으니 밖에서 애기가 아장아장 걸어 들어온다. 희옥이는 "애구, 애구, 우리 애기!" 하면서 얼른 애기를 들어 안는다. 그때 남편도 바다에서 들어오는지 소쿠리를 들고 들어서고 희옥이에게서 애기를 받아 안고 가고 희옥이는 남편의 광주리를 받아들고 따라간다.

만수는 이 광경을 멀찌감치 떨어져서 자세히 보고 있었다. 이제 모든 것은 다 파악이 되었다. 만수는 하릴없이 걸음을 걸어 전에 희옥이와 사랑을 나누던 바위 밑이며 낮은 산을 모두 올라가 보았다.

한참의 시간이 흐른 뒤, 만수는 희옥이의 슈퍼가 있는 마을로 다시 돌아왔다. 어느덧 저녁때가 되었는지 슈퍼는 문이 닫혀 있고 안에서 식사 준비를 하는지 달가닥거리는 소리가 난다. 만수는 가지고 온 횟댓보를 문이 닫힌 슈퍼마켓 기둥 밑에 가만히 놔두고 물러섰다. 그리고는 어촌 마을을 빠져나와 버스정류장으로 급히 발걸음을 옮겼다.

그런데 앗차! 문득 어떤 지점에 생각이 미치자 만수는 그 자리에 우뚝 멈추어 섰다. 지금 희옥이가 무엇 때문에 횟댓보가 필요할 것이며 오히려 남편이 무슨 물건인가 물으면 대답이 궁해질 것이 뻔했다. 실수다. 만수는 다시 급히 발걸음을 돌려 희옥이의 슈퍼마켓을 향해 잰걸음을 놓았다. 그런데 웬일인가. 금방 놓았던 횟댓보가 보이지 않는다. 벌써 희옥이나 남편이 수거해 갔단 말인가.

그런데 바닷가 쪽을 보니 어떤 강아지 두 마리가 무엇을 물고 흔들고 뺏기를 하고 야단법석이 났다. 자세히 보니 만수가 횃댓보를 쌌던 포장지가 보이고 하얀 보가 강아지 두 마리에 의해서 양쪽에서 물어 찢기고 있었다. 만수는 급히 달려가 강아지들을 죽일 듯이 발로 차는 흉내를 내며 횃댓보를 빼앗았다. 횃댓보는 이미 찢길 대로 찢겨 못 쓸 물건이 되고 말았다. 만수는 그 찢기고 더럽혀진 횃댓보를 얼른 집어서 가지고 간 여행 가방에 구겨 넣었다. 강아지는 쫓겨 달아나고 사방을 둘러보아도 사람은 아무도 없다.

　만수는 이제야말로 버스정류장을 향해 급히 발걸음을 옮겼다. 거센 바닷바람이 만수를 호되게 후려치고 있었다.

성벽의 색깔이 다르다

 윤 선생이 무료해서 그림이나 그려볼까 하고 화선지를 만지작거리고 있는데 전화가 걸려 왔다.
 "여보세요."
 "아빠. 저 동준이에요."
 "웬일이냐. 네가 전화를 다 하게."
 "아빠 어떻게 지내고 계세요?"
 "응, 잘 지내고 있다."
 "아빠. 영숙이가 애들 데리고 친정에 갔거던요. 그래서 아버지하고 같이 시간을 보내도 될 것 같은데 어떠세요."
 "그래? 나야 좋다만…."
 그렇게 해서 가벼운 등산복 차림으로 한성대입구역에서 만났다.

점심시간이 가까워지고 있기 때문에 한 시간 남짓만 등산을 하고 점심을 먹으려면 이 코스가 아주 제격이다. 서울성곽을 타고 낙산을 올라, 벽화마을을 거쳐서 이화장을 보고 동대문 광장시장 먹거리 골목에서 늦은 점심을 하면 된다. 윤 선생은 삼 년 전에 C고등학교를 정년퇴직하고 문화센터에서 배운 수묵화를 그려보며 소일하고 있었다.

"아빠, 좀 늦었어요. 여기는 자주 오세요?"
"응, 옛날에는 자주 왔다만 요새는 여기 온 지도 이 년이 넘었다."
부자간에 오랜만에 단둘이 시간을 보내게 됐다. 동준이는 아버지가 혼자 사셔서 걱정은 됐지만 워낙 깔끔히 자기 일을 해내기 때문에 한참 동안 잊고 살아도 별일이 없었다. 딸내미 정희도 가끔 전화하고 아버지 아파트에 들러 청소도 해주고 먹을거리를 챙겨준다. 그래도 워낙 아직 건강하고 병원도 알아서 잘 다니고, 아들딸이 과잉으로 신경 쓰는 것 같으면 극구 사양이기 때문에 함부로 하지도 못했다. 윤 선생은 정년퇴직한 후로 고등학교 동창생들하고 일주일에 한 번씩 등산을 다닌다. 물론 매주 나가진 못하지만 최소한 한 달에 한두 번씩은 서울대공원을 가로질러 청계산 뒷자락을 쉬엄쉬엄 오른다. 어렸을 적 친구를 만나면 울적한 심사가 많이 해소된다. 예제를 하며 말을 놓고 마음껏 농담하고 남의 흉을 볼 수 있다는 것은 스트레스 해소에 그만이다. 등산이 끝나면 항상 모이는 가건물 식당 상주집에서 식사하고 소주도 한잔 걸치고 얼굴이 불콰해서 돌아온다. 돌아오는 전철에서는 제법 젊은이들이 자리를 양보한다.

벌써 세월이 흘러 자못 노인 대접을 해주는 것이 상당히 낯설다. 우리나라는 참 좋은 나라이다. 자동적으로 나이만 들면 가는 곳마다 어르신 대우를 받기 때문에 좀 민망스러울 때가 있다. 윤 선생은 이런 대우를 받기는 아직 이른데 하면서도 싫지 않으니 그대로 묵인하는 수밖에 없었다.

나무계단을 올라 어느덧 성곽 밑 길을 걷고 있었다.

"엄마가 안 계셔서 외로우세요?"

"외롭긴. 너희들이 잘해주지 않냐."

"솔직히 말해서 저희가 뭐 해주는 거나 있나요. 그림은 꾸준히 그리시지요?"

"그것도 오히려 처음에는 잘 뻗혀지더니 지금은 난초 잎 하나도 제대로 나오질 않는구나. 그저 심심풀이로 벼루는 계속 갈고 있다. 그리다 보면 작품이 하나라도 만들어지겠지 하는 기대만 가지고 있다."

낙산으로 오르는 성벽 길은 두 부자를 환영한다는 듯 푸른 잔디로 수놓으며 기분 좋게 위로 길게 뻗쳐있다. 맑은 봄날인지라 햇빛은 내리쬐도 별로 덥지 않고 지면에서는 아지랑이가 불꽃처럼 아른거린다. 윤 선생은 아지랑이가 피는 봄날이면 가슴이 묵직해지는 어떤 통증을 느끼는 버릇이 있다.

윤 선생은 오 년 전에 부인을 잃고 혼자 살고 있다. 윤 선생 부부는, 자기의 일은 자기가 충분히 챙길 수 있는 사람들이어서 서로 각자 일만 하였는데, 어느 날 청천벽력과도 같은 진단이 내렸다. 부인이 폐암 삼 기말이라는 것이다. 이 미련한 인간 하고 원망도 해보았지만 결국 끝까지 만회하지 못하고 일을 당하고 말았다.

"아빠. 왜 성벽의 색깔들이 달라요?"

"너는 이 나이가 되어서도 아빠냐? 이제 아버지라고 불러도 될 나이가 됐는데."

"왜요. 아빠라고 부르면 싫어요? 나는 습관이 되어가지고…."

"아니다. 싫지는 않다. 나는 좋다만 남들이 다 큰 아들이 지금도 아빠라고 부른다고 웃을까 봐서 그런다. 그건 그렇고 성벽에 색깔이 다른 것은 쌓은 연대가 다 다르기 때문이지. 서울성곽은 오랫동안 증축을 하였다."

"그렇군요."

"저것 봐라. 원래는 태조 이성계 때 쌓았지만 세종, 숙종, 영조에 걸쳐서 계속해서 증축을 했지."

"아빠는 사학과를 나오셨으니 관심이 많으시겠네요. 관심이 많으니 자연 많이 아실 거고요."

윤 선생은 대학을 사학과만 졸업했지만 제법 학자다운 마음가짐을 가지고 있다. 한때는 대학원을 가서 교수가 되어보고 싶은 충동도 있었지만 다 그만두고 교사가 되어 평범한 월급쟁이가 되었다. 그러나 학자가 되지 못한 미련은 남아있어서 늘 아쉬워하는 편이었다.

"저기를 보렴. 아랫부분의 돌이 크고 윗부분의 돌이 작은 것은 세종 때 증축한 것이다. 그때는 철과 석회까지 섞어서 쌓았다. 또 중앙 부분이 밖으로 좀 튀어나왔다. 저것 봐. 석회가 보이지?"

"대저 그러네요. 저기는 벽이 평평하고 정사각형으로 쌓았네요?"

"그것은 숙종 때 쌓은 흔적이다. 성곽의 돌을 보면 당시 국왕의 성격이나 사회상을 엿볼 수 있다. 그런데 밑에 큰 돌을 놓고 위에 작을 돌을 놓고 쌓던, 네모반듯한 돌로만 쌓던 성의 견고함에는 별 차이가 없다. 우리 인생도 그렇다. 나는 이 길이 옳다고 가고, 저 사람은 저 길이 옳다고 가서 정반대의 길을 간 것 같지만 결과를 보면 역시 그것이 그것이다. 마지막에는 별 차이가 없다는 것을 알고 좀 허무하기도 하단다."

"그런데 아빠 어디로 내려가세요?"

"이 밑에 좀 보고 갈 곳이 있다."

윤 선생이 장수마을이라고 하는 마을을 끼고 비탈길을 내려간다. 한참을 내려가니 갑자기 삼선동 주택가와는 전혀 어울리지 않는 거대한 한옥 건물 하나가 나온다.

"와, 이런 골짝에 저런 궁궐 같은 건물이 다 있네요."

"동준아. 저 건물이 삼군부 총무당 건물이다. 고종 때 지었는데, 전에 변방의 군사 문제를 다르기 위해 만들었던 비변사를 대신하여 만든 것이다. 삼군부란 지금으로 말하면 국방부에 해당한다. 중군, 좌군, 우군을 삼군이라 하는데 즉 모든 군사 업무를 담당하는 곳이란 뜻이다. 삼이라는 숫자는 우리 민족이 좋아하는 숫자로 고조선도 삼한으로 나누어 다스렸다. 단군왕검께서는 만주 시베리아 벌판을 진한, 요동반도 산동반도 일대를 번한, 한반도 일대를 마한이라 했다. 번한과 마한에는 부단군을 두어 다스렸다. 우리의 동족인 훈족(중국이 말하는 흉노)도 선우(單于. 황제) 밑에 좌현왕 우현왕을 두어 삼부로 나누어 다스렸다. 우리의 삼신 하느님이란 말도 세 개의 하느님이 있다는 말이 아니고 조화, 교화, 치화하는 하느님이란 말로 그냥 모든 능력을 다 갖춘 하느님이란 뜻이다. 지금 이 건물은 삼군부 건물 중에서도 가장 중심되는 총무당이었다. 다른 건물들은 다 없어지거나 소재가 불분명하고 총무당만 운 좋게 남아서 이곳에 옮겨져 있구나. 원래는 현재 광화문의 정부청사 자리에 있었다."

"정말 위풍당당한 건물이네요."

"그렇지. 삼군부가 혁파된 이후로는 저 건물이 한때 통리기무아문으로도 쓰이고, 일제 때는 보병사령부로도 쓰였다. 저 '총무당(總武堂)'이란 글씨는 신헌(申櫶)의 글씨이다. 신헌이 누군지 알지?"

"잘 모르겠는데요. 아 혹시 강화도조약 맺을 때 조선 측 대표 아니었나요."

"맞다. 그래도 우리 아들이 역사의 지식이 상당하구나. 강화도 조약은 우리가 외국과 맺은 최초의 조약이며 일본과 맺은 최초의 조약이다. 동시에 최초의 불평등조약이었다. 강화도조약은 바로 일본이 조선에 사형 구형을 내린 것이었다. 그런데 아빠는 사학을 공부하다 보니까 그때 조선에는 강화도 조약의 진정한 의미를 알고 있었던 사람이 한 사람이라도 있었는지 의문이다. 국왕도 몰랐고 신하도 몰랐을 것이다."

"개화파들은 알지 않았을까요?"

"아니다. 개화파들도 몰랐을 것이다. 그 조약 하나로 조선조는 끝이 난다는 것을 정말 알았을까?

"일본이 그렇게 대단한 나라였어요? 쪽바리들 아니에요?"

"우리보다 불과 20년 정도 먼저 문호를 개방하고 서구문물을 받아들였을 뿐이었지. 국가란, 개인도 마찬가지이지만 방향을 정확히 정하면 백 년 천 년간 하지 못했던 일도 일이 년에 해낼 수 있다. 그 대신 방향이 틀리면 백 년 천 년이 가도 소용이 없다. 사람도 마찬가지이다."

"아빠도 그렇게 후회되는 일이 있으세요?"

"있지. 그때 그랬어야 하는데 하고 후회되는 일이 있지. 세월이 지난 다음에야 그것을 깨닫게 되지."

"아빠가 총각 때 시골에서 무척 좋아했던 사람이 있었다는 것은 엄마한테 들은 기억이 있어요. 엄마가 뭐랬는지 아세요?"

"엄마하고 그런 얘기도 했니?"

"네, 엄마가요 네 애비는 정은 그쪽에 다 주고 허깨비만 남아서 나하고 결혼했단다고 했어요."

"쓸데없는 소리. 다 지나간 얘기다. 이제 다시 아까 오르던 성곽 길로 들어서자."

부자는 다시 비탈길을 올라 아까 내려왔던 성곽 밑에까지 이르러 완만한 오르막길을 다시 걷기 시작했다. 상봉쯤 오르니 낙산으로 들어갈 암문의 출입구 계단이 나온다. 암문을 지나 낙산으로 들어서니 조그만 평상이 있는 정자가 나온다. 부자는 평상에 걸터앉아 보온병에서 엽차를 따라 마시고 과자부스러기를 먹고 알사탕을 하나씩 입에 물었다. 낙산에서 내려가는 길은 벽화마을이다. 외로

운 화가들이 달동네 마을을 아름답게 꾸며보려고 벽에 새를 그리고, 구름을 그리고, 계단에 물고기를 그리고, 천사의 날개를 그리고 했던 것이 유명해져서 관광객까지 몰려들게 되었다. 이날도 동남아 지역 관광객이 알 수 없는 말로 볼륨 크게 얘기하고, 셀카로 사진을 찍고 즐거운 웃음이 만발한다. 아마 관광 가이드에 올라 있는 모양이다. 그 뒤에는 서양인 남학생과 한국인 여학생이 마냥 즐거운 표정으로 올라오고 있다.

"아빠, 벽화마을 밑에 이승만 저택이 있다고 했지요?"

"응, 이화장 말이냐. 이화동에 있다고 이화장이라고 하지. 저쪽 골목으로 들어가 보자."

"네, 저기 큰 기와집이 보이네요. 앞에 이화장이라고 쓰여 있네요."

"들어가서 볼래?"

"네, 물론이지요. 여기까지 왔는데 안 보고 가요?"

"아빠는 한 번 들어가 본 적이 있는데, 들어가서 겉만 잠깐 둘러보고 나왔다."

"왜요. 아빠는 이승만을 싫어하세요?"

"좋아하지 않지. 이승만 때문에 나라가 분단되었고 미국의 군사식민지가 되었지 않냐."

"그러나 덕분에 우리는 자유민주주의가 되었지 않아요?"

"그건 맞다. 그러나 해방정국에서 우리는 사회주의 선호가 70%였단다. 자본주의 선호는 불과 14%에 불과했어."

"그거 근거 있는 말이에요."

"있지. 바로 미군정청에서 여론조사를 한 숫자니까."

어느덧 이렇게 말하는 중에 둘은 이미 이화장 안으로 깊이 들어와 있었다. 이화장은 거부감을 일으키는 거대한 건물은 아니고 그저 어느 잘 사는 양반집 건물이었다. 큰길가도 아니고 주택가 한가운데 언덕배기에 있기 때문에 특별히 아는 사람만 찾아오는 곳이다. 한옥 건물 벽에 사진들이 빙 둘러붙어 있어서 그것만 보아도 충분할 것 같았다. 아버지가 별 관심이 없어 하자 아들도 혼자 관심을 보이는 것이 미안했는지 그냥 나가자고 했다.

"우리는 이승만이 대단한 애국자이고 대한민국을 건립한 국부라고 배웠어요."

"이승만이 애국자라는 것은 어느 의미에서는 맞는 말이다. 그러나 국부라는 말은 틀리다. 그 애국이라는 것도 우리나라를 송두리째 미국에 맡기는 애국이었고 단독정부를 세우는 애국이었다. 이승만이 친일파들과 손을 잡고 단독정부를 세우자 우리 독립군들은 남김없이 다 북한으로 가버리고 말았다. 슬픈 역사로구나."

"분단시키지 않으면 어떻게 해요. 미국이 꼭 분단시키려 하는데 노력한다고 돼요?"

"되지. 미국이 뭔데. 미국이 아무리 분단시키려 해도 우리가 똘똘 뭉쳐 통일만 하려 했다면 되고말고. 베트남을 보아라. 미국이 아무리 분단시키려 해도 베트남 국민이 모두 통일을 하려고 죽기 살기로 싸우니 통일이 되지 않냐."

"덕분에 우리는 잘 살고 있지 않아요."

"그것도 맞는 말이다. 덕분에 우리는 배부른 돼지가 되었고 북한은 굶주린 늑대가 되었구나."

"아빠도 참…."

"그만. 이 이야기는 그만하자. 너무 많이 나갔다. 정치 이야기 종교 이야기는 하지 말라고 했는데, 오랜만에 만나니 너무 앞으로 나가버리고 말았구나."

"그래요, 아빠. 이런 얘기는 아무리 해도 끝이 없어요."

부자지간에 이렇게 오랫동안 솔직하게 이야기해 본 것이 언제인지 모르겠다. 그만큼 별로 많이 만나지 않았다는 이야기이기도 하였다. 어느덧 둘은 혜화동 평길로 내려서고 있었다. YMCA 건물을 끼고 걸어서 지하도로 한길을 건너니 바로 '광장시장'이란 간판이 보이고 구수한 먹거리 냄새가 풍겨온다. 먹거리 골목으로 접어드니 길 복판 좌판에는 떡볶이, 순대, 녹두전, 꼬치 등이 지글지글 끓고 그 앞 걸상에 앉은 사람들이 소주를 마시며 "카!"하는 소리, 잔 부딪치는 소리가 정겹다. 어찌나 사람이 많던지 비집고 빠져나가야 할 판이다. 외국인들도 꽤 많이 눈에 띈다. 그런데 윤 선생은 어딘가 목표하는 지점이 있는지 거의 옆도 보지 않고 앞으로만 나아간다. 동준이는 아빠를 놓치지 않고 따라가기 바쁘다. 옆을 보다가 하마터면 꼬치를 먹고 지나가는 여학생의 꼬챙이에 찔릴 뻔하였다. 윤 선생은 어느 '황가네'라는 간판이 걸려있는 가게 안으로 불쑥 들어간다.

"어머, 윤 선생님 아니세요?"

"황 마담, 잘 있었어요? 더 예뻐졌네."

"뭐라고요. 하도 오랜만에 여자를 보니까 나 같은 사람도 예뻐 보인 모양이네요."

황 마담은 윤 선생 뒤에 바짝 붙어 서 있는 젊은이를 보더니,

"혹시 일행?"

"오, 동준아. 인사드려라 아빠 친구 황 마담이다."

"네? 친구요?"

이 말에 모두는 한바탕 웃음을 터트렸다. 황가네는 옆 가게들보다 손님이 두드러지게 적다. 옆 가게들은 북적북적한데 여기는 그저 두 테이블에 서너 명씩의 손님이 한가로이 앉아 식사를 하고 있을 뿐이었다.

"여기, 먼저 이 집에서 잘하는 감자탕하고 생선 부침, 그리고 맥주 하나 소주 하나."

"알았어요."하고 황 마담이 주방 쪽으로 가서 뭐라고 하니, 주방 아주머니도 얼굴을 내밀고 아는 척을 한다. 한참 있더니 먼저 감자탕이 나오고 술을 가져온다. 그런데 잔이 세 개다. 황 마담은 스스로 잔을 들고,

"나도 한 잔 주시는 거죠?"

"물론이지. 그런데 내가 먼저 하고 다음에 황 마담이 해야 하는 것 아닌가?"

"보통 이치로 봐서는 그 말이 맞지요. 그런데 윤 선생님 앞에서는

제가 먼저 들고 싶네요."

"거참, 별 이론도 다 있네. 자, 그럼 잔 받아요."
하고 소주잔에 술을 따른다. 다음에는 황 마담이 윤 선생에게 술을 따르고 동준이에게도 따르려 하자 윤 선생이 노려본다. 동준이가 얼른 알아차리고 저는 제가 따를게요, 하고는 스스로 맥주병을 들어 잔에 절반 정도 따른다. 셋이서 잔을 부딪쳤다. 동준이는 윤 선생과 황 마담의 얼굴을 번갈아 보면서 사태 파악을 하려고 노력하고 있었다.

"봉심이 가게도 보고 왔어요?"
"아니 여기를 먼저 왔어요."
"잘했네요. 거기 가봤자 봉심이는 없어요. 주인이 바뀌었어요."
무슨 말인지는 잘 모르지만 황 마담과 윤 선생은 익숙한 내용을 말하고 있는 듯하였다.

단양군 영춘의 어느 산비탈 마을. 윤 선생은 거기서 유년 시절을 보냈다. 윤 선생이 자랄 때만 해도 아직 전기도 없고 찻길과도 거리가 멀어서 자동차 기차 같은 것은 구경도 못 해보고 사는 산골이었다. 30호쯤 되는 이 마을에는 밤이면 머슴들이나 총각들은 사랑방에서 세끼 꼬고 망태를 짜기도 하고, 화투를 쳐서 추렴을 하기도 하였다. 윤 선생은 그 마을에서는 괜찮게 산 편이어서 단양읍에서 학교를 다녔지만 다른 대부분의 총각들은 그럴 여유가 없었다. 그런데 방학 때 시골에 내려오면 자기 또래 아이들 중에는 사랑방으로 가지 않고 따로 가는 곳이 있는 패가 있었다. 옹천댁네였다. 옹천댁은 과부였기 때문에 외로워서 그런지 사람을 무척 좋아했다. 옹천댁은 봉심이라는 딸 하나만 데리고 살았다. 봉심이가 열 대여섯 살쯤 되자 동네 총각들이 번질나게 봉심이네 집으로 놀러 다녔다. 봉심이는 시골 애답지 않게 아주 예뻤다. 가느다란 눈에 검은 눈썹 하며 불그스레한 입술이 어디 옛 미녀 상을 닮았다. 말씨도 좋은 말만 쓰고 목소리도 구슬 구르는 소리를 냈다. 그렇기 때문에 봉심이를 좋아하지 않은 사람이 없었다. 동네에서 바른 소리 잘하는 안양굴 아재는 총각들이 쓸데없이 저녁이면 마실을 돈다고 혀를 차기도 하였다.

윤 선생도 고등학생이 되어 방학 때 집에 있을 때면 봉심이네 집에 놀러 가곤 하였다. 봉심이네 집에 가면 보통은 총각들이 두서너 명 와 있고 봉심이는 으레 등잔불 밑에서 수를 놓고 있었다. 윤 선생이 들어서면 봉심이가 제일 반갑게 맞이하였다. 아마 막 피어나는 꽃송이와 한 마리의 나비가 서로 사모하고 있는 사이 같았다. 윤 선생이 들어서면 옹천댁은 너 왔냐 하면서 반갑게 맞이하여 주었고 주전부리감도 내오곤 하였다.

어느 날 윤 선생이 봉심이네를 찾아갔더니 옹천댁도 없고 다른 총각들 누구도 와 있지 않았다. 아랫목 이불에 다리를 넣고 수를 놓고 있던 봉심이가 반갑게 맞이하면서 추운데 너도 여기다 다리를 넣어라 하고 약간 비켜 앉는다. 윤 선생은 그날은 안에서 무엇이 꿈틀거려 가슴이 방망이질을 하였다. 이불 속으로 발을 넣고 봉심이 수놓는 모습을 보는데 영락없이 하늘에서 내려온 천사였다. 봉심이는 불현듯 생각났는지 너 감 먹을래 하면서 일어나는데 치맛바람에 스치는 여자 냄새가 마치 동물이 암내를 맞는 느낌이랄까 묘한 어느 부위를 자극하였다. 봉심이는 마루로 들어가서 큰 동이를 열고 안에서 홍시를 서너 개 담아왔다. 윤 선생은 오늘따라 왜 이렇게 가슴이 뛰는지 감을 먹는 손이 떨리기까지 하였다. 윤 선생이 감을 먹으면서도 정신이 없었는지 입에 홍시 자국이 났다. 야 이거 뭐냐 하면서 봉심이가 휴지로 윤 선생 입을 닦아주는데 그만 이성을 잃고 말았다. 윤 선생이 봉심의의 손을 잡았다. 처음에는 가만히 있더니 갑자기 정신이 드는지 왜 이런디야, 우메! 이러면 안 디아. 그러나 윤 선생은 완전히 이성을 잃고 덤벼들고 말았다.

그 뒤부터는 봉심이와 윤 선생은 하는 행동이 달랐고 다른 아이들도 낌새가 이상하다는 것을 알아차릴 정도였다. 이제 둘이는 아무도 없는 산속이나 성황당 안에서 몰래 만났다. 어느 아지랑이 피어나는 화창한 봄날, 그날은 대담하게도 영춘에서 십 리나 떨어진 냇가 풀밭에서 만나기로 약속을 하였다. 윤 선생이 태어나서 가장 대범한 제안을 한 것이었다. 마침 아지랑이는 가물가물 두 사람을 물결 속 피사체로 만들고 있었다. 둘이는 손을 잡고 키 큰 풀밭에 드러누웠다. 그런데 웬일인가. 여기까지 정동댁이 나물을 캐러 올 줄이야. 바로 머리 위에서 인기척이 나서 바라보니 동네에서 입이 싸기로 소문난 정동댁이 못 볼 것을 보았다는 몸짓으로 얼른 다른 곳으로 자리를 뜨고 있는 것이 아닌가? 제발 정동댁이 입을 다물어

주기를 빌었으나, 그것은 고양이가 생선을 지켜주기를 바라는 것만큼이나 어리석은 일, 좁은 시골에 삽시간에 소문은 퍼지고 말았다. 윤 선생은 아버지에게 불려가 호되게 야단맞고 뺨까지 얻어맞았다. 그 뒤로 윤 선생은 서울로 대학을 갔고, 아버지는 봉심이 같은 배우지 못한 집안의 아이와 결혼은 절대 안 된다고 선언하였다. 봉심이도 그것을 아는지라 어느 날 봇짐을 싸고 동네 친구 하나와 함께 어딘가로 자취를 감추고 말았다.

그리고는 무심한 세월은 하염없이 흘러 둘이는 아무런 연락도 없이 각자의 길을 걷고 말았다. 서울에서 우연히 황 마담을 만난 것은 윤 선생이 결혼을 하고 까마득하니 세월이 지나서이다. 황 마담은 그때 봉심이와 같이 밤 봇짐을 쌌던 두 명의 처녀 중 하나였다. 황 마담과 봉심이는 어려서 단짝 친구였다. 친구가 가출의 의사를 너무나 분명히 밝히자 황 마담도 시골이 싫어 떠나고 싶은 심정이 굴뚝같았던지라 동행하기로 한 것이었다. 둘이는 서울에 와서도 절대 떨어지지 말고 같이 지내자고 약속하였다. 그러나 황 마담이 결혼을 하게 되었고, 하는 수 없이 너도 결혼을 하라고 아무리 타일렀으나 봉심이는 그 문제만은 꿈쩍도 하지 않았다. 그 뒤로 어떻게 하여 황 마담이 광장시장에 점방을 하나 사서 식당을 경영하였고 남편도 적극적으로 지원하여 주었다. 봉심이는 처음에는 황 마담을 도와 황가네 점방 일을 도와주고 있었다. 그때 마침 황 마담의 가게와 얼마 떨어지지 않은 모퉁이 저쪽에 가게가 하나 났다. 너 저 점방을 살만한 돈이 있냐고 물어보았으나 가지고 있는 돈으로는 턱없이 부족하였다. 그래서 황 마담이 나머지를 빌려줘서 일단 점방을 인수하였다.

그런데 장사는 예상외로 아주 잘 되었다. 음식도 음식이지만 봉심이의 미모와 상냥한 말씨가 장사가 잘될 수밖에 없게 만들었다. 황 마담이 시기심이 날 정도로 사람이 북적거렸다. 봉심이는 사람을 서너 명이나 고용하여 썼고 단골손님까지 생겨 광장시장에서 꽤 이름 있는 먹거리 가게가 되었다. 봉심이는 아예 거처를 점방으로 옮겼다. 점방 천장의 다락방에서 기거를 한 것이다. 그래서 봉심이와 황 마담은 가까운 거리에서 장사를 하며 옛 추억을 더듬고 가끔 극장 구경도 가고 그런대로 즐거운 나날을 보내고 있었다. 그러던 어느 날, 황 마담이 불쑥 윤 선생을 데리고 봉심이 가게를 들른 것이다.

"봉심아, 너 이 사람 알것냐?"

"봉심씨! 안녕하세요? 너무나 오랜만이구먼요."

봉심이는 황 마담이 윤 선생을 데리고 자기 점방으로 들어서는 모습을 보고 간 떨어질 뻔하였다.

"나는 누군지 잘 모르것구만이요."

봉심이는 윤 선생의 얼굴을 한참 보다가 역심이 치솟아 한 마디 내뱉고는 주방 안으로 들어가 버렸다.

그런 일이 있고 난 뒤로 윤 선생은 가끔 광장시장에 들러 봉심이를 찾아갔다. 그러나 둘이는 옛 감정이 남아서 대화가 순조롭게 진행되지 못했다. 황 마담이 중간에 끼어들어야 겨우 이야기를 약간 자유스럽게 할 수 있었다.

그리고는 이 년 만에 아들과 함께 광장시장에 왔고, 봉심이네 가게는 가지 않고 황 마담 가게만 들른 것이다. 윤 선생은 황 마담으로부터 변죽만 울리는 말을 들었지만 다른 것을 유추해서 알 수 있을 것 같았다. 아들이 옆에 있기 때문에 더 자세히 물을 수 없어서 다른 얘기를 하다가 헤어졌다. 그러나 뒷얘기가 궁금하여 견딜 수 없었다. 그래서 황 마담에게 전화했더니 대충을 얘기해 준다.

"봉심이가 다 얘기해도 윤 선생님한테만은 말하지 말라고 했는데 어떻게 뻔히 아는 사이에 말 안 해줄 수 있겠어요."

"그래서요? 어디 먼 곳으로 간 거예요?"

"그럼 할 수 없지요. 오세요. 자세한 걸 일러 드릴 테니."

봉심이는 광장시장에서 자기의 거처를 안 윤 선생을 만나고 싶지 않아 멀리 떠나기로 작정하였단다. 봉심이는 전에 따로 파주에 사는 한 친구를 사귀었는데 그 친구의 말에 의하면 지금은 집을 버리고 마을을 떠나는 사람이 많아 시골에는 빈집이 많다고 했다. 마침 자기 마을의 한 과수원을 하는 집안이 역시 도회지로 떠나려고 하는데 네가 산다면 아주 헐값에 사주겠다고 했다. 그 집은 삼밭도 있고 포도 과수원이 제법 규모를 갖춘 멋스러운 곳이었다. 친구 덕분에 싸게 집 딸린 과수원을 구입하였고, 동네 사람들을 동원하여 풀도 뽑고 거름도 주고 약도 뿌리고 했다. 해보니 벅차기는 해도 동네에 인력이 풍부하여 해 볼 만하였다.

윤 선생이 물어물어 파주에 들어서니 맑은 냇물이 한가로이 흐르고, 강변에는 어린이들이 모래집을 짓고 뜀박질을 하면서 즐거운 놀이를 하고 있었다. 물은 바닥에 작은 피라미 한 마리도 보일 정도로 맑고 깨끗하였다. 무심한 봄이 온 것이다. 하늘도 구름 한 점 없이 파랗고 아지랑이가 피어오르는 것이 청소년기를 보낸 바로 영춘의 하늘이었다. 저 멀리 아지랑이 낀 언덕에서 가물가물 봉심이가 웃고 달려오는 모습이 연상되었다. 윤 선생은 마치 십 대의 소년으로 돌아간 듯 마냥 가슴이 뛰고 있었다.

아이들에게 여러 번 물어서 봉심이가 산다는 포도 과수원을 겨우 알아냈다. 윤 선생이 찾아간 곳은 그곳 냇가에서 상당히 멀리 떨어진 산비탈 아늑한 곳이었다. 과수원으로 들어간 길도 손질을 하여 말끔히 정리된 키 작은 향나무 길이었다. 과수원이 가까워 오자 아낙네들의 말소리가 은은히 들려온다. 마침 아이들이 윤 선생을 앞질러 과수원 쪽으로 달려가고 있었다. 아마 자기 집 식구를 만나러 가는 모양이다. 그때 어떤 남자가 과수원에 뿌릴 퇴비를 리어카에 가득 싣고 올라오고 있었다. 그런데 저런, 짐이 너무 무거웠는지 멈칫하더니 오히려 리어카가 뒤로 후진을 한다. 아니, 저런 저런 하면서 이를 바라보고 있는데 길가에 심어놓은 향나무를 들이받고 한 길이나 되는 바닥으로 굴러떨어진다. 순식간에 벌어진 일이었다. 윤 선생은 앞뒤 안 보고 달려가 그 농부를 일으켰다.

"여보세요. 어디 다친 데 없어요?"

"아이쿠 다리야…."

농부는 다리를 심히 다쳐 일어설 기력도 없어보였다. 그때 동네 아이들이 달려오다 이 광경을 보고 과수원을 향하여 소리를 지르고 한 아이는 과수원에 알리려 달음박질을 친다.

머리에 수건을 두른 봉심이가 달려오고 뒤에는 네댓 명의 마을 아주머니들이 따라 나온다. 농부를 업고 길로 올라서는 윤 선생을 본 봉심이는 자기 눈을 의심하고 한참 동안 멍하니 서 있다. 그 사람이 윤 선생이 분명하다는 것을 확인한 봉심이는 달려가기는커녕 그 자리에 화석이 된 듯 우뚝 서 있었다. 한 아주머니가 소리를 지른다.

"아니 뭐하고 계신다요. 우리 일꾼이 다쳐서 업고 오는디."

윤 선생은 고개를 들어 봉심이를 보았고 봉심이도 윤 선생을 넋 나간 사람처럼 보고 있다. 그 아주머니가 말한다.

"이 분은 뉘시래요?"

"예, 저는 이 집에 오는 손님인데요. 오는 길에 우연히 사람이 넘어진 것을 발견했어요."

"하여튼 어서 업고 집으로 가서 눕혀야겠어요."

그 아주머니는 봉심이 대신 일을 알아서 주도하며 봉심이 집으로 가자고 앞장선다. 윤 선생이 농부를 업고 가고 사람들이 뒤따른다. 사람들 사이에 섞여 따라가는 봉심이는 오늘따라 열 여섯 처녀가 된 듯 부끄러움이 가득하다.

한 달 후.

동준이한테서 전화가 왔다.

"아빠. 지금 어디세요."

"왜. 어떤 것 알아서 뭐 할래?"

"뭐하긴요. 정희가 반찬을 해 가지고 아빠 집에 갔는데 문은 잠겨 있고 신문지는 쌓여있다지 뭐예요. 집에 계시지 않고 어디 계신 거예요?"

"응. 밖에 나와 있다."

"밖이라니 어디예요? 아파트 경비가 그러는데 지금 거의 한 달 동안이나 집에 돌아오시지 않았다고 하드래요. 정희는 무서워서 전화도 못 하고 울고 있어요. 무슨 일이에요?"

"응, 고맙다 우리 아들. 이제부터는 너희들이 돌봐주지 않아도 되겠다."

"네? 아빠 무슨 말씀을 하시는 거예요. 돌봐주지 않아도 되다니요?"

그때 봉심이가 밥상을 들고 들어선다. 밥상 위에는 맛있는 음식은 모두 다 올려놓은 듯 가지 수가 엄청 많다.

"무슨 얘기를 그렇게 재미지게 하고 계세요. 아드님이세요?"

"네. 아들이에요."

"아들이면 파주 한 번 놀러 오라고 하세요. 따님도요."

"동준아. 그럼 전화 끊는다. 내가 전화할게. 안녕~"

동준이는 아버지 곁에서 여자 목소리가 들리고, 아버지가 무척 즐거운 음성으로 얘기하는 것으로 보아 나쁜 상황은 아닌 성싶었다. 그러다 문득 아버지가 광장시장에서 황 마담이란 사람과 나누던 얘기와 무슨 관계가 있는가 고개를 갸우뚱하였다.

꼭 놀러 갈게

일두는 하숙집을 두어 곳 보았으나 썩 마음에 들지 않았다. 오늘은 그만두고 내일 알아볼까 하고 발길을 옮기는데 느티나무 아래 나무 의자에서 궐련을 피우고 있는 할아버지가 보였다. 옆에 복덕방 간판이 있는 것으로 보아 그의 신분은 쉽게 짐작할 수 있었다. 할아버지도 무척 한가하여 이제 그만 집으로 돌아갈까 하는 참인데, 어떤 대학생 차림의 젊은이가 터벅터벅 걸어오는 것을 보고 혹시 손님인가 싶어 잠시 그를 주시한다. 일두는 꾸벅 할아버지께 고개를 숙였다.

"할아버지 이 근방에 하숙집 있어요?"

할아버지는 일두를 위아래로 한 번 재보더니 이내 무엇이 짚이는 듯 말했다.

"학생 Y대 학생이에요?"

"네."

"좋은 집이 하나 있긴 있는데…. 헌데 그 집은 학생이 들어가고 싶어서 들어갈 수 있는 곳이 아니고 아주머니가 마음에 들어야 들어갈 수 있다우."

"하숙집도 시험 봐서 들어가나요?"

"시험까지는 아니지만 하여튼 아주머니가 꼭 Y대생을 찾는 걸 보니 그 집 딸 가정교사까지 시켰으면 한가 봐요. K대생이 서너 명 하숙을 하고 있는데 그 학생들은 공부 잘 안 하거든. Y대생으로 공부 잘하는 학생을 찾아요. 어때 한번 보실래요?"

"좋아요. 나도 아르바이트까지 할 수 있다면 더 좋지요. 저는 공부 하나는 잘 하거던요 하하하…."

일두는 하숙집 딸이라는 말에 젊음도 발동하였고 장난기도 들어서 일단 보자고 하였다.

하숙집은 약간 언덕진 곳에 자리 잡은 아늑한 기와집이었다. 벨을 누르자 아주머니가 직접 나온다. 아주머니는 할아버지와 인사하고 일두를 한 번 훑어보더니 Y대생이란 말을 듣고 일단 들어와서 방을 보라고 한다. 할아버지가 말한 대로 합격을 해서인지, 아니면 방을 보게 한 뒤라도 얼마든지 거절할 수 있는 이유를 댈 수 있기 때문에 행한 임시 조치인지는 모르겠다. 방은 아늑하고 창밖에 조그만 공간에 잔디밭도 있고 빨랫줄이 걸려있다. 일두는 방이 마음에 들어서 "좋네요."하고 의사표시를 했더니, 아주머니는 이내 마음을 결정했는지 활짝 웃으며 "그래요?"하면서 자기도 일두가 마음에 든다는 표시를 숨김없이 표현하고 있었다.

"영어과 학생이라니까 좋네요. 내가 아주 말하지요. 우리 집 애가 지금 고2예요. 곧 예비고사를 보아야 하는데 영어가 딸려요. 어때요. 하숙하면서 우리 애 영어 좀 봐줄 수 있지요? 물론 하숙비는 알아서 조정할게요."

"좋습니다. 그러면 저는 하숙방도 구하고 아르바이트 자리도 구한 셈이네요."

"학생이 마음에 들어 하니 이쪽도 좋네요."

아주머니와 일두는 쉽게 의기투합하였다. 그때 정숙이가 책가방을 들고 집 안으로 들어온다. 아담한 체구에 너무나 예쁘고 깜찍한 학생인데 눈은 작아 고전적 미인형이요 눈썹은 짙었다. 향수를 뿌렸는지 스치는 바람에 향기가 코끝을 자극한다. 일두를 보고 가벼운 미소를 보내는 모습이 전설 속의 몽환적인 미모를 갖춘 한 송이 꽃이었다.

"정숙아, 인사드려라. 이제부터 네 영어를 가르쳐 줄 선생님이시다."

"안녕하세요. 그럼 아저씨도 이제부터 우리 집에 같이 사시는 거예요?"

"얘는, 아저씨가 뭐니, 선생님이지. 우리 집에서 하숙하면서 네 영어를 봐줄 거야."

"안녕, 잘 부탁합니다."

"아니, 선생님이 무슨 학생한테 말을 올려요. 말 낮추세요."

일두는 하숙집을 옮긴 이후로 신바람이 났다. 학교에서도 하루 종일 기분이 좋아 싱글벙글 이었다. 일두는 한참 동안 그 이유를 생각하다가 아하 그 때문이구나 하고 또 웃어본다. 좋은 하숙집을 구한 것도 좋지만 실은 종일 정숙이의 얼굴이 가물거려서 살 수가 없다. 예쁜 여고생의 몸 가까이에서 풍기는 싱그러운 향수에 취해서 하루를 보내곤 하였다.

그런데 어느 날, 학교를 파하고 하숙집으로 오는데 같은 반의 종우가 앞에 가고 있었다. 일두는 종우를 별로 좋아하지 않았다. 사람이 성실하지 못하고 그저 여자라면 아무라도 껄떡거리는 녀석이어서 신뢰성에 많은 문제가 있는 친구였다. 일두는 아는 체를 할까 말까 망설이는데 종우가 먼저 뒤를 돌아보고 아는 체를 한다.

"뭐, 네가 저 집에서 하숙을 한다고?"

"응, 네 하숙집하고 가깝네. 놀러 와."

"알았어, 꼭 놀러 갈게."

그저 인사말로 놀러 오라고 했는데 종우가 '꼭' 자를 넣는 것이 마음에 걸렸다. 아니나 다를까 종우는 이틀이 멀다 하고 놀러 왔다.

"야, 정숙아! 일두가 영어 잘 가르쳐주던? 영어는 내가 더 잘하는데."

아무리 농담이라도 눈치코치도 없이 썸뻑썸뻑하는 말이 심히 마음에 들지 않았지만 그럴 때마다 속 좁게 화를 낼 수도 없었다.

어느 날은 학교에서 조금 늦게 왔더니 종우가 글쎄 정숙이 방에서 영어를 봐주고 있지 않은가. 그런데 문제는 정숙이와 종우의 신체간 거리가 너무나 가깝나는 것이었다.

그날은 일두가 밤늦게 귀가하고 있었다. 그런데 저쪽 어두운 골목에서 두 남녀가 꼭 껴안고 진한 사랑의 몸짓을 나누고 있었다. 일두는 못 볼 것을 본 것 같아 피해 가려 하다가 잠깐, 저게 정숙이와 종우가 아닌가 하는 의심이 들었다. 발걸음을 멈추고 다시 확인하려 하자 저쪽에서도 낌새를 차렸는지 둘이 사이가 떨어지더니 발걸음을 빨리해서 자리를 뜬다.

일두는 그들의 뒤를 따랐다. 두 남녀는 삼거리 길에서 갈라선다. 일두는 남자 쪽의 뒤를 따랐다. 거리가 가까워 오자 학교에서 보던 종우의 옷차림이며 가방이 분명했다. 종우는 또 골목길이 나오자 그쪽으로 휘어진다. 일두는 놓치지 않으려고 휘어진 골목길로 급히 방향을 틀었다. 그 순간 마침 돌부리에 치어 일두의 몸은 사정없이 내팽개쳐졌다. 몇 바퀴를 굴러 몸은 겨우 정지되었으나 앞에 가던 종우는 보이지 않고 일두의 코에서는 진한 선혈이 쏟아졌다.

비오는 날의 사주

영호는 딸이 시내로 고교 입학시험을 보러 갔지만 처음에는 무덤덤하였다. 딸도,

"아빠. 오지 마. 나도 이제 충분히 혼자 시험 정도는 보고 올 수 있응께."

"그래 믿는다. 우리 딸."

하고 일단 태연한 척하였다. 그러나 시간이 가자, 아니야 저 어린 것이 뭘 안다고 하는 생각이 들어 불안하여 가만히 있을 수가 없었다. 가봐야 해! 하는 생각이 들자 안절부절 어쩔 줄 몰라 하다가 벌떡 일어났다. 이 면 소재지에는 택시회사가 하나밖에 없다. 그나마 택시라고 한 대밖에 없는데 지금 운 좋게 택시가 있을 리 없다고 생각하면서 한길로 나왔지만 역시나 택시가 보이지 않는다. 저 멀리

커브를 트는 곳에 반쯤 마주 보이는 택시회사에는 차도 보이지 않고 사람도 보이지 않는다. 그렇다고 버스나 기차 시간을 알아서 타면 되지만 최소한 한두 시간 이상씩은 기다려야 하는 대중교통을 기다릴 수는 없었다.

도로에서 택시회사를 보고 도로 앞뒤를 이리 보고 저리 보는 영호를 보고 무슨 일인지 알겠다는 듯 김 순경이 말을 건다.

"이 선생님. 광주 가실라고 그러신기라우. 방금 택시가 석정리로 떠난 지 얼마 안 되었는디. 거기서 다시 이양으로 간다고 허든디."

"그 택시 좀 빨리 돌아오라고 허면 안 됭기라우?"

"내가 말허먼 되제. 안될 것이 멋이여."

"그럼 좀 빨리 돌아오라고 부탁헙시다 잉."

"아 그리여."

하더니 자기는 택시 운전수의 전화번호 정도는 다 외고 있다는 듯이 급히 택시 운전수에게 전화를 건다.

"박 기사! 아까 안 그랬는가. 석정리까지 실어다 주고 이양까지 다녀와야것다고. 그러지 말고 석정리에서 곧장 돌아와. 지금 시내로 이 선생님의 딸이 고등학교 입학시험 보러 갔는디 급히 따라가 봐야 헌다는구만."

저쪽에서 뭐라고 하는 것 같았고 또 김 순경이 같은 동리 사람 편의를 봐줘야지 안 그런가 하면서 빨리 돌아오라고 재촉한다. 박 기사는 안 되는 일인데 김 순경 부탁이니 특별히 그러겠다고 하는 것 같았다. 아니나 다를까 20분도 못 되어서 면 택시가 드르륵 그들 앞에 선다.

"앗따 고마웅거."

이 선생은 급히 택시에 오르다 생각했다. 그래도 나를 위하여 애써주신 김 순경 박 기사에게 팁을 조금 줘야겠다고. 그러나 초등학교 교사가 사정이 넉넉할 리 없다. 지갑을 열어보니 만 원짜리 두 장과 오천 원짜리 두 장 그리고 천 원짜리 몇 장 밖에 없다. 그래도 오천 원씩은 줘야지 하면서 큰맘 먹고 오천 원짜리 두 장을 꺼내 김 순경과 박 기사에게 한 장씩을 주었다.

"뭘 이런 것을."

하면서 받기는 했으나 '에이 치사한 x'하는 표정이 역력하다.

하여튼 덕분에 입학시험장에 도착하니 딸은 아직 안 들어가고 친구들과 교문밖에 서 있었고, 아빠를 보자 부끄러우면서도 자랑스러운 모양이었다.

"아빠. 뭠시롱 왔당가. 나 혼자도 문제 없당께."

딸 친구들도 이 선생에게 인사하고 딸을 저처럼 사랑한 아빠가 있는 친구가 부러운 모양이었다. 잠시 후에 딸은 친구들과 웃으며 교문 안으로 들어가고 학부형들은 그 이상은 출입이 금지되어 있었다. '잘 보것제!' 제 말마따나 이제 입학시험 정도는 혼자도 보고 올 수 있는 나이가 아닌가? 그렇게 딸을 배웅하고 다른 학부모들과 함께 딸을 떼어놓고 집으로 돌아왔다.

그러나 합격자 발표 때도 집에 앉아 있을 수가 없었다. 딸은 행여 아빠가 합격자 발표장에 나타날까 봐 미리서 엄포를 놓았다.

"아빠 오지 마! 오기만 해봐라." 하고 제 엄마에게 지원을 요청한 듯한 표정으로 혼자 나갔지만 이 선생은 또 자기도 모르세 자리에서 일어났다. 비는 쉼 없이 내리는데 발걸음이 간이역 쪽으로 향하고 있었다.

합격자 발표를 하는 고등학교까지 가서 게시판 앞으로 다가갔다. 발표를 보러 온 사람은 많지 않았다. 물론 먼저 와서 보고 돌아갔겠지만 분위기는 입학시험 때와는 사뭇 다르게 가라앉아 있었다. 그런데 아무리 보아도 딸의 번호는 없다. 영호가 딸 몰래 훔쳐보았던 수험번호는 세 자릿수인데 발표장에는 모두 네 자릿수만 붙어있다. 하도 보고 또 보고 하는 자기를 어떤 아주머니가 '거기 번호가 없으면 불합격이지 뭐!'하는 표정으로 흘끗 본다.

면으로 돌아와서 힘없이 집을 향해 걷고 있는데, 앞에서 김 순경이 아는 척한 얼굴로 이쪽으로 오고 있다. 그런데 마치 '팁이라고 오천 원밖에 안 준 치사한 x'하는 표정을 하고 있는 듯하였다. 거리가 가까워 오고 있는데 박 기사가 모는 택시가 상당한 속력을 내면서 이쪽을 향해 달려오고 있다. 그런데 마침 이 선생이 물구덩이 앞에 이르렀을 때 여지없이 물장구를 치는 바람에 그만 홍줄이 물을 뒤집어쓰고 말았다. '에이 재수 없어!'하고 옷을 털털 털고 있는데 앞에서 김 순경이 '에이 쾌 싸다.' 하는 표정으로 바라보고 있다. 언제 왔는지 뒤에서 '아빠!'하는 딸내미의 목소리가 들렸다.

"아빠. 내 합격자 발표장에 갔다 오는 거야? 차림이 맞네, 뭐."
"응. 괜찮다. 공부가 뭐 다야. 내년에 또 보면 되제."

"아빠 무슨 말을 하시는 거예요. 나 합격했어요."

"뭐라고? 합격자 발표에 네 번호가 없던데?"

"장학생 선발은 따로 해요."

"그럼 네가 장학생 시험에 합격했단 말이냐?"

"그럼요, 저 합격했어요. 3년 장학생이야."

"뭐라고?…."

그때 또 한 대의 트럭이 지나가며 이번에는 더 절퍼덕 물장구를 뒤집어씌운다.

"아빠!"

"아니다. 기분 좋다. 한 번 더 물장구를 맞으면 좋겠다. 하하하하."

"하하하하."

영호는 딸의 손을 굳게 잡았고, 딸은 오히려 팔짱을 끼고 걷자고 영호의 한쪽 팔을 꼭 낀다.

제국의 꿈

　이십 대 중반으로 보이는 건장한 동양의 청년 하나가 상항(桑港. 샌프란시스코) 거리의 내리막길을 잰걸음으로 걷고 있다. 겉모습은 태연하나 얼굴에는 상당히 긴장된 표정이 드러나 있다. 될 수 있는 대로 고개를 돌리지 않고 눈동자로 사방을 경계하는데 번득이는 눈빛이 예사롭지 않다.
　이 사나이의 뒤를 쫓는 삼십 대 중반의 동양 남자가 있다. 역시 건장하고 야무진 얼굴을 한 청년인데 앞의 사나이보다 더 노련해 보인다. 그는 다른 사람은 무시한 채 앞의 사나이만 주시하며 발걸음을 옮긴다. 앞의 사나이는 지나는 사람들을 살피다가 한길로 소리 없이 다가오는 노면전차를 미처 보지 못해 하마터면 치일 뻔했다. 아슬아슬하게 전차를 피한 앞의 사나이는 이제부터는 앞만 보고 걷기 시작한다. 그런데 이 두 사나이를 먼발치서 확인하면서 여유 있게 뒤따르고 있는 또 한 사람의 동양인 남자가 있다. 나이는 앞 사나이보다는 위고 뒤 사나이보다는 밑인 듯한데 먹물 먹은 선비 타입이지만 역시 강인한 모습이 엿보인다.

상항의 페리 부두에 다다르자, 앞의 사나이는 발걸음을 빨리하여 부두의 기둥 뒤에 몸을 숨긴다. 그때 앞 도로 위로 묵직한 대형 승용차 한 대가 미끄러지듯 들어오고 있다. 차에서는 상항 주재 공관장인 듯 싶은 일본인이 먼저 내리고 뒤를 이어 콧수염을 기르고 살집 좋은 미국인이 높은 모자에 정장 차림으로 차에서 내린다. 운전석에 있던 운전수는 큰 가방을 양손에 들고 내리고 뒤차에서도 몇 명의 일본인과 미국인이 따라 내린다. 외교관인성싶은 미국인이 페리 건물로 들어가기 위하여 발걸음을 옮기자 네댓 명의 수행원이 그 뒤를 따른다.

페리 부두의 기둥 뒤에 몸을 가리고 있던 앞의 사나이는 잠깐 망설이는 듯하더니 다시 무엇인가 각오를 새롭게 한 듯 품속에서 권총을 꺼낸다. 어서 가까이 오너라. 30보, 15보, 10보, 거리는 점점 좁혀지고 있었다. 5보 앞까지 가까워 오자 사나이는 드디어 미국인을 향해 권총의 방아쇠를 당긴다.

"찰칵!"

아, 불발이었다.

어찌 된 일인가. 그러나 미국인이나 수행원들은 아직 사나이의 거동을 눈치채지 못한 것 같다. 사나이는 이제는 몸을 드러내고 정면에서 길을 막아서며 방아쇠를 당겼다.

"찰칵!" 또 불발이다. 이번에는 너무나 가까운 거리에 있었기 때문에 외교관인성싶은 미국인이 먼저 눈치를 채고 육탄으로 덤벼든다. 수행원들은 아직도 사태 파악을 못한 듯 우왕좌왕 하고 있는 사이 사나이와 미국인은 서로 엉켜 권총을 뺏으려 하고 안 뺏기려 하고 육박전이 벌어진다. 사나이는 손을 빼서 권총을 거꾸로 잡고 미국인을 내리치고 미국인은 다시 그 손을 잡아채며 몸싸움이 치열하다. 사나이는 덩치가 큰 서양인에 오히려 밀리는 판국이 된다.

그때였다. "탕!"하며 한 발의 총성이 울렸다. 뒤따라 오던 사나이가 쏜 총성이었다. 그런데 쓰러지는 쪽은 미국인이 아니라 앞의 동양 사나이였다. 앞의 사나이는 어깨에 총을 맞고 비틀거리다가 쓰러지고 만다. 이렇게 되자 미국인은 덩그러니 홀로 서 있는 판국이 되었다. 뒤의 사나이는 그때야 몸을 완전히 드러내고 정면에서 그 미국인의 가슴을 향하여 방아쇠를 당긴다.

"탕!"

쓰러지는 미국인을 향하여 다시 복부와 옆구리에 한발씩을 더 날린다. "탕! 탕!" 쓰러졌던 앞의 동양 사나이가 그때서야 총을 쏜 사나이를 올려다본다.

"형님이 어떻게!"

"아우! 괜찮은가!"

앞의 사나이와 뒤의 사나이 사이에 뜨거운 시선이 교차된다. 그때에야 주위의 사람들과 부두의 경찰들은 모종의 암살극이란 것을 알아채고 우르르 덤벼들어 뒤의 동양인을 제압하여 차에 싣고, 또 총 맞은 미국인과 앞의 사나이를 따로 차에 태워 어딘가로 전력 질주한다.

이런 모습을 빠짐없이 지켜보고 있던 맨 뒤의 남자는 끝까지 모습을 드러내지 않은 채 군중 속에 섞여 움직이고 있었다.

산 좋고 물 맑은 조선의 가을 하늘 아래, 경운궁 태극전은 오늘따라 유난히 거대하고 높아 보였다. 조선이 몇천 년 만에 되찾은 원래의 참모습이 아니던가? 정유년(丁酉年. 1897) 10월 12일, 오늘은 조선의 왕이 황제즉위식을 하는 날이다. 조선이 진짜 천자의 나라가 되는 날이다. 이제까지 천자의 나라도 아닌 지나(支那. China)가 스스로 천자의 나라라고 참칭하였고, 어느 때부턴가 조선은 그것을 인정하고 살았다. 그러나 그들은 스스로 '자기동래(紫氣東來)'라 하며 자신들의 천자의 기운이 동쪽(조선)에서 왔다는 것을 잘 알고 있었다. 우리가 바다를 건너가 세운 일본은 자기들의 모국 백제가 망하자 어느 날부터 스스로 천손(天孫)의 나라라 하며 황제보다 더 높은 천황을 참칭하였다. 그런데 세월이 지나자 막상 진짜 천손의 나라 조선은 그들보다 훨씬 낮은 왕을 자칭하며 자신을 깎아내려 온 것이다. 고종은 뒤늦게야 그것을 알아차렸다.

고종은 아관파천 기간에 황제국 선포를 구상하였다. 궁궐에 돌아오자마자 몰래 보관해 오던 『삼성기(三聖紀)』와 『대변설(大辯說)』, 『고조선비사(古朝鮮秘詞)』, 『조대기(朝代記)』를 꺼내왔다. 이런 사서들은 원래 우리 민족의 뿌리를 기술한 책으로 서운관(書雲觀)에 보관되어 있었다. 그것을 태종을 비롯하여 세조에서 성종에 이르기까지 3대에 걸쳐 왕의 칙명으로 '사서(史書) 수거령'을 내려 전국 관찰사들이 수집해 올린 책들을 궁궐에서 직접 소각하였다. 고종이 다시 꺼내 든 이 책들은 성종 대왕이 자신만 보려고 신하들 몰래 극비로 보관해 오던 것이다.

고종은 아관파천 기간에도 경운궁 돌담길을 따라 작은 문을 통해 비밀리에 경운궁을 드나들었다. 돌담길 작은 문은 당시 미국공사관의 북쪽, 경운궁 선원전(璿源殿) 구역의 남쪽, 러시아공사관의 동쪽이 서로 만나는 지역에 있다. 경운궁을 비밀리에 드나든 주요 목적은 우리의 진짜 사서를 보기 위한 것이었다. 고종은 우리의 사서인 『조대기』, 『고조선비사』, 『대변설』, 『주남일사기(周南逸士記)』, 『삼성밀기(三聖密記)』, 『안함로(安含老) 원동중(元董仲) 삼성기』를 손에 들고 책장을 넘기면서 손이 부르르 떨리고 있었다. 이렇게 위대한 나라가 왜 이처럼 못난 나라로 전락하였단 말인가.

『조대기』는 환인 시대부터 대진국(발해)까지의 역사서로서 대진국 멸망 후에 태자 대광현(大光顯)이 고려로 망명하면서 가져온 사서이다.

우리 배달나라의 영역은 조선 반도와 캄차카반도와 요동반도와 남북 만주와 시베리아로 이루어졌으니, 동은 베링, 타타르 해협에 이르고 서는 몽골, 청해에 이른다. 남은 제주도, 모슬포에 이르고 북은 북빙양에 접하고 있다.……

이 말이 웬 말인가. 베링 해협이라 함은 러시아와 알래스카 사이의 해협이 아닌가. 타타르 해협이라 함은 연해주와 사할린 사이의 바다이다. 북빙양이라 함은 시베리아 북쪽의 북극해를 말한다. 그리고 서쪽은 몽골과 청해호에 이른다는 말이다.

우리는 유구한 역사를 지닌 민족으로 그 처음은 환국이 있었고 이어서 배달나라가 있었고 다음으로 단군조선이 출현하였고, 이후 대(북)부여로 이어진다. 단군조선의 제1대 단군왕검으로부터 제2대 부루단군, 제3대 가륵단군 이하 제47대 고열가단군에 이르기까지 2,096년이나 계속된 역사를 가지고 있다. 배달나라는 제1대 커발한 천왕(환웅)에서부터 제18대 거불단 천왕까지 1,565년에 걸친 역사를 이어왔다. 제14대 자오지(치우) 천왕께서 지나의 황제(黃帝) 헌원을 열 번 싸워 열 번 다 이겼다는 탁록지전(涿鹿之戰) 정도가 겨우 희미하게 알려져 있을 뿐이다. 우리는 단군조선만 알 뿐 배달국과 그 이전 환국의 역사와 단군조선 이후의 대부여사도 모르고 있다. 멀쩡한 역사들을 신화로 치부해버리고 말았던 것이다.

고종은 주먹으로 함녕전(咸寧殿)의 기둥을 내리쳤다. 우리가 이런 나라였다는 것을 명(明)이 알면 큰일 날까 봐 우리는 사서들을 궁궐에서 직접 수거, 압수, 소각하였고 '숨기는 자는 참수형'(匿者處斬)에 처했다. 당나라는 고구려를 멸망시킨 침략군 사령관 리스지(李世勣)의 주도하에 고구려의 환도성에서 우리의 사서를 몰수하여 4개월간이나 불태웠다. 그러나 1910년 일본의 초대 총독 데라우치 마사타케(寺內正毅)가 취임하여 본격적으로 우리의 사서 20여만 권을 수색하여 남산에서 소각하기 전까지만 해도, 얼마간의 사서는 아직 남아 있었다. 이런 수난을 거친 후 공개적으로 남겨둔 우리 사서는 겨우 『삼국사기』와 『삼국유사』가 된 셈이다. 지나와 일본의 입장에서 이런 책은 얼마든지 남아도 좋았다. 삼국 이전 7천 년 역사를 잘라내 버리면 한국의 주인공은 신라가 되기 때문이다. 삼국 중에서 가장 작고 민족의식이 약했던 신라가 주인공이 되어, 당나라를 끌어들여 제 나라를 공격해 달라고 간청했으니 그런 역사는 얼마든지 남아도 좋은 것이었다.

사실은 우리의 찬란한 역사에 비해서 지나는 겨우 우리 배달나라 중기쯤에 탁록이라는 척박한 황토 지역에서 생긴 소국에 지나지 않았고, 일본은 아예 한반도에서 간 '도래인'들이 세운 나라이다.

"내가 왜 진즉 이런 역사를 몰랐던가?"

고종은 삼성기를 읽으며 함녕전을 배회하다가 주먹으로 다시 한번 벽장을 힘껏 내리쳤다. 너무 늦었다. 그러나, 그러나…, 지금이라도 해야 한다. 황제국을 선포해야 한다.

아관파천 이후, 황궁을 경복궁이 아닌 경운궁으로 정한 것은 명성황후를 일본 낭인에게 잃고 감행한 불가피한 탈출의 의미만 있는 것이 아니고 제국의 아침을 열기 위한 중흥의 결단이었다. 대한제국의 연호를 광무(光武)라 한 것도, 왕망(王莽)이 찬탈한 천하의 혼란을 수습하고 한(漢) 제국을 재건한 광무제의 길을 걷는 일이라는 뜻이었다. 신기선(申箕善. 동도서기론자)이 주 선왕의 중흥을 떠올리며 고종에게 석고송(石鼓頌)을 헌정한 것도 경복궁에서 경운궁으로 오는 암흑의 터널을 지나 음에서 양으로 나오는 중흥의 뜻을 담은 것이었다. 때문에 대한제국 선포의 역사적 의미를 다만 '독립'이라는 의미로만 보아서는 안 된다. 거짓 지나의 운세가 송명(宋明)을 끝으로 다하고, 천하의 도가 다시 동으로 넘어와 우리 황제가 정통천자라는 것을 천하에 공포하는 일이었다.

새로운 나라에서는 이전의 이름을 그대로 쓴 예가 없기 때문에 '조선'은 황제국 이름으로 합당치 않다. '대한'은 황제의 정통을 이은 나라에서 쓴 일이 없을 뿐만 아니라 '한(韓, Han=Hun)'이란 우리나라 고유의 이름으로서 진한(만주, 몽골, 시베리아), 변한(산동반도를 위시한 지나의 동해안), 마한(한반도)의 삼한(三韓)을 아우르는 큰 한(韓)이란 뜻을 지니기 때문에 대한(大韓)으로 하는 것이 타당했다.

경운궁 동쪽의 남별궁(南別宮)을 헐고 웅대무비한 환구단(圜丘壇, 혹 圓丘壇, 圓壇)을 세운 것은 깊은 의미를 담기 위한 것이었다. 남별궁은 지나의 사신들이 머물던 숙소였다. 일부러 그런 남별궁을 헐고 황제가 하늘과 직접 교통하는 장소로 환구단을 세운 것이었다. 거대한 원형이 삼단으로 이루어져 있는 환구단은 천지인(天地人)을 상징한다. 종묘 사직단이 사각형 단층인데 반하여 환구단은 원형 3층의 단으로 되어 있다. 맨 아래층은 지름이 영조척으로 114척, 제2층은 72척, 제3층은 36척이며, 각 단의 높이는 3척으로 화강암을 쌓았고 바닥은 전돌을 깔았다. 동서남북 네 방향에 단으로 오르는 계단을 설치하였으며, 단의 주위에는 돌과 벽돌로 담을 쌓고 동서남북 사면에 홍살문을 내었는데, 그중 남쪽 문은 홍살문 셋이 연이어 있는 형태이다.

　가장 윗 단에 황천상제(皇天上帝)와 황지기(皇地祇)의 위패를 모시는데, 황천상제의 위패는 북쪽의 동편에서 남쪽을 향하게 하고, 황지기의 위패는 북쪽 서편에서 남쪽을 향하게 모셨다. 가운데 단에는 해를 가리키는 대명지신(大明之神)의 위패를 동쪽에, 달을 가리키는 야명지신(夜明之神)의 위패를 서쪽에 모셨다. 맨 아랫단에는 동쪽에 북두칠성, 목화토금수(木火土金水) 다섯 별, 이십팔수와 주천성신(周天星辰)·오악(五嶽)·사해(四海)·명산(名山)·성황(城隍) 등의 위패를 모셨고, 서쪽에는 운사(雲師)·우사(雨師)·풍백(風伯)·뇌사(雷師)·오진(五鎭)·사독(四瀆)·대천(大川)·사토(司土) 등의 위패를 모셨다.

　황제즉위식인 10월 12일을 전후로 11일과 13일까지 3일 동안 나라에서 성대한 축제가 벌어졌다. 안파견 환인과 커발한 환웅, 단군왕검을, 고려조 이래로 참으로 오랜만에 우리의 참모습을 국내외에 널리 알리는 웅장한 경축 행사였다. 백성들도 이것이 꿈인가 생시인가 기쁨을 주체하지 못하였다.

　"우리가 정말 천자국이 된단 말이지?"

　"그럼! 우리도 중국이나 일본처럼 왕을 황제라 부르고 조선을 대한제국으로 부른다더구먼."

　"세상 살다 보니 별일이 다 생기는구려. 그런데 우리 큰집인 중국이 보고만 있을까. 벼락이 딱 떨어지는 거 아녀?"

　"큰집은 무슨 개뿔. 지가 보고 있지 않으면? 중국은 옛날 중국이지 지금은 웃기지도 않는 나라가 되어버렸어. 일본한테도 지고 서

구열강들이 갈가리 찢어먹기 경쟁이 벌어졌다는구먼."

"중국이 가만 있다곤 치더라도 일본도 가만 있을까?"

"잘 봤어. 문제는 일본이여. 반드시 일본하고는 무슨 사달이 벌어질 거구먼."

서울뿐만 아니라 전국 방방곡곡이 축제가 벌어지고 집집마다 태극기가 걸려 있었지만 백성들은 한편으로 불안한 마음을 쓸어내리고 있었다.

11일 오후 2시 반에는 경운궁 대안문(大安門) 앞에서 시작하여 환구단까지 길가 좌우로 조선의 각 대대 군사들이 질서정연하게 대오를 갖추었고 순검들도 몇백 명이 질서 정연히 늘어섰다. 좌우로 휘장을 쳐 잡인의 왕래를 금하였고 조선 전래의 의장용 도구들을 개조하여 황색기를 달고 호위를 담당케 하였다. 시위 군사들이 어가를 호위하고 지나갈 때는 웅장한 위엄이 드러나고 긴 창끝에 꽂힌 예리한 창날이 햇빛에 번쩍거렸다. 군사들은 금수로 장식한 모자와 복장을 하였고, 허리에는 은빛 창연한 군도를 금줄로 허리에 차고 있다. 그중에는 조선 정통군복을 입은 관원들도 있었으며 금관 조복을 한 관인들도 있었다. 어기가 환구단에 이르자 고종은 친히 내일 제향에 쓸 각종 물건들을 점검하고 오후 4시에 경운궁으로 환어하였다.

그런데 예행연습을 겸한 이 두 시간여 동안의 행렬이 이어지는 가운데 좀 색다른 광경이 눈에 들어왔다. 황제를 호위하는 건장한 호위무사가 양옆으로 10여 명씩 근접 호위를 하는데, 복장이 조선 정통 무관복을 간편하게 개조한 것이었고 그중에는 허리에 칼이 보이게 차고 있는 자도 있었다. 고종은 칼을 차고 있는 어느 호위무사 하나와 한동안 대화를 나눈다. 그가 바로 고종이 가장 신뢰하는 정재관(鄭在寬)이었다. 그는 아직 앳된 기가 가시지 않은 스무 살 남짓의 건장한 청년이다. 청년의 태도에서 황제를 호위하면서도 눈을 번득여 만약의 사태에 대처하려는 태도가 역력히 보인다. 아니나 다를까 어가가 환구단으로 가는 길가 먼발치에서 일본군들이 웅성웅성 지켜보고 서 있다.

"폐하, 저 멀리서 일본 군졸들이 우리를 주시하고 있습니다."

"그럴 것이다. 관원으로 보이는 자들은 없느냐?"

"아직 관원은 보이지 않고 모두 군졸들만 보입니다."

"재관아, 저들을 자세히 보아두어라. 저들은 어차피 가만있지는 않을 것이다. 저들과의 결판에서 우리의 명운도 정해질 것이다."

"명심하겠습니다. 폐하."

정재관(호 海山), 그는 황해도 황주군 청수면에서 태어났다. 서울로 유학하여 당시 조선 최초의 관학인 한성사범학교에서 수학하다가 고종황제께 발탁되어 시종무관으로 입궁하였다.

갑오개혁 이후 신학제 실시에 따라 1895년(고종 32) 4월 교사 양성을 목적으로 '한성사범학교관제'가 제정 공포되었다. 이는 우리나라 최초의 근대식 학교 법규였다. 일본에 의해 문호가 개방된 직후부터 일부 깨인 지식인들은 근대교육의 실시에 큰 관심을 가지고 있었다. 특히 김옥균, 박영효 등과 같은 개화파들은 개화운동의 일

환으로 교육개혁을 강조했고 그 후 유길준, 윤치호 등과 독립협회의 회원들도 부국강병을 위한 근대 교육의 실시를 주장했다. 이와 같은 개화파들의 주장과 노력에 의해, 그리고 시대적 요청에 의해 조선에서도 근대적 교육기관이 설립될 수 있는 분위기가 조성되어 갔다. 누구보다도 고종 자신이 가장 열성을 가지고 교육의 필요성에 찬동하고 있었다. 이에 고종의 교육 입국 정신에 따라 교사 양성을 위한 학교가 설립되었던 것이다. 한성사범학교는 고종의 부탁으로 헐버트(Hulbert. H. B.)가 책임자로 있었다. 한성사범학교 교사로는 1894년 조선왕조 최후의 과거시험(甲午文科)에 합격하여 비서랑(秘書郎)을 맡고 있던 이상설(李相卨)도 있었고, 박은식(朴殷植)도 있었다. 고종이 헐버트에게 시종무관을 할 만한 젊은이가 없겠냐고 부탁하자, 헐버트는 이상설, 박은식과 타협했고 그들이 이구동성으로 정재관을 추천하였다. 한성사범학교 50여 명 학생 중에서 정재관은 재능이며 패기가 남들보다 출중했다.

　황제즉위식 전날인 11일 낮에는 황제의 어가 행차를 보려고 흰 옷 입은 일반 백성들이 구름처럼 경운궁 앞으로 몰려들었다. 어가가 대안문을 나오기도 전부터 백성들 가운데 어떤 자가 "황제 폐하 만세!"를 선창하면 군중들은 따라서 후창하고 있었다. 그 관중 속에 이제 겨우 십 대 중반쯤 되는 한 소년이 무엇이 그리 즐거운지 싱글벙글하며 황제 폐하 만세를 따라 부르고 있었다. 주위를 두리번거리던 소년은 이제는 자기가 선창해도 되겠다 싶었는지 "황제 폐하 만세!"를 선창하여 본다. 아니나 다를까 백성들이 따라서 만세를 불러준다. 더 신바람이 난 소년은 "만세! 만만세!"를 고창하였고 군중이 따라서 연창한다. 이번에는 "대한제국 만세, 만세, 만만세!"를 선창한다. 소년의 선창에 백성들도 서슴없이 따라 부르자 만세 소리가 더 하늘 높이 퍼져나간다.

이 소년은 종현(鍾峴. 현 명동성당 부근)에 사는 전명운(田明雲)이란 소년으로 본명은 영선(永善)이고 본관은 담양이다. 전씨 집안 3남 중 둘째로 태어난 전명운은 장남 명선이 부친의 일을 도와 포목과 남도 죽물을 취급하는 전(廛)의 일을 맡아 하던 곳에서 잡일을 도와주고 있었다. 종현은 일본인 거리 진고개와 가까운 곳이어서 항상 그들의 행패와 몰상식한 태도를 보고 분개하던 터였다.

황제의 어가가 환구단을 향하여 가자 양쪽으로 갈라선 백성들의 우렁찬 만세 소리가 천지를 진동시켰다. 저녁이 되자 이 경하스러운 날을 기념하기 위해서 서울의 사가와 전에서는 등불을 높이 걸어 길을 대낮같이 밝게 비추고 있었다. 때마침 가을 밤하늘의 밝은 달이 구름 사이로 나타났다 묻히곤 하여 한층 경축 분위기를 북돋웠다.

12일 당일에는 새벽에 약간의 가랑비가 내려 옷을 적실만 하였으나 워낙 경사스러운 날인지라 모두 개의치 아니하였다. 고종은 두근거리는 가슴을 진정할 수 없었다. 수많은 생각이 꼬리에 꼬리를 물고 활동사진처럼 머릿속을 스치고 지나갔다. 민족의 찬란했던 옛 영광을 찾기 위하여 원대한 꿈을 꾸었던 그. 오늘은 그토록 염원했던 원대한 꿈을 되찾기 위한 의미 있는 첫걸음을 떼는 날이다.

'상제님이시어 저의 꿈이 이루어지도록 도와주소서.'

환구단은 아직 맨 윗 단의 황칠된 지붕이 없는 상태였다. 새벽 2시에 어제와 같이 환구단에 임하시어 천제天帝께 제사를 지내는데 황제가 아랫단에 엎드리고 삼정승과 황태자만 양옆에 배참(陪參)하였다. 계단 밑에는 만조백관이 엎드려 조선의 왕이 지상의 유일한 하느님의 아들임을 알리는 고유제(告由祭)을 거행하는 모습을 지켜보고 있었다. 엄숙한 의식이 끝나자 의정부의정(議政府議政. 영의정) 심순택(沈舜澤)이 백관을 거느리고 아뢰었다.

"고유식을 끝냈으니 황제의 자리에 오르소서."

고종은 역대 왕조의 예법에 따라 사양하는 칙어를 내렸.

'짐이 덕이 없어 보위에 오른 지 34년간 어려운 일을 많이 만나다 못해 마침내 만고에 없는 변까지 겪었도다. 또한 정사가 뜻대로 되지 않아 눈에 보이는 것이 모두 근심스러운 일이니 매번 생각할 때마다 부끄러워 등에 땀이 흐른다. 그런데 지금 막중한 대호(大號)를 걸맞지 않은 나에게 올리려고 관리들은 상소를 갖추어 청하고, 대신들은 연석(筵席)에 나와서 청하며, 온 나라의 백성들과 군사들까지 복합(伏閤)하여 청하매 더 이상 사양할 수가 없구나. 온 나라의 한결같은 염원을 끝내 저버릴 수 없어 곰곰이 생각다 못해 이에 마지못해 따르려 한다. 이것은 중대한 일이니 마땅히 예의(禮儀)를 참작하여 모든 일을 행하도록 하라.'

제단의 앞쪽 동편에다 남쪽을 바라보게 금의자(金椅)를 놓고 고종이 앉기를 기다렸다. 백관들이 국궁사배한 후 심순택이 성상께로

제국의 꿈 225

나아가 12자문의 곤룡포와 면류관으로 성장(聖裝)시켜 드렸다. 이어 옥새를 올리니 성상께서 두세 번 사양하다가 마지못해 받아들고 황제의 보좌에 오르셨다. 심순택이 백관을 거느리고 다시 국궁사배를 올린 후 삼무도(三舞蹈)와 삼고두(三叩頭)를 행한 후 세 번 만세를 외쳤다.

"황제 폐하 만세! 만세! 만만세!"

만세 소리가 하늘 높이 멀리 울려 퍼져나갔다. 이에 조선은 한낱 제후국에서 지나나 일본을 넘어 진짜 황제국으로 탈바꿈된 것이다. 고종황제는 2년 전에 일본 낭인에 의해 시해된 왕후 민 씨를 명성황후로 책봉하고 왕태자는 황태자로 책봉하였으며 기타 황실의 모든 위계를 높여 책봉하였다.

새벽 4시 30분 황룡포에 면류관을 쓰고 붉은 연에 앉으신 황제의 어가가 환궁 길에 올랐다. 앞에는 대 황제 폐하의 태극국기가 위풍당당하게 바람에 펄럭였다.

낮 12시가 되자 경운궁에서 백관들의 하례(賀禮) 의식이 성대하게 이어졌다. 경운궁에는 경복궁의 근정전에 해당하는 정전이 존재하지 않았으므로 즉조당(卽阼堂)을 급을 올려 태극당이라 개명하고 현판을 바꾸어 달았다. 태극당 안에는 보기에도 웅대무비한 오봉산일월도가 황제 폐하를 더욱 위엄 있게 뒷받침하여 주었다. 오봉산일원도는 하늘에 걸려 있는 붉은 해와 흰 달, 청록색의 다섯 봉우리의 산, 골짜기에서 흘러내리는 두 줄기의 폭포, 붉은 수간(樹幹)에 녹색의 무성한 잎을 가진 소나무, 그리고 파도와 포말이 출렁이는 물을 소재로 한 그림이다.

　대안문 밖에는 경성의 백성들이 천자의 나라가 된 것을 경축하기 위하여 어제보다 더 많이 몰려들었다. 기뻐 외치는 만세 소리가 흰 옷의 물결 속에서 천지에 진동하였다.

　다음 날인 13일에도 대안문 앞에는 수많은 백성이 몰려들어 천자국을 칭송하였고 간도(間島)까지 포함한 사천리 방방곡곡에 태극기가 휘날렸다. 이날은 각국 사절단이 함녕전에서 황제 폐하를 알현하였다. 조선왕이 입었던 홍룡포는 황금색 찬란한 황룡포로 바뀌고 국가를 상징하는 국새는 '조선왕보'가 아닌 '대한국새(大韓國璽)'가 되었다. 지나 황제의 곤룡포는 오조룡(五爪龍), 제후국 왕은 사조룡(四爪龍), 왕자는 삼조룡(三爪龍)으로 표시하는데, 고종황제의 곤룡포는 황색에 오조원룡보(五爪圓龍補)가 가슴에, 오른쪽 어깨에는 붉은색의 일문(日紋), 왼쪽 어깨와 등에는 흰색의 월문(月紋)을 수놓아 당당한 황제임을 나타내었다. 또한 황제가 하느님께 직접 제사를 지내는 즉위일인 10월 12일을 '제천기원절'로 제정 공포하였다.

　각국 사절의 폐현은 미국 공사, 프랑스 공사, 독일 공사의 순으로 이어졌고 다음 일본 차례가 되었다. 일본 변리공사 가토 마스오(加藤增雄)는 그들의 서기관들과, 영사관보 등을 우르르 거느리고 나왔다. 폐현하는 순서는 외국사절들이 고종황제께 세 번 허리를 굽혀 인사하면 황제는 손을 들어 답례한다. 외국사절이 황제 앞에 설치한 안(案)에 국서를 올려놓으면 황제가 국서를 열람한 후 외부대신에게 건넨다. 그런 연후에 외국사절은 황제 폐하에게 좋은 미사여구를 골라가며 치사를 올리고 국태민안을 경축한다. 그런데 가토는 다른 사절들과 마찬가지로 모든 예의를 갖추긴 하였으나 그의 얼굴에는 비소(誹笑)의 심줄이 움직였다.

"황으제폐하, 추구하 함무니다."

"고맙소. 가등 공사."

"만으세 무구강 하시브시오. 나라도 마―니 마―니 부자되시브시오."

"고맙소."

그런데 언중유골이라 공사의 표정은 축하의 태도인지 조롱하고 있는 태도인지 분간이 잘 가지 않았다. 그중에 어느 일본 졸개 하나가 키득 웃는 소리까지 들렸다. 그때 번뜩 섬광을 발하는 자는 호위무사 정재관이었다. 공사 일행이 물러나는데 키득였던 그자가 맨 뒤에서 정재관과 기싸움이라도 하듯이 노려보고 서 있다. 정재관은 성큼 그의 앞으로 나아가더니 차고 있던 칼집에서 칼을 절반이나 뽑아 시퍼런 칼날을 보인다. 칼날이 번쩍 빛을 발하자 졸개는 "억!" 하고 그 자리에 털썩 주저앉고 만다. 모든 하례객이 쥐 죽은 듯 조용히 이 광경을 주시하고 있었다. 그자가 설설 기듯이 일어나 공사 일행과 합류하자 공사 일행은 겁먹은 얼굴로 정제관의 눈치를 살피며 서서히 물러난다.

대안문 앞에서 싱글벙글 웃으며 황제 폐하 만세를 소리 높여 외치던 소년 전명운은 대한제국이 성립된 지 5년 후인 1902년 한성사범학교에 입학한다. 이 해는 마침 호위무사 정재관이 고종의 밀명을 받고 미국 유학길에 오르던 해이다. 그는 안창호 등과 함께 배편으로 도쿄를 거쳐 2월에 호놀룰루에 도착했다가 샌프란시스코에 안착한다.

새로 생긴 한성학교에서는 유교의 사서삼경과 명심보감 같은 옛날 공부가 아닌 신학문을 가르친다는 소문이 들렸다. 전명운은 직접 학교를 찾아가야겠다고 생각한다. 6월 어느 날, 슬그머니 교정으로 들어간 그는 몰래 교실을 넘겨다보았다. 교실 안에는 제 또래의 까까머리 학생들이 태반인데 개중에는 상당히 나이 들어 보이는 학생도 있었다. 그런데 웬 서양인? 앞에서 강의를 하고 있는 사람은 양복을 입고 넥타이를 맨 수염이 멋있어 보이는 낯선 서양인이다. 그는 알 수 없는 영문자와 언문(한글)으로 판서하며 열심히 무엇인가를 애타게 설명하고 있다. 칠판에는 한자(漢字)는 한 자도 쓰지 않고 있었다. 학생들의 초롱초롱한 눈에서 신학문을 배우려는 열정을 피부로 느낄 수 있었다. 전명운은 수업이 끝나고 나오는 한 학생에게 물어보았다. 그 학생은 자신의 책이며 연필이며 공책이 모두 학교에서 준 것이라고 자랑하였다. 그런데 그가 들고 있는 교과서는 순우리말로 '스민필지'라고 쓰여 있는 책이었다.

"그런데 네가 들고 있는 책은 뭐야?"

"응, 이 책? 우리 선생님이 직접 쓰신 지리책이야."

"뭐 지리책? 서양사람이 언문으로 책을 써?"

"그럼. 우리 선생님은 언문을 우리보다 더 잘해. 언문이 세계에서 가장 훌륭한 글이래.”

이때 교실을 정리하고 늦게 나온 헐버트가 복도로 나와 옆을 지나가고 있었다. 전명운은 지나가는 선생님에게 무작정 다가갔다.

"저, 선생님 안녕하십니까?"

"당신은 누구세요?"

"저는 종현에 사는 전명운이란 사람입니다."

"여기서 가까운 곳에 사시는군요. 그런데요?"

"저도 이 학교 학생이 되고 싶습니다."

"그래요?"

"네, 어떻게 하면 학생이 될 수 있습니까?"

"그래요? 응, 그러면 7월 1일 날 머리를 깎고 일단 학교로 나와서 나를 찾아오십시오. 이름이 전명운이라고 하셨습니까?"

"네, 그렇습니다. 저, 그런데 죄송합니다만 선생님의 존함은 어떻게 되십니까?"

"그렇군. 내 이름을 말하지 않았군. 나는 호머 헐버트라는 미국 사람입니다."

전명운과 대화를 나누던 헐버트는 첫눈에 전명운의 사람됨을 알아보고 학생이 되기를 적극적으로 권하고 있었다. 전명운은 그 길로 형 명선의 전포로 달려갔다. 형은 한여름 더위 속에 땀을 뻘뻘 흘리며 달려온 동생을 찬찬히 바라보았다. 신식 학교를 가겠다는 동생의 말을 다 들은 명선은 차분히 타이른다.

"학교당을 가겠다고? 안 될 말이다. 머리를 깎겠다는 말은 더더욱 안 될 말이다. '신체발부(身體髮膚)'는 '수지부모(受之父母)'와 '불감훼상(不敢毀傷)'이란 말도 듣지 못하였느냐. 어디 감히 부모에게서 물려받은 머리를 자른단 말이냐. 머리를 깎는 것은 왜놈들이 우리에게 강요한 것이야. 너는 기억해 둬라. 모난 돌이 정 맞는 법이다. 이런 난세에는 그저 바보처럼 바람 부는 대로 물결치는 대로 살아가는 것이 제일이야. 명성황후의 시해를 막아섰던 궁내부대신 이경식과 시위대장 홍계훈의 죽음을 벌써 잊었니? 동학의 세 거두를 봐라. 전봉준, 손화중, 김개남이 모두 배운 사람들이었다. 그래서 제명에 살지를 못한 것이야."

"형님! 형님의 생각은 구식입니다. 지금은 깨어있어야 합니다. 우리가 세상사에 어둡고 몰라서 별일을 다 당하고 있지 않습니까? 누구나 다 자신의 안일만 꾀하면 나라가 어찌 되겠습니까."

"너 아니어도 할 사람은 많다. 너는 몸조심이나 해라. 무엇보다 아버님이 남겨주신 이 전포를 우리가 지켜야만 한다."

"아버님이 남겨주신 전포를 지키자는 말씀은 좋습니다. 저도 형님의 일은 돕고 있지 않습니까. 그러나 신학문은 꼭 배워야겠습니다."

"신학문은 배워서 어디에 쓰겠다는 것이냐. 장자에 나오는 가죽나무 설화도 모르니? 가죽나무는 크기만 하고 옹이가 져서 목수의 먹줄에 맞지 않고, 가지는 굽어 곱자와 그림쇠에 맞지 않는다. 가죽나무로 배를 만들면 가라앉고, 널을 만들면 빨리 썩고, 기둥을 만들면 빨리 좀이 먹는다. 그래서 누구도 거들떠보지 않기 때문에 그렇게 크게 오래 살 수 있는 것이야."

"형님과 저는 같은 부모님에게서 나왔지만 시국관은 전혀 다릅니다. 나무가 빨리 베어진다 해도 쓸모 있는 나무가 되는 것이 훨씬 낫지요. 모난 돌이 정 맞는다고요? 정 맞을 일이 있으면 맞아야지요."

"허어, 저 말하는 것 좀 봐라."

전명운은 아무리 부모 같은 형님이지만 국가관만은 절대 양보가 없었다. 형님의 사업을 돕는 대신 학교당은 기어코 가겠다고 고집을 부렸다.

전명운은 날짜에 맞춰 곧장 한성학교로 달려갔다. 학교에서는 미처 머리를 깎지 못하고 온 사람을 위하여 이발 기구를 비치해 놓고 있었다. 전명운은 직접 가위를 들어 댕기 머리를 싹둑 잘라내 버렸다. 그리고는 이발 기계를 들어 나머지 머리카락을 밀어제쳤다. 손에 닿지 않는 뒷머리는 옆에 서 있던 수위 아저씨의 도움을 받아 깨끗이 정리한 후, 학교에서 준 책과 연필 공책을 들고 교실로 들어섰다. 교실로 들어서는 전명운을 본 헐버트는 네가 올 줄 알고 있었다는 듯 대환영을 하면서 모든 학생에게 소개한다.

그즈음 한반도를 둘러싼 정세는 급변하고 있었다. 영국과 일본은 러시아를 가상적국으로 하는 '영일동맹'을 체결하였다. 이것으로 영국은 청나라에서의 이권을 일본으로부터 얻어내고, 대신에 일본이 한국에서 특수이익을 얻도록 승인하였다. 일본과 러시아의 관계가 험악해지자 조선은 세계 각국을 타진하고 마침내 '국외중립(局

外中立)'을 선언하기에 이르렀다. 그러나 조선의 중립국 선언은 일본의 방해로 지켜질 수가 없었다. 일본은 러시아와 국교를 단절(1904년 광무 2월)하고 인천에 일본군대를 상륙시킨 후 만주 여순을 기습공격하여 러일전쟁의 도화선을 만들었다. 이어 일본 군함이 인천항 밖에서 러시아 군함 2척을 격파하면서 조선 땅 요지에 일본군 수용을 인정받는 이른바 '한일의정서'를 강제 체결하고 만다.

그 해(1904년) 전명운은 한성학교를 졸업하게 되나 마음이 착잡하여 갈피를 잡을 수가 없었다. 그는 이미 해산된 '독립협회' 선배들을 찾아가 토론도 하고, 당시 배재학당에서 자주 열리던 '시국강연회'에도 참여하여 보았으나 조선의 장래는 암울해져만 갔다. 그래서 뜻이 맞은 친구들끼리 모이면 술 한 잔에 서로의 울분을 토로하였다. 그러던 어느 날 모이기로 한 장소에 친구들이 다 모였는데 한 친구만 아직 보이지 않았다. 모두 이상하다고 여기고 있는데 한참 만에 나타난 그 친구는 얼굴이 깨진 채 피가 낭자하여 들어왔다. 자초지종을 들어보니 기가 막혔다.

그가 진고개 입구의 일본인 여인숙 앞을 지나오는데 낮술에 취한 일본 놈팡이 하나가 유카타(목욕 후나 입는 홑 가운)만 입고 길가에다 소피를 보고 있더란다. 마침 정숙해 보이는 조선 여인 하나가 길을 지나가고 있었는데 그 왜놈이 다짜고짜 덤벼들어 껴안으며 온갖 추행을 다 저지르더란 것이다. 보다 못한 이 친구가 달려가 왜놈을 한 대 갈기자 넘어졌고, 넘어진 놈팡이는 자기 패거리들이 있는 여관을 향해 소리를 질러대더란다. 그러자 일본인 여관에 묵던 일본 노무자들이 우루루 뛰어나와 집단으로 그를 구타하였다는 것이다.

선녕운도 얼마 전 진고개의 청요리 집에서 대낮부터 술판을 벌여 놓고 떠들던 왜놈들의 모습이 떠올랐다.

"너 요보상(일본인이 조선 여인을 부르던 말) 맛보았지?"

"그르엄, 으흐."

왜놈은 무엇을 회상하는지 몸을 부르르 떠는 흉내를 내며 끈적끈적한 웃음을 흘린다.

"어땠어?"

"성판(生蕃. 대만 원주민)보다 훨씬 낫지."

"돈도 안 줬지?"

"모찌롱(물론). 돈이 무스므 필요가 있어. 구리무(크림) 한 통이나 댕기 하나만 던져 줘도 닥상(OK)이야."

그들은 낄낄대고 웃으며 옆 좌석에서 오향장육을 시켜 먹는 조선인의 모습을 보고 시비를 걸었다.

"그따위 족바르(족발)는 먹지 마라."

"왜요?"

"일보느인은 그런 기따나이(더러운) 으므시구는 먹지 않는다. 조샌징이나 중구기인이나 먹는다."

하며 식탁을 걷어차 버리자, 음식이며 식기가 땅에 떨어지고 깨지는데, 그래도 누구 하나 나서려 하지 않았다.

늦게 온 친구의 일그러진 얼굴을 본 한 친구가 분개하며 지금 당장 쫓아가서 요절을 내자고 했다. 그러자 다른 친구 하나가 침착하게 말한다. 좀 더 치밀하게 계획을 짜자는 것이었다.

저녁이 되기를 기다려 그들은 슬슬 여관으로 접근해 들어갔다. 각자의 손에는 각목이나 작대기가 들려있었다. 한 사람이 앞으로 나서서 여관집 아줌마에게 오늘 낮에 소동을 피운 자에게 용무가 있으니 불러 달라고 했다. 아줌마의 부름을 받고 나온 그가 기저귀 같은 훈도시만 차고 나와서 거만하게 뭐냐고 묻는다. 순간 한 친구가 다짜고짜 각목을 휘둘렀다. 널브러지며 자기 패거리를 부르는 소리에 일본 노무자 서너 명이 튀어나왔지만 모두가 달려들어 가차없이 몽둥이찜질을 하였다. 박이 터진 놈도 있었고 팔을 감싸고 도망치는 놈도 있었다. 그 와중에 왜놈 노무자 하나가 뛰어나오다 엉겁결에 촛불을 걷어차는 바람에 그만 불이 모기장에 옮겨붙더니 금방 천정으로 번졌다. 난타전이 벌어지는 가운데 "불이야!"하는 외마디 소리에 옆방에서 뛰쳐나오고 근처 사람들이 달려들어 간신히 불을 끄긴 하였지만, 갑자기 나졸들의 호각 소리가 들렸다. 예상 밖으로 일이 커지자 누군가가 "뛰어! 도망치자!"라고 외쳤다. 모두는 약속이나 하듯 일제히 흩어져 뛰었다.

엉겁결에 밖으로 뛰어나온 전명운은 자신도 모르는 사이에 종현 쪽으로 뛰고 있었다. 성당 담을 끼고 돌면서 남의 시선을 피하기 위하여 뛰는 속력을 늦추고 사방을 경계하였다. 그러나 담이 워낙 길어서 이대로 가다가는 어느 순라군에게 발각될 것 같았다. 순간 전명운은 제 키보다 더 높은 성당의 담을 훌쩍 뛰어넘었다. 담 밑은 아직 깎지 않은 거친 풀밭이었다. 조심스럽게 발을 내딛는데 풀 속의 돌에 걸려 그만 되게 넘어지고 말았다. 이상한 소리를 듣고 바로 옆 건물의 창문을 열고 내다보는 사람은 한 서양인이었다. 그 사람은 바로 길거리에서도 자주 마주쳤던 종현성당의 레스(Rex) 신부였다. 레스 신부도 낯이 익었던지 쫓기는 듯한 수상쩍은 청년을 자기 방으로 들어오라 하였다. 자초지종을 들어본 레스 신부는 말하였다.

"나 학생의 얼굴도 알겠네요. 이 근방에 사시지요? 그런데 그런 식의 객기만 가지고는 어떤 것도 해결할 수 없습니다. 국력을 키워야 합니다. 학생도 더 넓은 세상을 알아야 합니다. 만약 학생이 원한다면 해외로 나가는 것을 도와줄 수도 있습니다."

전명운은 뜻밖의 제의에 얼떨떨하면서도 곰곰이 생각하여 보았다. 더 넓은 세상을 알아야 한다는 것은 열 번 맞는 말이다. 헐버트 선생님도 우리는 넓은 세상을 알아야 한다고 얼마나 강조하셨던가. 게다가 폭력에 방화범으로까지 몰릴 수도 있어 앞으로가 순탄치 않을까 걱정되었다.

"어떻게 하면 해외로 나갈 수 있습니까?"

"만약 원하신다면 해외로 나가는 길을 돕겠습니다."

"네, 원합니다. 도와주십시오."

"일단 상하이로 가십시오. 상하이까지 가는 뱃삯은 본인이 마련해야 합니다. 상하이에는 제 선교사 친구가 있습니다. 상하이에서 미국 가는 배를 탈 수 있게 해 달라고 편지를 써 드리겠습니다. 상하이에서 미국까지 가는 뱃삯은 배 안에서 일하면서 보충할 수 있게 해달라고 부탁해 보겠습니다."

"저는 영세도 받지 않고 성당에도 다니지 않습니다. 이런 사람을 왜 도와주려 하십니까?"

"그런 것이 뭐가 중요합니까. 기독교 정신이란 반드시 신자에게만 성의를 베푸는 것이 아닙니다. 생각해 보고 뜻이 있으면 다시 찾아와 주십시오."

늦은 밤 전명운은 집으로 숨어들어와 조용히 잠을 잤다. 다음 날은 예상했던 대로 서울 장안에 온통 소문이 퍼졌고 거리마다 심문이 벌어지고 있었다. 형 명선은 조용히 전명운을 불렀다.

"너 어제저녁의 패거리 싸움과 무슨 관계가 있지?"

"아니요. 절대 그런 일 없습니다."

시치미를 뗐으나 형은 준엄하게 타일렀다.

"아무튼 몸조심해라. 이 동네 청년들의 짓이란 소문이 파다하다. 내 말을 잘 들어라. 이제부터는 싸다니지 말고 전적으로 전포 일만 보아라. 그리고 생활이 안정되려면 빠른 시일 안에 결혼을 해야 한다. 알아들었냐?"

"네, 그렇게 하겠습니다."

상하이로 가는 여비를 벌기 위해서는 전포에서 일하는 것은 필수적이었고, 외국행을 눈치채지 못하게 하기 위해서는 결혼도 필요했다. 그리하여 전명운은 점포에서 전적으로 일하면서 그해에 형님이 알선해 준 서울의 조순희라는 여인과 혼인하였다. 부인에게는 안됐지만 이 혼인은 순전히 미국을 가기 위한 위장행위였다.

1904년 이 해, 일본은 조선의 황무지개척권을 요구하였다. 이 사실이 알려지자 전 국민의 거족적인 반대운동이 일어났다. 《황성신문》 등 언론이 이에 발맞추어 논설과 기사로서 일본의 흉계를 폭로하였다. 일본은 조선의 총재산의 80~90%에 해당하는 광대한 산림과 미개척지를 삼키려고 하였으나, 이 기도가 실패하자 이번에는 일본인의 고문관 초빙을 강요했다. 그 결과로 맺어진 것이 바로 '제1차 한일협약'이었다. 이 협약은 대한제국의 내정을 개선한다는 명목으로 체결되었지만 사실은 조선의 외교권, 재정권의 박탈을 의미하는 엄청난 협약이었다. 이에 의거하여 일본 대장성(大藏省) 주세국장(主稅局長) 메가타 다네타로(目賀田種太郎)가 재정고문으로 파견되어 왔고, 일본 외무성이 촉탁한 친일 미국인 스티븐스(Stevens. D. W.)가 외교 고문으로 임명되었다.

스티븐스는 사고방식이 상당히 뒤틀린 사람으로 천성적으로 권력에 아부하기를 좋아한데다 특히 일본을 무척 편애하였다. 그는 컬럼비아 대학에서 법학과 외교학을 공부한 후 그랜트(Ulysses S. Grant) 대통령 시절 국무성 관리가 되었다. 이후 주일 미국공사관의 참사관으로 일본에 부임하였으며, 1883년에는 주미 일본공사관의 서기관이 되었으니 바로 일본 외교관이 된 것이다. 이듬해 일본 외무성 고문 자격으로 일본 대외정책 자문을 담당하게 되었고 1885년에 갑신정변 문제를 해결하려고 조선에 온 이노우에(井上馨) 공사의 보좌관으로 따라왔다. 일본 정부는 그의 공로를 치하하여 훈장까지 수여하였다.

조선의 외교 고문이 된 그는 조선 정부로부터 금화 100원의 월급에 주택, 여행비, 휴가비까지 받았지만 조선을 위해서 일한 것이 아니고 주한 일본 공사 하야시(林權助)와 결탁하여 조선의 외교권 박탈에 지대한 공을 세웠던 것이다. 조선의 외교 고문이며 조선으로부터 봉급을 받고 있었지만 그의 임면권은 일본 정부가 가지고 있었다.

일본은 메가타와 스티븐스를 고문으로 추천한 외에, 협정사항에도 없는 고문관을 조선 정부가 자진 초청한다는 형식을 빌려 모든 부서에 고문관을 심었다. 군부의 고문에 주한일본공사관 무관 노즈(野津鎭武), 내부의 경무 고문에 일본 경시청의 경시 마루야마(丸山重俊), 궁내부의 고문으로 조선에서 공사를 지냈던 가토(加藤增雄), 학부의 학정 참여관에 시데하라(幣原坦)를 임명하여 조선의 내정과 외교를 장악하였다. 이 땅에 소위 고문정치가 시작되자 대한제국의 정치적 실권이 이미 일본으로 넘어간 것이나 다름없었다. 국권 상실이 현실화되자 프랑스, 독일, 일본, 청나라 등 각국에 파견돼 있던 대한제국의 외교관인 공사들이 소환될 수밖에 없었다.

전명운은 마음이 조급하였다. 마침 섣달그믐날이라 외상값과 물건의 선금 등이 많이 들어왔다. 이때를 기회로 몰래 여비를 챙긴 후 형님에게 쪽지 한 장을 남긴 채 훌쩍 먼 길을 떠났다.

'형님! 오늘과 같은 난국을 보며 이 땅의 젊은이로서 모른 체할 수 없어 저는 지금 국외로 떠납니다. 형님만 알고 계시기 바랍니다만 이 일은 시종 종현 성당 레스 신부님의 안내와 도움으로 이루어졌습니다….'

전명운은 서울역에서 기차를 타고 인천항에 도착한 후 상하이행

기선에 몸을 실었다.

　상하이에 도착한 전명운은 레스 신부가 적어준 불란서 조계지의 성당 문을 두드렸다. 스테파노라는 신부가 반갑게 맞이하며 레스 신부의 편지를 받고 기다리고 있었노라고 말했다.

　전명운은 상하이에 머문 6개월 동안 스테파노 신부를 도와 잡일을 하면서 영어를 익혔다. 스테파노 신부는 전명운의 열정에 감동하여 같은 문장의 영어를 몇 번이고 읽어주며 따라 하게 하였다.

　전명운은 그해 7월, 하와이행 화물선 스타피쉬(Star Fish) 호의 취사장 화부로 고용되어 대망의 미국행에 오른다. 배는 대만의 지룽(基隆) 항에 화물을 하역한 후 일본의 여러 항구를 거쳐서 2개월여 만에 하와이 진주만에 도착하였다.

　원래 전명운은 미국에서도 국제도시로 알려진 샌프란시스코로 갈 작정이었다. 그런데 스타피쉬 호가 수리할 일이 있어 2주간이나 진주만에 머물러야 했다. 그 사이에 그곳 교포들과 사귀면서 '신민회' 회장 홍승하(洪承夏)라는 인물을 알게 되었다. 그는 독립협회에서 활동하다 1903년에 하와이 호놀룰루에 와서 '신한국보'라는 신문을 발행하고 '하와이 한인 감리교회'의 목사를 담당하고 있었다. 그의 권유에 의하여 우선 하와이에 머물기로 하고 오아후 섬의 서북 끝에 있는 와이알루아(Waialua)의 모쿨레이아(Mokuleia) 농장 숙소에 여장을 풀었다. 홍승하는 하와이에 약 7천여 명의 한국인이 거주하며 신민회, 와이파후 공동회, 혈성단, 자강회 등 12개 단체가 활동하고 있다고 소개하였다. 전명운은 조선인이 가장 많이 정착하고 있는 모쿨레이아 사탕수수 농장에서 일하면서 조선인의 비참한 생활상을 알게 된다.

그즈음 국내는 열강의 기만적인 침탈로 극도로 시달리고 있었으며 거기에 더하여 극심한 흉년이 들어 긴박한 상황에 놓이게 되었다. 이때를 포착한 하와이 사탕수수 농장의 경영주협회에서는 주한 미국 공사 알렌(H. N. Allen)을 통하여 고종에게 해외 이민을 추진해 달라고 건의한다. 그리하여 1차 이민단이 인천항을 출발하여 일본 고베(神戶) 항에서 신체검사를 받고, 합격한 101명이 출발하게 된다. 1903년 1월 그들은 미국 상선 겔릭(Gaelic) 호를 타고 호놀룰루 항에 도착하였다. 조선의 노동 이민은 1903년부터 1905년까지 3년간 총 65차에 걸쳐 7,226명이 하와이로 떠난다. 그들은 하와이 20여 곳의 섬에 분산되어 최악의 조건 속에서 힘든 노동을 견뎌야 했다.

그러나 조국을 위해 원대한 꿈을 펼치려는 전명운이 무작정 하와이에 머무를 수는 없었다. 그는 하와이에 도착한 지 꼭 1년 만에 샌프란시스코행 기선에 몸을 싣는다.

고종황제는 당당한 주권국가로서 세계에 우뚝 서고 싶은 심정으로 경운궁 앞에 환구단을 쌓았으나, 그때까지 신위판(神位版)을 항구적으로 모실 황궁우(皇穹宇)는 없었다. 황궁우는 환구단이 건립된 지 2년 후(1899)에 세워졌다. 황천상제皇天上帝와 황지기(皇地祇)의 신위를 모시고 태조고황제(太祖高皇帝)의 신위를 모셨다. 고종은 원래 선조들은 그대로 두고 자신만 황제가 되는 것이 송구하여 모든 왕을 황제로 추대하고자 하였다. 그러나 뭇 신하들이 나서서 반대하였다.

"어찌 나 혼자만 황제가 될 수 있단 말이요? 우리 조선의 역대 왕들을 모두 황제로 승격하는 것이 어떻겠소?"

"그것은 불가하옵니다. 그때는 대한제국이 아니고 조선왕조였으니 모두 황제로 추존한다는 것은 이치에 맞지 않습니다."

"그렇지만 어떻게 외람되이 나 혼자만 황제가 될 수 있단 말이요?"

"그러면 태조 한 분만 대표로 황제로 추대하여 황궁우에 모시는 것은 어떻겠습니까?"

"그렇게라도 하는 것이 좋을 듯하오."

"그것이 좋을 듯합니다."

"그것이 좋을 듯합니다."

"지당한 말씀인 줄 아뢰오."

이렇게 하여 태조 이성계만 대표로 '태조고황제'로 추존하여 황궁우의 신위판으로 모시기로 절충하였다. 그 밖에 해, 달, 북두칠성, 별자리 28수와 천둥, 바람, 구름, 오행 등 16신위를 모시고 고종 황제 즉위일인 10월 12일에 환구대제를 지내기로 하였다.

조선은 예부터 당당한 천자국으로서 강화도 마니산에 천원지방(天圓地方)의 참성단(塹星壇)을 쌓아 제천의례를 행해 오다 고려 성종 때부터 국가적으로 제도화하였다. 그러나 이성계가 우리의 구토인 요동을 회복하라는 조정의 명령을 어기고 회군하여 스스로 왕의 자리를 꿰차고 앉으면서 이 땅이 한없이 작고 못난 나라로 전락하고 만다. 명나라는 자국의 황제만이 천자로서 천제(天祭)를 올릴 수 있다고 외압을 넣었고, 명의 눈치를 보던 조선은 결국 세조 10년(1464)을 마지막으로 제천의례를 폐지하고 종묘제례로 대치하고 말았다.

새로 건립한 황궁우는 화강암 기단 위에 삼층 팔각지붕의 모습을 하고 있으며 그 앞에 세 개의 아치가 있는 석조대문이 배치되어 있다. 내부 구조는 원통형인데 천정에는 칠조룡(七爪龍)과 팔조룡의 두 마리의 용이 위풍당당하게 조각되어 있다. 지나에서는 제후가 사조룡에 황제도 오조룡일 뿐인데 조선의 팔각 황궁우에는 급을 높여 칠조룡과 팔조룡을 새겨 넣어 세상에서 가장 높은 황제국임을 뽐내고 있다. 고조선의 우주철학에서 원(圓)은 하늘을, 사각은 땅을, 삼각은 사람을 의미한다. 팔각은 원형과 사각, 삼각을 두루 갖춘 형상이며 하늘의 뜻을 땅에 전하는 가장 신성한 도형이었다.

석고단이 완성되기 몇 달 전, 고종황제와 정재관은 석고각 사전 답사의 명목으로 환구단을 산책하고 있었다.

1902년 6월에는 고종의 즉위 40주년과 망육순(51세)의 두 가지 일을 경축하기 위하여 반관반민 단체인 송성건의소(頌聖建議所)가 석고단(石鼓壇)을 건립하기로 한다. 광화문 네거리 기로소(耆老所) 자리에 세운 고종즉위 40주년 칭경기념비(稱慶紀念碑)와 비슷한 취지이다. 송성건의소는 전년도에 이를 건의하였고 그것이 받아들여지자 즉시 건립을 시작하였다. 석고(石鼓)란 돌로 만든 북이다. 환구단 제사 때 사용하던 악기의 하나를 형상화하여 세 개의 돌북을 만든 것은 하늘에 천자의 뜻을 전하려 함이다. 몸체에 부각된 용무늬는 지나의 황제만 썼던 오조룡(五爪龍)이 선명하여 이제 진짜 천자국이 어디인지를 분명히 말하고 있다. 금방이라도 도약할 것처럼 비룡승천의 기상이 나타나 대한제국 조각의 걸작을 이루었다.

환구단 동쪽에 담장으로 분리되어 위치하고 있는 석고단은 환구단과는 별도로 건립한 독립적인 건물이었다. 거기에는 돌북을 안치할 수 있는 석고각(石鼓閣)과 정문 역할을 하며 남문에 해당하는 광선문(光宣門)과 중문(中門)이라고 불리는 내삼문(內三門)이 있었다.

고종과 정재관은 환구단과 황궁우를 둘러보고 지금 건립 중인 석고각으로 발걸음을 옮긴다. 보기만 해도 위엄이 있어 보이는 세 개의 돌북이 완전히 형체를 드러내고 있다. 황제는 만족한 듯 돌북을 어루만지고 나서 무엇인가 골똘히 생각하는 듯하더니 황궁우로 돌아왔다. 그러다가 갑자기 황궁우 옆 잔디밭에 털썩 주저앉는 것 아닌가?

"폐하, 어찌 맨바닥에…."

"재관아, 너도 옆에 앉아라."

정재관이 머뭇거리다가 약간 떨어져 앉자,

"괜찮다. 더 가까이 오너라. 지금 건축 중인 저 공사가 무슨 공사인 줄 알지?"

"네, 석고각이옵니다."

"돌북을 두드리면 인간의 귀에는 작게 들리지만 천제의 귀에는 천둥소리만큼 크게 들린다고 한다. 우리 제국의 기원을 천제께서는 들어주실 것이다."

"네, 폐하. 반드시 우리의 소원을 들어주실 것입니다. 그런데 폐하, 우리가 어쩌다 이렇게 나약한 나라가 되었습니까."

"무지몽매해서 그렇단다. 우리가 천자국임을 망각하고 오히려 지나를 섬기는 못난 짓을 했고, 우리의 혈통인 만주, 몽골, 훈족(Hun. 흉노), 돌궐(투르크) 제국을 지나의 입장에서 오히려 적대시하고 오랑캐로 알고 있었던 것이다. 이 얼마나 어리석은 짓이더냐. 어찌 그러고도 벌을 받지 않겠느냐. 더구나 지구 반대쪽 서양에는 온갖 선진 문물이 존재하고 있었는데 우리는 지나 하나만 바라보고 사는 관견(管見)을 가지는 우를 범하고 말았구나."

"폐하, 나라의 힘을 기르소서. 그리고 우리를 도와줄 우방을 만드소서."

"그래야지. 그러나 재관아, 너무 늦었구나. 일본 세력이 벌써 우리 땅에 들어와 있고 열강도 밀려 들어왔구나. 열강은 힘없는 우리보다 강한 일본의 눈치를 보고 있구나. 일본의 명치유신과 우리 대한제국의 건국은 겨우 30년 차이에 불과하거늘 실재는 천양지차가 생기고 말았구나. 국가란 방향을 잘 잡으면 급속히 발전하지만 방향이 틀리면 몇백 년, 몇천 년이 걸려도 아무 소용이 없는 법이다. 부친의 쇄국정책을 저지하지 못한 것이 철천지한이로구나."

"그래도 살길이 있을 것입니다."

"그렇지, 하늘은 우리를 버리지 않을 것이다. 재관아, 제국익문사(帝國益聞社)를 어떻게 생각하느냐."

제국의 꿈

"너무나 좋으신 생각이십니다. 더 일찍 조직되었으면 좋았을 것입니다."

"늦은 것을 알았을 때가 가장 빠른 시기란 말도 있지. 그런데 재관아."

고종황제는 정재관을 자식을 바라보듯 사랑 가득한 눈으로 돌아본다. 아주 긴요한 말을 하려는 것이 분명했다. 정재관도 그것을 눈치채고 어서 하명 하소서 하는 뜻으로 황제 폐하의 용안을 올려다본다.

"네가 보기에 일본을 이길만한 나라가 어디라고 생각하느냐."

"지금 일본은 청일전쟁으로 지나를 이겼고 지나보다 더 큰 러시아도 두려워하지 않고 있습니다. 나머지 강국은 오직 미국 한 나라가 남아 있다고 생각합니다."

"짐의 생각과 같구나. 일본이 아무리 강해도 미국은 당하지 못하리라고 생각한다. 그래서 하는 말인데…."

"무슨 말씀이십니까. 어서 하명하소서."

"재관아, 네가 미국을 맡아주어야겠다. 자격은 제국익문사의 통신원이겠지만 거기에 구애되지 말고 국익에 관한 일이라면 무엇이든 해주어야겠다."

"알겠습니다."

"가장 빠른 시일 내에 미국으로 떠나거라."

"네, 즉시 실행하겠습니다."

정재관은 1902년 2월 미국행 기선에 몸을 실었다. 그런데 그 배

안에는 고종의 밀명을 받지는 않았으나 구국일념으로 고국을 떠나는 몇 명의 청년들 가운데 안창호도 있었다. 제국익문사는 정재관이 미국으로 떠난 직후 6월에 정식으로 발족한다.

제국익문사는 줄여서 익문사라고 불렀다. 표면상으로는 매일 사보(社報)를 발간하는 대한제국의 신문사이며 국가주관의 서적 출판을 담당하였지만 사실상 황제 직속의 정보기관이었다. 주 업무가 고종의 밀서를 외국에 전달하고 국내외정세와 요인들의 동태를 낱낱이 고종에게 보고하는 일이었다.

익문사의 수장인 독리(督理)는 고종이 가장 신뢰하는 사람으로 정하고, 독리 밑에는 사무(司務), 사기(司記), 사신(司信)의 3부서를 두고 대략 60~70명의 요원이 있었다. 사무는 수집된 정보를 작성하고, 사기는 정보를 전달 배포하고, 사신은 정보를 비밀 필사하였다. 인원은 상임 통신원 16명에 각 부(府), 부(部), 원(院) 담당 2명, 각 영대(營隊) 담당 1명, 13도 담당 13명을 두었고, 보통 통신원으로 15명을 두었다. 일로(日露) 공관과 미, 영, 불, 독, 청 공관에 21명의 특별통신원을 두었고 외국 통신원으로 9명을 두었으며 필요시에는 임시 통신원을 두기로 하였다. 조직의 전모나 규모, 수행업무는 극비였고 연락체계를 점조직화하였다. 그중 상하이 통신원은 고종황제가 예치해 둔 상하이의 덕화은행(德華銀行. Deutsche Asistische Bank)의 25만 불과 로청은행(露淸銀行. Banquerusso-Chinoise)의 40만 냥을 밀사들에게 지불하는 역할도 담당하였다.

익문사의 사옥은 당시 민씨세도정치의 중추적 인물인 민영익(閔泳

翊의 집에 두었고 독리도 민영익이 맡았다. 민영익은 당시 국제정세에 대처하기에 아주 적합한 인물이었다. 일찍이 임오군란의 수습책으로 제물포조약이 체결되고 일본에 사절단을 파견할 때 김옥균과 비공식적으로 동행하여 일본의 개화된 문물을 보고 돌아왔다. 다음에 권지협판교섭통상사무(權知協辦交涉通商事務)로 텐진(天津)에 파견되어 해관사무를 교섭하였다. 1882년에 조미수호통상조약이 체결되자 고종은 민영익을 보빙사(報聘使)로 삼아 전권대신으로 미국에 파견하였다. 그가 미국 체류 기간 동안에 얻은 지식은 뒤에 우정국 설치, 경복궁 전기설비, 육영공원, 농무목축시험장 설립 운영 등의 실현에 큰 계기가 되었다. 이를 계기로 고종은 주한 미국 공사 푸트(Lucius H. Foote)를 통해 육영공원 교사 선발을 워싱턴 내무성 국장 이턴(Eaton. J.)에게 의뢰하여, 다트머스대학 출신의 헐버트(Homer H. Hulbert), 오벌린대학 출신의 벙커(Dalzell A. Bunker), 프린스턴대학 출신의 길모어(George W. Gilmore) 세 사람을 초빙하기에 이른다.

제국익문사의 설치목적과 조직 운영, 활동 영역 등은 제국익문사 비밀보장정(秘密報章程)에 기록되어 있다. 이 장정에 따르면 황제에게는 매일 보고하되 붓글씨로 쓰지 않고 화학비사법(化學秘寫法)을 사용하고, 봉투에는 오얏꽃으로 된 황실 문양과 '성총보좌(聖聰補佐). 황제를 보좌함)'라는 글귀를 넣은 전용 인장을 찍도록 했다. 화학비사법은 옥수수나 밀가루로 엷은 전액 용액을 만들어 묽은 옥도정기(沃度丁幾. 일본에서 수입된 타박상 약 요오드 팅크) 한 방울을 떨어뜨려 종이에 글씨를 쓰면 아무런 표시가 나지 않는다. 이것에 열을 가하면 선명한 글씨가 나타나는 것이었다.

　광무개혁 후 국가재정이 점차 호전되고 군사력을 강화하여 제국의 기틀이 마련되어 가고 있었다. 황제를 중심으로 제국이 자발적인 기틀을 다져가는 것은 일본의 입장에서 극히 우려되는 일이었다. 그리하여 제국 내 고급 관리를 매수하는 데 혈안이 되었고 부패한 관리들이 이에 동조하였다. 이에 제국익문사라는 자체적 정보기관은 필수 불가결한 것이었다.

　제국익문사의 해체 시기는 확실치 않으나 1905년 을사보호조약과 1910년 일한합방조약 등을 차례로 강요당하는 과정에서 해체되어가고 있었다. 1907년 7월 고종황제의 퇴위 때부터는 제국익문사가 유명무실해지고 있었다. 제국익문사의 운영비는 주로 황제의 내탕금으로 지출되었는데 사사건건 일제의 간섭과 방해를 받게 된다.

　1903년 고종황제가 자신의 비자금을 주한독일공사 잘데른(Saldern) 남작을 통해 상하이 독일계 은행인 덕화은행에 예치한다. 그 돈이 다시 베르린의 할인은행(Disconto Gesellschaft, 디스콘토-게젤샤프트)에 예치된다. 이 은행에서는 그 돈으로 증권을 매입하여 원금에 이자를 더하는 복리로 불린 결과 1906년 당시 증권 액면가로 51만 8,800마르크였다. 현 시세로 치면 500억 원에 해당하는 거금이었다.

　제1차 세계대전의 패전국이었던 독일은 1902년 영일동맹의 체결에 위기감을 느꼈다. 영국을 견제하려는 계산된 목표에 따라 먼저

제국의 꿈　249

일본이 노리고 있는 대한제국을 후원하는 방향을 결정하였다. 더구나 독일 공사로 파견되었던 민철훈이 독일어에 능통한 반면 일본 공사는 독일어에 서툴렀으므로 대독일 외교전에서 대한제국이 우위를 점한 상황이었다. 그리하여 고종황제와 빌헬름 2세 사이에 밀서가 오갈 수 있었다.

그러나 1905년 을사보호조약 이후 설치된 일제 통감부는 막대한 황실 내탕금을 외국은행에 예치한 이유가 무엇인지 끈질기게 추궁하였다. 그러던 일본은 드디어 1907에서 1908년에 걸쳐 고종황제의 예금인출서를 위조하여 전액을 인출해 가 버린 것이다. 이 천인공노할 범죄사실을 안 고종황제가 강력하게 항의하였지만 아무 소용이 없었다. 고종황제의 지지자였던 육영공원의 헐버트 교수는 고종황제의 개인 고문관 자격으로 일본을 향해 불법 인출은 범죄이니 그 돈을 대한제국에 돌려줘야 한다고 죽는 순간까지 애썼지만 결국 성공하지 못하고 만다.

헐버트는 외국인 중에서 대한제국에 가장 우호적인 인물이었다. 헤이그에서 만국평화회의가 열린다는 사실과 함께 그곳에 가서 대한제국 독립의 정당성을 알리라고 권유한 사람도 헐버트였다. 그 결과로 고종황제가 1907년 헤이그 만국평화회의에 이준, 이상설, 이위종을 밀사로 파견했던 것이다. 그뿐 아니라 헐버트 자신도 헤이그로 출발하여 유럽의 언론을 통해 대한제국의 독립을 호소하였으며 대한제국의 독립에 미온적이었던 루즈벨트의 대한 정책을 비판하기도 하였다.

샌프란시스코 오스틴 스트리트(Austin St.)의 한적한 주택가에서 중년의 한 미국인 신사가 두리번거리며 번지수를 찾고 있었다. 신사복 차림에 콧수염, 턱수염을 품위 있게 기른 이 신사는 지나가는 사람에게 물어가며 골목 깊은 곳으로 들어가더니 한 주택 앞에 선다. 벨을 누르자 미국인 아주머니가 문을 따고 내다본다.

"누구십니까."

"저는 헐버트라는 사람입니다. 여기가 한국의 공립협회 사무실이 있는 곳 맞습니까?"

"네, 그렇습니다만. 무슨 일이시지요?"

"정재관 회장님이 계신가요?"

"네, 계십니다. 들어오세요."

정재관은 그때 마침 전명운이 방문하였기 때문에 단둘이 조국을 걱정하는 여러 가지 이야기를 나누고 있었다. 헐버트는 아주머니의 뒤를 따라 가옥의 복도를 지나 한 방 앞에 섰고, 노크 소리에 안에서 소리가 들린다.

"누구십니까. 들어오세요."

"오, 정 선생님. 설마 저를 모른다고 하시지는 않겠지요?"

"아니, 헐버트 선생님 아니십니까?"

"네, 헐버트입니다. 아, 저 사람은 전 전 명…."

"네, 저 전명운입니다. 헐버트 선생님."

"헐버트 선생님."

정재관과 전명운은 거의 동시에 헐버트 선생님을 연호하였다.

제국의 꿈 251

"웬일이십니까? 선생님은 마침 저희 둘의 은사님이 아니십니까?"

둘이는 학생이 선생님 앞에 불려 나오듯 가지런히 서서 큰절을 하려 한다. 헐버트는 굳이 말리며 여기는 미국이니 괜찮다고 극구 사양이다. 정재관과 전명운은 마지못해 큰절은 생략하면서도 허리를 거의 90도로 꺾으며 예의를 표한다. 헐버트는 정재관과 전명운의 한쪽 씩의 팔을 잡고 같이 소파에 앉으며 정재관에게 말한다.

"오랜만입니다. 황제 폐하와 함께 만나 뵌 이후 처음이지요?"

"그렇습니다. 헤이그 평화회의 소식과 헐버트 선생님의 노고를 익히 들어 알고 있습니다."

"전명운 학생이 미국에 와 있다는 소식은 종현 성당의 레스 신부님으로부터 전해 들었어요."

"감사합니다. 제가 미국에 온 것은 순전히 선생님에게서 받은 교육의 영향 때문입니다. 레스 신부님께는 감사 표시 한 번도 못하고….".

"괜찮습니다. 뒤에 다 기회가 있겠지요. 나는 헤이그 사건 이후 미국으로 돌아왔다가 아직 조선으로 떠나지 못하고 있습니다. 아마 다시는 못 갈지도 모르겠습니다."

"정말 분통 터지는 일입니다."

"그런데 정 선생. 폐하께서 정 선생께 전하라는 말씀이 있습니다."

"무슨 말씀입니까?"

정재관이 말하고 전명운이 귀를 쫑긋 세우고 있는 가운데, 헐버트는 아무도 없는 방인데도 노파심에서 주위를 한 번 둘러보고 말을 계속한다.

"지금 모든 것이 조선에 불리합니다. 일본은 아마 조선을 완전히 병탄하려 들것입니다. 미국도 안심할 수 없는 나라입니다. 미국은 실질적으로 일본의 조선 지배를 인정하려는 쪽으로 기울고 있습니다."

"이를 어찌하면 좋겠습니까? 황제 폐하께서는 미국을 철석같이 믿고 계시는데 미국마저 일본 편이 된다면 대한제국은 어찌하면 좋을까요."

"일본은 미국처럼 큰 나라의 호응을 받지 않으면 조선 병탄은 어려울 것입니다. 아마도 머지않아 일본은 반드시 미국의 루즈벨트 대통령에게 사전 양해를 구하기 위해 사람을 파견할 것입니다."

"우리가 차단해야 합니다. 폐하께서 저를 미국에 보낸 이유도 이런 긴요한 때가 올 것을 미리 알고 대비하신 일이었습니다."

전명운은 둘이서 황제 폐하와 가장 가깝다는 것을 새삼 알았다는 듯이 더 눈을 크게 뜨고 바라본다. 헐버트는 정재관에게 말을 계속한다.

"바로 그것입니다. 황제 폐하께서도 일본의 사자가 루즈벨트 대통령을 만나지 못하게 차단해 달라는 임무를 주신 것입니다."

"일본이 누구를 파견할 것 같습니까?"

"모르긴 몰라도 그런 일을 할 만한 사람은 스티븐스 정도밖에 없을 것입니다."

"아, 그 미국인의 탈을 쓴 일본인 말입니까?"

"잘 보았습니다. 스티븐스는 국적만 미국이지 일본인이나 다름없습니다. 폐하께서 밀명을 내리시기를, 스티븐스가 미국에 오면 절대 루즈벨트 대통령과의 만남을 차단해야 하며 대한제국을 비방하지 못하도록 대비하라는 것입니다. 이건 국가기밀입니다만 참, 전 선생 있는 자리에서 말해도 괜찮을지 모르겠습니다."

"괜찮습니다. 전 선생과는 모든 정보를 공유하고 있는 사이입니다."

"네, 그럼 말하겠습니다. 정 선생님은 황제 직속의 제국익문사 미주 통신원 맞지요?"

"거기까지 아시는 걸 보니 황제 폐하와 깊은 이야기를 나누셨군요. 전명운 씨는 아직 거기까지는 모르고 있었는데 오늘 신분이 탄로 나고 말았군요."

"저도 정 선생님께서 특별한 신분이란 것을 짐작은 하고 있었는데 이제 우연히 알게 되었으니 비밀은 끝까지 지키겠습니다."

전명운이 눈치 빠르게 한마디 한다. 헐버트는 정재관을 보고 이제 진짜 비밀을 털어놓으려는 듯 말한다.

"전명운 씨가 옆에서 들어도 정말 괜찮겠습니까?"

"네, 괜찮습니다. 차라리 잘 됐는지도 모르겠습니다. 어차피 우리는 중요한 일을 같이 해야 할 처지입니다."

"그럼 말하겠습니다. 정 선생님, 황제 폐하의 진짜 밀명은요, 스티븐스가 미국에 와서 함부로 날뛰면 이를 저지하기 위하여 어떤 수단과 방법을 써도 좋다는 말씀이셨습니다."

헐버트는 '어떤 수단과 방법을 써도 좋다'라는 말에 강한 악센트를 주고 있었다.

"알았습니다. 네, 알겠습니다."

이때 문을 노크하며 두 사람의 한인이 들어온다. 정재관과 전명운은 반갑게 일어나 두 사람께 인사하고 정재관이 헐버트에게 두 사람을 소개한다.

"어서 오세요. 마침 잘 오셨습니다. 헐버트 선생님, 제가 소개하겠습니다. 이 분은 안창호 선생님이고 이 분은 송석준 선생님이십니다. 두 분 다 저보다 먼저 공립협회 회장을 지냈던 사람입니다."

"처음 뵙겠습니다. 저는 헐버트라는 사람입니다."

"반갑습니다. 말씀은 들어서 잘 알고 있습니다. 이번 헤이그 평화회의에서 노심초사하신 일도 잘 알고 있습니다."

안창호가 말하자 이어서 송석준이 말한다.

"감사합니다. 헐버트 씨. 저희 대한제국을 위하여 저희는 감히 할 수도 없는 일을 해주시고…."

듣고 있던 헐버트는 네 명의 한인이 아주 중요한 인물임을 깨닫고 평소의 자신의 지론을 말해야겠다고 생각한다. 헐버트는 한국에 오랫동안 체류하면서 자기도 모르는 사이에 벌써 조선사상이 배어 있었다.

"저는 일본이 아무리 강하다 할지라도 마침내는 멸망하리라 봅니다. 국제사회라고 해서 반드시 이불리만 가지고 움직이는 것은 아닙니다. 전에 나파륜(拿破崙. 나폴레옹)이 경천동지하던 기세로 세계를 병탄하려 하였으나 불의와 잔혹을 행하고 천리와 인도를 어긴 끝에 결국은 패망하고 말았습니다. 일본이 지금은 강한 세력을 믿고 조선에서 무소불위로 불법과 폭거를 자행하고 있지만 그것은 결국 멸망을 자초하는 일입니다. 여러분은 조금도 낙심하지 말고 독립사상을 굳게 가지고 힘을 하나로 모으십시오. 나도 조선을 위하여 한 몸 바쳐 전력을 다하겠습니다."

이때 아주머니가 쟁반에 차를 준비해 와서 탁자에 놓고 가자 잠시 목을 축인 후 사람들은 하던 이야기를 계속한다.

처음 샌프란시스코에 이주한 한인들은 10여 명의 인삼 장사들과 새로운 세계를 알려고 온 10여 명의 유학생으로 구성되었다. 거기에 정재관, 안창호, 이강, 김성무 등이 포함되어 있었다.

1903년 9월 23일에 안창호를 회장으로 김성무, 박성겸, 이대위, 장경, 박여운 등 25명이 '친목회'를 조직했다. 이것이 미주 본토의 첫 한인 단체로서 목적은 상부상조였다. 사무실은 샌프란시스코 워싱턴 거리(Washington Ave)에 있는 중국인 상점 '광덕호' 지하로써 동포 간의 친목과 연락사무를 보았다. 한편, 하와이의 한인들은 1905년부터 대북철도회사(The Great Northern Railway)와 북태평양철도회사(The Northern Pacific Railway)의 수요에 힘입어 그 해부터 3년에 걸쳐 1천여 명이 캘리포니아로 이주하였다. 1907년부터 이주민의 숫자가 갑자기 줄어드는데, 그 이유는 루즈벨트 대통령이 행정명령을 반포하여 한인과 일본인의 본토 이주를 금했기 때문이다. 다음 해에는 소위 '미일 신사협정'에 의하여 일본인과 조선인의 이주가 사실상 봉쇄되었다.

샌프란시스코에 한인의 수가 늘어남에 따라 1905년 한인 친목회는 조국의 문제에 관심을 갖고 '공립협회'라는 정치단체를 창립하였다. 샌프란시스코 퍼시픽 스트리트의 한 건물을 얻어 회관을 마련하고 기관지 《공립신보(公立新報)》를 발간하였다. 사장은 안창호, 주필은 송석준이었으며 후에 송석준이 사망하자 1907년부터 정재관이 편집인 겸 발행인을 맡았다. 보급소는 미국 본토와 하와이, 블라디보스토크 그리고 서울을 비롯한 전국 32곳에 두어 국내 독자들에게도 배포하였다.

1906년에는 샌프란시스코의 대지진으로 회관을 잃게 되자, 만(灣)을 건너 오클랜드의 텐 스트리트(10th St.)에 임시 사무소를 두었다. 1907년 5월에 다시 만을 건너와 샌프란시스코의 부캐년 스트리트(Buchnan St.)에 임시회관을 두었다가 그해 8월에 오스틴 스트리트의 한 가정집을 임시로 얻어 쓰고 있었다.

이때 미국과 일본의 관계는 날이 갈수록 가까워져 갔고 미 육군장관 태프트(W. H. Taft)와 일본 수상 카쓰라(桂)는 소위 '태프트·카쓰라 밀약'을 체결(1905. 7. 17)하였다. 이 밀약의 내용은 일본이 미국의 필리핀 지배를 인정하는 대신, 미국은 일본의 조선에 대한 종주권을 인정한다는 내용이었다. 미일 간의 암약으로 급기야 조선의 외교권을 일본으로 넘긴 을사늑약(1905. 11. 17)이 맺어지자 미국은 조선을 주권국가로 인정하지 않고 공사를 철수해 버렸다. 일본이 신사협정에서 이민자 문제를 미국에게 양보했으니 이제는 미국이 일본의 조선 병탄을 보장해야 할 차례였던 것이다.

어느 날, 이날도 몇 명의 한인들이 공립협회에 모여 토론을 하고 있었다. 마침 이날은 이강, 김성무, 장인환(張仁煥)도 참석했다. 이강, 김성무는 정재관, 안창호와 함께 왔던 초기 유학생이고, 장인환은 대동보국회 회원이었다. 그중 김성무가 벌떡 일어나 소리를 질렀다.

"미국마저 이렇게 표리부동하게 나오면 어떻게 합니까?"

"표리부동이란 말이 맞는지 모르겠습니다. 원래 열강이란 자기들의 이익에 의해서 움직이는 자들이 아니던가요?"

안창호가 말을 받자 계속 침묵을 지키던 이강이 입을 연다.

"그렇습니다. 제가 항상 고민하던 것이 바로 그것입니다. 조선인은 너무나 순진하여 국가도 의불의(義不義)로 판단하려 합니다. 그러나 국제사회는 의불의가 아니고 이불리(利不利)인 것 같습니다. 자기에게 어떤 이익이 있는가만 생각하고 거기에 따라서 움직이는 조직 말입니다."

그때 정재관이 굳센 의지로 말을 한다.

"지금 당장 우리가 해야 하는 일은 미국과 일본이 가까워지는 것을 일단 막는 일입니다. 이것은 황제 폐하의 뜻입니다."

모두 숙연한 표정으로 정재관을 바라본다. 그러면 정재관은 황제 폐하와 무슨 교감이라도 있는 것인가. 의아해하면서도 그것을 직접 묻는 사람은 없었다.

장인환은 입이 무거워 항상 말이 없었으나 애국정열은 누구보다도 뜨거운 사람이었다. 평양 출신인 그는 조실부모하고 각지를 전전하면서 상점 점원도 하고, 한때는 잡화상을 경영하다 동업자의 배신으로 사업에 실패하기도 하면서 평양에서 청일전쟁을 직접 체험하였다. 청일전쟁을 통해 조선이 약소국이기 때문에 이런 일을 당한다는 것을 뼈저리게 깨달았다. 그는 1904년 하와이에 이민을 와서 코할라(Kohala) 사탕수수농장에서 일을 하다 2년 후 캘리포니아로 이주하여 막노동을 하고 있었다.

같은 해 9월 전명운이 샌프란시스코에 도착했을 때 장인환을 대면하였다. 하와이에서 홍승하 회장이 미리 전보로 연락을 하였기 때문에 부두에는 장인환, 최정익, 정재관 등이 마중 나와 있었다. 장인환은 샌프란시스코 한인 감리교회 창설 교인이요 대동교육회(후에 대동보국회로 개칭) 회원이었다. 대동교육회는 1905년 12월 9일 안창호, 장경, 김우제, 이병호, 김미리사(金美理士) 등이 발기하여 캘리포니아 파사디나(Pasadena, L.A. 근교)에서 교육 진흥을 목적으로 창설되었으며 회장은 김우제가 맡았다. 대동교육회는 처음에는 공립협회가 정치적 운동을 표방하자 이에 반대하여 조직했던 단체였다.

전명운과 장인환은 만나자마자 의기투합하는 사이가 되었다. 특히 알래스카 어장에서 같이 일하면서 둘은 아주 친한 사이가 되었다. 알래스카 어장에서 일하면 매달 37달러를 준다고 하자, 당시 철도 노동자로 있던 장인환이 방직회사 보일러실의 화부로 일하고 있던 전명운에게 같이 가자고 제안한 것이다.

알래스카 어장에서는 일본인 십장과 잦은 충돌이 벌어졌다. 조선인은 이런 막노동 이외 할 일이 없다는 것을 잘 알고 있는 십장은 일부러 힘든 일만 시키고 임금까지 착취하였다. 더구나 걸핏하면 권총을 꺼내 겁박을 하였다. 전명운도 이 십장과 맞서기 위하여 헌 레밍튼 권총을 55달러에 샀는데 비록 헌것이긴 하여도 성능은 괜찮은 것이었다. 어느 날 일인 십장이 또 권총을 꺼내 들고 겁박하자 전명운도 권총을 꺼내 들어 맞서다가 그를 발로 걷어차 제압한 후 착취당한 임금을 다 받아냈다. 두 사람은 알래스카에서 7개월여 동안 같이 일한 인연으로 샌프란시스코로 돌아온 후에도 의형제처럼 돈독한 정을 나누었다.

알래스카 어장에서 일하자고 처음 제의한 것은 장인환이었는데 샌프란시스코에 돌아온 후 다시 알래스카 어장에서 일하자고 나선 것은 전명운이었다. 어느 날 알래스카 소재 어느 어업회사의 노동 담당자인 스미스라는 부장이 통역을 대동하고 전명운의 숙소를 찾아왔다. 알래스카 어장 인부들의 감독을 맡아달라는 것이었다. 스미스 부장은 벌써 전명운의 용기와 담력을 들어서 알고 있었기 때문이다. 전명운은 과감히 자신의 조건을 제시하였다.

"알래스카에 어업 인원이 많이 필요하다는 것은 저도 잘 알고 있습니다. 그런데 스미스 부장, 제가 한 가지 조건을 제안하겠습니다. 제 제안이 받아들여진다면 기꺼이 응하겠지만 그렇지 않다면 사양하겠습니다."

"무슨 제안입니까. 말씀해 보시지요."

"알래스카 어장 인부를 모두 조선인으로만 채워주세요. 거기에 다른 이유는 없습니다. 다만 우리끼리만 일하고 싶어서 그렇습니다."

"좋습니다. 그 제의를 받아들이겠습니다. 속히 인부를 모집하여 연락해주시기 바랍니다."

이렇게 해서 일인을 제외하고 한인만 일을 할 수 있게 되었다. 일에 가닥이 잡히자 전명운은 《공립신보》에 김길언과 전명운의 이름으로 알래스카 어장 인부모집 공고를 냈다. 그러나 이 일은 스티븐스가 샌프란시스코에 온다는 소식과 함께 무산되고 말았다.

하루의 일과를 마치고 숙소로 돌아온 전명운은 항상 의기 있는 발언을 하던 최정익의 방문을 받았다. 최정익의 손에는 샌프란시스코 크로니클(San Francisco Chronicle) 신문이 들려있었다.

"전 선생, 이것 좀 보세요."

전명운은 신문을 보는 순간 자기의 눈을 의심하였다.

"아니, 이럴 수가?"

그의 손에 들려있는 신문의 큰 제목의 글씨가 눈에 들어왔다.

'조선의 독립은 불가능!'
'동양의 평화를 위하여'
'스티븐스 귀국 선상 회견서 밝혀'

라는 글씨가 눈에 들어왔기 때문이다. 그 제하의 글씨를 급히 읽어 내려갔다.

'대한제국 외무부 고문으로 근무 중인 스티븐스는 그의 공휴가 중에 미합중국 루즈벨트 대통령과 워싱턴 고위층과의 회동을 위해 현재 선편으로 귀국 중이다. 선상에서의 기자회견에 의하면 항구적인 동양 평화를 위해 대한제국은 독립을 포기하고 일본의 보호 아래 그 일부로 편입되는 것이 대한제국에 큰 이익이 될 뿐만 아니라 가장 당연한 판단이라고 말했다.'

여기까지 읽어 내려간 전명운은 "세상에 이런 놈이!"하면서 발로 힘껏 벽을 찼다. 다음 내용은 더욱 가관이었다.

더욱이 그는 '역사가 증명하고 있는 바와 같이 대한제국은 강력한 일본과 중국의 틈바구니에 낀 하나의 약소국가로서 언제나 그 양대 강국 중 어느 한편의 지배하에 있었다. 양국의 대한제국에 대한 전쟁 정책의 충돌은 끊임없이 동양 평화에 위협을 주어 왔고 최근 10년 사이에 청일전쟁과 일로전쟁이 일어난 원인 또한 대한제국 자체의 무능함에서 기인한 것이다.'

여기까지 읽다가 전명운은 신문을 내팽개치고 벌떡 일어났다.

"이 개자식! 우리는 중국이나 일본보다 크고 앞선 문화를 가지고 있던 나라야. 중국은 고대에 조선에 조공을 바쳤기 때문에 '조공(朝貢)'이라는 단어가 생겨났어. 일본은 우리 백제인이 가서 세운 나라라고. 그래서 대한제국을 건립했고 천자의 나라로서 황제에 오른 거라고!"

"전 선생, 너무 흥분하지만 말고 우리 대책을 강구해 봅시다."

최정익은 이성을 잃을 정도로 흥분한 전명운의 양어깨를 잡으며 달래듯이 말한다. 이 신문 기사를 보고 분개한 것은 비단 두 사람뿐만이 아니다. 샌프란시스코에 거주한 한인과 전 미주에 거주한 한인들도 마찬가지였다.

"그놈이 도대체 언제 샌프란시스코에 도착한답니까?"

"바로 내일 아침 10시경이라고 합니다."

다음 날인 1908년 3월 20일 아침 10시경, 스티븐스를 태운 배는 예정된 시간에 샌프란시스코항구로 들어왔다. 조선 통감부와 일본 외무성의 밀명을 띤 그가 니혼마루(日本丸) 편으로 일본의 요코하마항을 거쳐 예정대로 도착한 것이다. 그는 며칠 전 선상에서 한 기자회견의 발언에 온 관심이 쏠려 있는 기자들에 의해 둘러싸였다. 사방에서 기자들의 질문이 쏟아졌다. 그날 저녁 엘에이 타임즈(Los Angeles Daily Times)에는 스티븐스가 샌프란시스코항에 내리자마자 기자 회견한 내용이 상세히 실렸다. 스티븐스의 회견내용은 이미 선상에서 한 발언과 대동소이하였고 어떤 면에서는 그보다 더 심했다.

'조선을 그대로 방치해 두면 아마도 언제까지나 말을 타고 여행하며 등잔불 밑에서 여생을 보내게 될 것입니다. 그러니 일본의 은혜가 크지 않습니까? 이런 판국에 일본이 현재 열강의 침해로부터 조선을 보호하고 그 산업을 발전시키며 혼미한 그들의 정국을 수습함은 한 마디로 극동의 평화를 유지한다는 목적일 뿐이니, 그 목적이 없었다면 사실 일본에 큰 고역이 아닐 수 없었습니다. 이런 상황에서 그들이 독립 국가가 되기를 바란다는 것은 실로 언감생심인 것입니다. 나는 조선에서 이 두 눈으로 똑똑히 보아 왔습니다. 만약 여러분이 조선에 가시면 가는 곳마다 짚풀로 엮은 축사가 즐비한 것을 볼 것입니다. 그런데 그것은 짐승을 기르는 축사가 아니고 사람들이 살고 있는 조선인의 집인 것입니다. 한 마디로 조선인은 짐승처럼 살고 있는 거지요.'

스티븐스의 기자회견 내용은 이어졌다.

'나는 휴가차 고국에 돌아왔지만 세계 여러 사람에게 정확한 실정을 알려주지 않고서는 나의 휴가를 즐길 수 없다는 의무감에 싸여 있습니다. 나는 23일 오전에 여기를 출발해 워싱턴에 가서 루즈벨트 대통령에게 사실을 보고할 것입니다. 그다음은 전국 각지를 돌면서 이 실정을 널리 알리는 강연회를 가질 것입니다.'

한인들에게는 21일 저녁 8시에 공립협회 회의실로 모여 달라는 통지가 전달되었다. 그때 샌프란시스코에는 노동 이민을 온 자, 유학생, 우국 망명 지사 등 이미 150여 명이 거주하고 있었다. 대부분 공립협회와 대동보국회 회원들이었다. 구태여 말하지 않았어도 오늘 집회의 목적은 스티븐스의 발언에 대한 대책 회의란 것을 잘 알고 있었다. 비좁은 회의장은 30여 명에도 벌써 꽉 차서 의자에 앉지 못하고 바닥에 앉아 있는 사람이 많았다. 공립협회 회장 정재관이 회의를 주관하였다.

"여러분, 오늘 우리가 만나는 이유는 다시 설명하지 않아도 짐작하리라 믿습니다. 대한제국의 외교 고문이라는 스티븐스의 망언에 대하여 대책을 마련해 보자는 것입니다."

모두 먼저 입을 열지 않고 한참 침묵이 흐른다. 최정익이 먼저 입을 연다.

"어처구니가 없습니다. 우리나라가 어쩌다가 이런 꼴이 됐는지 슬프기도 하고요. 대한제국의 외교 고문이란 자가 우리나라를 위한 말을 하기는커녕 우리를 능멸하고 있습니다. 국제사회에서 우리의 지위를 완전히 짓밟을 심산인 모양입니다."

누군가가 큰 소리로 울분을 터뜨린다.

"그렇습니다. 이런 꼴을 보고도 가만히 있을 수는 없습니다. 마침 그자가 지금 이곳에 와 있습니다. 우리가 행동으로 참 맛을 보여주어야 할 때입니다."

그때 전명운이 흥분하며 말하였다.

"그런 놈을 절대 가만두어서는 안 됩니다. 본때를 보여주어야 합니다."

여기저기서 저마다 한마디씩 한다. 우리도 신문에 투고하여 반박 의견을 발표하자는 사람, 전국을 순회하며 유세를 하면 일일이 따라다니며 방해하자는 사람, 두들겨 패주자는 사람, 죽여 버리자는 사람까지 있었다. 그러나 외국에서의 인명 살상은 너무나 큰 외교적인 문제가 발생할 것이라고도 했다. 그러다 임시방편이 나왔다. 그자가 워싱턴으로 떠나기 전에 그자를 만나 한인 대표 서너 명이 그 발언의 부당성을 지적하고 그것을 취소해 달라고 하자는 것이었다. 대표로는 정재관, 최정익, 문양목, 이덕현 네 사람이 뽑혔다.

전명운은 그날 밤 잠을 이룰 수 없었다. 일단 잠을 자려고 자리에 눕기는 했으나 정신은 맑아지며 오히려 더 뚜렷해지는 것이었다. 도저히 잠을 이룰 수 없어서 일어나 침대에 걸쳐 앉자 밖에서 희미한 불빛이 새어들어 온다. 그는 이 생각 저 생각에 몰두하다가 무서운 생각이 머리를 스치고 지나가곤 하였다. 그때 누가 문을 노크하는 것 같았다. 설마 하고 다시 귀를 기울여 보니 방금보다 더 크게 문을 두드리는 소리가 난다. 이 밤중에 누가? 벽시계를 보니 벌써 시곗바늘은 새벽 2시를 넘어서고 있다. 전명운은 일어나 문 쪽으로 가서 조용히 "누구세요?" 하고 물었다.

"나 정재관이요."

"웬일로 이렇게 늦은 밤에."

방으로 들어온 정재관의 얼굴은 비록 부드러운 표정이었으나 무엇인가 결연한 의지가 보였다.

"전 선생님, 오늘 회의를 잘 들어서 알겠지만 뾰족한 수가 나온 건 아니오. 대표 서너 명이 스티븐스를 만나서 발언을 취소하게 하고 다시 그런 말을 못 하게 한다지만 그런 말을 들을 사람이 아니오."

"저도 동감입니다. 그런 정도로 두 번이나 한 기자회견을 번복할 리가 없지요."

"그래서 하는 말인데, 그러면 어떻게 하면 좋겠습니까."

"마지막에는 없애 버리는 길밖에 없지요."

"내일 우리가 일단 스티븐스를 만나서 할 수 있는 모든 노력을 다할 것이오. 그것이 실패한다면 제거해 버리는 것도 하나의 방법이

오."

"제가 우연히 들었습니다만 그것이 황제 폐하의 뜻이 아니겠습니까?"

"그렇습니다. 그런데 그 행동은 누가 했으면 좋겠소."

"제가 하겠습니다. 지금 저를 찾아오신 것도 그 말씀을 하시러 오신 것 아닙니까?"

"알아주시니 고맙소."

정재관이 전명운과 많은 이야기를 나누고 숙소를 나서는데 어둠 속에서 한 사나이가 정재관을 지켜보다가 슬그머니 골목 안쪽으로 사라진다. 그는 바로 장인환이었다. 장인환도 잠을 자지 못하고 몸을 뒤척이다가 일어나 전명운을 찾아오는 길이었다. 그런데 공립협회 회장 정재관이 아우 전명운의 방에서 나오는 것을 발견한 것이다. 그렇다면 그들이 한 이야기의 내용은 뻔했다. 교포 서너 명이 스티븐스를 찾아가 말을 취소하게 하고 다시는 그런 말을 못 하게 한다지만 그것은 처음부터 불가능한 일이다. 그렇다면 스티븐스를 제거해버리는 방법밖에는 없는 것이다. 둘은 틀림없이 그런 말을 했을 것이다. 극비의 사항은 셋이 알아도 누설될 염려가 있다. 저들에게 알리지 않고 내가 할 수 있는 일은 그 뒤 수습을 하는 일이다.

3월 22일 오전 10시경에 대표 네 사람은 유니언 스퀘어(Union Squar)의 페어몬트 호텔(Fairmont Hotel)로 스티븐스를 찾아 들어갔다. 나머지 교포들은 호텔 앞에서 서성대고 있었다. 네 사람이 들어서자 스티븐스는 거만하게 안락의자에 몸을 기대며 물었다.

"그래 당신들이 무슨 용건으로 나를 보자고 한 것이오?"

"당신이 예까지 오면서 니혼마루 안에서 한 기자회견과 샌프란시스코항에 도착해서 한 기자회견 내용이 모두가 사실이요?"

최정익이 노려보며 질문을 던지고 다른 사람들은 애써 흥분을 삭히며 스티븐스를 주시하였다.

"사실이지요. 뭐 틀린 데라도 있소?"

"당신은 대한제국의 외교 고문으로서 대한제국의 세금으로 봉급을 받는 사람이 대한제국을 그처럼 무시하고 비하하는 게 옳은 일이요?"

정재관이 한마디 하자 스티븐스는 더 기고만장하여 비웃는 말투로 말한다.

"조선은 그대로 놔두면 서 있을 힘도 없는 나라요. 일본이 보호하고 내가 자문을 해서 이 정도지 그대로 놔뒀더라면 벌써 러시아나 영국이 먹었던지 아니면 다른 나라가 삼켜버리고 말았을 것이오."

"조선이 대한제국을 선포하고 황제(Emperor)의 국가가 된 것을 모르고 하는 말이오. 지나(China)나 일본은 모두 우리 고조선, 배달나라의 자양분을 먹고 자란 소국들이었소. 역사를 똑똑히 알고나 이야기하세요."

"뭐라고요? 나를 웃기지 마시요. 난 그런 말 듣지도 보지도 못하였소. 조선은 고대로부터 줄곧 중국과 일본의 속국으로 살았던 나라요. 그러나 조선은 지금은 안심하여도 좋소. 지금은 이토 히로부미 같은 탁월한 통감이 보호하고 있고 또 전에 없이 이완용, 박제순

같은 충신이 나타나 나라를 잘 보좌하고 있지 않소."

"뭐라고? 이완용 박제순이 충신이라고? 그 말 취소하세요. 그리고 어제 말한 기자회견도 정정 기사를 내고 우리에게 정식으로 사과하세요."

"나는 전혀 그럴 생각이 없는데 어떡하지요. 어제 한 말도 하나도 틀린 말이 없소."

이 말을 듣자 최정익이 와락 덤벼들었고 이에 놀란 스티븐스가 소파에서 일어나려는 것을 어느새 정재관이 주먹을 날렸다. 쓰러지는 스티븐스를 최정익이 의자를 들어 치고 문양목, 이덕현도 발길질을 하였다. 스티븐스는 어느새 코와 입과 얼굴에 피가 낭자했다.

방안에서 요란한 소리가 나자 문을 박차고 덩치 큰 보이 둘이 뛰어 들어온다. 그중에 한 보이가 스티븐스에게 말한다.

"경찰을 부르겠습니다."

"잠깐, 경찰을 부르지 마."

스티븐스는 손사래를 쳤다. 번득 내일 루즈벨트 대통령을 만나야 하는 일정을 생각한 것이다. 지금 경찰이 와서 사건을 취재하기 시작하면 어렵게 잡은 내일의 일정에 차질이 생길 것이 뻔했다.

네 사람은 호텔에서 나왔고 밖에서 기다리고 있던 한인들이 어떻게 되었느냐고 물었다. 그 안에는 전명운과 장인환도 끼어 있었다. 그들은 일단 공립협회로 갔다. 공립협회 사무실에는 벌써 한인들이 여러 명 기다리고 있었다. 네 사람이 스티븐스와 벌어졌던 상황을 자세히 설명하자 듣는 사람들은 모두 울분을 터트렸다. 그런데 평소 괄괄한 성격의 전명운이 갑자기 말이 없어졌다. 이럴 줄 알았지만 막상 스티븐스가 전혀 반성이 없는 바에야 이제 할 일이 분명히 정해졌기 때문이다. 장인환도 말이 없다. 심상치 않은 아우 전명운의 일거수일투족을 반짝이는 눈으로 주시하고 있었다.

숙소로 돌아온 전명운은 내일의 계획을 치밀하게 짰다. 스티븐스는 샌프란시스코 페리 부두의 3번 부두에서 배를 타고 만(灣)을 건너 오클랜드에 가서 워싱턴행 대륙횡단 열차를 탈 것이다. 기차는 아침 9시 30분발이니 페리 부두에 최소한 8시 30분에는 도착할 것이다. 오클랜드는 페리 부두에서 통통 배로 40분 걸리는 거리이다. 스티븐스가 묵고 있는 페어몬트 호텔에서 페리 부두까지는 차로 15분 정도밖에 걸리지 않는다. 공립협회 숙소에서 페어몬트 호텔까지는 20분 거리이다. 최소한 7시에는 숙소를 출발하기로 작정하였다.

전명운은 뜬눈으로 밤을 지새우면서 많은 생각이 교차하였다. 지금까지 조선 사람들은 국가에 환난이 닥치면 스스로 음독자살이나 투신자살할 줄만 알았지 상대를 공격할 줄을 몰랐다. 이제부터 그래서는 안 된다. 기왕 내가 죽기로 결심했다면 수괴 한 놈쯤 죽이고 죽으면 되는 것 아닌가? 이불 속에 넣어둔 레밍튼 권총을 꺼냈다. 수건을 깔고 그 위에 권총을 놓고 실탄 5발을 한 발 한 발 정확히 장전하였다. 그리고 형님과 부인에게 편지를 한 장씩 썼다.

'형님, 죄송합니다. 사나이로 태어나서 값진 죽음을 하게 되니 얼마나 행복한지 모르겠습니다. 형님께서는 아버님의 전포를 같이 꾸려가자고 하셨지만 저에게는 그보다 몇 배 더 중요한 일이 있군요.

조국의 안녕과 무궁한 발전을 위하여….'

'여보, 미안하오. 우리는 무슨 인연으로 만났다가 이렇게 헤어지는지 모르겠구려. 서로 깊은 정도 나눠보지 못한 채 이렇게 헤어지게 되는구려. 그러나 조국을 위해서 훌륭한 일을 한 남편이라고 생각해 주오. 참으로 미안하고 송구하여 말로 다 이를 수가 없소. 저 세상에 가서라도 부인께 사죄드리리다….'

아침 찬 공기를 맞으며 언덕을 오르던 전명운은 언덕 위의 페어몬트 호텔이란 간판이 보이자 잠깐 주춤하였다. 갓길로 접어들어 마치 산책이라도 하는 사람인 양 자연스럽게 호텔 주차장을 주시하며 사방을 경계하였다. 묵직한 대형 승용차 한 대가 놓여있고 그 옆에 일반 고급승용차 두어 대가 정차되어 있다. 그리고 일반 투숙객들의 승용차는 따로 주차되어 있었다. 그때 동양인 두 명이 나타나더니 대형 승용차를 열어보고 다시 일반 승용차를 점검하고 호텔 정문으로 들어간다. 전명운은 '틀림없이 저 차에 스티븐스가 탈 것이다. 점검을 한 동양인은 일본영사관 직원일 거야'라고 생각하고 손목시계를 한번 본 후 언덕을 내려가기 시작하였다.

그때 장인환도 페어몬트 호텔로 올라오고 있었다. 그런데 호텔까지 가기도 전에 전명운이 호텔 언덕배기를 내려가고 있는 모습이 보였다. 그래서 호텔까지 가지 않고 일단 전명운의 뒤를 밟았다. 그런데 그때 정재관도 아무래도 마음이 놓이지 않아 일단 페어몬트 호텔로 올라오는 중이었다. 호텔에 이르기도 전에 누구를 쫓고 있는 듯한 장인환의 모습이 보였다. 장인환이 쫓고 있는 듯한 시선을 따라 앞을 보니 전명운이 걸어가고 있는 것이 아닌가. 이제 정재관은 장인환의 뒤를 밟기 시작하였다. 전명운, 장인환, 정재관 세 사람은 각자의 결심에 따라 페리 부두를 향해서 내려가고 있었다.

전명운은 너무나 긴장한 탓인지 갑자기 배가 슬슬 아파 오기 시작하였다. 어제저녁에 뭘 잘못 먹었나. 그래도 걸음을 재촉하고 있는데 이번에는 아랫배가 묵직하면서 곧 설사가 나올 것 같았다. 급히 공중화장실을 찾아 들어갔다. 먼저 허리춤에 꽂혀 있는 권총을 뽑아 위 선반에 올려놓고 일을 보았다. 그런데 일어서려는 즈음에 "턱!" 둔탁한 소리가 나면서 선반 위의 권총이 바닥으로 떨어졌다. 저런! 얼른 주워서 노리쇠를 점검하고 안전핀을 좌우로 밀어보아도 이상이 없었다.

스티븐스의 차가 페리 부두에 도착하자 환영 나온 일본인들이 일제히 "반자이, 반자이!"(만세, 만세) 소리를 질렀다. 동승한 샌프란시스코 주재 일본 총영사 고이케 조소(小池張造)가 하차하고 이어서 스티븐스가 하차하였다. 운전석에서 운전수가 큰 가방을 양손에 들고 내리고 뒤따른 승용차에서도 일본인과 미국인이 내려서 호위하듯 뒤를 따른다.

페리 부두의 기둥 뒤에 서 있던 전명운은 아주 잠깐 동안 마음이 약해졌다. 여기서 멈출까? 내가 여기서 돌아서 간다고 누구도 나를 탓할 사람은 없다. 그러다가 다시 어금니를 질끈 물었다. 아니다. 나는 대한제국인으로서 가장 값진 일을 하고 있는 것이다. 오늘 비록 내 육신이 끝날지라도 나의 정신은 영원히 대한제국인의 등불이

될 것이다. '하늘님이시어 도와주소서. 반드시 성공할 수 있도록 도와주소서.'

전명운은 스티븐스를 향하여 다가가 원한의 방아쇠를 당겼다. 그러나 불발이었다. 또 당겼으나 역시 불발이었다. 그는 하얗게 질렸다. 그래서 몸싸움이 벌어졌고, 그 절체절명의 순간에 뒤따르던 장인환이 아슬아슬하게 스티븐스를 쓰러뜨렸다. 이 역사적인 장면을 뚫어져라 지켜보고 있던 정재관이 이 거사를 급히 공립협회에 알렸다.

페리 제1부두에 있는 샌프란시스코 경찰서 페리 파출소에서는 황급히 경찰을 파견하여 먼저 전명운과 스티븐스를 세인트 프랜시스 병원(St. Francis Hospital)으로 운송하여 1차 응급처치한 후 웹스터가(街)에 있는 레임 병원이란 큰 병원으로 이송하였다.

그러나 스티븐스는 세인트 프랜시스 병원에서 레임 병원으로 옮기기도 전에 실탄 제거 수술 도중 절명하고 만다. 장인환은 현장에서 체포되어 페리 파출소를 거쳐 샌프란시스코 경찰서로 이송되었다. 정재관의 연락을 받은 한인들은 삽시간에 레임 병원과 샌프란시스코 경찰서에 몰려들었다. 그들은 위대한 대한제국의 남아가 이룬 쾌거를 찬양하고 조국을 능멸한 친일 고문관 스티븐스를 성토하였다.

"대한제국 만세! 대한제국 만세!"

"롱 라이프, 코리안 엠파이어! 롱 라이프, 코리안 엠파이어! (Long Life, Korean Empire! Long Life, Korean Empire!)"

전에 없던 우렁찬 외침이 샌프란시스코 시가지에 널리 울려 퍼졌다. 수많은 군중은 어리둥절한 채 이 낯선 광경을 지켜보았다. 제국을 건설하려는 황제의 원대한 꿈이 샌프란시스코의 서쪽 하늘에서 한줄기 섬광으로 스쳐 가고 있었다.

후기:
1) 재판을 받는 전명운, 장인환 의사의 법정 통역을 위하여 하버드대에서 갓 석사과정을 끝낸 이승만을 불러왔다. 이승만은 샌프란시스코에 오긴 하였으나 엉뚱하게도 "나는 기독교인이니 살인자를 변호하는 일에 협력할 수 없다."라고 거절한다. 그는 또 공립협회와 대동보국회를 통합하여 한 사람의 지도하에 두어야 하며, 자신이 그 지도자가 되어야 한다고 주장하다가 뜻대로 되지 않자 떠나가 버렸다.
　　법정 통역은 LA의 남캘리포니아대학에서 공부하고 있던 신흥우(申興雨)가 맡는다. 전명운은 병상에서 살인미수 혐의로 기소됐다가 증거불충분으로 석방되었고, 장인환은 '애국적인 발광환상에 의한 고살죄'로 판정이 내려져 25년형을 선고받았다가 10년 후에 가석방으로 출소한다.
2) 시종무관 정재관은 안중근 의사의 이토 히로부미 사살도 진두지휘한다. 그때 조선통감에서 추밀원 의장으로 승진한 이토 히로부미는 러시아와 만주를 분할 점령한다는 계략을 꾸민 뒤 이를 협상하기 위하여 하얼빈에 오게 되었다.
　　하얼빈 의거 2개월 전 샌프란시스코를 떠나 서울에 들른 정재관은 고종황제를 뵙고 블라디보스토크에 와서 《대동공보》 주필을 맡고 있었다. 1909년 10월 10일 정재관은 안중근, 우덕순, 조도선, 유동하 등과 《대동공보》 사무실에서 이토 히로부미 격살(10월 26일) 계획을 세운다. 일본 관동도독부 육군 참모장 호시노 긴코(星野金吾)가 외무성에 보고한 내용에도 하얼빈 의거의 주동자를 '조선의 시종무관을 지낸 정재관'이라고 단정하고 있다.

* 필자가 인진식 선생님의 안내를 받아 샌프란시스코에서 전명운, 장인환 의사의 사적지를 답사한 것은 2004년 3월의 일이다. 버클리대의 연구교수로 있을 때 일이다. 사학도로서 마땅히 그곳을

답사하지 않을 수 없었다. 그때 전 상항 지역 한인회 회장이셨던 인 선생님은 필자를 데리고 당시 한인들의 발자취며 페리 부두의 저격 장소까지 확인시켜주고 많은 자료를 주셨다. 그때 미처 전하지 못한 자료는 다음날 알바니의 버클리대 내 숙소까지 직접 찾아와 전해주고 가셨다. 그러나 여태껏 미루어오다가 이제야(2020.《작가교수세계》통권 23호(2020. 12.)에 발표) 겨우 졸작을 완성하게 되었다. 실로 16년 만의 일이니 너무 오랫동안 머뭇거려 죄송스럽기 짝이 없다.

  이 작품을 삼가 인진식(印鎭植) 선생님께 바친다.

놈들이 온다

만주의 1월 날씨는 한반도의 날씨보다 혹독하다. 옷 속까지 파고드는 추위가 여기는 만주벌판임을 잘 말해주고 있다.

단속적으로 내리는 눈발 속에 명동촌(明東村)에 나타난 몇 명의 청년들 눈빛에는 보통 사람이 범접할 수 없는 정기가 서려 있다. 명동촌은 집집마다 굴뚝에서 아침나절 흰 연기가 모락모락 피어오르고 어딘가에서 개 짖는 소리가 들린다. 개 짖는 소리는 더 가까운 곳에서도 나고 장단을 맞추듯 옆에서도 들려 은은히 마을을 울린다.

이들 윤준희(尹俊熙), 최봉설(崔鳳卨), 임국정(林國楨), 박웅세(朴雄世), 김준(金俊), 한상호(韓相浩)의 6인 철혈광복단은 고개를 들어 사자산을 바라보았다. 눈 덮인 사자산은 허리를 쉬며 먹이를 노려보는 짐승처럼 그 위용이 당당하다. 산비탈의 선바위가 고개를 번쩍 쳐들고 너희들의 거사를 내가 지켜보고 있노라고 격려하듯 의미 있는 눈길을 보내고 있다.

이들에게 작년(1919) 11월에 회령의 조선은행 행원으로 지하활동을 하고 있는 전홍섭(全弘燮)으로부터 비밀 쪽지가 도착했다.

동지들

일본 정부에서는 용정주재 일본영사관에 반일 투쟁 탄압경비로 15만 원을 보내기로 결정하였소. 단 저들이 경비를 가지고 언제 출발할지는 딱히 알 길이 없소. 출발 시기에 대한 소식은 기다려야 하겠소. 그러나 빠른 시일 안에 이루어질 것 같소.

이 소식을 접한 철혈광복단은 명동의 예배당에서 항일 비밀 연락을 맡고 있던 김하규(최봉설의 장인. 딸은 김신애) 집에 숨어들어 다음 소식이 오기만을 손꼽아 기다렸다. 그러던 중 김하규는 드디어 전홍섭으로부터의 두 번째 비밀 쪽지를 가지고 들어섰다.

동지들

먼젓번 귀형들로부터 부탁받은 일이 1월 4~5일에 이루어지게 될 것이오. 예정된 액수의 현금을 가지고 이곳 회령에서 용정으로 떠나오. 지금까지의 관례로 보아 많은 인원이 같이 갈 것 같지는 않소. 내가 동행하게 될지는 아직 모르겠으나 만약 동행하게 될 시는 내 다리에도 총을 쏴서 부상을 입게 해주오. 그들에게 의심을 받지 않고 일후에도 이곳에서 계속 사업할 수 있게 함이오. 성공을 비오.

 1920년 1월 4일 이른 새벽, 꼭두새벽의 푸름이 동녘 하늘에서 비추일 때 그들은 권총과 포승, 철봉 등을 휴대하고 결전의 장도에 올랐다. 남들의 시선을 피하기 위하여 숲속을 꿰뚫고 발이 무릎까지 빠지는 눈 속을 행군하여 산속에서 시간을 끌다가 저녁 무렵에 동량리 어구에 도착하였다. 결행할 장소에 도착한 일행은 두 개 조로 나누었다. 윤준희, 김준, 박웅세의 세 사람은 눈 색인 흰옷을 입고 동량 버들방천에 매복하고, 최봉설, 임국정, 한상호의 세 사람은 동량 버들방천으로부터 10리쯤 떨어져 있는 선바위 골로 올라갔다. 이들도 흰옷을 입고 선바위 밑에 바싹 매복하였다. 경비호송대가 이곳으로 들어서면 그들의 뒤를 미행하다가 윤준희네 소조에서 정면공격을 하면 배후에서 일제 사격을 가해 전후 협공으로 급습하기로 한 것이다. 방천에서 매복하고 있는 조나 선바위 밑에 매복하고 있는 조나 모두 추위로 이가 다닥다닥 부딪쳤다.
 동량 어구는 용정시 남쪽으로 흐르는 육도하(六道河)를 따라 동남쪽으로 뻗은 골짜기 좌안의 도로를 약 4km가량 가면 닿는 지점이다.
 저녁 8시경이 되어서야 경비호송대가 모습을 드러냈다. 선바위 밑의 최봉설 등이 먼저 발견했으나 한참을 기다렸다. 후속 인원이 있나 없나 확인하기 위함이었다. 뒤를 따르는 인원이 전혀 없음을 확인하자 최봉설이 일어나 손을 높이 들고 세 번을 양팔로 폈다 오

므렸다를 표시하고, 한참 있다 또 같은 동작을 하였다. 이는 적 발견과 동시에 저쪽 인원이 10명 이하라는 표시였다. 전홍섭의 말처럼 의외로 호송 인원은 많지 않았다. 하루 종일 동량 버들방천에 매복해 있던 윤준희 등은 바싹 긴장하면서도 일단은 안심하였다. 인원이 10명 이하라면 해볼 만하였기 때문이다.

최봉설 등은 산에서 내려와 서서히 호송대 뒤를 그림자처럼 따르고 있었다. 일본 순사 구니토모(國友嘉相次)와 상인 진길풍이 말을 타고 앞장서고 그 뒤로 마바리를 실은 말과 우편물을 실은 마차가 따르고, 조금 떨어진 거리에 용정에서 파견한 은행원 하루구찌와 박연흡 순사, 맨 뒤에 우편원 하라가시와 회령 은행 출장소 서기 김용억이 따르고 있었다. 우편물을 실은 마차보다도 호송마의 양쪽 옆구리로 처진 마바리가 유독 수상스러웠다. 다행스럽게 전홍섭은 동행하지 않았다. 원래 병법에서는 선제공격하는 자가 절대 유리한 법, 승산은 충분히 있었다.

방천에 엎드린 윤준희 등도 호송대를 육안으로 확인하고 있었다. 뒤에서 어렴풋이 호송대의 뒤를 그림자처럼 밟고 있는 최봉설 일행도 확인할 수 있었다. 호송대는 100m, 70m, 50m 가까이 다가오고 있었다. 방천에서 한길로 뛰어오르는데도 약간의 시간이 필요하다. 기회는 지금이다.

탕! 탕! 윤준희의 사격 개시 신호가 들판을 울렸다. 습격대가 번개처럼 방천에서 뛰쳐나와 권총을 난사하자 뒤에서도 총소리가 나며 일행이 쏜살처럼 뛰어오고 있었다. 철혈광복단은 앞뒤에서 일제히 사격을 가하며 전속력으로 진격하였다. 맨 앞에서 말을 타고 오던 순사 구니토모와 상인 진길풍이 총에 맞아 말에서 떨어진다. 진길풍은 즉사하고 구니토모는 땅에 떨어져 꿈틀거리며 옆에 떨어진 보총을 잡으려고 안간힘을 쓰고 있었다. 그러나 숨 쉴 겨를도 주지 않고 번개처럼 뛰어든 박웅세와 김준이 철봉으로 머리통을 박살 내버리고 만다. 박연흡 조선 순사가 보총으로 몇 번 총질을 하였으나 철혈 광복단의 워낙 빠른 몸놀림에 한 발도 맞추지 못했고, 기타 수송대원들은 도망도 가지 못하고 그 자리에 붙어 서서 부들부들 떨고 있었다. 앞뒤의 습격대는 누가 쏘았는지도 모르게 일제 사격을 가하자 전원이 통나무 쓰러지듯이 쓰러지고 말았다. 완전 성공이다.

그런데 총소리에 놀란 마바리를 실은 말이 '흐흐흥' 한 소리 지르더니 네 발굽을 들어 내처 앞으로 내달았다. 윤준희는 순식간에 방금 전에 구니토모 순사가 탔던 말을 잡아탔다. 최봉설도 달려와 우두커니 서 있는 말 한 마리를 잡아타고 뒤따랐다. 윤준희와 최봉설은 달아난 말을 향해 질풍처럼 내달렸으나 15리나 떨어진 팔포강산 중턱에서 겨우 말을 멈춰 세울 수 있었다. 조금 후에 한상호도 말을 달려 도착하였다. 윤준희가 말의 고삐를 잡고 두 사람은 마바리에 실은 흑색 주머니를 헤쳐 보았다. 순간 세 사람은 "우와!" 일제히 탄성이 터져 나왔다. 마바리 양쪽에는 궤짝이 들어 있었고 그 안에 현금이 가득 채워져 있었던 것이다. 10원짜리 지폐 5만 원, 5원짜리 지폐 10만 원 합계 15만 원의 새 지폐가 눈을 휘둥글리게 했다. 15만 원이면 우리 독립군 5천 명분의 무기를 살 수 있는 거금이었다.

한국에서 3·1독립운동이 일어나자 연변지역 조선인들도 3월 13일에 용정에서 대대적인 반일 시위를 벌였다. 이른바 '용정 3.13 만세운동'이다. 간도는 원래 한반도보다도 더 전통적인 우리의 영토이다. 간도뿐만 아니라 만주벌판 전체가 옛 배달나라, 고조선의 본거지였고 북부여, 고구려, 발해의 고토이다. 그런데 1919년만 해도 간도가 중국인지 일본인지 분간이 가지 않았으며 오히려 조선인은 제삼자 취급을 당하고 있었다.

시위의 주동은 용정 인근에 있던 이상설이 세운 서전서숙(瑞甸書塾)과 김약연이 세운 명동 학교가 큰 역할을 담당하였다. 3월 13일 용정과 그 일대의 여러 마을에서는 용정을 향하여 큰 행렬이 이어졌고 용정 인근 12개 학교가 모두 참여하였다. 서전평야에 모인 약 2만여 명의 군중은 만세를 소리높이 외치며 독립축하회를 개최하고 있었다. 대회 부회장 배형식 목사의 개회선언에 이어 대회 회장 김영학이 한국에서 보내온 독립선언서를 낭독하고 만세를 고창하자 모두가 천지를 진동하는 만세를 외쳤다. 이어서 간도국민회의 재남북만주 조선인대표 명의의 포고문을 청년대표 김병렬이 낭독하였다. 포고문에는 국내의 독립선언서보다도 더 강력한 내용이었다.

오, 우리 동포들은 마침내 오늘에 이르러 우리 민족의 독립을 선언하노라. 세계 인도적이고 정의적인 평화를 눈앞에 보노라. 금일 마음을 다잡고 4천 년 신성하고 장엄한 역사를 되새기며 2천만 활발하고 용감한 정신으로 독립을 선언하노라. 동포여, 들으라. 금일 독립은 하늘에서 저절로 떨어진 것도 아니고 아울러 타인의 것을 빼앗은 것도 아니다. 우리가 고유했던 것을 회복하는 것이므로 떳떳이 선양하는 바이다. 아, 십 년간의 굴레의 속박을 어찌 잊으랴. 삼천리강토는 여전히 양춘과 함께 숨 쉬며 수천설지(水天雪池) 중에 있노라. 순환공도(循環公道)는 이러하거니와 오인(吾人)의 주장과 태도는 광명정대한 것이다.

조선 건국 사천이백오십이년 삼월 십삼일
재남북만주 조선인대표

이어서 유예균, 황지영, 배형식 등 3인이 차례로 조국의 독립을 주창하는 당찬 열변을 토하였다. 정오쯤 해서 대대적인 집회가 평화리에 끝나자 학생과 교원들이 주축이 돼서 320명으로 구성된 충렬대와 국자가(局子街)도립중학교 학생 등 약 1천 명을 선두로 '대한독립'이라고 쓴 오장기[4] 와 태극기를 흔들며 일제의 간도 총영사관을 향해 행진하였다. 시위 군중 안에는 자발적으로 참여한 중국 청년들도 일부 끼어 있었다.
　일본은 중국 관헌을 회유하여 중국군대로 시위를 저지하도록 계

---

[4] 오장기(五丈旗): 다섯 장의 깃대에 단 약 15m 높이의 대형 깃발.

략을 짰다. 이에 무장한 일본영사관 소속의 일본 경찰과 일본과 연결된 지방 관서의 중국 군인들이 앞을 가로막았다. 특히 연길에서 급파된 동북군벌 멍푸더(孟富德)가 데모 저지 전담책을 맡고 있었다. 원래 만주의 중국인은 항일정신이 박약하다. 그들은 부패한 청나라 관원이나 장제스 국민당군의 착취만 당하며 살았고, 근래에는 마적떼의 끊임없는 갈취를 당한 사람들이기 때문에 만주 국민의 입장에서는 일본도 마적 정도의 착취자의 하나로 보는 자가 많았으며 심지어는 일본군이 마적떼보다는 낫다는 사람마저 상당수였다. 멍푸더 군도 무슨 국가관 같은 것이 있는 것이 아니고 그저 이해관계에 의해서 움직이는 사병에 불과했다.

충렬대에 들어서 맨 앞에서 시위 군중을 이끌던 윤준희와 최봉설은 소리를 질러댔다.

"여러분! 물러서지 마십시오. 오늘 우리의 의거는 어디까지나 평화적인 시위요. 우리의 의사를 정당히 전하려는 것뿐이오. 중국 군인들은 우리의 평화적 시위를 막지 말고 물러서라. 물러서라. 물러서라."

"물러서라! 물러서라!"

모두 산천을 뒤흔드는 구호를 외쳐댔다. 이때 멍푸더는 무엇을 작심한 듯하더니 갑자기 "발포!"하는 명령을 내렸고 이어서 총소리가 콩 튀듯 하였다. 시위군중은 즉시 사방으로 흩어졌지만 이날 조선인은 17명이 사망하였고 30여 명이 부상을 당하였다. 이어서 일본 경찰과 중국군벌의 검거령으로 말미암아 조선인이라면 어디서

나 죄인취급을 당할 수밖에 없었다. 이를 계기로 동삼성 전역에서는 조선 독립운동이 요원의 불길처럼 번져 나갔다. 그런데 이들은 평화적인 시위만으로는 아무것도 이룰 수 없다는데 모두 동감하고 있었다.

  3.13 만세운동으로 희생된 동지들의 원수를 갚고 민족중흥의 대업을 달성하기 위해서는 우리도 무장을 하여야 한다는 것을 뼈저리게 느끼고 있었고, 그래서 앞장선 것이 철혈광복단원 6인이었다. 철혈광복단은 원래 1918년 말에 창단된 단체인데 블라디보스톡에 본부를 두고 있었으며 계봉우(桂奉瑀)가 단장을 맡았다. 당시의 단원은 약 1천여 명에 달하고 있었다. 계봉우는 따로『오수불망(吾讐不忘)』(우리의 원수를 잊지 말자)이란 책을 저술하였고, 이 책은 대개 기독교 계통에서 경영하는 연길의 흥동학교나 훈춘의 기독교 동명 학교를 비롯한 수많은 학교에서 교과서로 채택하여 일본이 고대에서부터 현대에 이르기까지 어떻게 우리를 침탈했는지 원사료를 통하여 낱낱이 설명하고 있다.

  이들 철혈광복단은 뒤에는 김좌진의 북로군정서에 합병하기로 한다. 이들 중 최봉설과 한상오는 무기를 구하기 위하여 3.13 만세운동 직후에 러시아로 건너가기로 작심하였고 그들의 부친이 손수 애지중지 길러오던 송아지와 돼지를 팔아서 아들들의 여비를 마련해 주었다. 러시아로 건너간 두 사람은 자금을 마련하기 위하여 온갖 노력을 경주하고 갖은 노동을 다하여 보았다. 그러나 결국 그들이 돌아올 때는 겨우 권총 4자루와 보총 2자루, 수류탄 몇 개를 사가지고 오는데 그쳤다.

이즈음 만주 일대에서는 독립군단체가 우후죽순처럼 생겨나고 본국에서도 수많은 의군이 압록강 두만강을 건너 간도로 모이고 있었다. 이때 창설된 독립군 단체만 30여 개가 넘었다. 그들은 무장근거지를 마련하고 군사훈련소, 사관양성소 같은 것을 대량 설립하여 군인을 양성하는 한편, 민간에 간직하고 있던 엽총이며 화승총까지 거두어들여 무장하기 시작하였다. 어떤 독립군 단체는 일본경찰서를 습격하여 무기를 탈취하기도 하고 일제 주구들의 집을 들이쳐 무기를 빼앗기도 하였다. 이해 1919년 여름에는 연변지역의 유지들이 전 한인께 호소하여 피땀 어린 군자금을 모아 당시 국민회의 군사부장 김하석에게 부탁하여 러시아의 체코 군단으로부터 무기를 구입하게 하였다.

이때 시베리아의 체코 군단은 소련 백군(민세비키)을 도와 적군(볼셰비키)의 사회주의 혁명을 무력으로 진압하는 데 동참하였다가, 볼셰비키혁명이 성공하자 본국으로 돌아가지 않으면 안 되게 되었다. 그들은 보총 한 자루와 탄약 100발을 묶어 일본돈 30원에 마구 팔아넘기고 있었다. 군자금만 있으면 마음대로 무기를 구입할 수 있는 절호의 기회가 온 것이다. 연변지역 유지들은 지금이 기회다 하고 전 조선인에게 포고하여 군자금을 모았다. 군자금을 건네받은 김하석은 체코 군단으로부터 소총 2천여 자루와 탄환 수 만발을 구입하였다. 그런데 이를 어찌하랴! 운송 도중에 무기를 실은 배가 태풍을 만나 침몰하는 바람에 피땀으로 마련한 무기를 모조리 바다에 매몰시키고 말았다. 블라디보스톡 항에서 무기를 싣고 포시에트에 정박하여 간도로 운반하려 든 배가 해양 한가운데 이르렀을 때 엄청난 폭우를 동반한 광풍을 만나 배는 침몰하고 사람만 겨우 지나가던 선박에 의해 구명되었던 것이다.

이 소식이 전해지자 동북의 한인사회에서는 다시 한번 거족적인 군자금 모금이 시작되었다. 이번에는 금붙이 모으기 운동까지 함께 벌어져 애기 돌 반지며, 금팔찌, 금비녀, 은수저 심지어는 수놓은 비단 보자기까지 돈이 될 만한 것은 모조리 걷히고 있었다. 한편 후과를 책임져야 했던 김하석은 연길현 와룡동에 있는 철혈광복단원 최봉설을 찾아가 가장 빠른 시일 안에 군자금을 마련할 방법을 강구해 달라고 간곡히 당부하였다. 최봉설, 윤준희, 임국정 등은 급히 군자금을 마련하는 방법은 은행을 탈취하는 방법밖에 없다고 생각했다. 그러자면 은행에 근무하는 사람을 포섭해야 하는 일이 급선무였다. 이들은 은행 기관을 샅샅이 탐문한 결과 간도국민회 회원인 전홍섭이 조선은행 용정출장소 서기로 일하다가 지금은 회령 은행에 파견근무하고 있다는 것을 알았다. 전홍섭을 만나는 일은 윤준희가 맡기로 했다. 등잔 밑이 어둡다고 윤준희는 전홍섭과 마찬가지로 함북 회령이 고향이고 아는 사이지만 전홍섭이 워낙 비밀로 행동하고 있었기 때문에 그의 신원을 모르고 있었던 것이다. 윤준희는 두만강을 건너 회령의 전홍섭을 찾아갔다. 전홍섭의 집이 가까워 오는데 뒤에서 누가 부르는 소리에 윤준희는 깜짝 놀랐다.

"오빠! 웬일이세요."

"응, 너 춘애 아니냐?"

"회령에는 언제 오셨어요. 저희 오빠도 아세요?"

"전홍섭 군은 아직 모른다. 집에 있느냐?"

"네, 지금쯤 퇴근해서 집에 돌아왔을 거예요. 어서 같이 들어가셔요."

"아니다. 내가 사정이 좀 있어서 그러는데 쪽지를 한 장 써 줄 테니 전해줄 수 있니?"

"물론이지요. 비밀을 요하는 것입니까?"

"그렇다. 너는 영리한 아희이니 잘 처신해주리라 믿는다. 누구도 보아서는 안 된다. 알았지?"

"네, 알겠어요. 저희 오빠나 오빠가 어떤 일을 하고 있는지 저도 짐작은 하고 있구먼요. 어서 쪽지나 써서 주시라요."

춘애는 용정에 있을 때 기독교계 영신중학교 부속 영신 소학교를 졸업했고 윤준희의 여동생 옥란이와는 친구이며 동급생이었다. 실은 춘애는 어려서부터 윤준희를 무척 좋아하고 있었다. 전홍섭과 윤준희는 학년은 다르지만 같이 영신중학교를 졸업하고 전홍섭은 국민회의 부탁으로 행원으로 위장 취업하였고 윤준희는 영신학교 교원을 하다가 최봉설 등과 함께 철혈광복단에 들어갔던 것이다. 전홍섭의 지하 공작 임무는 같은 국민회의 임원이라도 극히 일부에서만 알고 일반회원은 모르고 있었다.

공동묘지 뒤로 나온 전홍섭은 쪽지를 받고 벌써 중대한 의론을 하려는 것을 알고 있었다.

"오랜만일세."

"오랜만일세. 웬일인가. 기별도 없이 갑자기."

"급히 상의드릴 일이 있어서 찾아왔네."

"짐작은 가네만 어서 말해보게."

"자네도 알다시피 우리 독립군들은 화기 면에서 일본군에 월등히 뒤떨어져 있네. 무기를 구입하자면 많은 자금이 있어야 하는데 저번에 우리 동포들이 피땀으로 모은 돈으로 무기를 구입했지만….."

"그 일은 나도 들어서 잘 알고 있네. 참으로 통탄할 일이었네. 그건 그렇고 그래서 어쩌자는 것인가?"

"급히 군자금이 있어야 무기를 구입할 터인데 무슨 좋은 방법이 없겠는가?"

"무슨 말인지 알겠네. 나도 국민회원으로 이곳에 근무하며 때를 기다리고 있네. 은행 습격을 염두에 두고 있는 모양인데 그러나 은행을 습격하는 일은 거의 불가능하네. 그런데 이곳 회령 은행에서는 간도의 용정 은행이나 간도 영사관에 은행권을 가끔 수송하고 있네. 나도 그들의 은행권 수송에 몇 번 참가한 적이 있네. 그 구체적인 시간만 안다면 현금 탈취도 가능하네."

"그렇게만 된다면 오죽 좋겠는가. 자네만 믿겠네."

"마침 이곳의 분위기도 지금 심상치 않네. 이번에 만약 은행권을 수송한다면 상당히 거액이 될 것 같네. 기회가 오면 즉시 자네한테 연락하겠네. 그건 그렇고 춘애가 자네를 꼭 데려오라 했는데. 저녁을 준비해 놓겠다고."

"아닐세. 남의 이목이 두려우니 우리는 여기서 헤어지세. 잘 있게."

"그럼 잘 가게."

이렇게 그들이 헤어진 이후, 12월 그믐날 저녁에 전홍섭은 은행장 시부다와 대리 다케다의 대화를 엿듣게 되었다. 1월 4일 아니면 5일에 회령으로부터 간도 영사관에 반일 투쟁 탄압경비로 15만 원의 현금을 수송한다는 것이었다. 이 사실을 알고 전홍섭은 즉시 김하규를 통해서 윤준희에게 쪽지를 전달했던 것이다.

예상했던 액수를 고스란히 입수한 철혈광복단은 가슴이 뛰었다. 이 돈으로 무기만 무사히 구매할 수 있다면 간도의 일본군쯤은 충분히 제압할 수 있을 뿐만 아니라 어쩌면 본토 공격도 가능할 것 같았다. 이들은 여기서도 일단 두 패로 나누어 행동하기로 하였다. 윤준희, 최봉설, 한상호, 임국정 4인은 돈을 나누어 짊어지고 오도구(五道溝)를 거쳐 해란강을 건넌 후 삼봉동, 조양천을 거쳐서 부르하통하를 건너 집합 지점인 동흥에서 모여 와룡동으로 가기로 하고 출발하였다. 박웅세와 김준은 습격지점에서 자기들의 종적을 감추고 혼선을 주기 위하여 우편물을 실은 말을 몰고 4인이 떠난 반대 방향으로 출발하였다. 이들 2인은 한참을 가다가 말 한 마리를 나무에 묶어놓고 우편물들을 일부러 흘리고 또 한참 가다 말을 버려두고, 또 말을 묶어두곤 하여 그쪽으로 도망갔다고 분명히 알리고는 동흥으로 돌아와 4인과 합류하였다.

와룡동으로 출발한 6인은 밤을 새워 달린 탓에 기진맥진하고 식사도 못 해서 다리가 풀리고 하늘에서 헛별이 보이다가 쓰러지곤 하였다. 일경이 뒤에서 추격하고 있을지 모르는데 큰일 났다 싶어 윤준희는 급한 김에 권총을 빼어 들었다.

"빨리빨리 걸어라. 만약 못 걷는 자가 있으면 여기서 죽여 버리고 가겠다."

그러자 최봉설도 권총을 빼어 들었다.

"왜 이러는 게야. 어떤 일이 있어도 동지는 죽일 수 없다. 네가 쏘면 나도 쏘겠다. 어서 총을 거둬라. 우리는 같이 가야 한다."

윤준희는 한참 우두커니 서 있다가 금방 자기의 경솔한 행동에 후회를 하였다.

"동지들, 미안하네. 내가 너무 경솔했네. 어서 일어나서 걷세."

그러자 쓰러져서 숨을 헐떡이고 있던 동지들이 벌떡 일어나 다시 행군을 계속하였다. 동성(東城)에서 해란강을 건널 때는 신발을 벗고 맨발로 성엣장이 떠다니는 물을 건너 강기슭에 올라 땅을 밟으니 자갈돌이 발에 쩍쩍 달라붙었다. 이와 같은 상황은 부르하통하를 건널 때도 마찬가지였다. 일행은 천신만고로 급행군을 하여 새벽 3시경에 와룡동에 도착할 수 있었다.

그곳 최봉설의 집에서 저녁 8시까지 늘어지게 잠을 자고 휴식을 취한 후에 소달구지에 돈과 지친 동지들을 태우고 국민회 군사부장 김하석이 있는 의란구(依蘭溝)로 출발하였다. 의란구에서 만반의 준비를 마친 6인은 1월 10일 김하석과 함께 돈을 휴대하고 무기를 구입하기 위하여 블라디보스톡을 향해 출발하였다. 그들은 15일에 러시아 모구위[5]에 도착하여 약 1주일간을 기다렸다가 23일에 배를 타고 블라디보스톡의 신한촌에 도착하여 당지의 반일 지사인 채성하(蔡成河)를 찾아가 투숙하였다. 김하석은 남의 의심을 피하기 위하여 여기서 다시 의란구로 돌아갔다. 철혈광복단은 여러 루트를 통하여 무기상들과 연락을 꾀하고 있었다. 이때 벌써 체코 군단은 속속들이 블라디보스톡에 도착하고 있었다.

체코 군단이란, 1917년 10월에 러시아에서 볼셰비키혁명이 터지면서 주목을 끌게 된 군단이다. 세계사를 뒤흔든 볼셰비키혁명은 당시 유럽 전역을 휩쓸고 있던 제1차 세계대전(1914-1918)에도 엄청난 소용돌이를 몰고 온다. 혁명을 통해 러시아의 권력을 장악한 볼셰비키는 독일과 즉각적인 휴전 협상에 돌입한다. 이 당시 러시아군 내에는 약 6만여 명 규모의 일명 체코 군단(Czech Legion)이 편제되어 있었는데, 이들은 원래 독일의 동맹국인 오스트리아-헝가리 제국 군대의 일원으로 강제 징집되어 러시아 전선에 투입됐다가 러시아 적군에 포로가 되거나 투항한 병사들이었다.

독일 정부는 러시아와의 휴전협정 과정에서 이들 체코 군단이 전쟁 중 러시아에 잡힌 전쟁포로임을 내세워 즉각적인 송환을 요구한다. 사실 전쟁포로에 관한 비엔나협약에 의하자면 맞는 말이기도 하다. 하지만 볼셰비키 정부는 이들 6만 명에 달하는 무장 군인들

---

[5] 모구위(毛口崴): 포시예트. 러시아 프리모르스키 변경주 하산스키 군에 속한 마을. 이 지역에는 유명한 항구인 포시예트항이 위치한 포시예트만이 자리 잡고 있다. 대체적으로 우리나라와 가장 가까운 러시아 도시 중의 하나.

이 또다시 동맹국 측의 전선에 투입될 것을 우려해 송환에 대해 난색을 표하지만 결국 이들을 조국으로 송환시키기로 결정한다. 그러나 체코군단을 불신한 볼셰비키의 적군 군사위원회 트로츠키[6]는 엉뚱한 계획을 세운다. 고향 체코로 가려면 서쪽으로 조금만 가면 되지만 그는 이들을 그 반대 방향, 즉 시베리아 횡단철도를 이용해 극동의 블라디보스톡을 거쳐 배로 이송하는 원대한(?) 계획을 수립한 것이다. 장장 9천 킬로미터에 이르는 시베리아 횡단철도였다. 그리고도 이들이 백군에 가담할 것을 우려해 중간에 군대를 파견하여 무장을 해제하려고 했으나 체코군단은 오히려 가볍게 적군을 제압하고 자체적으로 차량을 징발하여 머나먼 동방 여정을 계속하고 있었다.

체코슬로바키아 망명 군대의 제1진(약 1만 5,000명)이 블라디보스톡에 도착한 것은 1918년 4월 말. 소비에트 정권이 극동 러시아까지 장악한 상태였지만 그들은 시차를 두고 속속 도착했다. 그들은 1918년 4월부터 1920년까지 블라디보스톡에 대기하며 유럽행 배편을 기다리고 있었다. 그 사이 1918년 10월 체코슬로바키아는 오스트리아로부터 독립했고 망명 군대의 최종 목적지는 프랑스 전선이 아닌 막 탄생한 체코슬로바키아 민주공화국이 되었다.

체코 망명 군대는 이제 내전에서 승기를 잡은 적군과 휴전협정을

---

6) 레프 다비도비치 트로츠키: 레닌과 더불어 군사위원회 수장. 10월 혁명의 주역으로, 붉은 군대의 창시자이자 지도자로서 소련 건설에 지대한 공적을 세웠다. 한때 레닌의 후계자로 거론될 정도였지만, 스탈린과의 권력 투쟁에서 패배해 소련 공산당에서 제명되고 자신이 건국한 나라에서 추방당한다. 망명지 멕시코에서 스탈린이 보낸 암살자에 의해 피살된다.

체결하고 미련 없이 백군인 콜차크 제독(옴스크 지방정부 총사령관)을 사로잡아 볼셰비키에 넘겨주며 콜차크 측으로부터 노획한 러시아 황제 짜르의 보물 역시 볼셰비키 정부에 넘겨주고 그 대가로 블라디보스톡까지 가는 안전한 행로를 보장받고 있었다. 체코 군대가 무기를 팔기로 한 데는 러시아를 떠나는 데 드는 비용을 마련하는 한편 무기가 소비에트 군대로 들어가는 것을 막자는 이유도 있었다. 미, 영, 일은 체코군을 구출한다는 구실로 러시아에 군대를 파견하나 실은 러시아 혁명의 확산을 막자는데 목적이 있었고 아무런 효과도 보지 못하고 있었다. 일본은 2개 사단 7만여 명을 러시아에 파견하여 시베리아 극동 3주(연해주, 흑룡강주, 바이칼주)에 자기들의 괴뢰정부를 세워보려 하였으나 모든 것은 마음대로 되지 않았다. 일본의 지원을 받은 바이칼주를 제외하고는 사실상 시베리아에서 백군의 세력은 소멸한 것이나 다름없었다.

조선독립군을 진압하기 위한 거액의 자금을 허망하게 탈취당한 일제는 간도 전 지역에 피비린내 나는 검거선풍을 일으켰다. 탈취당한 이튿날인 5일에 용정주재 일본영사관에서는 수백 명의 경찰을 평강(平崗) 일대에 파견하여 수많은 조선인을 체포, 구금, 학살하였다. 그러나 아무런 단서를 잡지 못하고, 급히 흔적을 쫓아 뒤를 추적하였으나 블라디보스톡 반대편의 말이 묶여 있고 우편물들이 흘려있는 쪽에서도 아무런 단서를 잡을 수 없었다. 그들은 나중에야 겨우 국자가(연길) 관할 내의 와룡동이 습격 주모자들의 거점이란 것을 알아내고 1월 6일에 영사관 경찰 36명과 지방 순사 57명을 동원하여 와룡동을 급습하였다. 혈안이 된 일경은 애먼 조선인들만 5백여 명을 체포해 갔는데 그 안에는 최봉설의 부친 최병국과 동생 최봉준도 포함되어 있었다. 그러나 아무리 고문하고 가택수색을 하여도 아무런 단서를 찾아낼 수 없었다.

일제가 악에 받쳐 발광을 하고 있을 때 의사들은 신한촌에 머무르면서 한인 최의수라는 소개자를 통하여 일본 화폐를 루블로 환전하는 한편 무기상들과 연계를 맺기 시작하였다.

그런데 이 일을 어이하랴. 무기 구입을 책임 맡은 임국정이 평소에 친분이 있는 엄인섭을 찾아간 것이 화근이었다. 임국정이 알고 있는 엄인섭은 1908년에 조직한 동의회(同義會) 회원으로서 이범윤의 의군부에서 좌영장을 맡아 국내 진공 작전을 지휘한 자로서 일제가 위험인물로 손꼽았던 자이다. 그런데 그는 그 뒤로 변절하였고 실은 임국정이 몰라서 그렇지 평소에도 인간성이 아주 불성실한 투전꾼이었으며 첩을 여러 명 거느리고 남의 비소를 받고 사는 자였다. 임국정은 지나간 시절의 한 면만 알고 그 뒤의 사정이나 깊은 내면은 모르고 있었던 것이다. 엄인섭은 15만 원이면 보총 5천 자루가 아니라 몇만 자루도 살 수 있게 교섭해 주겠노라고 허풍을 떨었다. 그렇게만 되면 간도의 독립군 전체뿐만 아니라 블라디보스톡의 독립군까지 모두 무장 시킬 수 있는 무기였다.

변절자 엄인섭은 자기 신분을 속이고 블라디보스톡 항일투쟁 대오에 몸을 의탁하고 있으면서 뒤로는 일제의 첩자 노릇을 하고 있었던 것이다. 엄인섭의 밀고를 받은 블라디보스톡 일본 헌병대는 즉시 이들 6인이 머무르는 한인 김참봉의 집을 두 겹 세 겹으로 둘러쌌다. 동시에 전보를 받은 조선 헌병대는 만일을 위하여 나진항구에 있는 일본 군함을 블라디보스톡에 급파하였다. 1월 31일 저녁, 이들 6인은 엄인섭의 감언이설에 속아 김참봉의 집에서 부푼 가슴을 안고 축하주를 마시고 잠자리에 들었다.

한밤중에 동네 개들이 자지러지게 짖어대는 바람에 모두 눈이 떠졌다. 수상한 낌새에 정신을 차리고 밖의 동정을 살피니 벌써 일제 군경이 김참봉의 집을 물샐틈없이 포위하고 압박해 들어오고 있었다. 한 방에서 자고 있던 윤준희, 한상호, 임국정, 박웅세, 김준은 쏜살처럼 자리에서 일어나 뒷문으로 빠져나가려 하였다. 그러나 갑자기 앞뒤 문을 박차고 들이닥친 수십 자루의 총구 앞에 속수무책으로 체포되고 말았다. 뒷방에서 혼자 잠을 자고 있던 최봉설도 사태를 파악하고 문을 박차고 나가자 일경 하나가 가로막아 섰다. 최봉설은 그자를 박치기로 힘껏 받아넘기고 뛰었다. 그러자 또 하나가 급히 덤벼드는 것을 이번에는 날아 차기로 가슴팍을 질러버리고 키가 넘는 높은 담장을 단숨에 뛰어넘었다. 뒤늦게 모여든 일본 헌병이 최봉설을 향해 집중사격을 퍼부었다. 오른쪽 어깨에 총상을 입은 최봉설은 상처에서 흐르는 피를 감싸 안으며 맨발로 지그재그를 그으며 쏜살처럼 뛰었다. 콩 튀듯 한 사격에 총탄이 몸의 이곳저곳을 스치고 지나갔으며 그중 한 발이 왼발 뒤꿈치에 맞아 눈앞이 캄캄해졌지만 죽기를 각오하고 뛰고 또 뛰었다.

철혈광복단이 가지고 있던 현금 12만 8천 원은 김참봉의 집에서 모조리 일경에 압수당하고 말았다. 최봉설은 용케 혼자 빠져나와 맨발로 뛰다가 번득 채계복 여인이 머리에 떠올랐다. 채계복 여인은 서로 표현한 적은 없지만 총각 시절에 자기와는 한때 연인 비슷한 관계였는데, 채계복네가 연해주로 이사를 가면서 자연적으로 소원한 사이가 되었다. 어쩌면 그곳에 가면 살길이 생길 것 같았다.

"여보세요. 여기 채계복 씨 댁 맞지요? 저 최봉설이란 사람입니다. 어서 문 좀 열어주세요."

"누구세요. 잠깐만 기다리세요."

하고 복도에서 가까운 첫 번째 방에서 한 처녀가 먼저 문을 열어주었는데, 그녀는 채계복이 아니고 이혜근이라는 여의사였고 신한촌 애국부인회 회장직을 맡고 있는 사람이었다. 그다음에야 옆방에서 최봉설의 소리를 듣고 채계복이 달려 나왔고 그의 어머니도 뛰어나왔다. 사람도 아니고 귀신도 아닌 도깨비가 된 최봉설을 보고 세 여인은 울음부터 터트렸다. 이혜근은 응급의료박스를 들고나와 최봉설의 오른쪽 팔에 박힌 탄환을 뽑아놓고 말하였다.

"이 탄환은 영원히 보존하였다가 조선이 독립된 후에 우리 독립투사의 팔에 박힌 것이었다고 전 국민에게 전시하겠소."

하며 감격적으로 말하였다. 나머지 몸 여기저기 세 곳이나 총탄이 스치고 지나간 자국이 있었으며 왼발 뒤꿈치는 심한 상처가 나 있었다. 모두 약을 바르고 붕대로 묶었다. 채계복은 자기 오빠의 양복과 신발, 외투를 가져다가 입혀주었다. 채계복의 오빠 채상도는 아랫집에서 상점을 하고 있었는데 그 상점의 뒷방에 최봉설을 숨기고 혼자 들락거리며 치료하여 주었다. 그러나 상점이 워낙 사람들에게 노출되기 쉬운 곳이었기 때문에 최봉설은 비밀공작원인 채성하의 집으로 거처를 옮기는 것이 어떻겠느냐고 했다. 채계복은 채성하와는 마침 인척 관계이기 때문에 잘됐다고 하면서 중간 다리를 놓아 일단 채성하의 집으로 숙소를 옮겼고, 채성하는 다시 따로 안전한 곳에 거처를 마련하여 옮겨주었다.

윤준희, 한상호, 임국정, 김준, 박웅세의 5인은 블라디보스톡의 수백 명 독립투사들과 함께 군함에 태워져 일본으로 압송되었다가 다시 청진 감옥으로 압송되었다. 간도와 연해주의 독립군 단체들은 이들 동지를 구출하고자 무기를 소지하고 삼삼오오 청진으로 잠입하였으나 결집된 힘이 아닌 몇 명의 힘으로는 도저히 구출할 길이 없다는 것을 알고 발길을 돌려야 했다. 5인의 철혈광복단은 다시 서울 서대문 감옥에 압송되어 '15만 원 도난 사건'이란 공개재판이 열렸고, 담당 검사는 일사천리 격으로 죄상이라는 것을 읽어 내려갔다. 윤준희는 검사의 낭독이 진행되고 있는 중에 "잠깐!"하며 벌떡 일어났다. 판사는 손가락질을 하며 외쳤다.

"피고는 제 자리에 앉으라. 누가 발언권을 주었기에 발언을 하는가?"

"우리는 너희들의 지시에 따를 필요가 없는 이 나라의 주인이다. 이 자리에 설 사람은 우리가 아니고 바로 너희 놈들이다. 누구더러 감히 앉으라 마라 명령하는가? 우리는 이 나라를 도적질한 강도를 몰아내려고 우리의 혈세를 환수한 것이다. 너희 일본제국주의는…."

　이때 법정의 호위 경관들이 윤준희의 입을 틀어막고 끌어당겨 자리에 앉히려 하였다. 이때 한상호 등도 앞다투어 일어나 각기 발언을 시작하였고 역시 호위 경찰들에 의하여 입이 막히고 자리에 앉혀졌다. 이들은 발언할 기회가 막히자 이번에는 "대한독립 만세! 대한독립 만세!…."를 외쳐 댔다. 담당 검사는 왁자지껄한 분위기에서 알아들을 수도 없는 빠른 속도로 죄상이라는 것을 읽어 내려갔고, 관선 변호사는 "이의 없음."이란 말로 대신하고 일사천리로 사형이 언도되었다. 당시 그들의 나이는 윤준희만 30세였고 나머지는 모두 20대의 꽃 같은 나이였다. 1921년 8월 25일 최봉설(24세)을 제외한 그들은 모두 교수형으로 순국하였다.

　이들은 탈취한 거금을 가지고 무기를 구입하여 홍범도 장군이 있는 니콜리스크(현 우수리스크의 추풍(秋風) 혹 吹豊)으로 가서 무기를 제공하고, 신한촌에서 열리는 독립 단체회의에서 제안하여 연해주 수청(水靑)에 사관학교를 설립하고 간도의 나자구(羅子溝)에서 군대를 편성하자고 하는 원대한 계획을 세웠었다. 그러나 단 한 사람의 변절자 때문에 모든 것은 수포로 돌아가고 말았다. 다섯 의사가 잡힌 지 열흘도 안 되어서 엄인섭은 수이푼 강(라즈돌리노예 강) 가에서 변사체로 발견되었다. 어느새 김원봉 의혈단장이 정보를 입수하고 의혈단원을 블라디보스톡에 급파하여 몇 명의 한인들이 보는 앞에서 "민족 반역자를 처단한다!"란 말을 남기고 5발의 권총을 난사하여 응징하였던 것이다.

　연해주는 이래저래 우리 민족에게는 한이 서린 곳이다. 1860년 북경조약으로 러시아가 청국으로부터 빼앗은 땅이 연해주이지만 그 이전은 역시 발해, 고구려, 고조선의 정통적인 우리 구토인 것이다. 1862년(임술)과 1869년(기사)의 대기근으로 조선의 기민(饑民)이 몰리면서 다시 한인 마을이 형성되기 시작하지만 그때까지도 거의 모든 지명이 다 조선어로 되어 있었다. 해삼이 많이 난다고 해서 이름 지은 해삼위(海參崴, 블라디보스톡)니, 다른 추풍(니콜리스크)이니 연추(煙秋, 추카노브카)니 하는 지명들도 모두 조선어인 것이다. 시골 비어에 "못난 x은 제 서방 굿도 못 본다."는 말이 있다. 자기 서방님이 장원급제를 하여 오색깃발, 취타대를 앞세우고, 육방관속 기생들이 원님의 가마를 호위하고 마을로 들어오는 데도 못난 마누라는 무서워서 나가 맞지도 못하고 애기를 업고 담 너머로 남들 뒤에서 꼰지발로 구경하고 있더라는 예기다. 간도며 남북만주 전체, 연해주가 온통 우리 국토인데 조선인들은 일본의 만행에 치를 떨면서도 국토를 되찾아야 되겠다는 생각까지는 미치지 못하고 있었다.

　원래 독립군의 무기구입은 여러 가지 루트를 통해서 이루어지고 있었다. 국내에서 종교단체나 천석꾼, 만석꾼 하던 갑부들로부터 극비 루트를 통해서 상해 임시정부나 간도, 연해주 독립군에게 전달되었다. 그러나 중간에 수많은 난관을 거쳐야 하기 때문에 직접 독립군의 손에 닿을 때는 불과 얼마 되지 않은 액수이기 일쑤였다. 독립군 단체들은 군자금 조달책을 모두 따로 두고 있었다. 극비로

국내에 잠입하여 또는 상해 임시정부로 가서 군자금을 가지고 돌아오곤 하였다. 독립군을 도운 수많은 이름 없는 숨은 공로자들을 다 알 길은 없지만 독립군에게 도움을 준 사람 가운데는 한국인이 아닌 중국인이나 서양인도 있었다. 특히 아일랜드인 조지 루이스 쇼(George Lewis Show)의 협조는 우리의 독립군에게 크나큰 힘이 되어 주었다. 일본인 사이토 후미(齊藤ふみ)를 아내로 둔 쇼는 아버지의 고향인 아일랜드가 영국의 식민 통치를 받고 있는 것을 애통히 여겨 조선의 독립운동에 한없는 동정의 손길을 보내고 있었다. 안동(安東, 현 단둥) 영국 조계에 위치한 쇼의 이륭양행(怡隆洋行)은 1919년 10월에 임시 안동교통사무국을 두었다가 뒤에 대한민국 임시정부 교통국으로 역할을 전담한다. 그는 치외법권 지역에 위치하고 일본인 처를 두고 있는 이점을 이용하여 약소국 조선의 독립운동 확산에 지대한 역할을 해준 것이다. 이륭양행은 독립운동가의 망명, 독립자금 모집, 무기 반입 등의 역할을 감당하였으며, 부산의 백산상회 등과 함께 연통제(대한민국임시정부의 국내외 업무 연락을 위한 지하 비밀행정조직)의 역할을 수행하여 주었다. 김구 선생이 3·1독립운동 직후에 중국으로 망명할 때도 안동에 도착하여 이륭양행의 선박 계림호를 타고 상해에 안착할 수 있었다.

군자금 모금은 종교단체의 역할이 아주 컸다. 외래종교인 불교, 기독교, 천주교, 유교의 협조는 오히려 많지 않았지만, 우리 민족종교는 바로 애국 운동과 직결되고 있었다. 보천교(동학의 후예, 증산도의 전신) 600만 신도(당시 조선인구 2천만 명의 4분의 1이 넘는 수)는 목숨을 걸고 군자금을 모아서 상해임시정부와 간도, 연해주 독립군에게 전달하였다. 천도교는 각 가정의 부엌에 성미통을 따로 두고 매 끼니마다 몇 숟갈의 쌀을 모아 군자금으로 모아 보내곤 하였다.

우리의 민족종교 천도교, 대종교, 청림교, 원종교의 4개 종교단체가 만주에 세운 학교만 20개가 넘었으며 그곳을 졸업한 학생은 거의 예외 없이 항일 투사가 되었다. 청림교는 따로 무장 조직 '야단(野團)'을 조직하여 직접 항일투쟁을 전개하였으며 뒤에는 북로군정서와 합병한다. 야단과 북로군정서의 합병은 당시 북간도 지역의 항일무장투쟁 단체들의 연합에 긍정적 영향을 주어, 홍범도의 대한독립군 등이 봉오동에서 북로독군부로 통합하여 다음에 벌어지는 조선 초유의 대규모 봉오동 전투를 유리하게 이끄는 데 결정적 역할을 한다.

남북만주와 연해주에 산재한 총 80여 개의 우리 독립군 단체들은 독자적으로 혹은 연대하여 무기를 구입하였다. 북간도의 항일단체와 독립군단은 완전히 규모를 갖춘 것만도 대한국민회국민군, 훈춘 대한국민의회, 정의단 등 30개가 있었으며, 서간도의 항일단체도 한족회부민단, 서로군정서군정부, 백산무사단 등 20개가 있었으며, 연해주 일대에도 혈성단, 독립단 부대 등 36개 항일단체가 활동하고 있었다.

무기 운반 대원은 적으면 200명, 많으면 1,500명까지로 이루어져 경계병, 알선책, 운반책 등으로 나누어 활동하였다. 우리 독립군 단체들이 직접 러시아에 월경하여 무기상들과 교섭하여 무기를 사서 러시아와 중국의 국경에 가져다 놓으면 무기 운반 대원들은 한 밤중에 양어깨에 보총 한 자루씩을 짊어지고 구보로 운반하였으며 때로는 양어깨에 두 자루씩의 보총을 짊어지고 뛰어야 할 때도 있었다. 그러나 이러한 무기 구매 방법은 일제의 신경과민적 수색전과 중국, 러시아의 비협조 때문에 지난의 연속이었다. 몇백 명의 무기 구매 대원이 동원되었다가 돌아올 때는 겨우 보총 몇 자루를 들고 올 때도 허다하였다. 본격적인 무기 구입은 블라디보스톡에 집결하고 있는 체코군단과의 교섭에서 시작된다.

　니콜리스크 수이푼 강가의 한 조선인 폐가.
　판자 조각을 기왓장처럼 엮어서 지붕을 이은 이 조그만 폐가는 한 조선인 월경 기민이 혼자 기거하던 곳인데 그가 지병으로 사망하게 되자 추풍의 조선인들이 장사를 치러줬던 집이다. 추풍은 연해주의 북쪽에서 가장 큰 한인 마을이고 지신허(地信墟. 비노그라드나야)는 남쪽에서 가장 큰 한인 마을이다.
　밤이 이슥하여 추풍의 당어재 골를 출발한 한 태산 같은 사나이가 있었다. 약간 빠른 발걸음을 놓고 있는 그는 더부룩한 콧수염을 기르고 망토를 입고 커다란 권총을 왼 어깨에서 오른쪽 허리춤으로 십자로 걸친 백전노장의 50대 초반의 홍범도 장군이었다. 그 주위를 대여섯 명의 독립군이 사방을 경계하며 호위하고 걷는다. 그들은 모두 왼 손목에 아군 식별용의 가느다란 하얀 헝겊을 묶어 매고 있다. 폐가에 가까이 오자 그곳에는 다른 십여 명의 독립군들이 지키고 있다가 급습을 하듯이 찔러 총 자세를 취하며 외친다. "하늘 천!" 그러자 이쪽에서 힘차게 "따지!"라는 답이 간다. 그들은 피아식별의 군호가 확인됐음을 알고 일제히 거수경례를 붙인다. 조금 있다가 방문을 열고 급히 나오는 건장한 30대 초반의 사나이가 있다. 그도 콧수염을 길렀는데 그는 예리하고 자신감 넘치는 삼각진 수염의 김좌진 장군이었다.

"김 장군!"

"홍 장군!"

"오래 기다렸습니까?"

"낮에 와서 이 주변에 수상한 동정이 있나 살펴보았습니다."

"오늘 모든 일이 순조롭게 이루어져야 할 텐데요."

"네, 거래는 우리보다도 저쪽에서 어떻게 보아주느냐에 달려 있습니다."

"우리가 모은 군자금은 얼마나 되고 체코군이 넘기겠다는 무기는 어느 정도입니까?"

"아직 모든 것이 미지수입니다. 우리의 군자금은 형편없이 부족합니다. 저들이 봐주지 않는다면 우리가 가질 무기는 얼마 되지 않습니다."

"저쪽에서는 오늘 몇 명이나 오는 겁니까? 오늘 중으로 무기 거래는 다 이루어져야 합니다."

"그래야지요. 체코군은 다섯 명이 온다고 통보가 왔습니다. 채성하 군이 안내하고 올 것입니다."

"어떤 사람들이 온답니까? 책임 있는 자가 와야 할 텐데."

"계급은 높지 않습니다. 바이디소바 대위와 하셰크 중위라는 자라고 합니다."

"그런 신분의 사람과 중대사를 결정할 수 있겠습니까?"

"염려 마십시오. 채성하 군이 체코군단 안에까지 들어가서 얀 쉴로비(Jan Syrovy) 사령관을 직접 만났답니다. 얀 쉴로비 소장은 자기와 만났다는 것은 비밀로 해달라고 당부하면서 자기의 참모 바이디소바와 하셰크를 보낼 테니 잘 협상하라고 했답니다."

얀 쉴로비는 러시아의 동부전선에서 포로가 되었는데 그때 오른쪽 눈을 잃어 왼쪽 눈으로만 보는 애꾸눈 사령관으로서 체코군단의 최고 실권자였다. 홍범도 장군은 좀 걱정된다는 표정으로 말한다.

"참모들이 무슨 결정권이 있겠습니까?"

"얀 쉴로비 사령관은 바이디소바에게 채성하가 있는 자리에서 같은 약소국의 입장에 있는 나라이니 잘 협조해 주라고 직접 말하더랍니다."

독립군이 무기가 급히 필요한 만큼 실은 체코군에게는 현금이 우리 못지않게 급히 필요했다. 여비며 체류비, 군량이 많이 부족한 상태인지라 협상을 어떻게 하느냐에 따라 달라질 수 있었다. 이때 '하늘 천, 따지'의 군호가 멀리서 들리더니 더 가까이에서도 들리며 체코군단이 도착했다는 통지가 왔다. 채성하가 앞장서고 뒤에 키 큰 체코 군인 5명이 보무당당하게 걸어오고 있다. 홍범도와 김좌진이 문을 열고 나가자 채성하가 그들을 향하여 무슨 말을 하였고 그들은 일제히 거수경례를 붙인다. 방 안에 들어가서 모두 정좌하고 앉았으나 체코 군인들은 양반다리를 못 하기 때문에 무릎을 세우고 앉는다. 체성하가 먼저 운을 뗀다.

"이분이 바이디소바 대위이고 이 분이 하셰크 중위입니다. 나머지는 수행원입니다."

"반갑소. 나는 대한독립군 사령관 홍범도요. 오시느라고 수고 많이 하셨습니다."

"나는 조선독립군 북로군정서 사령관 김좌진이요. 오늘 좋은 결과가 있었으면 좋겠습니다."

"반갑습니다. 저는 바이디소바 대위이고 이쪽은 하셰크 중위입니다. 저희 얀 쉴로비 사령관께서 자기를 대신해서 잘 협상하라고 당부하셨습니다. 저희들은 본국으로 돌아갈 여비가 필요하고 당신들은 일본군과 싸울 무기가 필요하다고 들었습니다. 맞습니까?"

이 말을 듣고 홍범도 장군이 즉시 받아서 말을 한다.

"그렇습니다. 그런데 미리서 드릴 말씀이 있습니다. 오늘 우리가 소지한 군자금은 많지 않습니다. 그러나 우리는 아주 많은 무기가 필요합니다. 잘 부탁합니다."

하며 앉은 채로 홍범도와 김좌진이 손을 바닥에 대고 공손히 인사한다. 바이디소바 와 하셰크는 어찌할 바를 몰라 하며 엉거주춤 고개를 숙인다. 김좌진이 참모에게 눈짓을 하자 루블과 아직 환전하지 못한 일본 돈까지 꺼내 줄지어 진열한다. 그리고는 보자기 네 개를 꺼내놓고 그들 앞에서 매듭을 푼다. 그 안에는 금비녀, 금가락지, 은수저, 옥구슬, 은팔찌, 수놓은 비단 보자기 등이 쏟아져 나온다. 체코 군인들은 현금을 대충 눈으로 훑어보며 실망하는 눈초리를 보내다가 보따리에서 나오는 물건들을 보고 의외라는 듯한 표정을 한다. 체코 군인들이 바닥에서 현금을 이리저리 밀며 대충 계산하더니 무어라 말들을 주고받는다. 홍범도가 바이디소바의 얼굴을 바라보며 간절히 말한다.

"이 돈이 부족하다는 것은 잘 알고 있소. 그러나 우리는 최소한 3,000명을 완전 무장할 수 있는 무기가 필요합니다. 중화기도 필요합니다. 잘 부탁합니다."

하셰크가 바이디소바에게 한참 동안 설명을 하고 바이디소바는 고개를 끄덕이기도 하고 몇 마디 말을 주고받기도 하고 옆의 군인들도 말을 거들기도 한다. 바이디소바가 말한다.

"이 액수로는 불과 몇백 명을 무장할 수밖에 없습니다. 그리고 이 폐물들은 조선 백성들의 열의에 감동하였습니다만 역시 액수로는 불과 몇백 명을 무장할 수밖에 없습니다. 유감입니다."

이때 밖에서 웅성웅성한 소리가 들리더니 초병이 들어와 김좌진 장군에게 보고한다.

"밖에서 최봉설이란 자가 찾아와서 장군을 뵙고자 합니다."

"뭐? 최봉설 군이? 어서 불러들이게."

김좌진은 깜짝 반가워하며 문 쪽을 바라본다. 초병이 나간 지 얼마 안 되어 최봉설이 급히 들어오고 김좌진은 최봉설을 덥석 껴안는다.

"살아남아 줘서 감사하오. 어떻게 여기를 알고."

"자세한 말씀은 다음에 드리기로 하고 제가 군자금을 얼마 가지고 왔습니다."

"군자금을? 어서 보여주세요."

최봉설은 보자기에서 현금을 펼쳐놓으며,

"모두 2만 2천 원입니다. 오늘 무기 구입에 보탬이 되었으면 좋겠습니다. 철혈광복단이 탈취한 15만 원 중에서 압수당하지 않은 액수입니다."

최봉설은 김참봉의 집에서 일경의 급습을 받았을 때 마침 뒷방에 있었고 탈취한 돈은 뒷방의 벽장 안에 보관하고 있었다. 최봉설이 수상한 낌새를 눈치채고 급히 밖을 엿보니 일경에 완전 포위되어 있어 일이 이미 글렀음을 직감할 수 있었다. 최봉설은 그때 번듯 머리를 스치는 것이 있었다. 얼마만이라도 건져야 한다. 이 생각이 미치자 벽장문을 열고 돈뭉치 몇 개를 급히 꺼내 보자기에 싸서 허리춤에 묶어 매고 윗옷을 걸치고 튀어 나간 것이었다. 홍범도 장군은 비장한 태도로 말한다.

"바이디소바 대위, 하셰크 중위, 보시다시피 이것이 우리가 가진 것의 전부요. 우리는 지금 시각을 다투고 있소. 내일 밤 2시에 끄라스노야로프 산성에서 무기와 현금을 직접 교환하면 어떻겠소. 얀쉴로비 소장에게 이 홍범도가 조선을 대표해서 간곡히 부탁하니 큰 아량을 베풀어주시라고 전해주세요."

"알았습니다. 내일 밤 2시에 끄라스노야로프 성터에서 무기와 현금을 직접 교환하도록 하십시다. 오늘 우리가 확인한 금액에서 한 푼의 차이도 나서는 안 됩니다. 얀 쉴로비 사령관님께 그대로 말씀 드리겠습니다. 단 비단 보자기 하나와 금비녀, 금가락지, 옥구슬 등은 각각 하나씩만 증표로 가지고 가겠소. 사령관님께 선물로 드리면 큰 감명을 받을 것 같아서 그렇습니다."

"좋은 생각입니다. 그렇게 하세요. 그럼 내일 밤 2시 정각에 교환하도록 하십시다. 잘 부탁합니다."

홍범도 장군이 고개를 숙이자 그 방 안의 모든 독립군이 일제히 고개를 숙이고 혹은 무릎을 꿇는다. 체코 군인들도 모두 고개를 숙이고 서 있는 자는 급히 무릎을 꿇는다.

끄라스노야로프 산성은 우리 발해국의 산성이다. 홍범도 장군은 그래서 상징적으로 이 성터에서 모두가 잠들어 있는 시간대에 의미 있는 거래를 하자는 것이었다. 끄라스노야로프 산성은 원래 발해 15부의 하나였던 솔빈부(率賓府)의 자리이다. 성 남쪽으로는 수이푼 강이 흐르는데 수이푼이란 말도 솨이빈(率濱)이란 중어 발음에서 변한 러시아어이다. 금나라 때는 이곳이 휼품로(恤品路)였는데 역시 솔빈부의 발음의 변형이다. 수이푼 강을 자연적인 해자로 삼고 있는 이 산성은 야트막한 산 위에 있는데 성 안은 상당히 넓은 공간을 이루고 있다. 외성의 길이가 8km나 되고 외벽은 이중 삼중으로 되어 있고 성벽의 높이도 4m가 되는 요새로서 고구려 발해인들이 말달리던 우리의 산성인 것이다.

다음 날 저녁 2시가 가까워 오자 체코군의 무기 운반 팀이 마지막으로 무기를 부려놓고 내려가자 총지휘를 하는 듯한 어느 고급장교와 바이디소바, 하셰크가 앞에 서고 약 300명쯤 되는 체코군이 도열한다. 2시가 되자 홍범도 장군이 통역관 체성하를 대동하고 앞장서고 그 바로 뒤에 김좌진 장군 그리고 김좌진의 바로 옆에 스무 살쯤 되는 번득이는 눈을 가진 이범석이 뒤따르고 있다. 그 뒤에 약 1천 500명에 달하는 우리 독립군 무기 운반 대원이 어둠 속에서 모습을 드러낸다. 언덕을 올라 공터에 이르자 바이디소바가 앞으로 나아가 두 장군과 악수를 나누고 자기 상관을 소개한다.

"이분은 한투호바 사단장이십니다. 오늘 무기 거래의 총책이십니다."

"반갑소. 저는 한투호바라고 합니다. 얀 쉴로비 사령관의 명령을 받고 나왔습니다."

"반갑소, 저는 홍범도입니다."

"안녕하십니까. 저는 김좌진입니다."

대충 인사를 나누고, 진열되어 있는 무기를 점검한 홍범도와 김좌진은 서로 얼굴을 마주 보며 만족한 표정을 하고 양팔을 껴안고 흔든다. 체코군이 넘긴 무기는 상상외로 많았던 것이다. 모두 보총 1,200정에 탄약 8만 발, 권총 500정, 기관총 6정, 박격포 2문, 수류탄 800개였고, 보총에 착검할 수 있는 대검도 보총수와 똑같은 1,200자루였고, 기타 군용배낭 800개, 군용 삽 1,000자루 그리고 약간의 의료품까지 우리 독립군이 지불할 가격보다 훨씬 많은 군수품을 가지고 나온 것이었다. 가장 많이 사용할 보총은 거의가 소련

군의 주력무기인 모신나강(Mosin-Nagant)으로서 이미 세계 1차 대전에서 성능을 인정받은 명중률이 높다고 소문난 소총이다. 우리말로는 일명 따쿵 총이라고 알려진 소총이다. 한투호바 사단장은 홍범도 장군을 연민의 눈으로 바라보며 말한다.

"얀 쉴로비 사령관께서는 같은 약소국가끼리 서로 도와야 한다는 말을 꼭 전하라고 하시면서 충분한 대가를 제공하라고 당부하셨습니다. 만족하셨는지 모르겠습니다. 대일전투에서 꼭 승리해 주시기 바랍니다."

"우리는 더 많은 무기가 필요합니다만, 우리가 지불한 액수보다 많은 무기를 제공해준 데 대하여 심심한 사의를 표합니다. 이 은혜를 잊지 않겠습니다."

바이디소바와 하셰크는 독립군 측에서 넘겨준 액수를 계산한 다음, 틀림없다는 표시를 한투호바 사단장에게 전한다. 이로써 무기 거래는 무사히 끝났다.

우리 독립군은 일단 무기를 훈련장으로 운반하기로 하였다. 봉오동의 상촌(북촌)훈련장과 청산리 훈련장으로 거개의 무기를 다 운반하였다. 홍범도는 한판 승부를 봉오동에서 보게 될 것을 예견하고 치밀한 계획하에 상촌 훈련장으로 옮겼고, 김좌진은 북로군정서의 서일(徐一) 총재의 본부와 가까운 청산리(백운평 계곡)의 서너 개 마을 훈련장으로 무기를 운반하였다. 독립군의 주둔은 어디나 마을의 민가를 사용하며 민가를 중심으로 그 근방에 야영하고 주민의 큰 도움을 받고 있었다. 주민들도 조선인이라면 누구나 준 독립군이라고 보아야 했다.

　연해주에 산재해 있던 우리 독립군 단체들도 일단 이 두 곳의 훈련장에서 새로운 무기로 훈련을 받았다. 한창걸 부대, 최호림부대, 혈성단, 독립단 부대, 솔밭관 부대, 우리 동무군, 대한 의용군, 군비단 등 연해주와 하바롭스크 곳곳에 있던 4천여 명의 고려인 독립군들도 모두 와서 훈련을 받았다. 이때 우리 독립군이 보유하고 있는 전 무기를 종합해 본다면, 나중에 밝혀진 것이긴 하지만, 낡은 화승총, 사냥총까지 모두 합하여 보총이 약 3천 300정, 탄약 약 19만 5,300발, 권총 약 730정, 수류탄 1천 550개, 기관총 9정, 박격포 2문 등을 보유하고 있었다.

　봉오동은 두만강에서 40리 밖에 떨어져 있지 않은 근거리에 있었으며 고려령의 험준한 산줄기가 사방을 병풍처럼 둘러싸고 있는 깊은 계곡이다. 봉오동의 조선인 마을은 약 100여 호의 민가가 상촌(북촌), 중촌(남촌), 하촌의 3개 마을로 흩어져 있었다. 상촌은 봉오동을 대표하는 마을로서 최진동의 군무도독부의 근거지였고 최진동의 가족, 친지들이 거주하고 있었다.

　독립군들은 너무나 값비싼 돈으로 마련한 무기인 만큼 총탄 한 발에 한 명의 적을 쓰러뜨리겠다는 정신으로 훈련에 임한다. 그래서 실탄 사격 연습은 한 병사에게 2발씩만 허용되었다. 매일 5시간 이상의 강도 높은 집총훈련과 사격 연습을 실시하고, 흙과 모래 6관이 든 무거운 배낭을 메고 군총으로 무장한 채 야산을 오르내리며 군사훈련을 하였다. 전원이 줄지어서 앞에 세워진 볏짚 관역을 향해 기합 소리와 함께 총검술 연습을 하는 모습은 보는 사람을 섬뜩하게 하였다. 동시에 매일 밤낮으로 2회의 정신교육을 받는 등 강도 높은 훈련을 쌓았다.

그런데 고된 야산 훈련이 끝나고 잠깐 쉬고 있는 시간에 최봉설은 자기 눈을 의심하였다. 군복을 입은 여성 2명이 이쪽으로 걸어오고 있는데 어디서 많이 보던 얼굴이 아닌가. 설마 하고 자세히 보니 아뿔싸! 바로 채계복 여인과 이혜근 애국부인회 회장이었다.

"채계복 씨이시지요?"

"아! 최봉설 씨."

채계복도 소스라치게 놀라면서 다가와 손을 마주 잡는다. 이혜근 회장도 와서 손을 마주 잡는다.

"저 이혜근이야요. 몸은 어떻습니까. 반갑습네다."

"덕분에 이렇게 다 나았습니다. 반갑습니다. 어찌 된 일입니까? 이 어려운 훈련을 어떻게 받으시겠다고 오셨습니까? 여성들은 무리입니다."

"무슨 말씀입니까? 여자라고 못 할 일이 무에 있습니까? 항일투쟁에 무슨 남녀 구별이 필요합니까? 저보다도 이혜근 동지가 먼저 지원하자고 제안했습니다. 체코군으로부터 무기를 구입했다는 소식을 듣고 저희도 용기백배하였습니다. 조국광복이 눈에 보이는 듯합니다. 우리는 10년 세월을 일본 놈들 밑에서 신음하고 있지 않습니까. 반드시 조국을 되찾아야 합니다."

그런데 채계복, 이혜근과 대화를 하고 있는 도중에 저쪽에서 또 알 듯한 두 여인이 장총을 메고 걸어오고 있다. 자세히 보니 전홍섭의 동생 춘애와 윤준희의 동생 옥란이었다. 최봉설이 전에 몇 번 본 적이 있는 아희들이다.

"춘애, 옥란이?"

"와! 오빠."

이들은 서로 인사를 나누었다. 옥란이가 말하였다.

"저희 오빠가 왜놈들에게 잡혀간 후, 춘애가 찾아왔어요. 우리도 독립군에 투신하자고요."

그렇게 됐구나. 최봉설은 춘애에게 말했다.

"전홍섭 군은 그 뒤로 어떻게 되었지?"

"오빠는 15만 원 탈취사건이 있고 바로 며칠 뒤에 배후 공작 인물로 지목되었어요. 오빠는 이 소식을 듣자마자 즉시 자취를 감추었고 아직 잡히지 않고 지하 공작원으로 활동하고 있다는 소식은 듣고 있으나 자세한 거처는 저도 모릅니다."

"천행이로구나. 하여튼 반갑다."

이때 언제 나타났는지 홍범도 장군이 이들 곁에 와서 큰 바위 같은 자세로 내려다보며 말하였다.

"장합니다. 그렇지요. 여성이라고 무기를 들지 못 할 일이 없지요. 남녀불문하고 우리는 무기를 들고 싸워야 합니다. 특히 여성이 있다는 것은 독립군의 사기진작에도 아주 좋습니다. 저기 보세요. 저분들도 모두 여성입니다."

최봉설이 눈을 들어보니 저쪽에 무리 지어 쉬고 있는 약 20여 명의 여성 독립군이 눈에 띄었다. 이쪽에서 홍범도 장군과 함께 여성 독립군들을 바라보며 이야기를 하자 그쪽에서 일제히 손을 흔들어 보인다. 이 모습을 본 여기저기 무리 지어 휴식을 취하고 있던 독립군들이 서로 손을 흔들어 보이며 웃고 환호를 보내기도 한다.

봉오동은 남쪽으로는 삼둔자(三屯子) 등 독립군의 활동 거점과 연결되어 있었고, 서북쪽으로는 약 40리 떨어진 곳에 북로군정서의 소재지인 서대파(西大坡)가 있었고, 서남방으로는 약 16리 떨어진 곳에 홍범도 장군과 연합한 신민단의 주둔지인 석현(石峴)이 있었다. 북쪽 약 160km 떨어진 곳에는 만주로 건너온 광복단의 근거지 대감자(大坎子)가 있었다.

1920년 5월 28일, 대한독립군과 국민회의 국민군 및 군무 독군부가 연합하여 하나의 독립군단인 대한군북로독군부(大韓軍北路督軍府)를 조직하였다. 대한군북로독군부의 성립으로 온성에서 두만강 건너 북방에 위치한 화룡현(和龍縣) 봉오동 골짜기와 그 부근에 있던 700여 명의 병력과 그밖에 대한신민단 이흥수가 거느리는 약 60명의 신민단 독립군이 집결하여 봉오동 전투를 준비하게 되었다. 이어서 역시 대한 신민단원인 한경세가 이끈 신민단 독립군의 1개 소대와 의군부군 1개 소대도 합류하였다. 통합된 대한군북로독군부의 군사 지휘는 의병이래 최명장이었던 홍범도가 맡아 통수하도록 하였다. 전체 인원 800여 명의 병력이었다.

홍범도는 평양 출신으로 임오군란 후에 생계 문제로 진위대 우영

(右營)의 취호수(吹號手) 노릇도 하고 태백산에서 멧돼지, 호랑이를 잡는 사냥꾼 노릇도 했다. 동학혁명 때 전봉준 장군이 일제에 의하여 처형되고, 명성황후가 일제에 의해 살해되면서 항일투쟁을 결심한다. 1908년 10월에 동지 세 사람과 함께 압록강을 건너 길림을 거쳐 연해주의 블라디보스톡 신한촌으로 들어왔다. 1919년 정식 독립군이 창건될 때까지 국경 일대에서 동지들과 게릴라 전법으로 일경과 국경수비대를 기습 공격했다. 3.1운동 이후 안도현 명월진에서 종래의 의병과 포수 4천여 명을 모아 대한독립군을 창설하고 사령관으로 추대되면서부터 항일독립군 지도자로 두각을 나타낸다.

봉오동 훈련소의 훈련이 어느 수준에 이르자 홍범도가 최진동에게 말하였다.

"최 동지, 이제 우리는 우리가 할 수 있는 준비는 거의 다 한 것 같소. 저들이 공격해 오기를 기다리고 있을 수만은 없지 않소?"

"그렇습니다. 이제 훈련도 다 끝나갑니다. 지금 독립군은 사기가 최고조에 달해 있습니다. 어차피 우리는 일본과 싸우기 위해서 준비하고 있습니다. 우리가 선제공격을 해야지요."

"그렇지요. 어떤 방법이 있겠소?"

"소수 결사대를 파견하여 급습을 하고 적을 유인하여 우리의 함정으로 들어오게 해야지요."

"바로 나도 그 방안을 구상하고 있었소. 어디로 유인하면 좋겠소?"

"바로 이곳입니다. 봉오동은 보시다시피 산세가 험하여 삼면 포위가 가능합니다."

"나도 이곳을 처음부터 작심하고 있었소. 이곳은 '목사냥'을 하기에 안성맞춤이오. '치받이'를 할 염려도 없소."

홍범도는 자기가 익히 아는 몰이사냥을 할 참이었다. 몰이사냥은 조선시대부터 군사훈련의 하나로 삼고 있었다. 목사냥은 멧돼지의 도주로를 지키고 있다가 공격하는 것이고 치받이는 사냥감을 위에 두고 공격하는 방법인데 이것은 여간 불리한 방법이 아니기 때문에 그런 지경에 이르러서는 안 된다는 말이었다.

"그런데 이곳은 최 동지의 가족과 친지들의 보금자린데 괜찮을지 모르겠습니다." 홍범도는 최진동의 가족 친지를 걱정했다.

"무슨 상관입니까. 저의 가족들도 모두 독립군입니다. 같이 싸우는 것입니다."

"그럼 좋소. 그렇게 합시다."

홍범도는 말수가 적다. 그러나 항상 말은 요점을 잃지 않고 방책을 말할 때는 언제나 일침견혈(一針見血)하는 통쾌함이 있었다.

홍범도 부대와 최진동 부대의 예하 1개 소대가 각각 북간도 화룡현 삼둔자(三屯子)를 출발한 것은 1920년 6월 4일이었다. 그들은 월신강(月新江)을 넘어 간도를 거쳐 두만강을 건너가 함북 종성군 강양동에 주둔하고 있는 1개 소대 규모의 일본 헌병 국경초소 지대를 기습공격하여 완전 초토화해버린다. 삼둔자 주둔 조선독립군으로부터 기습공격을 받았다는 급보를 받은 일본군 남양(南陽)수비대는 육사 23기생의 니이미 지로(新美次郎) 중위에게 1개 중대와 헌병 경찰

중대를 대동케 하여 즉시 반격전을 전개하였다. 독립군 연합부대에서는 따로 1개 소대를 삼둔자 서남쪽 봉화리에 매복시키고 이화일 소대장이 이끄는 소수 병력을 고지대에 배치시켜 총격전을 전개하며 유인작전을 폈다. 드디어 6월 6일 오전 10시쯤 일본군은 독립군이 잠복해 있는 100m 앞까지 추격해왔다. 이때 독립군은 일제 사격을 퍼부었다. 위에서 밑으로 퍼붓는 총격 세례를 받은 남양수비대 1개 중대 병력은 그 자리서 60명이 사살되는 참패를 맛보았다. 독립군은 단 2명이 전사하였고 근처 마을의 주민 9명이 유탄을 맞아 사망하였다. 이 전투는 봉오동 전투의 전초전으로서 일명 삼둔자 전투라고 한다.

　삼둔자에서 일본군 남양수비대가 참패했다는 소식을 들은 일본군 제19사단 사령부에서는 종성군 나남(羅南)에서 월경추격대를 편성하였다. 보병 73연대 등에서 차출한 보병과 기관총대 1개 대대의 정예부대로서 보병 소좌 야스카와 지로(安川二郎)가 지휘하고 있었다. 독립군 탐색대가 비둘기 다리에 묶어 날려 보낸 편지를 통해 1~2시간 만에 이 사실을 알게 된 홍범도, 최진동 등 독립군 지휘부에서는 1개 대대급밖에 안 되는 열세한 병력으로 우세한 적과 대적하려면 지형지물을 최대한 활용하는 방법밖에 없다고 판단하였다. 먼저 고지에 올라가서 시야를 넓혀야 하기 때문에 북쪽으로 퇴각하여 조를 나누었다. 일부는 산꼭대기에 올라가고 일부는 안산(安山) 촌락 후방고지에 진지를 만드는 한편, 인근지역을 엄폐물로 목책을 쌓고 볏짚으로 많은 허수아비를 만들어 세워서 위장 전술을 펴기로 했다.

　일본군 월경추격대는 종성군 하탄동(下灘洞)에 집결하여 6월 6일 밤 9시부터 두만강을 건너기 시작하였고, 밤중에 삼둔자 전투 생존 병력 니이미 지로(新美二郞) 중대와 합세하였다. 월경추격대는 자기들의 길 안내를 확보하기 위하여 후안산 마을에 첩자 3명을 파견하였다가 독립군 자금 담당 최명국의 집에서 작은 교전이 벌어졌다. 여기서 일본군 1명과 조선인 남녀 2명이 사망하고 조선인 1명이 부상을 당하였다. 그들은 6월 7일 꼭두새벽에 독립군의 본거지 봉오동을 일거에 습격할 계획을 짜놓고 있었다. 그들은 안산 방면을 거쳐 고려령을 향해 곧바로 봉오동 입구로 진입하고 있었다. 적의 행방은 독립군의 탐망군에 의하여 각 산 8부 능선에서 깃발신호로 얼마만 한 병력이 오고 있다는 것을 속속들이 알리고 있었으므로 홍범도는 그들의 진입 속도며 인원을 정확히 파악하고 있었다. 홍범도는 먼저 주민들을 전원 산중으로 피난시켜 마을을 공동화 시킨 후 전 독립군에게 작전 지시를 기다리라고 했다.

　그런데 일본군은 자기들끼리 아군을 독립군으로 착각하여 서로 오인사격이 벌어졌다. 나카니시(中西) 소대와 소토야마(外山) 소대가 연락이 잘못되어 피아식별에 착오를 일으키는 바람에 자기들의 위치를 독립군에게 잘 알려주고 있었다. 이날은 날씨가 워낙 악천후였다. 온통 하늘이 찌푸리더니 날씨가 한 치 앞을 분간키 어렵게 흐려지고 소나기가 점점 세어지더니 우박이 퍼붓고 천둥 번개까지 산천을 뒤흔들었다.

일본군은 별 치밀한 작전계획은 없었다. 그저 보이는 대로 섬멸하겠다고 처음부터 독립군을 얕보고 있었던 것이다. 그도 그럴 것이 일본군은 그때까지 정식 훈련을 받고 군비를 갖춘 조선군대를 본 적이 없다. 그들은 대한제국 말기의 의병 수준으로만 생각하고 있었던 것이다. 전 국민이 만난을 무릅쓰고 군자금을 모으고, 독립군이 천신만고로 신무기를 구입하여 일본병 못지않은 강훈련을 쌓은 사실을 그들은 까마득히 모르고 있었다. 그때까지는 일본 병사 하나가 그까짓 농민군 수준의 조선의 의병이나 독립군쯤이야 1:10 아니 1:100도 할 수 있었기 때문에 별 준비도 필요 없었다. 그저 가서 무조건 참살하면 되었던 것이다.

　일본군은 여세를 몰아 봉오동 골짜기를 향해 진격해 들어왔다. 그러나 골짜기 안에는 여기저기 독립군 부대가 매복해 있었다. 약 300명의 선발대가 우세한 화기를 믿고 계속 진군하여 들어오고 있었다. 그 뒤를 따라 나머지 일본병도 진격해 들어왔다.

　독립군 연합부대는 즉석에서 부대를 재편성하였다. 최진동을 사령관으로 정하고, 홍범도는 연대장 겸 총사령관이 되고, 안무는 사령부 부관, 이원(李園)을 연대 부관장교로 정하였다. 군은 소규모의 권총과 단총으로 무장한 연대 본부와 1, 2, 3, 4, 5, 6중대 등 7개로 중대로 재편성하여, 1중대장은 이천오, 2중대장은 강상모, 3중대장은 강시범, 4중대장은 조권식을 새로 임명하였다. 홍범도는 대한독립군과 최진동의 군무독군부군, 안무의 간도 국민회군으로 편성된 제5, 6중대의 2개 중대를 인솔하고 일본군 선발대의 시야에 들어가도록 맞은편 막창에서 천천히 움직이면서 봉오동 골짜기 깊숙이 들어오도록 유인하기로 했다.

자루처럼 생긴 골짜기의 양편에는 제1중대가 상촌 서북방에, 제2중대가 봉오동 동북방 산악지대에, 제3중대는 북부 산악고지에, 제4중대는 서산 남부 나무 숲속에 매복하고 있었다. 신민단군과 의군부군은 따로 상촌 남단 입구 쪽에 엄폐해 있고, 이원은 본부병력과 잔여 병력으로 서산 최북단에 엄폐하여 탄약 공급과 만약의 경우를 위한 퇴로 확보를 책임지고 있었다. 동시에 유인책을 잘 썼던 제2중대 제3소대장 이화일에게는 다시 분대 병력을 주어 고려령 북쪽 1,200m 고지와 그 북쪽 마을에서 대기하고 있다가 일본군이 나타나면 교전을 가장하면서 독립군의 포위망 안으로 유인해 오도록 했다.

6월 7일 04시 45분, 이화일의 유인 전술이 시작되었다. 고려령 줄기를 타고 홍진촌과 수남촌에서 들어오는 일본군 선발 중대를 기습한 것이다. 그런데 유인하기 위해 소극적인 교전을 해야 한다는 것을 깜박 잊고 진짜 사격을 퍼부어 일본군 전위중대가 참패를 하고 퇴각하고 말았다. 그러나 그들은 다시 대오를 갖추어 이화일 소대를 추격하여 홍범도의 작전계획대로 봉오동 골짜기 안으로 진입하기 시작하였다. 마을을 비우고 산속에 숨어서 이 광경을 보고 있던 민간인들은 불안해서 살 수가 없었다. 일본군이 마을로 들어서고 있는데 독립군이 모르고 있으면 큰일이다. 그때 불쑥 최진동의 젊은 부인이 골짜기로 달음박질치기 시작하였다.

"놈들이 온다! 놈들이 온다!"

그래도 모를까 봐 이번에는 치마를 벗어서 흔들면서 더 빨리 달음박질쳤다.

"놈들이 온다. 수백 명이다. 수천 명이다."

너무나 갑자기 일어난 일이어서 독립군들은 손도 쓰지 못하고 모두 눈이 휘둥그레서 보고만 있었다. 그때 일본군 선발대로 오던 수색대로부터 콩 튀듯 한 총성이 들리더니 부인은 피가 낭자하여 쓰러졌다. 최진동을 비롯한 독립군은 모두 이를 갈며 이 광경을 지켜보고 있었지만 홍범도 장군은 그래도 아직 사격 신호를 보내지 않는다. 홍범도 장군도 막창에서 금방 우리 탐망군의 보고를 자세히 들었지만 이렇게 어렵게 포위망 안으로 유인하고 있는데 이를 망칠까 봐 사격 신호를 보낼 수가 없었다.

아침 8시 30분에 그들은 봉오동 하촌에 진입하였고, 11시경에 중촌에서 아침 식사(일본군은 1일 2식)를 하고 상촌으로 진출을 시작하였다.

오후 1시, 일본군이 봉오동 상촌 남쪽 300m 지점 갈림길까지 들어섰을 때야 비로소 홍범도 장군은 조망하던 망원경을 내려놓고 공격 개시 신호탄을 올렸다. 기다리고 있던 삼면 고지에 매복한 독립군으로부터 일제히 소나기 같은 사격이 시작됐다. 일본군은 너무나 뜻밖이라 우왕좌왕하며 무참히 당하고 있었다. 독립군은 위에서 몸을 은폐하고 정조준하여 목사냥을 하고 있지만 일본군은 보이지도 않는 독립군을 향해 총성만 따라서 무작정 치받이 사격을 가하고 있었다. 어떤 독립군은 십여 미터까지 가까이 접근하여 근거리 조준사격을 가하였다. 일본군은 당하고 있을 수 없다고 작심한 듯, 희생을 무릅쓰고 기관총을 땅에 장착하더니 양쪽 산을 향하여 사정없이 난사한다. 그러나 악천후의 은폐물 뒤에서 사격하는 독립군을 한 명도 맞추지 못하고 실탄만 낭비하고 있었다. 그런데 독립군 측으로부터 한 발의 포탄이 날아오더니 한 기관총 무더기를 완전히 공중분해 시켜버리고 만다. 그러더니 다른 기관총부대도 독립군의 집중사격과 기관총 사격을 받고 사수, 조수, 탄약 담당병 할 것 없이 모두 쓰러져버리고 기관총 총신만 덩그러니 남는다. 일본군이 조선군에 의하여 우수수 쓰러지는 모습은 일본인으로서는 처음 보는 광경이었다. 기절초풍할 일은 박격포탄이 단속적으로 날아와 기관총부대를 무력화 시키는가 하면 일본군과 똑같은 기관총 사격이 가해진다는 것이었다. 그렇다면 중화기까지 갖추고 있다는 말이 아닌가? 언제 조선군이 이런 무기를 갖추게 되었는가? 이곳 봉오동 골짜기의 조선군은 자기들이 알고 있는 조선군이 아니었다. 처음으로 그들은 도망을 치지 않으면 안 된다고 생각하고 있었다. 그러나 자루 안으로 들어온 군대가 터진 한 방향으로 도망간다는 것은 목에서 근거리 양면 사격이 있을 것이 분명하기 때문에 전멸을 의미한다. 어떻게 해서라도 약한 어느 부분을 뚫고 나가야 한다고 발버둥을 치고 있었다.

오후 3시, 야스카와 소좌는 동쪽 산악고지에 매복한 강상모의 2중대를 발견하고 자신이 이끄는 부대 중 가미야(神谷) 중대와 나카니시(中西) 소대를 지휘하여 돌격하였다. 소나기가 휘몰아치는 짙은 안개 속에서 그림자처럼 희미하게 비취는 독립군을 향해 전원이 약 10분 동안 화력을 총동원하여 소나기 사격을 퍼붓는다. 그런데 웬일인가? 그처럼 맹사격을 가했는데도 독립군들은 하나도 쓰러지지 않고 그대로 서 있는 것이 아닌가. 야스카와 소좌는 더 가까이 접근하여 눈을 비비고 보고서야 속았다는 것을 알았다. 그것은 볏짚으로 위장하여 세워놓은 허수아비 병사들이었던 것이다. 강상모 중대는 적을 유인해놓고 약간만 비켜서 대기하고 있다가 그들의 실탄이 다 떨어져 갈 무렵 갑자기 나타나 벽력같은 반격을 가하였다. 기가 꺾일 대로 꺾인 야스카와 소좌는 마침 밀어닥친 시커먼 먹구름과 쏟아지는 폭우를 이용하여 사력을 다하여 포위망을 빠져나가고 있었다. 강상모의 2중대는 도주하는 일본군을 추격하여 다시 심대한 타격을 입혔다. 아군은 부상자 수 명이 나왔을 뿐인데 가미야 중대와 나카니시 소대는 무려 100여 명의 사상자를 내고 말았다.

이번에는 니이미 중대가 포위망을 탈출하기 위하여 서산의 4중대 1개 소대를 향하여 '도츠게키!(돌격)'를 외치고 달려들었으나 금방 독립군에 의하여 협공을 당하고 만다. 그들은 하는 수 없이 다른 길로 후퇴하기 위하여 비어있는 남쪽으로 진입하다가 이번에는 매복해 있던 신민단군에게 다시 협공을 당하고 물장구가 튀듯이 흩어진다.

그러나 월강 대대는 틈만 있으면 허술한 포위망을 뚫으려고 발버둥을 치기 때문에 독립군의 전열도 상당히 흐트러질 수밖에 없었다. 때마침 우박과 폭풍이 몰아치고 물안개가 앞을 가려 피아의 구별도 어려웠다.

큰 바위를 엄폐물로 하여 4명의 여성 독립군이 희뿌연 앞을 향하여 일본군에게 사격을 가하고 있었다. 그때 언제 뒤로 돌아왔는지 일본병 하나가 갑자기 뒤에서 총격을 가하는 통에 여성 독립군 2명이 쓰러진다. 나머지 2명이 재빨리 뒤로 돌아서서 사격을 가하자 일본병은 줄행랑을 쳐 도망간다. 그 2명의 독립군은 바로 춘애와 옥란이었다. 두 여군이 일본병 하나를 전속력으로 추격하는 형국이 되었다. 두 여군은 이번에는 길을 나누어 쫓아간다. 냇가 굵은 바윗돌들이 널려있는 사이를 뛰어넘고 숨고를 계속하던 그들은 마침내 어느 지점에서 옥란이가 착검을 한 총을 들이대고 앞을 막아선다. 그때 언제 나타났는지 뒤에서 춘애가 일본병의 뒷등을 찌른다는 것이 잘못 빗나가 왼쪽 어깻죽지만 상처를 입히고 만다. 일본병이 돌아서려는 순간 거의 동시에 정면의 옥란이가 일본병의 가슴팍을 정통으로 찌른다. 그 찢어질 듯 내지르는 기합 소리와 동작은 총검술 훈련을 받을 때의 모습과 한 치도 다르지 않았다.

홍범도 장군이 지키고 있는 막창의 고지를 향하여 폭풍우 속에서 일본군이 새카맣게 기어오르고 있다. 독립군들은 숫자적 열세로 약간 겁을 먹은 듯하였다. 그때 홍범도 장군은 흐린 시야를 헤집고 한 물체를 꼼짝도 하지 않고 정조준하고 있었다. 드디어 "따쿵!" 하는 전 산천을 울리는 총소리와 함께 쓰러지는 자는 맨 앞장서 기어오던 인솔 대장 가시우라(柏浦隆夫) 소위였다. 홍범도의 사격술은 백

발백중, 그것은 신기(神技)에 가까웠다. 독립군은 그 총소리를 신호로 일제히 총을 난사하며 비탈길을 내달아 앞장서 오는 몇 놈을 백병전으로 때려눕히고 쓰러진 적에게 다시 총을 발사하였다. 이 광경을 본 일본군은 봇둑이 무너지듯이 일제히 도망가기 시작하였다. 파도가 밀려가듯 전력 도주하는 수많은 일본군의 뒷모습은 참으로 처참한 광경이었다.

이런 밀고 밀리는 전투가 4시간 동안이나 계속되었다. 그러던 어느 시점부터는 널브러진 일본군 시체만 보일 뿐 살아있는 일본군은 한 명도 보이지 않았다. 각자 살길을 향하여 사면팔방으로 장비를 버리고 줄행랑을 놓은 것이다. 단 800여 명의 조선독립군이 그 배가 넘는 일본 정규군을 무참히 무너뜨린 독립전쟁 사상 대서특필할 첫 대승이었다.

최후 점검한 결과, 일본군은 전사자 157명, 부상자 300여 명이었다. 부상자 중에는 중상 2백에 경상 100여 명이었다. 우리 독립군 연합부대는 전사자가 단 4명밖에 나오지 않았으니 장교 1명, 병사 3명이었고 약간의 부상자가 있을 뿐이었다. 앞서 총을 맞은 두 여군은 다행히 가벼운 부상에 그쳤던 것이다. 노획한 장비는 보총 160정, 기관총 3정, 탄약 2만 5,765발, 기타 무수한 수류탄, 권총, 망원경, 군량 등이었다.

봉오동을 빠져나간 일본군은 그날 밤 비파골에 이르러 자기들을 후원하러 오는 일본군을 조선군으로 착각하고 서로 교전을 하여 양쪽이 큰 손실을 보았으니 이래저래 이날은 일본군 최악의 날이었다. 살아남은 일본군은 함경북도 온성군 유원진(柔遠鎭)으로 패주하여서야 겨우 마음을 놓고 한숨을 내쉴 수 있었다.

　홍범도 장군 곁에서 피아의 손상을 점검하고 있던 최봉설은 희미한 물안개 속에서 비틀거리며 이쪽으로 걸어오고 있는 한 병사를 자세히 보고 있었다. 순간 앗! 채계복 여인이 분명했다. 그는 단걸음에 뛰어가서 채계복을 부축하였다.

　"계복 씨!"

　"최 선생님! 저는 괜찮습니다."

　"괜찮다니요? 다리에서 피가 철철 흐르지 않습니까?"

　"죽지 않은 것만도 다행이지요."

　"무슨 말씀이세요? 동지들, 여기 좀 도와주세요. 여기 좀 도와줘요. 총을 맞았어요."

　최봉설은 독립군들을 향하여 고함을 질러댔다. 그때 독립군 속에서 담가를 든 두 병사가 쏜살처럼 뛰어왔다. 채계복을 담가에 눕히자 언제 달려왔는지 이혜근 여사가 채계복의 손을 움켜쥔다.

　"채 선생, 나 알아보겠어요?"

　"알아보다마다요. 이 선생님, 정신은 말짱합네다."

　그들은 서로 얼굴을 보고 웃는다. 그때 홍범도 장군도 최진동 사령관도 다가와서 위로의 말을 건넨다. 채계복의 담가 옆에는 모진 풍파를 견딘 만주바람꽃이 바람에 한들거리고 있었다. 하늘도 흰 구름이 몰려가며 언제 그랬느냐는 듯 말짱히 개이고 있었다.

　그러나 오래 봉오동에 머무를 수는 없다. 우리 독립군도 부대 이

동이 불가피했다. 이제 거점이 노출되었으니 대규모 보복 공격이 따를 것이 뻔했기 때문이다. 일단 독립군은 재빨리 대한국민회의 활동 거점인 의란구 지역으로 이동하여 부대를 정비하였다.

봉오동 전투에서 이어지는 청산리 전투는 그해(1920) 10월 중에 이도구, 삼도구 일대에서 벌어진 10여 차례의 전투를 지칭하는 것이다. 봉오동 전사들이 주동한 우리 독립군 대부대는 백운평 전투, 완록구 전투, 어랑촌 전투 등의 이른바 청산리 전투를 모두 승리로 이끌어 조선은 어느 누구에게도 지배받지 않겠다는 의지를 확실히 만방에 선포하고 있었다.

철혈광복단 6인 중에서 유일하게 살아남은 최봉설은 봉오동 전투 청산리전투에 참가한 다음 '적기단(赤旗團)'을 결성하고 단장직을 수행하면서 러시아와 간도 일대에서 무장투쟁을 이어 나간다. 지하공작원 전홍섭은 몸을 숨기고 계속하여 조선 독립을 위하여 중요한 임무를 수행하고 있었다.

우리 독립군을 도와줬던 체코의 얀 쉴로비 소장은 프라하에 돌아가 독립한 조국의 육군참모총장, 국방부 장관을 거쳐 수상에까지 올랐다. 그때 우리 독립군으로부터 무기 대금을 받은 체코군단의 후손들은 한국인을 만나면 지금도 조선의 금가락지, 금비녀, 은수저, 수놓은 비단 보자기 등을 기념으로 내보여준다고 한다.

구양근 창작소설 세계 평설

중견작가의 다채로운 소설 세계

이 명 재

　구양근 교수는 일찍이 수필로 등단하여 활동하다가 2015년에 동학 농민 혁명의 역사적인 서사물『칼춤』으로 김만중 문학상을 수상하면서부터는 장편 역사소설을 여러 편 발표해 온 중견작가이다. 칼춤에 이어 근현대 친일파 제1호 김인승을 최초로 발굴하여 운양호사건을 상하권으로 다룬 장편 역사소설『안개 군함』(2018)과 대한민국 정부 수립 이후의 한국 전쟁에 참여한 중국지원군 총사령관 펑더화이의 시각으로 접근한 다큐 형식의 장편소설인『붉은전쟁』도 3권으로 펴내서 대형 작가로 주목받았다. 중국문학도로서 시작하여 대만과 일본에서 동양사를 이수한 역사 전공자다운 면모가 드러난다.
　그런데 근년에 들어서는 구양근 작가가 이전의 민족이나 국가적인 거대 담론과 달리 다양하고 알뜰살뜰한 단편소설에다 알찬 중편소설을 곁들인 창작집을 선보여서 그에 대한 인상이 새롭게 다가온다. 첫 창작집 『모리화茉莉花』(2019)에 이어서 이번에는 다섯 해 만에 제2창작집 『붉은 가시로 남아』를 펴낸다. 이전의 동양사적인 과제에서 벗어나 이제는 한결 우리 생활 주변적인 일상의 문제로 다가온 것이다. 상아탑의 강단에서 내려온 이후 일반 현실사회에 눈을 돌린 현상이다. 그러기에 이즈음 그의 작품은 개인적이고 내면적인 소설의 세계로 밀착해 든 정황이다.

구양근 작가의 『붉은 가시로 남아』는 단편 8편에다 중편 2편 및 콩트 2편을 포함하여 총 12편으로 이루어진 신작 소설집이다. 따라서 대상 작품을 대체적인 성향별로 두 작품씩 묶어서 여러분과 함께 감상, 담론해 본다.

극적인 상봉과 아쉬운 석별

단편 「그리고 옥인동 신문보급소」는 처음으로 개방된 청와대 탐방길에서 마주친 옛 친구의 만남을 통한 회상으로부터 시작된다. 1960년대 고교생 때 수남이가 신문 배달을 하며 여학생을 두고 다투던 금철이 가족 일행과 마주친 것이다. 금철이는 가족과 동행중이라 수인사로 스쳐 갔다. 하지만 용인에서 올라온 수남이에게 옛 옥인동 시절은 결코 잊을 수 없는 추억으로 떠오른다. 인왕산 자락에 깃든 옥인동 골목 구공탄 가게 옆에 자리한 신문보급소에서 만난 30대의 박영일 소장님과의 인연과 상봉은 극적이다.

금철이랑 다툴 때 손찌검까지 곁들인 체벌로 지도하며 격려하던 소장님의 따스한 정은 남달랐다. 수남이가 홀로 사는 어머니께 인왕산의 수성동 골짜기에서 꺾어드린 찔레꽃 향기에 흐뭇해하던 사연을 짐작할 만하다. 보급소에서 수남이가 등물칠 때 발견한 그 옥가락지로 인해서 박영일 소장은 가회동에서 포장마차를 열고 사는 수남이의 어머니와 17년 만의 극적인 해후를 이룬다.

화순의 용곡 동네에서 고아처럼 자란 영일은 유물로 홀어머니가 임종 전에 건네준 옥가락지 하나만 받았다. 어릴 적 기억은 벌교 어느 해변 마을에서 태어났고, 그 동네에 오신 모란 아재란 분을 따라 용곡으로 따라 왔었다. 그는 용곡의 유지이던 모란 아재네 실머슴으로 열심히 일하여 주인에게 신임을 얻었고 하모니카 잘 부는 총각으로도 알려졌다. 같은 또래인 남숙이는 물 길러 오다가 만나기도 하는 친구처럼 지내는 사이였다. 그러다가 찔레꽃 필 무렵엔 오일장인 자은 장에서 돌아오는 길에 봄나물 캐서 팔고 오는 남숙이와 나무해서 팔고 오는 영일이가 호젓하게 만나 사랑을 속삭였다. 운평재 넘는 길 중간쯤의 석간수 샘물을 마시며 갈대밭 사이에서 찔레꽃을 꺾어 건네주며 껴안고 뒹굴기도 했다.

그런 뒤 두어 달쯤 지나서 아랫배가 불러오는 것을 깨달은 남숙은, 밤중에 봇짐을 싸서 서울로 간 친구 주소만 들고 고향을 떠난다. 동네에서는 자은 역에서 기차를 타는 남숙이를 보았다는 소문만 돌뿐이었다. 그동안 한 마디 말도 않고 마을을 뜬 남숙이를 걱정하며 잠 못 이루던 영일이도 무작정 머슴 살던 모란 아재 집을 나선다. 그러던 중에 옥인동 신문보급소에서 우연히 발견한 옥가락지 유품으로 못 잊을 혈육을 만난 것이다.

그런가 하면, 「횃댓보를 돌려줘」에서는 우리 정통 종교인 증산도인끼리 사귀다 헤어진 젊은 남녀 사이의 아쉬움을 그린다. 이 작품은 작가의 동학농민혁명에 관한 면밀한 조사나 민족종교에 관한 견식으로 밀도감을 배가시킨다.

　작품의 주인공인 송만수는 전북 정읍태생으로서 온 집 식구가 증산도 도인이다. 만수는 엽색꾼인 종학이 한테 자기 애인이던 혜숙이를 빼앗긴 홧김에 삼사관학교에 입대하여 임관된 군 장교로서 전방에서 소대장으로 복무 중이다. 그런 중에 우연히 자신의 소대 부하인 김 중사의 누이 희옥이를 소개받아 사귄다, 서로 사진을 동봉한 서신 왕래도 가졌다. 첫 휴가 때 울산 해변마을에 사는 시골의 그녀 집에도 들르고 가까워진다. 역시 독실한 증산도 도생인 김희옥도 양구 소재 전방 부대까지 면회를 와서 함께 밤을 새우기도 한다. 거기서 큰 옥양목 천에 장생도를 수놓은 정성들인 횃댓보를 선물받기도 하고, 증산교의 본주문인 "시천주 조화정 영세불망 만사지…."를 같이 합창하기도 한다. 그러나 둘이는 헤어지지 않으면 안 되는 운명에 처한다. 희옥이는 결혼연령이 차고 부모님의 성화가 있었으나 만수는 학교도 아직 마치지 않았고 위 형도 미혼인 사정 때문이다. 결국 여러 사연을 거친 후에 희옥이는 전방 부대로 이전에 자기가 받았던 편지를 모아 소포로 반송하고 그 지방의 어부 총각과 결혼한다.

　희옥이의 횃댓보를 반송하지 못하고 간직하고 있던 송만수는 결국 어머니에게 들키고 만다. 중위 때 휴가간 아들에게 결혼도 하지 않은 여성에게 받은 물건을 빨리 돌려주라는 불호령을 듣자 횃댓보를 싸들고 울산으로 내려간다. 이미 아이까지 낳아 기른다는 바닷가의 그집 진달래 슈퍼 기둥 밑에 횃댓보를 가만히 놓고 나온다. 버스 정류장으로 향하다가 생각하니 남편에게 오해받을세라 급히 되돌아가 살핀다. 그 사이에 그 동네 강아지 두 마리가 횃댓보를 서로 물고 찢고 야단판이 벌어졌다. 그래도 엉망이 된 그 횃댓보를 가방에 집어넣고 황망히 돌아 나오는 마무리 기법이 일품이다.

첫사랑의 깊은 상처

구양근의 단편인 「붉은 가시로 남아」는 두 번째 창작집의 표제작으로서 눈길을 끌만큼 시공간적인 배경이 특이하고 의미 짙은 사랑의 밀도감을 지닌다. 서두에서 남도 농촌 출신인 고향의 서너 친구들이 모처럼 서울 광화문에서 만난다. 1950년대 휴전 한참 후에 먼저 상경해서 취업한 덕용이가 편지해서 물류회사로 불러준 고마움에서랄까, 그 덕분에 서울 주민이 된 박씨 부부가 자기들 금혼식 날 초청을 못해서 대접하려 입장권을 사서 함께 모인 자리다. 그러기에 세종문화회관에서 열린 홍난파 가곡제는 일행을 한껏 새로운 정감으로 사로잡는다.

특히 과천에서 올라온 덕용이는 세종문화회관 대극장에서 국악 가수인 오정해가 찬조 출연, 시작 전부터 "배 띄워라! 아이야 벗님네야, 어서 가자!"면서 애간장을 녹이는 음악에 이은 어린 여가수의 애절한 '초혼'이 가슴을 저미며 감동에 젖는다. 시골 배바우 출신인 70대 후반인 이들 중에서 덕용이는 예전의 월녀를 떠올리는 것이다. "살아서는 갖지 못하는 그런 이름 하나 때문에, 그리운 맘 눈물 속에 난 띄워 보낼 뿐이죠…"

덕용이는 월녀 생각으로 명치가 가슴을 때리는 감동을 가누지 못한다. 드디어는, "스치듯 보낼 사람이 어쩌다 내게 들어와, 장미의 가시로 남아서 날 아프게 지켜보네요. …" 대목에서 눈물을 주르륵 흘린다.

그러면서 40여 년 전의 고향 마을을 되살리는 갖가지 회상의 늪에 빠져든다. 노쫑굴의 우거진 소나무를 훑고 지내온 맞바람이 가욱재를 넘어 주암리에 닿으며 지그재그로 소용돌이친다. 과수댁인 시촌댁이 무당굿을 하고 돌아오다 배바우 위의 월녀 모습을 보고 놀란다. 6. 25로 인한 인공 때 부친이 얼결에 면당 위원장을 지낸 탓에 눈앞에서 경찰에 총 맞아 죽은 장면을 겪은 충격 이후 혼이 들락날락한 월녀였다. 그래도 그 동네 총각들은 은근한 월례랑 한집에서 지내는 시촌댁에서 화투놀이도 하고 두부추렴도 하며 지낸다. 그러던 월녀가 덕용이랑 사랑하다 몸에 표시가 나자 혼이 나가서 영 돌아오지 않고 만다. 덕용이는 죽은 월례를 덕석말이로 지게에 지고 식구들이 뒤따르는 가운데 옛날 유기 만들던 노쫑굴에다 묻는다. 덕용이가 사준 빨강 댕기를 달고 나물 캐러 온 그녀랑 나뭇짐을 세워 놓고 자주 만나던 곳,

"덕용아, 나 내일 나물 캐러 가는디 같이 갈래?"
"우짝 쿠름 같이 간다냐. 남들 눈이 있는디."
"그렇께 내가 늦게까지 나물을 캘텡께 너는 노쫑굴에서 나무를 허다가 내려옴시롱 우연히 만난 것 같이 만나면 되제"

그날 밤 촌 처녀와 총각답지 않게 고향 정취 속에서 원초적인 애정으로 만나며 업어주며 사랑한 정분과 추억은 서울에서 칠순 넘은 남아의 가슴을 울린다. 첫사랑에 대한 낭만과 도리를 다양한 시공간으로 입체화한 회심의 역작이다.

또한 고교 시절에 시골에서 남녀 학생들로 만나 사귀다 오래도록 뜻하지 않게 헤어진 「성벽의 색깔이 다르다」 경우는 위의 사랑 이야기

와 대조를 보인다.

대학에서 역사학을 전공한 윤 선생은 한국 고궁이나 서울의 명소 유적 역사뿐 아니라 한국화 그림에도 일가견이 있는 고품격의 인텔리이다. 중고교 교사직에서 정년퇴임한 처지로서 5년 전에 아내가 폐암으로 세상을 뜬 후 은퇴하여 쓸쓸하게 지내는 중이다. 하루는 모처럼 아들을 데리고 서울 성곽을 타고 종로구 낙산을 오르다 동대문 쪽으로 내려오며 아들의 질문에 대답한다. 서울 성벽의 색깔이 다른 것은 오랫동안 증축을 했기 때문이란다. 원래는 태조 이성계가 쌓았지만 세종, 숙종, 영조에 걸쳐서 돌의 크기나 모서리 등도 왕의 성격에 따라 차이가 있다는 것이다.

그러고는 동대문 쪽의 시내에 이르러서는 동대문 광장시장으로 들어선다. 처음에는

황마담이라는 옛 시골의 한동네 친구를 만나고는, 황마담과 함께 다른 가게에 들른다.

"봉심아, 너 이 사람 알 것냐?"
"봉심씨! 안녕하세요? 너무나 오랜만이구먼요."

봉심이는 황 마담이 윤 선생을 데리고 자기 점방으로 들어서는 모습을 보고 간 떨어질 뻔하였다.

"난 누군지 잘 모르것구만이요."

봉심이는 윤 선생의 얼굴을 한참 바라보다가 역심이 치솟아 한 마

디 내뱉고는 주방 안으로 들어가 버린다. 충북 단양군 산비탈 마을에서 살던 과부 옹천댁네 딸 봉순은 또래 남학생인 윤 군과 함께 정겹게 사귄 사이였다. 학교는 못 다녔어도 마음씨 곱고 미색의 생김새는 총각의 마음을 사로잡았다. 그러기에 둘이는 남몰래 동네서 십여 리 밖 풀밭에 누워 이야기하고 있다가 그곳에까지 나물 캐러온 정동댁에게 들켰다. 동네서 입 싸기로 이름난 그녀는 기어코 동네에 소문을 퍼뜨렸다. 그 일로 해서 윤 선생은 아버지한테서 제대로 배우지도 못한 그런 아이와 사귄다고 따귀까지 맞고 혼났었다. 그런 소문 후에 봉심이는 한 동네 친구(황 마담)와 밤 단봇짐을 싸서 서울로 올라갔다.

봉심이는 경원하던 윤 선생을 잊기 위해, 그를 피해서 서울을 떠나 파주 어느 마을의 집 딸린 과수원을 구입하여 산다. 결국 거길 찾아간 윤 선생은 화해하여 받아들인 옛 애인이랑 함께 살면서 윤 선생의 아들, 딸도 놀러 오라고 말한다. 이런 경우에는 으레 냉담하게 외면하는 요즘의 젊은이들 세태와 다른 애정과 우정의 본보기로서 눈길을 끄는 작품이다.

사회 고발 및 인생 풍자

위 경우와 달리 「캠퍼스 소소리바람」은 우리 인식과는 딴판으로 일부 대학의 교수층이 교원 인사를 둘러싸고 벌이는 갈등과 비열한 처신을 고발하는 단편이다. 허구적인 소설이기보다 여러 정황에서 실제로 겪은 비리의 체험담으로서 설득력 있다. 작가는 10년 넘도록 대만과 일본에서 유학한 후 귀국해서 3년 동안 지방대 교수로 지낸 다음 서울시내 모 종합대학으로 옮긴 자로서, 다분 그가 학과장으로서 겪은 후일담일 것이다.

특히 신규 교수 채용 때 마음고생을 겪은 일이 리얼하게 드러난다. 대체로 순번에 따라서 맡은 학과장인 김 교수는 그를 헐뜯고 견제하며 사사건건 대립하는 마득상 교수에 고전한다. 학과 교수 3명 중에 매사에 계략적인 마 교수 편에 인척인 배세미 교수가 합세한 2대 1 구조 때문이다. 신임교수체용에서 마 교수와 배 교수가 모처럼 내정자가 없다고 외부로 알리자 박사 학위 소지자만 16명이 응모한다. 김 교수는 믿고 추천했던 한국 거주 외국인 박사를 몰래 추천하여 전임 교수가 되었지만 결국 마 교수 편에 들어서 배신을 당한 후로는 신경이 곤두서 있다.

그러기에 이번에도 유능한 인사보다는 자기네 편에 무난한 사람만 임용시킬 것으로 알고 있던 판에 학과장은 비장의 카드를 써서 그들 횡포를 막게 된다. 신규 응모 교수 3배수 중에 마—배 교수에겐 의외의 강재상 응모자를 올려서 낙점시킨 것이다. 그렇게 해서 완고한 두 교수의 횡포를 막아낸 학과장은 쾌재 대신에 긴장이 풀린 채 낯선 행각을 벌인다. 대학 사회의 한구석에 도사린 부조리와 양심의 가책 탓에 교수들과 우격다짐하는 장면으로 마무리된 장면이 인상적으로 읽힌다.

또한 「토다이노 킹 상」은 대학의 주변에 어두운 그림자처럼 기생하는 사이비를 통렬하게 고발하는 작품이다. 1970년대에 동경에서 유학하던 중의 체험을 리얼하게 다룬 것이다. 명문 대학의 석사과정 중에서 청강생 정도의 연구생 신분을 과시하며 엽색과 돈벌이에만 전념하다가 가까이 접근한 여성은 물론 자신도 끔찍하게 파탄한 속물의 경우를 경계로 들고 있다.

　한국에 처자를 두고 일본에 유학한다는 구실로 곡사이구라부 도라지란 술집에서 종사하며 명문 대학의 이름을 내세워 엽색과 돈벌이를 일삼은 전형적인 속물을 그렸다. 이 단편은 여느 작품과 달리 미스터리 소설에서처럼 서두에서 살인 소식으로 시작한 다음에 사건의 전말을 풀어가는 서두 강조 구성으로써 읽기의 흥미를 돋우고 있다.

　지금이 몇 시인가. 새벽 2시가 넘었는데 무슨 전화람!? 나는 요란한 벨소리에 곤한 잠에서 깨어나 핸드폰의 수신 버튼을 밀었다. 송 형의 목소리다.
　"조 형! 잠을 깨운 것 같은데 미안해요. 나도 금방 전화를 받았는데 놀라지 마세요. 토다이노 킨 상이 죽었대."
　"뭐라고. 토다이노 킨 상이? 누가 그래요?"
　"방금 아주머니한테서 전화가 왔는데 골목에 쓰러져 있는 것을 행인이 발견하고 신고를 했대요. 병원 응급실로 급히 옮겼는데 한 발 늦었대."
　"그럼…, 타살이란 말이에요?"

　그 뒤로 2년 후에 동경에 다녀온 송 형과 차를 마시던 '나'는 강한 예감에 놀란다. 송 형이 업무차 일본에 갔었을 때 신주쿠 지하도에서 이불을 턱까지 뒤집어 쓴 여자 노숙자 중에 사쓰키상 같은 사람과 얼굴을 마주쳤는데 아는 채 하려던 그녀가 얼굴을 돌리고 말더란 것이다. 토다이노 킨 상과 한동안 동거생활도 하며 동업 하다가 파산한 후 이별한 그녀가 청부살인을 했다는 것을 넌지시 암시한 내용이다.

환상적인 SF소설과 시골 청년의 모험

논자는 이번 평설 덕분에 「호스플라이 날다」을 읽다가 구양근 작가의 SF소설적인 재능에 감탄했다. 어쩌면 하찮게 여길 기생파리를 통한 기발한 발상으로 쓴 우주 소설적인 상상력은 여느 젊은 작가에 뒤지지 않기 때문이다. 이런 점에 무관심한 작가에게 그 가능성을 일깨워주고 싶다.

국제PEN 한국본부의 주관 행사인 경주의 세계 한글 작가대회가 3박4일로 끝난 후에 가진 회원들의 나들이에서 생긴 일로 시작된 단편이다. 그날 경주 왕릉에서 느닷없이 발생한 이상 진동으로 세계가 발칵 뒤집힌 것이다. 각 전파를 타고 긴급 뉴스로 이어진 숨 가쁜 상황이다. 비상사태에 대한 한국 대통령의 특별담화에 이어 한국이 핵실험 중 아니냐고 미합중국 대통령도 확인하는가 하면 한미연합사 병력도 비상 대기 중이다. KARI 서정숙 교수나 대덕의 전파천문대장도 긴급 상황에 대응한다.

이 자리에는 아직 교수로 오르지 못한 40대 넘은 생물학회 연구원 오달수와 조교 박필수도 나와서 견해를 내보인다. 경주의 여러 왕릉 중 도굴되지 않은 신라 진평왕릉(백제 무왕의 왕후인 선화 공주 부친)과 관련된 우주 공간의 불가사의한 사건을 리얼하게 설명한다. "정확히 1385년 전 UFO 한 대가 파나피오스라는 중성자별에서 출발하여 조용히 서라벌 경주 하늘에 회오리바람을 일으키며 착륙했습니다." 그리고 진평왕이 붕어한 밤중에 중량이 무거운 파나피오스에는 애벌레나 곤충 비슷한 생명체들이 벌집같이 생긴 거처에 생존하고 있다가 강력한 전자파를 주기적으로 뿜어내는 초신성 폭발의 잔여물로서 작용했다는 것이다.

즉 파나피오스의 호스플라이는 UFO를 타고 날아와서 자기들의 영역을 넓히기 위한 제 번식지로 지구라는 식민지를 활용한 것이다. 왕릉 축조가 끝나고 왕의 시신을 운구할 무렵에 고운 흙과 무덤 입구 등에 정지비행을 하며 알을 뿌려 놓았다가 나타나 기생한다는「호스플라이 날다」는 무척 신선하게 주목되는 작품이다.

그리고「노명달이라고 아실랑가」는 6.25 휴전 후에 시골 출신이 서울로 올라와 새 삶의 터전을 마련하려는 활동상을 그려낸다. 화자인 작가가 어릴 적에 듣거나 보았던 동네 사람의 모험담이다. 난세에 길을 잘못 든 아들을 찾아서 무조건 서울로 올라가서 겪는 엉굴댁의 모습도 함께 한다. 휴전 직후 수색의 달동네에서 살던 장동아재는 같은 시골 안터 출신이다. 엉굴댁은 아들이 걱정되어 말만 듣던 서울로 직접 완행열차를 타고 상경한다. 일찍이 상경해서 깡패가 된 명달이는 달동네 빈민들에게 삥땅을 뜯고 살다가 다른 깡패집단의 동방파에게 쫓긴다.

"여그를 어떻게 알고 왔다요. 참말로."
"왔다메! 참말로 배짱 하나는 끝내 주는구먼. 진짜 여장부시네. 여그를 다 찾아 찾아오다니."

그런 엉굴댁은 장동아재의 협조를 얻어 아들 명달이를 기어코 시골로 데리고 내려간다는 무용담이다.

소품적인 콩트 세계에서

이번 창작집에 수록된 작품 가운데는 경쾌한 콩트 2편이 끼어서 고소한 양념 효과를 거두고 있다.

콩트 「꼭 놀러 갈게」에서 Y대학생인 일두는 운 좋게 복덕방 할아버지의 소개로 고 2학년짜리 여학생 가정교사로 입주하게 된다. 그런데 일두가 별로 좋아하지 않은 종우에게 지나가는 말로 놀러 오라고 했더니 이를 얼씨구나 하고 반긴 그는 일두의 하숙집을 뻔질나게 드나든다. 결국 여학생 정숙이와 집 앞 골목에서 애정 행각을 벌이던 그들을 발견한다. 그런 그들을 쫓던 일두가 골목길에서 돌부리에 걸려 사정없이 넘어진 촌극이다.

콩트 「비 오는 날의 사주」에서는 딸의 고교 입학시험을 걱정한 딸바보 아버지가 부랴부랴 택시를 잡아타고 기어코 시험장 교문까지 가서 딸을 배웅한다. 합격자 발표 때도 기어코 고등학교까지 찾아가 확인했으나 딸의 수험번호를 찾지 못하고 돌아온다. 그런데 의외로 따로 발표한 합격자 발표에서 3년 장학생으로 합격했다는 사실을 알게 되는 상쾌한 내용이다.

구한말 나라 밖 구국운동의 재현

끝으로 두 개의 중편인 『제국의 꿈』과 『놈들이 온다』는 소설로만 읽어 내려갈 것이 아니라 우리 겨레와 나라의 정체성을 새롭게 새겨둘 만큼 중요한 문학적 K교과서이다. 일찍이 대만대와 동경대에서 동양사를 전공한 작가의 고증과 역사의식을 반영한 역작이다. 특히『제국의 꿈』은 작가 자신이 2014년 봄에 샌프란시스코 한인회장의 안내로 현장을 답사하고 모은 자료를 이용하여 발표한 실록소설의 가치를 지닌다. 조선의 외교고문 스티븐스는 국운이 기울어가는 당시 조선의 외교 자문을 맡은 자이지만 조선 편을 들지 않고 오히려 일본 편을 든다. 이에 대한 우국청년 장인환, 전명운의 행동은 뭇 한국인의 가슴을 서늘하게 만든다. 그리고 전에는 아무런 한 일이 없었던 걸로 오인했던 구한말 고종황제의 독립의지가 의미 깊게 다가온다.

　고종은 아관파천 기간에 황제국 선포를 구상하였다. 궁궐에 돌아오자마자 몰래 보관해 오던 『삼성기(三聖紀)』와 『대변설(大辯說)』, 『고조선비사(古朝鮮祕詞)』 『조대기(朝代紀)』를 꺼내왔다. (중간 생략)
　『조대기』는 환국시대에서부터 대진국(발해)까지의 역사서로서 대진국 멸망 후에 태자 대광현(大光顯)이 고려로 망명하면서 가져온 사서이다.

　우리 배달나라의 영역은 조선반도와 캄차카 반도와 요동반도와 남북만주와 시베리아로 이루어졌으니, 동은 베링, 타타르 해협에 이르고 서는 몽골, 청해에 이른다. 남은 제주도, 모슬포에 이르고 북은 북빙양에 접하고 있다.……
　이 말이 웬 말인가. 베링 해협이라 함은 러시아와 알래스카 사이의 해협이 아닌가. 타타르 해협이라 함은 연해주와 사할린 사이의 바다이다. 북빙양이라 함은 시베리아 북쪽의 북극해를 말한다. 그리고 서쪽은 몽골과 청해호에 이른다는 말이다.

그뿐인가? 새로운 나라에서는 이전의 이름을 그대로 쓴 예가 없기에 '조선'은 황제국 이름으로 합당치 않다는 것이다. '대한'은 황제의 법통을 이은 나라에서 쓴 일이 없을 뿐만 아니라 '한(韓, Han=Hun)'이란 우리나라 고유의 이름으로서 진한(만주, 몽골, 시베리아), 번한(산동반도를 위시한 지나의 동해안), 마한(한반도)을 아우른 큰 한(韓)이란 뜻을 지니기 때문에 대한(大韓)으로 하는 것이 타당했다.

그래서 고종은 1897년 자신이 황제즉위식을 치른 뒤 은밀히 애국의식에 투철한 시종무관(정재관)을 통해서 두 청년(장인환, 전명운)의 의거를 돕는다. 1905년 7월 17일 미국 육군장관 태프트와 일본 수상 카쓰라의 밀약으로, 일본이 미국의 필리핀 지배를 인정하는 대신에 미국은 일본의 조선에 대한 종주권을 인정한다는 내용이 성립되었다. 이 밀약에 찬동한 스티븐스가 일한합방 계획을 루즈벨트 대통령에게 보고하러 온 사실을 안 장인환, 전명운 의사가 그를 샌프란시스코에서 사살한 의거를 고증하고 있어 흥미롭다.

또한 중편 『놈들이 온다』는 3.1운동 직후 1920년 1월 4일 한겨울에 철혈광복단원 6인이 일본 측의 15만원을 탈취한 사건을 재현하여 스릴이 있다. 용정 주재 일본 영사관에 반일 투쟁 탄압에 쓸 경비 15만원을 북간도 독립군 자금 마련을 위해서 탈취하는 작전이다. 여기에 가담하여 명동촌에 나타난 청년은 윤준희 최봉설, 임국정, 박웅세, 김준, 한상호이다. 그 겨울에 회령의 조선은행원에서 독립군 비밀요원으로 근무하던 전홍섭으로부터 현금 15만원을 옮긴다는 비밀 쪽지가 전해오자 동지들은 기대에 부푼다.

때마침 러시아의 백군을 돕기 위하여 파견되었던 체코군단은 볼셰비키 혁명이 성공하자 해체를 하지 않으면 안 되었다. 그들의 무기를 만주 한인들이 모은 성금과 일군으로부터 탈취한 현금 중 뺏기지 않은 일부 자금으로 헐값에 매입을 하게 된다. 그리하여 처음으로 일본군과 대등한 화력으로 독립군이 생긴 이래 그들과 정면에서 싸워 봉오동 전투의 승리를 가져오게 된다.

이 중편에서는 일선 정보를 맡고 있던 김하규(최봉설 장인)을 통해서 현금 운반차가 회령에서 용정으로 옮긴다는 연락을 받자 6인의 철혈광복단이 흰옷을 입고 도로변에 매복하여 경비 호송대를 습격할 태세를 갖추고 있는 장면에서 손에 땀을 쥐게 하는 긴장감을 준다.

위에서 살핀 바처럼 구양근의 두 번째 창작집에서는 중편과 단편 꽁트 등 내용이 아주 다양하다. 그러면서 그 가운데 인간의 낭만적이고 원초적인 사랑과 도리를 쓴 「그리고 옥인동 보급소」 「붉은 가시로 남아」가 한결 진한 밀도감을 드러낸다. 그리고 「캠퍼스 소소리바람」과 「토다이노 킨 상」은 사회풍자와 날카로운 인생의 처세에 대한 경고를 전해준다. 끝으로 중후한 중편 『제국의 꿈』과 『놈들이 온다』에서는 선명한 국가관과 민족정체성을 새롭게 하는 역작으로 두드러진다. 이런 점은 인간적인 면과 올바른 사회적 모럴과 함께 특히 선명한 역사의식을 지닌 작가의 남다른 덕목으로 확인되고 있다.

(중앙대학교 인문대학 명예교수, 문학평론가)

구양근 소설집

붉은 가시로 남아

인쇄 2025년 2월 13일
발행 2025년 2월 21일

지은이 구양근
발행인 서정환
펴낸곳 사단법인 한국소설가협회
주　소 04175 서울 마포구 마포대로 12, 한신빌딩 1113호
전　화 02) 703-9837　팩　스 02) 703-7055
이메일 novel2010@naver.com
한국소설가협회 홈페이지 http://www.k-novel.co.kr
출판등록 마포,라00563
인쇄·제본 신아출판사　063) 275-4000 팩스 063) 274-3131

저작권자 ⓒ 2025, 구양근
이 책의 저작권은 저자에게 있습니다. 서면에 의한 저자의 허락없이 내용의 일부를
인용하거나 발췌하는 것을 금합니다.

저자와 협의, 인지는 생략합니다.
잘못된 책은 바꿔 드립니다.

ISBN 979-11-7032-106-4　03810
값 20,000원

Printed in KOREA